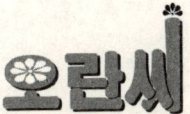

차례

오란씨 7

버스 — 슬로셔터 No. 1   75

몽타주 — 슬로셔터 No. 2   99

파파라치 — 슬로셔터 No. 3   139

어느 살인자의 편지   169

검정 원피스를 입다   205

새의 노래   245

작가의 말   277

작품 해설
열려 있(다고 가장하)는 사회와 그 적들_류보선   279

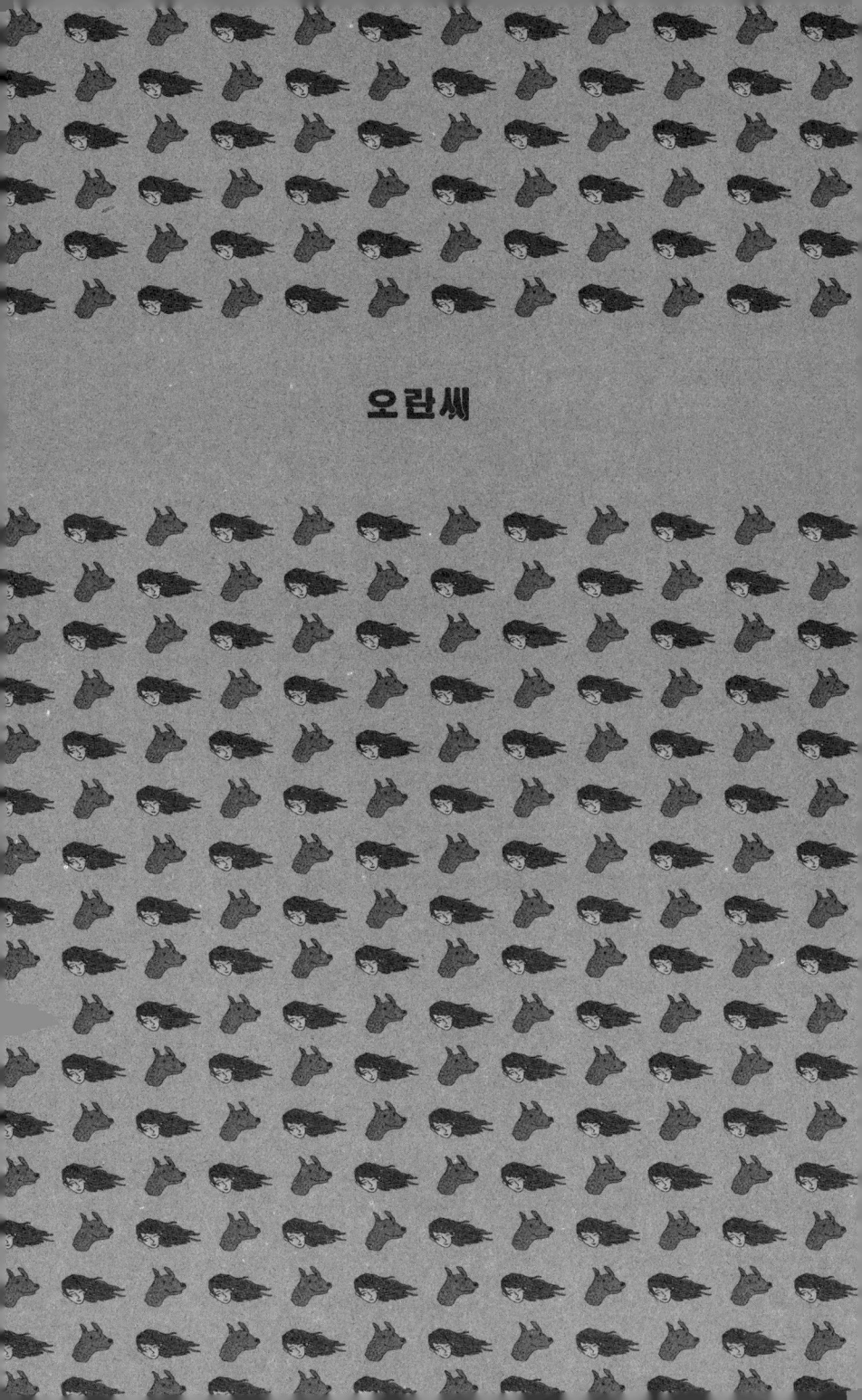
오랑씨

그믐이다. 국도의 어둠을 밝히는 것은 그가 몰고 있는 15톤 덤프 트럭의 헤드라이트 불빛뿐이었다. 편도 1차선의 왼편은 깎아지른 듯한 산이고 오른편은 밭이었다. 이 시간이면 다른 차량은 몰라도 평화시 공장 부지 확장 공사장으로 들어가는 트럭들이 줄을 이어야 옳았다. 가장 삼엄한 파업 첫날이라 그런지 트럭뿐 아니라 자동차 한 대조차 보이지 않았다. 그는 백미러를 보았다. 헤드라이트 불빛이 멀찌감치서 희미하게 보일 뿐이었다.

순희를 그 지경으로 만들었으니 욱하는 심정으로 따라나선 거였다. 그러나 얼마 쫓지도 못한 채 녀석들의 뒤꼭지는 보이지 않았다. 사실상 녀석들을 따라잡는 것은 불가능한 일이었다. 그는 마음을 고쳐먹었다. 일단 회사로 들어가야 했다. 앞에 달린 디지털시계를 보았다. 8시 25분.

어음 할인한 돈을 받으려면 10시까지는 들어가야 했다. 지금이라도 속도를 내면 그 시간까지는 들어갈 수 있었다. 신 씨는 오늘까지 남은 할부금을 갚지 않으면 차를 넘겨 버리겠다고 으르렁댔다. 그는 신 씨가 야속했다. 5년 넘는 기간 동안 그는 이자도 잘 쳐서 돈을 갚아 나갔다. 그동안 한 달이나 두 달 정도 밀린 적은 있었지만 이번처럼 3개월 넘게 밀린 경우는 처음이었다. 게다가 이번 할부금은 마지막이 되는 셈인데 신 씨는 그걸 못 참아 주고 걸핏하면 상소리 섞인 전화를 해 댔다.

왼쪽 눈이 따끔거렸다. 녀석들에게 얻어맞은 눈에 실핏줄이 터진 모양이었다. 눈물은 줄줄 흘러내렸고 머리는 욱신거렸다. 평화시가 50킬로미터 남았다는 초록색 표지판이 보였다. 평화시는 형이 간다고 했던 곳이다. 형에 대해 생각하자 다시금 가슴이 답답해져 왔다. 그는 양미간에 주름을 만들며 한숨을 크게 내쉬었다.

그때다. 땅에서라도 솟은 듯 오토바이 한 대가 그의 앞으로 불쑥 나타났다. 그는 경적을 울리며 급브레이크를 밟았다. 끼어든 오토바이는 녀석들의 것이 아니었다. 125시시 구형 오토바이였다. 오토바이 위엔 둘이 타고 있었다. 작은 몸피의 사내가 운전을 했고 사내의 허리를 꽉 잡은 이는 여자였다. 여자의 헬멧 아래로 긴 머리카락이 바람에 휘날렸다.

새끼가 죽으려고 아주 환장을 했군, 그는 길게 경적을 울렸다. 구형 오토바이는 그러든지 말든지 뒤도 돌아보지 않고 내처 앞으로 내달렸다. 문득 오토바이도, 남자와 여자도 낯설지 않았다. 다시 눈이 아파 왔다. 시야 옆으로 별처럼 반짝이는 섬광이 빠르게 스쳐 지났다. 피곤할 때마다 나타나는 증세였다. 그는 눈을 부비고 다시 앞을 봤다.

'기가 막힐 노릇이네.'

땅으로 꺼졌나, 오토바이가 갑자기 보이지 않았다. 유난히 한갓지고 어두운 국도만이 그의 덤프트럭 헤드라이트 불빛을 받아 하얗게 빛날 뿐이었다. 헛것을 보았나, 그는 두 눈을 끔벅거렸다.

그때 그의 귀를 찢는 굉음이 들렸다. 백미러를 보지 않아도 녀석들임이 분명했다. 오토바이 두 대가 지그재그 지랄선을 만들어 가며 편도 1차선을 점령하듯 다가왔다. 하야부사가 그의 덤프트럭 옆으로 바짝 다가왔다. 하야부사 위엔 두건을 쓴 녀석이 운전을 하고 있고 빨간색 가죽점퍼를 입은 녀석이 그 뒤에 타고 있었다. 지금은 보이지 않지만 두건을 쓴 녀석의 뱀처럼 박박 민 머리 정수리엔 똬리를 튼 뱀 문신이 있다. 순희를 밀어붙이면서 두건이 흘러내렸을 때 그는 녀석의 뱀 문신을 보았다.

하야부사가 그의 덤프트럭 옆을 지나치며 앞으로 내달렸다. 빨간 가죽점퍼는 괴성을 지르며 두 손을 번쩍 들었다. 양손 모두 중지를 내밀고 흔들어 댔다. 하야부사가 지나자마자 그 뒤를 닌자보스가 바짝 붙었다. 닌자보스엔 머리를 회색으로 염색한 녀석이 운전을 하고 있었다. 회색 머리 역시 요란스러운 굉음을 울렸다. 쇼바를 잔뜩 올린 닌자보스는 하야부사보다 더 요란했다. 밀 테면 밀어 보라는 본새다.

얼핏 보면 누가 누굴 따라붙는지 알 수 없었다. 덤프트럭이 오토바이를 쫓아가는 것 같기도 하고 오토바이가 덤프트럭을 따라붙는 것 같아 보이기도 했다.

교차로에 들어서자 하야부사와 닌자보스, 두 대의 오토바이가 그의 덤프트럭 양옆으로 속도를 맞추듯 따라붙었다. 그는 창문을 내려 고개를 뺐다. 침이라도 뱉을 생각이었다. 그러나 그럴 새도 없이 두건은 그에게 퍽큐를 날리고는 쏜살같이 앞으로 내뺐다. 그는 약이 올랐다. 속도를 높여 그를 따라가려 했다. 하지만 그는 억지로 마음을 다잡았다. 이제껏 무의미한 추격전으로 두 시간 넘게 국도 이곳저곳을 돌아다니지 않았던가. 차라리 고속도로로 들어섰으면 좋았겠지만 어디서 조합원들이 나타날지 몰라 그럴 수도 없었다. 오늘은 파업 첫날이었다. 하야부사와 닌자보스는 또다시 그의 시야에서 멀어져 갔다.

그는 오늘 횡성에 있는 공사장에서 자갈을 실은 후 안양에 있는 레미콘 회사에 부려 놓았다. 그다음 다시 대정대학 공사 현장의 폐기물을 화천으로 실어 나르려면 고속도로를 통과해야 했다. 눈치가 빤한 조합원의 트럭들이 진을 치고 있을 게 뻔했다. 조합원들은 고속도로의 휴게소나 톨게이트마다, 그리고 공사장 입구마다 기다리고 있었다. 할 수 없이 돌아가더라도 국도를 이용해야 했다.

그처럼 일찌감치 기름밥을 먹은 이도 요즘 같은 때는 어떻게 해야 할지 갈피를 잡기 힘들었다. 데모를 하는 이유도 결국엔 한 푼이라도 돈을 더 벌 수 있게 하자는 건데 그로서는 그 방법이 납득이 가지 않았다. 운전대를 놓아서 무엇을 하겠다는 건지 이해가 안 갔다. 그러는 사이 한 탕이라도 더 날라야 했다. 욕을 먹더라도 파업하는 때가 그에겐 가장 큰 성수기였다.

그는 중학교를 졸업하자마자 가출을 했다. 형이 그랬던 것처럼 아비의 오토바이와 염소 할멈의 돈을 훔쳤다. 그때부터 그는 '의리'라는 것하고는 담을 쌓았다.

그가 처음 간 곳은 운송 회사였다. '숙식 제공'이라는 광고 문구만 보고 무작정 찾아간 것이다. 거기서 그는 조수석에 앉아 온갖 허드렛일을 하고 정비 조수 일도 보았다. 그러나 월급은 곧잘 밀렸고 가끔 떼이기도 했다. 그래도 어디 하소연할 데가 없었다. 분하고 억울한 마음에 뛰쳐나와 주유소로 들어가기도 했다. 주유소는 더 심했다. 먼저 들어온 선배의 텃세와 기합에 시달려야 했다. 또 그게 싫어 뛰쳐나와 얼마간 노숙을 하다가 다시 운송 회사로 들어갔다. 그러면 또다시 처음부터 시작해야 했다. 눈치 보고 아부하며 신임을 얻어 내야 그나마 잠자리나 밥이라도 얻어먹으며 일을 배울 수 있었다. 그는 꼬리를 바짝 내린 개처럼 참아 지냈다. 아무리 발길질을 해도 주인에게만은 꼬리를 흔드는 개 모양 그는 악착같이 회사에 붙어 지냈다. 거기서 그는 어깨너머로 운전을 배웠다. 그에게 차는 호사스러운 집이나 다름없었다. 차만 있으면 누울 자리를 걱정하지 않아도 됐다. 최소한 노숙을 하지 않아도 됐고 돈도 벌면서 어디든 돌아다닐 수 있어 좋았다. 특히 도로를 누비는 덤프트럭의 위용 찬 모습이 마음에 들었다. 제아무리 고급 외제 차라도 덤프트럭 운전석에서 내려다보면 별게 아니었다. 그가 속도를 내면 차들은 알아서 비켜 주었고 섣불리 다가오지도 않았.

그는 만 20세가 되자마자 운전면허를 땄다. 그렇다고 당장 자기 트럭을 몰 수 있는 것은 아니었다. 이제 갓 스물을 넘긴 나이에 화물차를 몰기엔 보험에 대한 부담이 너무 컸다. 처음에는 트럭으로 시내를 도는, 시내바리를 시작했다. 새벽같이 일어나 오전에 한 탕, 오후에 한 탕씩 날라 댔다. 돈맛을 본 그는 본격적으로 지방을 뛰었다. 여관비를 아끼려 트럭에서 새우잠을 잤다. 그러다 학원 봉고차도 마을버스도 몇 개월씩 몰았다. 하지만 그는 한 번도 돈을 제대로 모으질 못했다. 꽤 많은 돈을 모으기도 했지만 대부분 도박판을 기웃거리며 탕진했다. 그는 빈털터리가 돼서야 다시 운전대를 잡았다.

그러던 그도 도박에서 손을 털었다. 고향을 다녀오고 난 후부터였다. 그는 아비의 부음을 듣고 고향인 모래내를 찾았다. 염을 하기 전 마지막 본 아비의 얼굴은 천수를 누리지 못해 억울하기라도 하다는 듯 잔뜩 일그러져 있었다. 아비는 보신탕을 먹다 급체로 죽었다고 했다. 아비의 누이이며 그의 고모인 염소 할멈은 10여 년 만에 찾아온 그를 보자마자 대뜸 멱살부터 잡았다. 가출할 때 집어 간 돈과 네 아비 장례비를 내놓으라며 소리를 질러 댔다. 그는 가슴에 품어 두었던 두툼한 지폐 다발을 할멈의 얼굴에 던졌다.

모래내를 찾기 전날 밤, 그는 제법 큰 노름판에 끼게 됐다. 어찌된 일인지 떼는 패마다 기막힌 꽃패였다. 그는 판돈을 쓸어 담았다. 평소와 달리 그는 꾼들에게 개평까지 넉넉하게 나눠 주었다. 그렇게 딴 돈을 염소 할멈에게 내던진 것이다. 그는 이를 갈며 발길을 돌렸다.

부와와왕 부와왕 왕 와와왕.
하야부사와 닌자보스가 다시 나타났다. 이번엔 그의 덤프트럭이

올 때까지 헤드라이트를 끄고 기다리다가 갑자기 옆에서 튀어나왔다. 순간적으로 그는 핸들을 옆으로 돌리며 속도를 줄였다. 가드레일을 가볍게 받은 채 브레이크를 밟을 수 있었다.

그는 가슴을 쓸어내렸다. 하야부사는 자신들의 계획에 잘 넘어가 준 그의 덤프트럭 주위를 경충대며 맴돌았다. 회색 머리의 넌자 보스는 곡예를 하듯 오토바이 뒤를 뾰족하게 내밀고 어지러이 흔들어 대며 도망쳤다. 멀어지는 녀석들의 모습은 흡사 궁둥이를 내밀고 희롱하는 것 같았다.

그는 후진 기어를 넣고 덤프트럭을 출발시켰다.

퍽, 퍽, 퍽.

한동안 잊었던 소리가 또 그의 귓전을 때리듯 울려 왔다. 퍽, 퍽, 퍽, 팡팡팡.

이른 가을 해 질 녘, 옥상에 널어놓은 눅눅한 캐시밀론 이불을 빗자루로 터는 소리처럼 그 소리는 무심하고도 나른했다. 어쩌면 그 시절로부터 들려오는 폭죽 소리인지도 몰랐다. 하지만 소리만으론 무슨 일이 일어나는지 알 수 없다. 살인을 하기 위해 몽둥이질을 하는 소리도 멀리서 들릴 때는 평화로울 수 있다.

개를 잡고 있었다. 개를 잡는 일은 모래내에선 낯선 광경이 아니었다. '원산지 충남 청양' 글자가 인쇄된, 노란 고추씨가 껴 있는 나일론 자루 안엔 개 한 마리가 들어 있다. 흑염소집 간판이 걸린 기둥 아래로 위쪽이 초록색 나일론 끈으로 단단하게 묶인, 버둥거리는 자루가 매여 있다. 머리를 짧게 깎은 소년은 손에 잘 익은 팔뚝 두께의 몽둥이로 자루를 퍽퍽 쳐 댔다. 사람들은 가던 걸음을 멈추고 빙 둘러서서 구경을 했다. 무표정한 낯빛의 소년은 힘도 그리 쓰지 않았다. 흡사 배팅 연습이라도 하는 듯 보였다. 소년은 그의 형이다. 엄밀히 말하면 그의 이복형이지만 그를 낳은 어미도 형을 낳은 어미도 없기에 똑 닮은 둘의 얼굴은 이복형제라는 사실을 무색하게 만들었다. 형의 눈은 가늘었고 이마는 명민하게 튀어나와 있었다. 단단하게 다물어진 약간 돌출된 입매와 광대뼈로 형의 표정은 더욱 매워 보였다. 그런 형의 곁엔 복이 저절로 빠져나갈 것같이 축 처진 입꼬리를 가진 노파가 신경질적인 눈매로 정육점 마크가 인쇄된 하얀색 나일론 부대를 손에 들고 있다. 머리가 하얗게 센 바짝 마른 노파는 그들 형제의 고모였지만, 형제의 이름을 한 번도 부른 적이 없었다. 걸핏하면 '개새끼'였고 '미친놈'이고 '시러벨놈'이었다. 그들 형제 역시 고모를 '고모'라 부른 적이 없었다. '할매'라 불렀고 고모가 없을 때엔 '할멈'이거나 '염소 할멈'이었다.

 그는 구경꾼들 틈에서 감탄의 눈빛으로 형을 쳐다보았다. 구경꾼들은 더러 땅바닥에 침을 쩍 뱉으며, 무표정한 얼굴로 능숙하게 개를 잡는 형에 대한 시시껄렁한 농을 쳐 댔다. 더러 저 소년은 흑염소집 손자인지 아니면 부리는 아이인지 궁금증을 나타내기도 했다. 그러나 그의 눈엔 이런 구경꾼들의 반응이나 모습 따위는 들어오지 않았다. 프로다운 것이 무엇인지 몸소 보여 주는 형과 형의 몽둥이밖에 보이지 않았다. 그는 들릴 듯 말 듯 낮은 탄성을 지으며 거칠게 버둥거리다가 형의 잘 다듬어진 몽둥이질 몇 번에 금세 축 늘어지는, 자루 안에서 눅진눅진 부드러워질 개의 살코기를 생각했다.

 일이 다 끝나자 형은 아무 말 없이 몽둥이를 내려놓더니 구석에 있는 노란색 빈 플라스틱 상자를 발로 밀었다. 상자엔 '오란씨'라는 글씨가 선명했다. 형은 상자 위로 올라가서는 자루의 끈을 풀어 내렸다. 두 팔을 치켜들고 뒤꿈치를 살짝 든 형의 모습은 앳되어 보였다. 열일곱 살 형의 보송보송한 귀밑 털이 바람에 흔들렸다. 짧게 깎은 형의 상고머리털 사이 하얀 두피가 언뜻 보였고 그 위로 땀방울이 흘러내렸다. 할멈은 넋을 놓고 서 있던 그를 불렀다. 그는 다람쥐처럼 달려가 할멈의 맞은편에 서서 정육점에서 얻어 온 부대의 귀를 마주 잡았다.

형은 이미 불긋하게 피가 새어 나오는 자루를 번쩍 들어 정육점 마크가 새겨진 부대 안으로 집어넣었다. 그때였다. 안에 있던, 죽었으리라 예상했던 개가 별안간 강한 힘으로 버둥거렸다. 예기치 않은 반응에 형은 놀랐다. 형의 발밑에 받쳐 있던 오란씨 플라스틱 상자가 옆으로 기우뚱 기울어지면서 개의 몸뚱이가 자루 밖으로 비집고 나와 바닥으로 털썩 떨어졌다. 구경하던 무리들이 순식간에 흩어졌다. 1.5초나 됐을까. 짧은 순간, 땅바닥은 피로 물들었다.

할멈은 소리를 질렀다.

"똑바로 못해?"

할멈의 목소리는 나이에 비해 지나치게 카랑카랑했다. 자루 밖으로 반쯤 몸뚱이를 드러낸 개의 얼굴은 형편없이 일그러져 있었다. 한쪽 눈알은 **빠진** 채 피가 흘렀고 콧잔등은 뭉개져 있었다. 비루먹은 듯 윤기 잃은 듬성듬성한 누런 털은 피로 뭉쳐 엉겨 붙어 있었다. 날카로운 송곳니 밖으로 길게 늘어진 빨간 혀가 부글거리는 침 아래로 펄떡거렸다.

비릿한 핏내가 그의 콧속을 타고 올랐다. 형에겐 실수란 없었다. 형이 왜 이런 실수를 했는지 그는 알 수 없었다.

형은 몽둥이를 손에 쥘 수 있을 무렵부터 개를 잡았다. 주로 모래내의 개천 다리 아래나 뒷산에서 잡곤 했다. 형의 개 잡는 모습을 본 사람들은 형을 '잔인한 놈'이라고 말했다. 그러나 그는 그렇게 생각하지 않았다. 형은 다만 힘이 좋을 뿐이었다. 그런 형에겐 떨치기 힘든 유혹이 일찌감치 들어왔다. 모래내엔 매밋집만큼이나 스탠드바니 성인 나이트, 디스코텍들이 많았다. 그에 맞춰 출입문을 지키는 기도나 웨이터가 필요했다. 웨이터야 어느 정도 교육만 받으면 누구나 할 수 있었지만 기도는 그렇지 않았다. 평소 형의 주먹 실력을 눈여겨보던 88스탠드바의 영업 실장은 형을 볼 때마다 그냥 지나치는 법이 없었고, 형 또한 그를 보면 허리를 굽혀 넙죽 인사를 하곤 했다. 시간문제였다. 싸움깨나 한다는 모래내 소년들이 그래왔던 것처럼 형 또한 그 길로 들어서게 되리라는 것은 누구나 알고 있었다.

그의 아비는 변 사장이었다. 물론 아비의 성은 '변'씨가 아니다. 다름 아닌 유료 공중변소의 사장이었기 때문에 사람들은 그의 아비를 변(便) 사장이라 불렀다.

집마다 변소가 없는 인근 시장 상인들이나 가정집에서 달거리로 돈을 대며 변소를 이용했다. 거기서 나오는 수입이 없었다면 그와 형은 일찌감치 거리로 나가 구걸로 연명해야 했을 것이다. 그렇다고 그들 삶이 넉넉한 건 아니었다. 기실 늘 쪼들렸고 정부미도 풍족하게 먹질 못했다. 원래 변소는 그의 형을 낳은 어미가 가지고 있던 것이었다. 그를 낳은 어미는 그를 낳자마자 도망갔다. 이에 반해 형의 어미는 아비가 염치없이 바람피워 낳은 자식인 그까지 거둬 주었다. 시장 사람들은 이런 형의 어미를 '보살'이라 불렀다. 하지만 보살은 술 취한 아비에게 늘 얻어맞았고 머리를 심하게 맞은 어느 날부터는 시름시름 앓다 죽고 말았다. 온몸에 든 울긋불긋한 멍 자국에도 불구하고 어미의 사망진단서에는 급성 뇌출혈이라 기록되었을 뿐 아비는 아무런 혐의도 받지 않았다. 보살이 죽을 당시 형의 나이는 열한 살이었고, 그의 나이는 다섯 살이었다. 그는 당연히 기억할 수 없었으나, 형은 아비가 어미를 때려죽인 사실을 명확히 알고 있었다.

흑염소집 할멈과 아비도 내력인 양 배가 달랐다. 그러나 그와 형과는 달리, 그들은 형제애도 뭣도 없었고 적당히 거리를 두고 서로를 이용하며 살아갔다.

아비는 보신탕을 자주 해다 먹었고 그 대가로 형은 흑염소집의 허드렛일이나 막일을 해야 했다. 그 바람에 형은 줄곧 개를 잡게 되었고, 가끔 아비와 함께 길 잃은 개나 남의 집 마당에 묶어 놓은 개를 훔쳐 오는 일에 투입되곤 했다.

그해는 88올림픽이 있던 해였다. 대통령은 개고기를 금지함으로써 미개한 한국인들의 의식 수준을 한 단계 끌어올리려고 했다. 그리하여 많은 개고깃집은 흑염소나 사철탕으로 간판을 바꿔야 했고 한쪽에 마련되었던 한 평 남짓한 개 도살장도 대외적으론 없애야 했다. 그렇다고 개고기를 먹는 사람이 줄어든 건 아니었다. 매스컴에서 난리를 치니까 도리어 값은 올랐고 장사는 더 잘됐다.

모래내 시장은 재래식 시장으로선 남대문 시장이나 동대문 시장 다음으로 큰 시장이었다. 하지만 워낙 좁고 불쑥불쑥 나 있는 수많은 좁은 길들이 제멋대로 얽혀 있는 데다 연관성이라곤 찾아볼 수 없는 잡화상들과 노점상들이 마구 뒤섞여 있어 명성도 개성도 찾아볼 수 없었다. 속옷 가게가 있다 싶으면 그 옆으로는 일산서 온 할매들이 오종종 앉아 각자의 텃밭에서 농사를 지은 상추며 풋고추며 오이며 가지 등속을 보자기나 골판지 박스 위에다 펼쳐 놓고 팔았다. 일산 할매들이 있는 그 길을 따로 '일산 시장'이라 불렀다. 일산 시장을 뒤돌아 가면 비단 두루마리가 울긋불긋 세워져 있는 한복집들이 즐비했다. 옷을 파는 곳인가 싶으면 별안간 순대나 떡을 파는 먹거리 노점상들이 나왔고 맞은편에는 미제 물건이나 액세서리를 파는 성냥갑같이 네모반듯한 노점상들이 나왔다. 이렇듯 모래내 시장은 난데없고 어처구니없었으며 이것저것 마구 팔아 대는, 특성 없는 재래시장이었다. 시장 구석마다 자리한 가게를 찾아오는 사람들이 신기할 정도로 모래내 시장길은 미로같이 복잡하게 얽혀 있었다. 그러다 모래내와 인접한 시내에 백화점이 하나둘 생겨나기 시작하면서 모래내 시장은 위기를 맞았다. 깔끔하고 주차 시설이 완비된 백화점으로 사람들이 몰리기 시작했다. 그런데 1988년도를 맞이하면서 모래내 시장은 언제 그랬냐는 듯 다시 분주해졌다. 올림픽 개최 국민이라는 자긍심을 갖기 충분할 만큼 경기가 좋아졌고, 백화점 가격이 부담스러운 이들에게 얼추 비슷한 물건을 비교적 싸게 구입하기에 모래내 시장은 안성맞춤이었던 것이다.

비탈길로 접어들면서 차 뒤쪽에서 들리는 삐걱거리는 소리가 더욱 커졌다. 며칠 전에 한 과적 때문인지 바퀴가 또 나갔다. 바퀴 하나 값으로 50만 원이나 써야 했다. 정비소에선 뒷바퀴 모두 쇼바가 나가서 바꾸라고 했지만 돈이 없었다. 새차나 다름없다던 신 씨의 덤프트럭은 걸핏하면 고장을 일으켰다. 대출금을 다 갚고 나면 또다시 신차를 뽑아야 할지 몰랐다.

IMF 직후부터다. 회사는 별안간 지입차를 요구했다. 제 돈 내고 차를 구입해서 기름값이며 보험비를 자비로 충당하라는 거였다. 그는 보험 접부비에 대한 부담 때문에 차주에 부과되는 세금을 감당할 자신이 없었다. 그러다 한때 그의 덤프트럭 사수였던 신 씨의 도움으로 빚을 얻어 그의 중고 15톤 덤프트럭을 받아 냈다. 신 씨는 사고로 다리 하나를 다쳤는데 제때 치료를 안 받는 바람에 절름발이 신세가 되었다. 하지만 신 씨는 덤프쟁이들이 한창 수입을 올릴 때 여러 대를 굴려서 이미 작은 슈퍼가 딸린 3층 건물의 소유주가 되어 있었다. 신 씨는 덤프쟁이 수입이 막 하향 곡선을 긋기 시작할 때 차를 팔았고 마지막 남은 차마저 그에게 적지 않은 가격으로 넘겼다. 신 씨는 기막히게 운이 좋은 셈이었다.

신 씨에 반해 덤프쟁이로 겨우 막차를 탄 그는 회사 차를 임대하여 몰고 다닐 때보다 더 열심히 운전을 하는데도 갈수록 빚이 늘었다. 신 씨의 중고차 할부금을 갚기 위해 다달이 붓는 대출금과 이자도 벅찬 데다, 그나마 비수기에 받던 지원금이나 장거리 뛸 때마다 기름값으로 받던 추가 운임도 없어져 버렸으니 죽을 맛이었다. 경유비와 고속도로 통행료는 하루가 다르게 올랐다. 그런데도 운임은 자꾸 덤핑이 됐다. 빈 차로 돌아갈 수 없어 알선소나 운송사를 통해 배차를 받아야 했는데 거기로 들어가는 지입료가 수입의 절반은 됐다. 일거리는 계속 줄어드는데 수금까지 안 됐다. 손바닥에서 고린내가 날 정도로 핸들을 잡았는데도 그의 빚은 늘어만 갔다.

오늘부터 파업 디데이다. 분회장이 내린 지침은 2년 전보다 더욱 단호했다. 덤프트럭 앞머리에 파업 포스터를 붙이고 국회로 가야 했다. 만일 파업에 참여하지 않으면 더 이상 운전대를 못 잡게 할 것이라고 했다. 그러나 그의 생각은 달랐다. 고작 며칠 운전대 놓고 그 시절 대학생들처럼 데모를 해 봐야 달라질 게 없다고 그는 생각했다. 게다가 그저께 받아 낸 어음만 할인하면 밀린 할부금도 갚을 수 있게 됐다. 이제 그의 나이, 보험 접부비의 부담을 더는 만 26세가 되는 마당에 파업 투쟁같이 골치 아픈 일엔 끼어들고 싶지 않았다. 바야흐로 15톤 덤프트럭의 온전한 명의자. 그의 평생 꿈 아니던가.

그는 모든 게 순조로워 보였다. 한 가지만 제외하고. 바로 여자 문제였다. 한때 도박에 빠졌던 것 이상으로 그는 여자를 사는 데 열중했다. 그가 주로 갔던 곳은 매밋집이었다. 묵은 맥주 곰팡내가 피어오르는 허름한 방석집은 걸핏하면 바가지요금을 씌워 대기 일쑤였다. 하지만 허연 살을 드러내 놓고 술을 따르는 통통한 여자가 있는 붉은 조명의 매밋집을 가야 그의 남성은 제힘을 발휘하곤 했다. 가끔 그는 술에 취하면 백보지 여자가 있는 곳을 찾아 돌아다니기도 했지만 까다로운 그의 남성은 백보지 앞에선 한없이 진지해지고 우울해져서 하염없이 그곳을 쓰다듬다가 욕을 얻어먹고 쫓겨나곤 했다.

그에게 매밋집은 미상불 고향집 같은 곳이었다. 아비의 공중변소 옆으로는 두 사람이 어깨를 맞대야 지날 수 있는 좁은 길이 있었다. 그 길로 10미터만 들어가면 매밋집촌이 나왔다. 매밋집은 밤이면 붉은 전구로 불을 밝혔고 맥주와 양주를 팔았다. 네모반듯한 가게 안에는 언제나 맥주 썩는 시큼한 냄새가 싸구려 향수 냄새와 섞여 났다. 엉덩이가 큼지막한 중년 여자들이 부석거리는 파마머리를 긁적이며 방석에 앉아 술을 팔던 그곳은 1988년도가 시작되면서 변화의 바람이 불었다. 젊은 여자들이 하나둘 들어오기 시작했다. '과부집', '촛불' 두 곳에 불과했던 그곳은 '오란씨', '에티켓', '첫사랑'이 개업을 하면서 분주해졌다. 그곳은 시장통 상인들보다는 뜨내기나 노가다꾼, 휴가 나온 군인들이 들르곤 했고 가끔 흑인과 백인들도 드나들었다.

그즈음 오란씨에 엄청난 미인이 들어왔다는 소문이 돌았다. 여자는 어느 지방 미스코리아 대회에서 입상했는데 전국 미스코리아 예선에서 아슬아슬하게 고배를 마셨다고 했다. 여자가 떨어진 이유는 다름 아닌 보지에 털이 없기 때문이라고 했다. 그는 그 말을 이해하지 못했지만, 아마도 미스코리아 수영복 심사 전에 은밀하게 털이 있는지 없는지 살피는 규정이 있을지도 모른다고 생각했다. 여자의 이름은 설희였다. 설희는 이름처럼 눈같이 하얀 피부를 가지고 있었다. 그는 비록 나이는 어렸지만 설희에게 정말 털이 있는지 없는지에 대해서는 묻지 않았다. 여자의 아픈 상처를 건드리지 않는 것이 신사로서 당연히 지켜야 할 에티켓이라고 생각했다.

그렇다. '오란씨' 바로 옆엔 '에티켓'이 있었다. 어쩌면 설희에게 털이 없다는 소문은 '에티켓'에 있는 노랑머리 여자가 지어낸 것인지도 몰랐다. 노랑머리는 '오란씨'에 새로 들어온 미스코리아 예선 탈락자, 설희 때문에 죽을 맛이었다. 쪽 찢어진 눈, 심술이 덕지덕지 묻은 축 늘어진 볼, 왼쪽에 털이 숭숭 나 있는 콩알만 한 검정 점이 박힌 노랑머리 얼굴은 가히 밉상이었다. 술집에서 남는 맥주로 머리를 감아 노랗게 염색했다는 노랑머리는 그런데도 인기가 좋았다. 거대하게 출렁거리는 젖 때문이었다. 자신의 젖가슴에 대단한 자부심을 품고 있던 노랑머리는 머지않아 강리나나 이보희처럼 예술을 표방한 에로 영화에서 멋진 배역을 따낼 수 있다고 자신했다. 사실 노랑머리는 영화에 잠깐 출연하기도 했다. 나영희가 나오는 「매춘」이라는 영화였다. 거기서 노랑머리는 그녀가 제일 자신 있어 하는 매춘녀의 역할을 온몸으로 보여 주었다고 했다. 비록 영화에는 편집되어 얼굴은 나오지 않았지만 육감적인 몸만은 무려 5초 동안이나 나왔다고 했다. 촬영장에서 때마침 분장을 고치고 있던 배우 나영희가 그녀의 연기를 보고 자문을 구하기도 했다는 것이 노랑머리의 가장 큰 자랑거리였다. 믿을 수 없었으나 어쨌든 그런 소문은 노랑머리의 입을 통해 돌았고 증명이라도 하듯 그녀는 항상 가슴을 불쑥 내밀고 걸어 다녔다. 시장 사람들은 잠에서 덜 깬 노랑머리가 변소를 가기 위해 좁은 길을 지날 때면 꼭 그 앞에다 지갑이나 담배 따위를 떨어뜨렸다. 노랑머리가 몸을 숙여 물건을 집어 올려 주면 사내들은 젖이 너무 커서 메리야스 가게의 비비안 아저씨한테 미제를 따로 부탁한다는 그녀의 거대한 젖가슴을 넌지시 들여다보곤 했다. 더 짓궂은 사내들은 일부러 노랑머리와 정면으로 부딪쳐 그녀의 가슴을 슬쩍 만지거나 몸을 안기도 했다. 형은 노랑머리가 술집 여자가 된 것은 운명이라고 했다. 그런 여자애들은 어렸을 때부터 젖이 너무 크기 때문에 분명 동네 양아치들의 눈에 띄었을 것이고, 머리 나쁜 노랑머리는 그러는 걸 자기를 좋아해서 그런 줄 알고 몸을 함부로 굴리다가 결국 술집으로 빠졌을 것이라고 말했다. 그는 형의 말이 맞을지도 모른다고 생각했다.

노랑머리는 변비가 심해서 남들보다 오랫동안 변소에 앉아 있어야 했다. 그래서 사람들이 드나들지 않는 가장 구석진 변소간을 자주 이용하곤 했는데 그 칸은 시멘트가 갈라진 벽 틈 사이로 안이 보이는 곳이기도 했다. 노랑머리는 그 틈으로 눈을 바짝 대고 들여다보는 까까머리에서부터 헐떡거리며 자위를 하는 아저씨들에게까지 뭇남성들의 좋은 눈요깃감이 되고 있다는 사실을 전혀 몰랐다.

공중변소는 남녀 공용이었다. 남자들이 소변을 보는 곳은 시멘트로 칸을 발라 만들었고 문이 있는 변소의 맞은편이었다. 남자들이 소변을 볼 때 이용하는 변소엔 문이 따로 있지 않았다. 소변을 보는 남자의 뒤가 보여도 모래내 여자들은 거리낌 없이 남자의 뒤통수를 지나 맞은편에 자리한 변소의 문을 열고 안으로 들어갔다. 남자 오줌통 뒤편이 주로 여자들이 사용하는 변소인데 역시 하늘색 페인트가 칠해진 다섯 개의 나무 문이 있었다. 문을 열고 들어가면 시멘트로 바른 직사각형 구멍을 낸 재래식 변소가 있었다. 똥을 누다가 아래를 내려다보면 부글거리며 끓는 똥과 하얗게 오글거리는 구더기가 보였다. 달거리로 돈을 내지 않고 변소를 이용하는 사람들은 소변을 볼 땐 30원, 대변은 50원을 내야 했다. 휴지도 따로 팔았다. 두루마리 휴지를 넉넉하게 끊어서 비닐에 넣고 50원에 팔았다.

아비는 술을 먹으러 돌아다니기 일쑤여서 화장실을 지키는 것은 대개 그와 형이었다. 30원만 내고 소변을 보는 척하다가 똥을 누러 들어가는 남자를 잡아내야 했고 무엇보다 달거리 사용료를 내지 않는 뜨내기들이 그냥 들어가는 것도 잡아내야 했다. 소변을 본다고 들어간 여자들이 똥을 누는지 오줌을 누는지 확인하긴 힘들었지만, 시간을 계산해서 너무 오래 있다 싶으면 20원을 더 달라고도 했다. 50원을 내고 들어갔다가 변비여서 똥을 누지 않았다며 20원을 거슬러 달라는 치들도 있었다. 하지만 그는 한번 받은 돈은 절대 뱉어 내지 않았다.

노랑머리가 변소에 들어가면 그는 재빨리 뛰어가서 전직 공무원이었던 치킨집 아저씨나 고등학교 1학년인 국숫집 아들에게 일러주었고, 그들에게 500원을 받고 네 번째 칸에 들어가게 했다. 국숫집 아들과 나이가 같았던 형은 노랑머리에겐 관심이 없었다. 그에게 형은 우상이었기에 형이 좋아하는 것만 좋아해서 내심 무관심한 척했으나, 몇 번 노랑머리의 커다란 궁둥이를 엿본 적은 있었다. 물론 그 일이 있은 후, 그는 노랑머리의 궁둥짝도, 여자를 엿보는 일에도 모든 관심을 끊었다.

형이 가장 좋아하는 것은 오란씨였다. 오란씨는 오렌지 맛만 내는 환타와는 달랐다. 환타처럼 오렌지 맛을 내면서도 파인 향이나 애플 향이 났다. 오란씨가 등장하면서 당시 가장 잘 팔렸던 환타가 제일 큰 타격을 입었다. 오란씨 광고에 나오는 청순하고 하얀 피부의 모델은 인기가 좋았다. 긴 머리카락을 내려뜨린 얼굴은 누구보다도 청순했으며 허리를 돌리며 하와이언 춤을 출 때면 오금이 저릴 정도로 섹시했다. 그러나 형은 누구를 좋아한다고 해서 남들과 달리 유별나게 구는 짓은 절대 하지 않았다. 남자답지 못하다고 생각했기 때문이다. 형은 국숫집 아들처럼 영화「위험한 정사」의 글렌 클로즈 사진이나 붙여 놓는 놈들이나 아비처럼 벌거벗은 거나 다름없는 비키니 여자들 달력을 걸어 놓는 치들도 우습게 보았다.

"자고로 여자는 오란씨 같은 거야. 맛있게 먹고 이렇게 버리는 거지."

형은 오란씨 캔을 바닥에다 버리곤 발로 뭉갰다. 오란씨에 그려진 여자의 얼굴도 따라서 뭉개졌다. 그랬다. 오란씨 캔은 맥주 캔과 달리 쉽게 찌그러지지 않았다. 그런데도 형은 늘 쉽게 캔을 우그러뜨렸다. 형의 엄청난 힘에 대해선 누구나 다 인정하는 바였다. 형을 화나게 해선 안 됐다. 형은 화가 나면 흡사 두 얼굴의 사나이처럼 괴물이 되어 버렸다. 아이들은, 아니 어른들조차 형을 함부로 화나게 하진 않았다. 그러나 모래내에서 힘이 좋다는 것은 가랑이를 잘 벌리는 창녀나 다름없었다. 그저 그런 뒷골목으로 늪처럼 **빠질** 가능성만 커지는 것이었다.

원래 모래내는 깨끗하고 하얀 모래가 많은 냇가라는 뜻에서 붙여진 이름이라 했다. 아비가 그의 형을 낳은 어미와 결혼할 때만 해도 믿기지 않지만 모래내 개천엔 정말 깨끗한 물이 흘렀다. 아이들은 내에서 멱을 감았고 부녀자들은 빨래를 했다. 가재나 송사리 같은 것도 잡았으며 모래내의 하얀 모래 위에 자리를 펴고 앉아 찌개도 끓여 먹었다. 그리고 그땐 형을 낳은 어미가 그와 형을 위해 따뜻한 밥과 역시 김이 모락모락 올라오는 찌개를 삼시 세끼, 밥상 위에 올려 주었다. 그 시절엔 그런대로 살 만했다. 형도 그럭저럭 귀염을 받았으며, 아주 가끔은 김밥 같은 것도 싸서 가까운 능이나 공원으로 놀러 가기도 했다.

믿을 수 없는, 전설의 고향 같은 이야기라고 어린 그는 생각했다. 그가 태어나면서 모래내 개천은 시커먼 기름이 둥둥 떠 있는 똥물이 흘러넘쳤고 알 수 없는 고약한 냄새가 피어오르기 시작했다. 하얗던 모래는 부석부석한 먼지와 흙, 끈적한 기름으로 범벅이 되었다. 그러나 모래내가 더러워진 이유에 대해서 궁금해하는 사람은 없었다. 그러는 사이, 모래내 사람들은 모두 개천의 모래만큼이나 더러워졌고 어디서나 그런 대접을 받았다.

개천 다리 아래엔 부랑자들이 살았다. 그들은 쓰레기를 줍거나 시장을 돌면서 종이 박스나 병을 얻어다 팔았고 더러는 구걸을 했으며 가끔은 아이들이나 부녀자들의 돈을 뺏곤 했다. 그러다 불어닥친 사회 정화 운동은 이들의 자취를 감추게 했다. 거반 병신이 되거나 바보가 되어 돌아와 시장을 돌며 구걸을 하는 이를 가리키며 형은 그에게 말해 주었다.

모래내의 다리를 건너고 언덕배기를 하나 넘으면 연희동이 나왔다. 연희동은 대통령이 줄줄이 나온 곳이어서 사람들은 '연궁(宮)'이라 불렀다. 언젠가 연궁을 다녀왔던 형의 이야기를 듣고 그는 절대 연희동으로는 걸음 하지 않았다. 약간이라도 수상쩍은 사람이 출몰하면 숨어 있던 경찰과 군인들이 튀어나와 검문을 했고 조금이라도 불량해 보이면 그대로 어디론가 끌고 가 고문을 한다고 했다. 그는 불량했고 가난했고 늘 수상쩍어 보였기 때문에 더욱 두려웠다.

연궁엔 으리으리하게 큰 저택마다 에스컬레이터가 있고 텔레비전 만화영화에서나 보는 털이 복슬복슬한 커다란 개가 있다고 했다. 미국 대통령이나 탄다는 링컨 타운카가 즐비하고 쓰레기통에는 한 번 입고 버린 옷이며 한 번 베어 물고 버린 외제 과자가 잔뜩 있다는 말만 들었을 뿐이었다.

그 전해까지만 해도 모래내 아이들은 인근 대학에서 매일같이 터지는 최루탄 때문에 죽을 맛이었다. 멀쩡하던 사람도 일단 대학에만 들어가면 간첩과 내통하여 김일성을 찬양하게 되고 순진한 노동자들을 속여 파업을 하게 만들어 나라를 망치는 데 앞장선다며 아비는 핏대를 세웠다. 연궁에도 과연 이 매운맛이 전해졌을까 의문이지만, 모래내는 날마다 최루가스로 눈물 흘려야 했다. 하지만 88올림픽은 데모도 잠재웠다. 대학생들은 화염병 대신 스포츠 신문을 집어 들었으며 낮이고 밤이고 텔레비전 수상기 앞으로 모여들었다. 극장에선 약속이나 한 듯 에로 영화들이 넘쳐 났으며 사내아이들은 담벼락마다 붙여 놓은 영화 포스터 앞에서 시간 가는 줄 모르고 서 있었다.

아비는 대학생들과 걸핏하면 파업을 한다고 을러대는 노동자들을 욕했다. 공부를 시켜 봐야 머리에 빨갱이 물만 들어 데모나 한다고 말했다. 애국심이 많았던 그의 아비는 이런 까닭으로 형을 딱 중학교까지만 공부시키려 했는데 다행인지 불행인지 형은 그나마 중학교도 중퇴를 했다. 당시 초등학교 4학년이었던 그 역시 중학교까지만 다니게 된다는 사실을 알고 있었다. 그는 교육에 관한 한 아비의 선택에 만족했다. 학교란 그를 고통스럽게만 하는 곳이었다. 그를 가장 힘들게 했던 것은 구구단이었다. 그는 한 학년이 올라갈 때마다 한 단씩 겨우 외워 3학년이 끝날 무렵에야 3단을 외웠다. 4학년이 되어서는 모든 게 더 힘들어졌다. 다른 애들처럼 구구단을 노래 부르듯 하질 못하고 더듬더듬 자신 없는 목소리로 외우곤 했다. "네가 이러는 걸 너희 부모는 신경도 안 쓰니?" 선생은 깍쟁이 같은 목소리로 지휘봉을 까닥이며 혀를 찼다.

그는 운전을 하다가 종종 구구단을 외우곤 했다. 특히 졸릴 때는 구구단을 거꾸로 외웠는데 나름대로 구성진 가락을 곁들이면 잠이 달아났다. 동료들은 그런 그의 모습을 보며 혀를 내둘렀다. 평소 셈이 정확하고 빨라서 웬만한 계산은 암산으로 했다. 중학교 1학년이 돼서야 겨우 구구단을 외웠던 과거를 동료들은 알지 못했다.

셈이 정확하고 빠른 그는 덤프트럭 할부금을 붓고 수리비와 지입료를 내 가며 수지를 맞출 수 없다는 것을 당연히 알고 있었다. 어쩔 때는 많이 날라 댈수록 나가는 돈이 더 많을 때도 있었다. 그냥 차를 세워 두고 노가다라도 할까 하는 생각을 안 한 건 아니었다. 하지만 그러기엔 너무 아까웠다. 할부금을 내 가며 마련한 덤프트럭이 아까웠고 면허를 따기까지의 설움이 아까웠다. 그렇게 견뎠던 그다.

이제 마지막 밀린 3개월 치 할부금만 부으면 그의 차가 됐다. 그러나 갑자기 돈이 딱 떨어졌다. 도저히 돈을 마련할 여력이 없었다. 그는 똥줄이 탔다.

그러던 차에 하늘이 도왔을까. 운비를 안 주고 이리저리 피해 다니던 업주가 밀린 돈을 어음으로 끊어 주었다. 어음깡을 하게 되면 남은 할부금을 다 치러 낼 수 있었다. 그러고 나서 대운휴게소에 있는 순희를 데려가겠다고 식당 여주인에게 말할 작정이었다. 얼마의 돈만 쥐여 주면 식당 주인은 쌍수를 들고 반길 터였다. 순희도 말끔하게 씻기고 집에 앉혀 놓으면 저대로 알아서 빨래도 하고 김이 설설 나는 밥도 지을 것이다. 오히려 약간 모자라니까 몇 년 전 동거했던 술집 계집처럼 그의 통장을 들고 도망갈 일도 없어 좋았다.

그는 순희 앞에서는 이상스럽게도 순해지고 너그러워졌다. 순희가 계모인 식당 주인 여자에게 흠씬 두들겨 맞고 식당 앞 개똥나무 앞에서 쭈그리고 앉아 울고 있으면 그의 마음도 따라 우울해졌고 그러다가 그와 눈이 마주치면 언제 그랬냐는 듯 밝게 웃는 순희를 보면 영락없이 백치구나, 싶으면서도 기분이 좋아졌다.

"울다가 웃으면 거시기에 털 난다고 하든디."

순희는 저 혼자 이렇게 말하고는 입을 손으로 틀어막으며 크윽 크윽 트림 같은 웃음소리를 흘리며 즐거워했다.

순희는 식당에 들어오는 손님들을 볼 때마다 콜라 사 달라, 껌 사 달라, 아이스크림 사 달라 졸라 대곤 했다. 순희 때문에 식당 여주인은 난처했던 적이 한두 번이 아니었다. 이 식당은 앵벌이를 고용해 놓고 있는 거냐며 항의하는 손님이 있는가 하면, 서른은 좋이 되어 보이는 야릇한 여자가 식탁 주위를 맴돌며 교태 부리는 모습에 놀라 기겁하는 손님도 적지 않았다. 하지만 순희를 적당히 놀리면서 콜라나 껌을 미끼로 그녀의 숙성된 몸을 더듬는 치들도 많았다. 대개 트럭이나 레미콘, 고속버스를 운전하는 이들로 식당의 단골이었다. 식당 여주인은 그들이 순희의 허벅지나 엉덩이를 더듬거나 가슴을 은근슬쩍 만지는 것을 보고도 굳이 말리려 하지 않았다.

처음에 그는 순희에게 먹을 것을 사 주면서 세상이 얼마나 무서운 곳인지 왜 낯선 사내들에게 교태를 부리며 군것질거리를 조르면 안 되는지, 그가 할 수 있는 모든 어휘와 표현을 총동원해서 점잖게 타일러도 보고 윽박질러 보기도 했다. 그러나 순희에겐 통하지 않았다. 순희는 그가 무슨 말만 하면 헤벌쭉 웃어 대기만 했다. 이제 그는 외려 순희가 콜라를 마시며 가늘게 눈을 뜬 채 맛을 음미하는 모습을 바라보는 걸 즐겼다. 순희에게 콜라를 사 주기 위해 그는 멀리 돌아가는 한이 있어도 부러 대운휴게소까지 오곤 했다. 이미 밥을 먹고 왔어도 그는 식당에 오면 국과 밥을 시켜서 아주 천천히 식사를 했다.

그의 15톤 덤프트럭은 서천 인터체인지에서 29번 국도로 향했다. 더 이상 반응이 없는 그의 트럭에 흥미를 잃었는지 오토바이 두 대는 속도를 높이더니 마침내 그의 시야에서 사라졌다. 한 시간만 참자, 그는 속으로 다짐했다.

그가 대운휴게소 화장실에서 오토바이 폭주족에게 싸움을 건 것은 이제까지 그의 인생에서 흔치 않은 일이었다. 그는 싸움엔 젬병이었다. 우락부락한 외모와는 달리 그는 헛스윙의 대가였고 솜주먹의 대명사였다. 기사들끼리 친목 도모를 위해 가끔 하는 축구 경기에서는 개발의 달인이기도 했다. 공은 늘 예측불허의 방향으로 새 나갔다. 그러나 그는 오기가 있어서 공만은 악착같이 쫓아다녔다. 그래서 그의 별명은 '개'였다. 그는 술을 마시면 얌전했던 적이 거의 없었다. 오바이트를 하고 싸움을 걸고 지랄을 했다. 천상 미친 개였다. 그러다 싸움이라도 날라치면 그는 솜주먹과 헛스윙으로 저 혼자 쇼를 하다가 진탕 얻어맞거나 혹은 개처럼 열심히 뛰어 도망치곤 했다. 잔뜩 웅크리고 자는 모습도 천상 '개' 같았다. 그의 얼굴은 깨 정도는 콕콕 박힐 정도의 시커먼 모공으로 늘 지저분했고 개기름이 줄줄 흘렀다. 그렇지만 그도 일단 오기가 발동하면 제어하기 힘들었다. 그는 비장의 무기인 '이빨'을 사용하곤 했다. 상대의 어디든 그는 꽉 물고 절대 놓질 않았다. 아무리 상대가 억센 힘으로 귓방망이를 날리고 발로 차고 주위에서 잡아 뜯어도 그는 놓질 않았다. 그 모습 역시 '개'였다.

형이라면 오토바이 폭주족에게 어떻게 했을까.

문득 형이 국숫집 아들을 멋들어지게 팬 기억이 떠올랐다. 형의 괴력을 만방에 보여 주었던 그 일은 당시 원양어선을 타던 국숫집 아들의 아비가 멍청한 아들을 위해 보내온 나이키 운동화 때문에 일어난 사건이었다. 나이키 운동화는 모래내 아이들에겐 말도 안 되는 사치였다. 모래내 아이들은 기껏해야 까발로나 프로스펙스를 흉내 낸 스펙스 운동화 아니면 언뜻 나이키 운동화와 비슷하게 보이는 페가수스 운동화를 신었다. 나이키 운동화 가격은 그들에겐 천문학적인 숫자였다. 제아무리 미스코리아 예선 탈락이라는 화려한 이력을 지닌 오란씨 설희라도 몇 날 며칠 거기가 문드러지도록 가랑이를 벌리고 있어야 살 수 있었다. 국숫집 아들은 말도 안 되는 호사를 부리는 주제에 핀토스 청바지까지 입고는 거들먹거렸다. 그러던 차에 그가 우연히 국숫집 아들이 빨아서 널어놓은 나이키 운동화를 보게 됐다. 국숫집은 일산 시장을 따라 신작로를 향한 길을 바라보는 곳에 위치해 있었다. 국숫집 주인 여자는 통로를 따라 빨랫줄을 만들어 놓았는데, 시장 사람들이 줄기차게 드나드는 그곳에 그녀는 버젓이 자신의 팬티며 커다란 브래지어를 거리낌 없이 널어 말리곤 했다. 국숫집 여자는 원양어선 탄다고, 한 달이고 두 달이고 집을 비우기 일쑤인 남편을 둔 데다가 입담도 좋고 육덕도 좋아 시장 사내들에게 은근한 관심의 대상이 되곤 했다. 그런 까닭에 국숫집 여자는 수상한 소문들로 시장 여자들의 입방아에 오르내리곤 했다. 어쨌든 국숫집 아들이 바로 그 통로 빨랫줄에 여봐란듯 깨끗이 빨아 놓은 나이키 운동화를 집게로 꽂아 놓은 것이었다. 눈처럼 하얗게 빛나는 나이키 운동화를, 그것도 모래내 아이들 모두가 탐내는 그 운동화를 거기에 널어놓은 국숫집 아들의 행위는, 보는 사람이 임자니 아무나 집어 가시오, 라는 뜻으로밖에 해석되지 않았다. 하지만 그는 아예 경우가 없지는 않아서 단지 신어 보기만 했다. 훔쳐 갈 생각도 아니었고 문득 저걸 신으면 어떻게 보일까 궁금했을 뿐이었다. 국숫집 아들의 나이키 운동화는 생각보다 컸다. 몇 발짝 앞으로 걸어가던 그는 형의 발보다 국숫집 아들의 발이 훨씬 크다는 걸 알았고, 또 몇 발짝 앞으로 걸어가 보니 그의 아비 발보다 국숫집 아들 발이 더 크다는 것을 알았다. 문득 목욕탕에서 본 국숫집 아들의 시커멓고 축 늘어진 성기가 떠오르면서 '발이 크면 좆도 크다고 하더니 그게 사실이구나.'라는 생각을 했다. 그렇게 별

의미 없이 한 발짝 한 발짝 신작로 쪽을 향해 걸어가던 그는 별안간 뒤통수를 맞고 말았다. 순간 엄청난 통증이 몰려왔다.

"개백정 새끼. 이게 어디 내 신발 갖고 토낄려구 그래?"

국숫집 아들은 주먹으로 그의 가슴과 배를 사정없이 갈겼다. 그는 숨이 턱 막혀서 아무 말도 할 수 없었다. 단지 신어 본 것뿐이라는 변명도 할 수 없었다. 그는 가슴을 움켜쥔 채 앞으로 꼬꾸라지고 말았다. 숨을 쉴 수 없었다. 그의 머릿속이 노래졌다. 단지 5초 동안 숨을 쉬지 못했을 뿐인데 이렇게 죽을지도 모른다는 생각이 들었다.

"똥통에 빠진 새끼가 감히 더러운 발을 집어넣고 지랄이야. 좆같은 새끼."

그는 똥통에 빠진 치욕스러운 경험이 있었다. 그가 88올림픽을 간절히 기다렸던 이유 중의 하나도, 아이들이 올림픽 경기에 경도되어, 더 이상 그 사건을 입에 올리지 않으리란 희망 때문이었다. 88올림픽 전야를 화려하게 수놓는 폭죽 소리에 그의 똥통 사건에 대한 기억도 묻히는 듯했다. 아이들은 88올림픽에서 우리나라 금메달 수를 예측하기 바빴다. 서울에 온 쟁쟁한 세계 선수들, 그러니까 수영의 크리스틴 오토, 트랙의 패셔니스타 그리피스 조이너, 루마니아 체조 선수 도브레와 소련의 슈슈노바 그리고 세기의 대결이 될 것으로 예상되는 칼 루이스와 벤 존슨의 대결을 예측하고 파악하는 데 바빠 더 이상 그의 똥통 사건은 입에 올리지 않았다. 88올림픽이 없었다면, 매양 사건에 굶주린 모래내 아이들은 그의 똥통 사건을 입에 오르내렸을 것이다. 아비의 매질이나 선생의 잔소리와 차별, 변소집 아들이란 놀림은 참을 수 있었지만, '똥통에 빠진 새끼'라는 말은 치욕 중의 치욕이요, 수치 중의 수치였다. 죽은 듯 널브러져 있던 그가 움찔하는 것을 본 국숫집 아들은 그가 거짓으로 누워 있다는 것을 눈치채고는 나이키 신발 밑창으로 그의 뺨을 마구 갈기며 자기가 아는 모든 욕을 해 댔다.

"좆도 새끼, 갈보년 뒤꾸녕 닦는 새끼, 에미도 없는 거지 같은 새끼……"

그러다 갑자기 국숫집 아들은 손에 들고 있던 나이키 신발을 떨어뜨렸다. 그는 분명히 봤다. 국숫집 아들 뒤에 서 있던 형의 커다란 주먹 그리고 형의 머리 위로 솟아오르던 분노의 오로라를. 분노의 오로라를 품고 있던 형은 국숫집 아들의 뒤통수를 주먹으로 내리쳤고 국숫집 아들은 '억' 소리와 함께 쓰러졌다.

좆도 아닌 녀석은 바로 국숫집 아들이었다. 그의 형은 국숫집 아들이 떨어뜨린 나이키 운동화를 마구 짓밟았다. 그러고도 성에 안 찼는지, 형은 손으로 나이키 운동화를 종잇장처럼 갈기갈기 찢어 버린 것이다. 비록 아무도 그것을 믿지 않았으나 그는 분명히 봤다. 형의 손, 형의 머리와 몸으로 타오르듯 분출되던 분노의 오로라를, 그리고 엄청난 힘을.

역사적인 사건이란 대개 하루에 하나씩 일어나는 법인데 그날은 달랐다. 형의 괴력과 오로라를 발견한 날인 동시에 88올림픽이 개막한 날이기도 했다. 개막과 함께 폭죽이 터지고 하늘 가득 비둘기들이 날아올랐다. 억세게 운 좋은 일곱 살짜리 남자아이는 전 세계의 시선을 한 몸에 받으며 88올림픽 잔디 구장을 누비며 굴렁쇠를 돌렸다.

88올림픽이 열리자 가장 활개 친 사람은 류 형사였다. 류 형사는 술집을 순례하며 새로 들어온 여자들을 부지런히 개시했다. 그뿐 아니었다. 상납금 챙기는 데도 부지런했다. 보자기 펼쳐 놓고 파는 일산 상추 할매들뿐 아니라 포장마차에서부터 비교적 규모가 큰 디스코텍이나 카바레까지 각각의 규모에 맞게 착실히 상납금을 챙겼다. 한때 류 형사의 좆이 엄청나게 크다는 소문이 돌았다. 같이 2차를 간 여자들은 그가 엄청난 크기로 쉴 새 없이 요구하는 바람에 견디질 못해 뛰쳐 도망갔다는 이야기가 심심치 않게 돌았다. 그러나 그것은 그야말로 근거 없는 소문이었다. 여자들이 도망친 건 사실이나 그 이유 때문만은 아니었다. 생명의 위협을 느껴서였다. 노랑머리에 의하면 류 형사는 갖가지 도구를 집어넣기도 하고 마구 때린다고도 했다. 그의 이러한 취미 때문에 더러는 죽어 나자빠지는 여자가 한둘이 아니라고 했다. 류 형사는 무소불위였다. 한때 모래내 양아치들이 싹 사라졌을 때 류 형사는 평소 상납에 미진했거나 근거 없이 개기던 치들도 적당한 이유를 둘러대 함께 잡아넣었다. 류 형사에겐 든든한 줄이 있다고 했다.

"저 새끼가 아비도 풀어 줬잖아."

언젠가 형은 예의 감정이 묻어나지 않은 무뚝뚝한 목소리로 말했다. 어미가 아비에게 맞아 죽은 것은 온 동네가 다 아는 사실이었다. 그러나 류 형사 덕에 아비는 무혐의로 풀려났다고 했다.

"왜?"

"개고기 공짜로 얻어먹는 재미지. 우리 같은 사람은 죽어 봐야

개 값만도 못한 거야."

고작 개고기를 공짜로 먹는다는 이유 하나로 아비는 어미를 죽여도 멀쩡했고, 결국은 그들 입으로 들어갈 개나 흑염소 잡는 일에 형은 혹사당하고 있었던 것이다. 어린 그로서도 뭔가 이치에 맞지 않는다고 생각했지만 세상은 이미 어긋난 채 굴러가는 데 별 어려움을 느끼지 못하는 것 같았다. 가끔 그는 형의 인생이 안타깝다는 생각이 들었지만 자신을 낳은 어미를 기억하고 어미의 정을 그리워하는 형이 부럽기도 했다. 그를 낳은 어미는 그를 낳자마자 언젠가 국숫집 아들네에서 읽은 선녀와 나무꾼의 선녀처럼 도망갔다고 했다. 다른 점이 있다면 날개 같은 수많은 제 옷만 챙겼을 뿐, 아들은 두고 간 것이다.

설희도 오란씨에 오자 얼마 안 돼 류 형사와 2차를 가야 했다. 류 형사와 2차를 간 다음 날, 설희는 피가 번진 붕대로 다리며 팔을 친친 동여매고 나타났다. 드러난 다리에는 온통 멍이 들어 있었다. 목까지 졸렸는지 깊숙이 파인 듯한 손가락 자국도 보였다. 그런데도 설희는 정말 아무 일도 없었다는 듯 환하게 웃으며 그와 형에게 큰 목소리로 '안녕' 인사를 하고는 변소 안으로 들어갔다.

"저년은 저러고도 뭐가 좋다고 웃을까?"

그와 형은 동전을 받기 위해 만든 변소 옆 두 평 남짓한 쪽방에 있었다.

"넌이 뭐냐? 누나한테……."

형은 그의 머리를 쥐어박았다. 형이 살짝 쥐어박았을 뿐인데도 눈물이 날 정도로 아팠다. 노랑머리에겐 같이 욕도 하고 그랬는데 같은 매밋집 여자인 설희에겐 형이 왜 그러는지 알 수 없었다.

"치, 왜 그래? 머리 나쁜 년이니까 이런 데서 몸 파는 건 당연한 거라며."

그는 형의 동의를 구하고 싶었으나, 형은 아무 말도 하지 않았다. 형은 설희가 들어간 변소간 위로 모락모락 피어오르는 담배 연기를 바라보기만 했다.

"형, 술집 여자는 왜 모두 담배를 피울까?"

그가 불쑥 형에게 물었다. 형은 약간 잠긴 목소리로 대답했다.

"술집 여자 아니라도 불행해지면 담배를 피우게 돼. 널 낳은 어미도 날 낳은 어미도 다 담배를 피웠다."

그의 마음은 참으로 쓸쓸해졌다. 냄새나는 변소에 쭈그려 앉아 보글거리는 똥 위를 바득바득 기어 나오려는 구더기들을 바라보며 담배를 피우는 것. 그것은 똥 같은 세상에 구더기처럼 살아야 하는 인생의 한 단면이었다. 인생을 바라보며 지난밤의 고통을 담배 연기로 씻어 내 버리는 것. 그것이야말로 비애라는 생각이 들어서 그는 조금 눈물이 났다. 어떻게 보면 변소와 매밋집은 비슷한 면이 많았다. 누구든 얼마의 돈만 내면 배설의 욕구를 채워 주는 곳이었고 그럼에도 누구에게나 하찮은 대우와 무시를 받으며 끈덕진 구린내를 달고 나오는 곳이었다.

그때 아비가 방문을 벌컥 열고 들어섰다.

"니들 돈통에 손댔지?"

아비는 여느 때처럼 돈통의 동전을 박박 긁어 전대에 집어넣었다. 어이가 없었다. 아비는 거스름돈으로 줘야 할 50원짜리 동전 묶음과 10원짜리 동전 묶음 외엔 지폐는 모조리 시간 날 때마다 챙겨 갔고 10원 하나 허투루 새어 나가지 못하게 했다.
"넌 왜 여깄냐? 가서 일하지 않고?"
아비는 형을 보자 눈을 부라렸다. 형은 슬그머니 자리에서 일어나 밖으로 나갔다. 사실 그 방에서 세 사람이 같이 지낸다는 것은 서로에게 힘든 일이어서 형은 언제부터인가 할멈네 가게서 잠을 자곤 했다.
아비는 술 냄새를 풍기며 벌렁 드러누웠다. 그는 폈던 다리를 가슴까지 끌어당겨 앉았다. 아비는 금세 드르렁드르렁 코를 골았다. 콧구멍 밖으로 들쭉날쭉 흔들리는 털이 나왔다 들어갔다 했다. 흐흐흡흡 퓨 커커커. 아비는 숨을 들이마셨다가 몇 초 동안 죽은 듯 있다가 늦게야 숨을 몰아 내쉬었다. 가끔 그는 아비가 저렇게 잠을 자다 죽는 건 아닐까 생각했다. 가만히 아비의 코에 귀를 들이대다가 제트기처럼 내뿜는 콧바람에 귀청이 떨어질 뻔했던 적도 한두 번이 아니었다.
아비는 잠을 자다가, 바지 속으로 손을 집어넣었다. 사타구니를 북북 긁다가 손을 뺐다. 손톱 사이에 꾸불꾸불하고 시커먼 음모가 껴 나왔다. 그때 설희가 공중변소로 들어왔다. 그는 아비의 엄청나게 북슬북슬한 음모가 떠올랐다. 그는 문득 징그러운 그것이 없는 설희야말로 정말 눈처럼 깨끗한 여자라는 생각을 하고 말았다. 설희의 하얀 다리, 파란 멍, 그리고 짧은 반바지 안에 있을 살구빛을 띠었을 그것. 그것을 상상하다 보니, 그는 자꾸 자지가 가려워졌다. 그는 얼른 설희가 들어간 변소간을 쳐다보았다. 설희는 에티켓 노랑머리가 자주 들어갔던 바로 그 다섯 번째 변소간으로 들어갔던 것이다.

  그는 침을 꼴깍 삼켰다. 마음이 다급해졌다. 그는 조심스럽게 문을 열고는 발에 걸리는 대로 아무거나, 아비가 끌고 다니는 갈색 슬리퍼를 꿰차곤 어기적어기적 네 번째 변소 문을 열고 안으로 들어갔다. 침을 한번 꼴깍 삼키곤 엉덩이를 하늘로 솟구쳐 들고는 시멘트 벽면 사이로 난 틈에 눈을 바짝 들이댔다. 사실 그 자세는 키가 작은 그로서 여간 힘든 게 아니었다. 쪼그려 앉아 보기엔 틈의 위치가 다소 높았다. 게다가 아비의 커다란 슬리퍼를 신고 나온 터라 발 위치를 잡기도 힘들었다.

  가까스로 자리를 잡아 보았지만 타이밍을 놓치고 말았다. 마침 설희는 일을 다 보았는지 엉덩이를 들어 올려 바지를 올리던 중이었다. 너무 짧은 순간이었던지라 놀랍도록 하얗고 두루뭉술하게 큰 엉덩이를 슬쩍 보았을 뿐 진짜 보고 싶었던 그것은 볼 수가 없었다. 그런데도 그의 자지는 딱딱해졌다. 그는 저도 모르게 몸을 부르르 떨었고 이상한 기대감에 달떠 틈새로 얼굴을 바짝 들이댔다. 똥통에서 올라오는 냄새가 심했지만 그래도 좋았다. 국숫집 아들이, 그리고 닭집 아저씨가 이 짓에 집착하는 이유를 알 것 같았다. 숨이 거칠어지면서 어쩐 이유인지 그의 다리에서 힘이 빠져나갔다. 그러다 그만 그의 발보다 훨씬 컸던 갈색 슬리퍼의 낡은 밑창이 발바닥에서 밀려 나가고 만 것이다. 순식간의 일이었다. 그의 아비는 슬리퍼조차 도움이 안 되었다.

  그는 악, 하는 비명조차 내지르지도 못한 채 빨려 들어가듯 똥통 속으로 쑤욱 빠져 버리고 말았다. 간신히 두 팔로 입구를 잡았지만 너무 늦었다. 뜨뜻미지근하고 물큰한 똥 속으로 그의 두 다리는 허벅지 아래까지 쑤욱 빨려 들었다. 초여름에 똥차가 왔던 이후 겨울에야 차를 부른다고 했던 아비의 말이 떠올랐다. 아비는 똥이 가득 차지 않으면 똥차 새끼들이 통에 똥을 덜 채운 채 한 통 값을 받는다면서 변소에 똥이 가득 찰 때까지 부르지 말아야겠다고 했다. 이대로 손에 힘이 빠지면 아무도 모른 채 똥물에 빠져 죽을지도 모를 일이었다. 거기까지 생각이 미치자, 그는 그제야 비명을 질러댔다. 설희마저 이곳을 나간다면 그의 비명을 들을 사람은 아무도 없었다. 공중변소는 상가와도 뚝 떨어져 있는 데다가 그나마 가까이 붙어 있는 매밋집은 늘 음악을 크게 틀어 놓고 있기 때문에 그의 소리를 들을 수가 없었다. 가뜩이나 잠귀가 어두운 아비가 술까지 마셨으니 그의 소리를 들을 리 만무했다.

　자신을 구할 이는 오란씨의 여자, 설희밖에 없다는 생각이 들었다. 그는 사내답지 못하게 계속해서 살려 달라고 소리를 질러 댔다. 오줌 이끼가 잔뜩 낀 시멘트 바닥은 말할 수 없이 미끄러웠다. 더 이상 손으로 바닥을 잡고 버틴다는 것은 불가능했다. 차츰 몸은 아래로 아래로 빠져 들어갔다. 그는 절망했다. 이렇게 어처구니없는 일이 자신에게 벌어졌다는 게 믿어지지 않았다. 형이라도 있었다면 단번에 그를 꺼내 주었을 텐데. 그는 마침내 훌쩍거렸다.

　그때 문이 확 열렸다. 그에게 손을 내민 것은 설희가 아닌 에티켓 노랑머리였다. 에티켓 노랑머리는 그의 뒷덜미를 잡아 끌어올렸다. 노랑머리 뒤에 서 있던 오란씨 설희는 사슴같이 커다란 두 눈을 동그랗게 뜬 채로 멍하니 서서 바라보기만 했다. 노랑머리는 힘도 좋았다. 목덜미가 집힌 그는 허우적거리며 노랑머리의 젖을 덥썩 잡고서야 겨우 나올 수 있었다. 그렇게 해서 그는 다리에 온통 똥을 묻힌 채 처참한 몰골로 바닥에 널브러졌다. 노랑머리는 그가 젖을 잡았을 때부터 미친 듯이 웃어 대더니, 그가 벌레처럼 바닥으로 기어 나오자 더럽다며 비명을 질러 댔다. 발을 동동 구르고 가슴까지 출렁거리며 저 새끼가 똥 묻은 손으로 내 가슴을 만졌다며 지랄을 했다. 가뜩이나 웃음이 흔한 설희는 노랑머리보다 더 크게 웃어 댔다. 잠을 자던 아비는 그제야 일어나 문을 열어 보았다. 그는 몸을 일으켜 똥을 잔뜩 묻힌 맨발로 변소 바닥에 섰다. 그 꼴을 본 아비란 작자는 얼른 뛰어 내려와 어떻게 된 것이냐, 다친 데는 없느냐, 놀라지는 않았느냐, 무슨 좋은 구경났다고 웃어 대느냐, 노랑머리와 설희에게 핀잔주지 않았다. 놀랍게도 같이 웃어 대더니 바깥으로 뛰어나가서는 마침 변소 앞을 지나가던 정육점 주인을 불러 세웠다. 정육점 주인은 뱃살을 출렁이며 웃어 댔다. 아비는 시장 길 건너까지 뛰어나가서 건어물 장 씨 아줌마와 국숫집 아줌마마저 불렀다. 건어물 장 씨 아줌마는 또 비비안 아저씨를 불렀고 비비안 아저씨는 고추가겟집 꼬마 녀석을 불러서는 너도 조심하지 않으면 저 꼴이 된다며 주의를 시켰다.

그렇게 하여 똥칠을 한 채로 서서 거반 모든 시장 사람들의 구경거리가 되어서야 아비는 그의 등짝을 찰싹찰싹 때리며 많은 사람들 앞에서 옷을 홀딱 벗으라는 명령을 내렸다. 아비의 호통에 기가 질린 그가 옷을 벗자, 아비는 변소 앞에 붙어 있는 수도꼭지를 틀어

호스 입구를 납작하게 누른 다음, 그의 몸에 물을 세차게 뿌려 댔다. 열한 살의 그는 창피해서 어쩔 줄 몰라 손으로 밑을 가리며 몸을 움츠렸다. 구경하는 사람들은 이미 똥 묻은 더러운 꼴을 봐서 그런지 그의 알몸엔 그다지 큰 관심을 표하지 않았다. 국숫집 아줌마는 똥독은 물로는 가시지 않으니 소주로 닦아 보라고 건의했고 아비는 그 아까운 걸로 더러운 이 새끼를 닦아 내느니 똥물을 내가 받아먹겠다고 어처구니없는 농을 부렸다. 그는 이런 상황에 농담을 지껄이는 아비가 말할 수 없이 증오스러웠다.

그 뒤의 시간은 언젠가 그가 학교에서 배웠던 일제강점기 독립투사가 받았다던 오욕과 치욕보다 더한 일들로 채워졌다. 차라리 그때 똥통에 빠져 죽었다면 더러운 동정이라도 받을 수 있었을 것이라고 생각했다. 그는 똥간집 아들, 개백정 동생, 거기에 똥통에 빠진 얼간이가 되고 말았다.

다행히도 올림픽이 시작되자 치욕의 시대는 끝이 났다. 아이들은 더 이상 어둡고 냄새나는 그의 과거에서 즐거움을 찾지 않았다. 상무 체육관에서 벌어진 레슬링 그레코로만형 결승전에서 악바리 김영남 선수가 첫 금메달을 따자 아이들도 어른들도 미친 듯이 소리를 지르며 즐거워했다. 그들은 단순했다. 이기면 열광적으로 기뻐했고 지면 세상이 끝난 것처럼 화를 냈다. 축구의 강호 아르헨티나와의 게임에서 한국은 2대 1로 패했고 어른들은 피를 토해 내듯 한숨을 내쉬며 술을 마셔 댔다. 그러나 그와 또래들은 미국의 칼 루이스와 캐나다의 벤 존슨 이야기를 하느라 시간 가는 줄 몰랐다. 그는 벤 존슨이 이기길 염원했다. 이유는 간단했다. 벤 존슨의 예선 기록이 칼 루이스보다 부진했기 때문이었다. 어쩌면 그의 불길한 버릇 중 하나는 늘 질 것 같은 팀만 응원한다는 것이었다.

그의 생이 가뜩이나 별 볼일 없을 수밖에 없는 이유는, 어쩌면 그런 버릇에서 파생되는 일종의 나비효과인지도 몰랐다. 어린 그에게 있어 이길 것이 예상되는 팀을 응원한다는 건 어쩐지 무의미했다. 질 것이 예상되는 선수나 팀을 응원하다가 역전의 기쁨을 누리는 것이 그에겐 낙이었다. 하지만 그런 기쁨을 누리기란 여간 어려운 게 아니었다. 일말의 희망을 품기도 전에 터무니없는 점수나 기량 차로 지기 일쑤였기에 그는 경기를 늘 신경질적으로 관람하곤 했다.

칼 루이스나 벤 존슨의 대결에서도 마찬가지였다. 물론 벤 존슨이나 칼 루이스는 둘 다 언론의 스포트라이트를 받았으며 방송이나 신문도 제각각 다르게 결과를 점쳤으나, 전체적으로 칼 루이스에게 후한 점수를 주었다. 그것이 그의 심사를 뒤틀리게 만들었다. 또한 벤 존슨의 뭉뚝뭉뚝하고 사내다운 얼굴 생김이며 '칼 루이스는 내 상대가 못 된다.'라고 호언장담하는 남자다움도 그의 마음에 들었다. 칼 루이스는 스타트가 늦었지만 70미터 이후부터 속도가 나는 스타일이었다. 검은 탄환 벤 존슨은 폭발적인 스피드로 유명했지만 뒷심은 칼 루이스에게 밀렸다.

학교에선 올림픽 비인기 종목 경기 표를 아이들에게 팔았고 거길 다녀온 아이들은 어깨를 들썩이며 으스댔다. 형은 이때 중학교를 중퇴한 것을 매우 아쉬워했다. 하지만 바보 같은 소리였다. 설령 형이 중학교를 다녀서 비인기 종목 경기라도 갈 수 있는 상황이 되어 봤자, 그의 아비가 표 값을 주며 보내 줄 리 없었다.

모래내 아이들의 손이 바빠졌다. 국숫집 아들은 소련의 엘레나 슈슈노바와 루마니아의 다니엘라 실리바스의 체조를 보면서, 형은 안으로 말려 들어간 수영 팬티 빼내는 여자 수영 선수들의 엉덩이를 보거나 그리피스 조이너의 독수리 발톱 같은 긴 손톱이 제 등판을 할퀴는 상상을 하며 손운동에 열중했다.

올림픽 9일째가 되는 날, 드디어 벤 존슨과 칼 루이스의 대결이 시작되었다. 아이들은 내기를 걸었다. 그러나 그는 동참하지 않았다. 물론 내기에 걸 돈도 없었지만, 벤 존슨에 대한 예의가 아니라고 생각했기 때문이었다. 경기 시작 몇 시간 전부터, 방송사마다 벤 존슨과 칼 루이스의 경기 스타일을 계속해서 소개했다. 과연 누가 이길 것인지, 세계 신기록을 깰 수 있을 것인지가 관심의 초점을 이루었다.

출발선에 치타처럼 몸을 웅크린 벤 존슨과 칼 루이스가 전 세계의 카메라 세례를 받으며 스타트를 기다렸다. 정적이 흘렀다. 그도 따라 숨이 막혔다. 레이스의 시작은 이렇듯 숨이 막히는 것이다.

그랬다. 그의 가슴은 터질 것만 같았다. 벤 존슨이 이긴 것이다. 100미터 결승선을 끊기 직전 벤 존슨은 자신이 일으킨 먼지를 뒤집어쓴 칼 루이스를 흘낏 돌아보았다. 육상 경기를 진행하는 앵커는 벤 존슨이 막판에 뒤돌아보지만 않았어도 더 놀라운 기록을 세울 수 있었을 거라 흥분하며 떠들어 댔다. 하지만 이미 벤 존슨의 기록은 세계 신기록이었다. 9초 79. 벤 존슨은 경기 초반부터 튀쳐 나오기 시작, 칼 루이스에게 역전의 기회를 주지 않았다. 100미터를

48걸음 만에 주파한 것이다. 칼 루이스는 이보다 훨씬 늦은 9초 92였으며 거리도 1미터 넘게 뒤졌다. 9초 8은 인간으로서는 도저히 넘을 수 없는 기록의 벽이었다. 그는 너무 기뻐서 좁은 방 안에 있을 수가 없었다. 가슴이 벅차오르는 걸 난생처음 느꼈다. 그는 밖으로 뛰쳐나갔다. 그리고 짐승같이 소리를 질러 댔다. 우 우 오오아 와아와 아아.

한국 팀이 금메달을 따고 선전하는 것도 좋았지만 벤 존슨의 금메달 획득만큼 기쁘지 않았다. 왠지 그도 그동안의 온갖 오명을 벗고 일인자가 될 수 있을 것 같다는 어처구니없는 자신감마저 들었다. 그때 문득 설희가 떠올랐다. 설희에게 가서 이 지긋지긋한 모래내를 같이 떠나는 게 어떠냐고 말해 보고 싶어졌다. 그렇게 말하면 설희는 그를 데리고 갈 것도 같았다. 구더기 같은 아비가 잠든 틈을 노려 지긋지긋한 똥간에 확 불을 지를 수 있을 것도 같았다.

그는 개천가를 뛰었다. 그때 다리 아래에서 설희와 형이 거의 말라 버린 개천 물줄기를 바라보며 나란히 앉아 있는 것을 발견했다. 그는 한껏 고양된 자신감으로 형과 설희에게 달려 내려갔다. 무슨 일로 형과 설희가 텔레비전도 안 보고 그토록 진지하게 이야기를 나누는지 그때까지만 해도 궁금하지 않았다.

"형."

형은 아주 천천히 뒤를 돌아보았다. 그때 형의 얼굴은 매우 낯설었다. 가장 남자답고 어른스럽다고 생각하던 형이었건만 어쩐지 놀랄 만큼 아름답고 어리게까지 느껴졌다.

"왜?"

평소의 무뚝뚝하던 목소리도 아니었다. 어딘지 모를 따스함 같은 것이 느껴졌다.
"형, 벤 존슨이 금메달을 땄어. 칼 루이스를 제치고."
"그래?"
옆에 있던 설희는 간밤에 또 류 형사에게 맞았는지 볼에 벌건 손자국이 보였다.
"칼 루이스가 이기는 게 좋지 않아? 그래두 칼 루이스는 미국 선수잖아."
설희는 류 형사에게 맞는 것쯤 아무것도 아니라는 듯 웃음 띤 목소리로 말했다.
"에이, 벤 존슨이 더 멋지지."
"그래 봐야 둘 다 깜둥인데 뭐."
설희는 역시 모자라도 한참 모자란 여자라고 그는 생각했다.
"나두 너만 한 동생이 있는데……."
"아, 그래? 여자야, 남자야?"
"너처럼 이쁜 남자애."
남자는 예쁘다고 표현하는 게 아니라 멋있다거나 터프하다고 말해야 한다고 대꾸하고 싶었지만 그는 가만히 있었다.
"이거, 너 먹어."
설희는 손에 쥐고 있던 오란씨를 그에게 건네주었다. 옆에 서 있던 형은 바보같이 계속 히죽히죽 웃고 있었다.
그는 설희에게 받은 오란씨를 그 자리에서 마시지 않았다. 그는 그걸 가만히 들고 있다가 아무도 보지 않는 변소에 들어가 쭈그려

앉은 채 한 모금씩 음미하며 마셨다. 하도 오래 쥐고 있었는지 오란씨는 미지근했으나 톡 쏘는 맛은 여전했으며 달콤한 파인애플 향이 나는 오렌지 맛은 오래도록 혀끝에 남았다. 이상하게 오란씨는 마시면 마실수록 목이 더 말랐다. 그는 오란씨의 마지막 남은 한 방울까지 털어 마시고는 캔에 새겨진 설희를 닮은 모델을 오래도록 쓰다듬으며 바라보았다.

그날 밤 아비는 들어오지 않았다. 그는 형과 단둘이 있을 수 있었다. 형은 그를 미친놈이라고 했지만 콧노래를 멈출 수가 없었다. 이건 모두 벤 존슨이 금메달을 땄기 때문이라고 그는 생각했다. 벤 존슨의 1등은 얼마나 달콤한가. 이긴 것은 당연한 것이었다. 뭔가 더 혼신의 힘을 기울였다면 훨씬 좋았을 텐데, 라는 아쉬움까지 남기는 1등이란 얼마나 환상적인가. 아득바득 열심히 해서 1등을 채우려 드는 인간과는 전혀 다르다는 점이 그의 남성적 허영심을 만족시켰다.

"새끼가 실성을 했나?"

형은 그의 머리통을 쥐어박았다.

"형은 벤 존슨이 이긴 게 기쁘지 않아?"

"그래 봤자 둘 다 깜둥이에 양놈인데, 뭐가 기뻐?"

결국 형도 설희와 같은 소리를 했다.

"난 벤 존슨이 좋아. 칼 루이스는 왠지 호모 같잖아."

"호모가 뭔지도 모르는 자식이."

맞다. 호모가 뭔지 그는 몰랐다. 그냥 남자답지 못한 남자를 가리켜 그렇게 이야기한다는 정도로만 알았던 것이다.

"근데 설희는 몇 살이야?"

"나보다 한 살 많아."

그렇다면 그보다 일곱 살이 많았다. 그 정도는 충분히 극복 가능하다고 그는 생각했다.

"류 형사가 아직도 괴롭힌대?"

형의 시선이 어렴풋이 흔들렸다. 그러곤 형은 곧 어색한 미소를 지었다.

"실은 나 딱지 뗀다."

"딱지?"

"아니다, 임마. 네가 알 바는 아니고."

형은 벌렁 뒤로 누웠다. 딱지를 뗀다, 그 말이 어떤 의미였는지 그는 알 수 없었다.

다음 날 오후 나타난 아비는 개를 훔쳐 오겠다며 오토바이를 끌고 나갔다. 형은 그에게 1000원짜리 다섯 장을 쥐여 주며 나가서 맛있는 걸 사 먹고 놀라고 했다. 생일도 설날도 아닌데 5000원이라는 거금이 생기다니, 그는 형에게 이게 무슨 돈이냐고 물어보려다 괜히 그러다 도로 뺏길지도 모른다는 생각에 얼른 받았다. 아비가 하듯 다섯 장의 지폐를 똘똘 말아 양말 속에 집어넣었다. 그리고 그는 지폐를 한 장씩 꺼내, 입에 넣으면 톡톡 튀는 오렌지 맛 사탕 과자와 오색찬란한 색소가 들어 있는 쫀드기와 불량 식품들을 잔뜩 샀다. 과자를 주머니에 쏟어 넣고는 개천가를 어슬렁거리는 녀석들과 말뚝박기를 하며 놀다가 하나씩 꺼내 먹었다. 알코올램프 위에 올려놓은 소금처럼 톡톡 튀어 오르는 달콤한 사탕 과자를 입에 넣고 마음껏 음미했다. 그는 그렇게 개천을 뛰어다니며 놀았다.

해가 뉘엿뉘엿 질 무렵 그는 오락실에 들러 동전을 수북이 쌓아놓고 그동안 돈이 없어 구경만 해야 했던, 자칼과 올림픽 게임을 했다. 그러나 그날따라 재미도 없고 지루했다. 동전이 아직 많이 남아 있었지만 그는 자꾸 집으로 들어가고만 싶었다. 오락실을 뒤로한 그는 사탕 과자를 혓바닥 위로 살살 굴려 돌리면서 공중변소 곁방 문 앞에 섰다. 돈을 받는 창문이 꼭 닫혀 있었다. 게다가 여자 슬리퍼가 문 앞에 있는 게 이상스러웠지만 그러나 그뿐 별생각 없이 문을 열었다.

그는 그만 믿을 수 없는 광경을 목격하고 말았다. 두 평 남짓한 공중변소에 딸린 바로 그 방에서 설희의 하얀 살과 형의 가무잡잡한 살이 엉켜 있었다. 땀에 젖은 형은 설희의 몸에서 일어나 그에게 나가라고 손을 흔들었다. 그러나 그는 우두커니 서서 형과 설희를 내려다볼 뿐이었다. 설희가 인상을 쓰며 몸을 일으켰다. 그때 슬쩍 설희의 사타구니를 보았다. 소문보다 더 깨끗한 조가비 같은 살구빛을 띠었다. 역시 설희였다. 형은 옆에 있던 베개를 그에게 던졌다.

"나가 있으라니까, 내 말 안 들려?"

그제야 그는 귀가 뚫린 듯했다.

"혀엉……. 흐흐흐."

그는 허탈한 웃음을 흘리며 돌아섰다. 그의 얼굴은 일그러질 대로 일그러졌다. '남자는 괴로운 상황에서 웃는 거야.' 언젠가 형이 했던 말을 떠올려 봤지만 도무지 위로가 되지 않았다. 그는 달리기 시작했다. 모래내 개천 둑길에 피어오르는 역한 물내를 맡으며 벤 존슨처럼 달리기 시작했다.

역사적인 불행은 하루에 한 가지만 있는 법인데 88올림픽은 모든 것을 엉망진창으로 만들었다. 가장 사랑하는 형이 하필이면 설희와 그 짓 하는 걸 목격했고 그리고 그의 영웅, 벤 존슨이 약을 먹고 달린 사실이 발각되고 말았다. 벤 존슨의 목에 걸렸던 빛나는 금메달을 칼 루이스에게 건네주게 됐다. 남자답지 못한 칼 루이스가 얼마나 징징댔으면, 별도의 시상식도 치러 주겠다고 했다는 것이다. 벤 존슨은 약물복용 때문에 캐나다 대표 팀에서도 영원히 제명당해야 했고 평생 체육 연금도 받지 못하게 됐다. 벤 존슨은 명예도 돈도 금메달도 빼앗겨야 했다. 그리고 그를 열광적으로 따랐던 어린 소년의 마지막 환희와 자신감마저 잃게 했다. 후에 '나만 약물을 먹은 게 아니다. 그것은 미국이 캐나다의 금메달을 뺏으려는 음모였다.'라는 벤 존슨의 말에 일면 수긍이 가기도 했으나 그렇다고 잃었던 금메달이, 어린 날의 환희가 되돌아오는 것은 아니었다.

그날 이후 형은 그에게 자꾸 먹을 걸 주었다. 멍하니 앉아 있는 그의 목덜미 뒤로 오란씨를 쑥 집어넣기도 했다. 차가운 기운에 화들짝 놀라 펄쩍 뛰면 형은 웃지도 않고 그냥 뒤돌아서서 갔다. 아비에게 얻어맞아 눈물을 짜고 있으면 형은 또 그의 앞으로 뜨거운 물을 부은 사발면을 밀어 넣고 갔다.

'씨발, 내가 이걸 먹을 줄 알아?'

속으로는 그렇게 말하면서도 입 가득 고인 침을 참을 수 없던 그는 형이 보이지 않는 것을 확인하자마자 후루룩 국물부터 마시곤 했다.

형은 그에게뿐 아니라 설희에게도 음식을 해다 날라 댔다. 아비와 할멈의 눈을 피해 보신탕을 만들어 주기도 했고 어쩔 때는 미꾸라지를 사다 직접 갈아서 추어탕을 만들어 주기도 했다. 어디서 그런 걸 배웠는지 형의 음식 솜씨는 제법 좋았다.

형은 솥 가득 추어탕을 해서는 공중변소 곁방으로 가지고 들어왔다. 그는 쳐다보지도 않고 묵묵히 창문 앞에 허리를 꼿꼿이 세운 채 앉아 있었다.

"너 나랑 말 안 할 거지?"

그는 대답하지 않았다. 말을 안 하려 한 것은 아니었는데 어쩐지 어색했다. 방 안 가득 들큰한 추어탕 냄새가 진동했다. 형은 솥을 아비의 목침 위에 올려놓았다. 약속이라도 한 듯 설희가 변소로 들어왔고 형은 설희를 불렀다.

"내가 들어가도 될지 몰라."

설희는 히죽거리며 방으로 들어왔다. 형은 숟가락 세 개를 솥에 꽂았다.

"밥도 다 말아 왔어. 퍼 먹으면 돼."

형은 그에겐 먹으라는 말도 않고 설희와 둘이 김을 후후 불어 가며 수저질을 했다. 그의 입안 가득 침이 고였다.

"와서 먹어. 니 숟가락도 가져왔어."

형의 그 한마디가 그렇게 고마울 수가 없었다. 그는 침 삼키는 소리가 들릴까 봐 부러 헛기침을 하며 천천히 뒤돌았다. 설희가 수저를 그의 앞으로 내밀었다.

"내가 성격이 좋으니까 참는 거야."

뭔가 한마디 하지 않으면 어쩐지 자신이 더 우스워질 것 같아 그는 한마디 했다. 하지만 그 말이 끝나기가 무섭게 형과 설희는 배를 잡고 깔깔댔다.

"아 씨, 웃지 마."

그는 수저질을 멈출 수가 없었다. 깔깔하고 부드럽게 씹히는 건더기와 구수한 국물이 기가 막히게 좋았다.

"새끼야, 먹을 거면서 뭘 튕겼냐?"

그 말을 들으니 갑자기 눈물이 났다.

"어라, 너 왜 울어?"

설희가 그의 등허리를 쓸어내렸다.

"이 씨, 저리 치워."

그는 설희의 손을 잡아뗐다.

"너 설희 좋아했던 거 아니야?"

갑자기 형이 깔깔대며 웃었다. 그의 얼굴이 벌게졌다. 형과 설희가 큭큭거렸다. 그들의 작태에 기분이 나빠져야 옳았으나 그는 이상하게 눈물이 나면서도 웃음이 나왔다. 아무래도 따뜻한 밥과 국물이 목구멍으로 넘어가니까 그런 것 같다고 그는 생각했다. 어쨌든 그는 웃다가 울면서 마지막 남은 밥 한 톨까지 싹싹 긁어 먹었다.

그날 이후 그에게 따뜻한 밥과 국을 해 주었던 사람은 없었다. 기껏해야 그가 드나드는 식당의 얼굴도 모를 주방 아줌마들뿐이었다. 그러던 그에게도 변화가 생겼다. 대운휴게소 식당을 다니면서 순희를 알게 된 것이다. 순희는 식당에서 허드렛일을 도왔다. 옷도 아무렇게나 입고 다녔고 잘 갈아입지도 않았다.

순희는 카운터 뒤편이나 식당 앞 화단에 앉아 있다가 그가 오는 걸 발견하면 쪼르르 달려와 넙죽 인사를 했다. 그러고는 꼭 자기네들이 따로 퍼 먹는 밥솥에서 밥을 떠 그에게 가져다줬다. 순희가 말을 꺼내기도 전에 그가 미리 콜라를 사 주었기 때문인지, 어느 날부터인가 먹을 것을 사 달라고 조르지도 않았다. 순희는 그가 사 준 콜라를 홀짝홀짝 마시면서, 맞은편 의자에 앉아 그가 밥 먹는 걸 구경하곤 했다. "밥 잘 먹는데." 순희는 어린애 같은 목소리로 말하고는, 그가 밥을 비울 때가 되면 또 쪼르르 식당 주방으로 들어가 역시 저희 식구들이 먹는 숭늉을 따뜻하게 데워다가 주었다. 계산을 치른 후에 그곳 휴게소 공중 화장실을 갈 때도 순희는 그를 따라가 앞서 기다리다가 그가 나오면 종이컵에 담긴, 역시 김이 나는 따뜻한 커피를 내밀어 주었다. 그가 차에 올라탈 때까지도 순희는 그를 따라다녔고, 그의 덤프트럭이 보이지 않을 때까지 손을 흔들어 댔다.

귀찮을 법도 했지만 순희가 그렇게 따라붙는 것에 대해서 그는 좋다 싫다 내색하지 않았다. "순희 신랑 오네."라고 식당 주방 아줌마들의 농치는 소리나, "언제 우리 순희 데리고 가려냐."라는 주인 여자의 뚝뚝한 농에도 "순희가 자식은 못 낳아도 살림도 여자 노릇도 잘한다."라고 은근슬쩍 흘리는 말에도 난처해하지 않았다. 사실 그는 그런 말이 있기 전부터 순희와 사는 자신의 모습을 머릿속에 그리곤 했다.

오늘 그는 평소보다 좀 늦게 대운휴게소에 내렸다. 일단 순희와 식당 여자에게는 넌지시 이야기를 꺼내 볼 요량이었다. 해가 진 식당은 유난히 조용했고 순희의 모습은 보이지 않았다. 그는 밥을 다 먹고 나서 식당 주방을 기웃거리며 순희를 찾다가 화장실에 들렀다. 일을 보면서 여느 때처럼 거울을 통해 뒤편 잡풀이 우거진 뒷산을 바라보았다. 어둠이 낮게 내려앉은 뒷산 덤불 위로 그림자가 어룽거렸다.

"아, 씨. 저리 가. 싫어, 싫어. 아 씨. 아파."

순희 목소리다. 그는 눈을 크게 떴다. 빨간색 가죽점퍼를 입은 녀석과 회색으로 머리를 염색한 녀석이 밝은 가로등 불빛 아래 서 있었다. 은색 바탕에 검은 줄무늬 두건을 쓴 녀석이 일어서다가 두건이 흘러 내려가는 줄도 모르고 바지춤을 올리고 있었다. 뱀대가리처럼 박박 민 머리통 위엔 똬리를 튼 뱀 모양의 문신이 보였다.

그는 화장실에서 나와 덤불숲으로 달렸다. 20대 남짓한 바로 그 녀석들이 그의 곁을 지났다. 순희의 훌쩍거리는 울음소리가 들렸다. 다가가 보니 순희의 옷은 마구잡이로 흩어져 있었고 머리는 엉망이 되어 있었다. 그를 본 순희가 그대로 오줌을 싸는지 가랑이 밑으로 오줌이 흘러내리고 있었다. 그는 휙 돌아서서 세 놈의 뒤통수를 노려보았다.

"넌 빨리 옷 입고 식당으로 가서 알려. 알았어?"

그의 말에 순희는 고개를 끄덕였다. 그는 시시껄렁한 농을 주고받는 세 명의 청년들에게 바짝 다가갔다.

"야, 야, 야…… 이, 이, 개, 개, 새끼야."

"뭐야?"

빨간 가죽점퍼가 눈을 희번덕거리며 그를 아래위로 훑어보았다.

"니들, 니들 감, 감히 순희를 건드려?"

그는 갑자기 말을 더듬었고 저도 모르게 다리가 후들거렸다. 그런 그의 모습이 우스웠던지 셋은 서로 곁눈질을 하며 빙그레 웃었다.

"지가 먼저 해 달랬거든요."

회색 머리는 주머니에서 잭나이프를 꺼내 그의 목 주위로 빙글빙글 돌리며 입술을 엇문 미소를 지었다. 그의 입술이 떨렸다.

"아저씨, 너무 긴장하네."

회색 머리는 잭나이프 등으로 그의 입을 꾹꾹 눌렀다.

"왜 너도 꼴려? 하고 싶으면 너도 해."

뱀대가리가 옆에 서서 한마디 거들었다. 셋은 시시덕댔다.

언제 다시 왔는지 순희가 그의 뒤에서 소매춤을 잡고 흔들었다.

"콜라 사 준다고 하더니 나 때렸어."

순희는 치마를 벌렁 들어 올렸다. 허벅지에 멍 자국이 울긋불긋했다.

"저 봐. 저년 하는 짓 좀 봐. 한 번 더 해 달란다."

회색 머리는 낄낄거렸다. 순희 허벅지의 멍을 보자, 그는 더욱 화가 났다.

"니들, 니들…… 우리 순희를 때렸어?"

"호, 뭐냐. 저년 서방이라도 돼?"

뱀대가리는 그에게 아래턱을 내밀었다. 가슴이 벌렁거리고 다리가 후들거렸다. 그는 주먹을 꽉 쥐었다. 헛스윙의 대가인 그는 이를 악물었다.

"한 대 칠 기세다, 너."

뱀대가리가 머리를 그의 턱밑으로 들이댔다. 그는 눈을 꾹 감고 주먹을 날렸다. 조준을 잘못했다고 생각하는 순간, 어이쿠 하며 뱀대가리 옆에 있던 빨간 가죽점퍼가 바닥으로 나동그라졌다. 뱀대가리와 회색 머리가 당황하는 틈을 노려, 이번엔 둘의 정강이를 구두 끝으로 사정없이 걷어찼다. 개발의 달인인 그답지 않게 정강이를 정확히 맞추었다.

하지만 그뿐이었다. 셋은 거의 동시에 일어섰고 이어 그를 패기 시작했다. 뱀대가리가 먼저 헤딩으로 그의 얼굴을 날렸다. 코가 시큰거릴 틈도 없이 뜨거운 코피가 흘러내렸다. 그가 코 아래를 주먹으로 닦아 내며 몸을 비틀거리자 회색 머리가 그의 다리를 걸어 넘어뜨렸다. 그가 맥없이 바닥으로 벌렁 나자빠지자 빨간 가죽점퍼가 그의 가슴 위로 올라탔다. 두 다리를 버둥거리자 회색 머리가 양쪽 다리를 붙잡았다. 뱀대가리가 서서 그의 얼굴이며 가슴이며 사타구니며 정강이를 발로 차고 짓밟았다. 옆에 있던 순희는 손으로 자신의 입을 막은 채 끄윽끄윽 트림 같은 울음소리를 내며 주위를 깡충깡충 뛰었다. 그는 숨을 쉴 수가 없어 비명도 지를 수 없었다. 주먹세례가 끝날 듯하면 구둣발이 날아왔고 구둣발이 그치는가 싶으면 주먹이 날아왔다.

"씨발 새끼, 재수 없게."

그들은 바닥에 널브러져 있는 그에게 침을 뱉었다. 그는 몸을 일으키지도 못한 채 숨을 헐떡이며 누워 있었다. 순희가 다가와 그의 얼굴을 만졌다. 바들바들 떨며 그의 볼을 쓰다듬는 순희의 손이 차가웠다. 그는 몸을 일으켰다. 시큰거리는 얼굴을 쓸어내리고 잇새로 피 침을 뱉었다. 그는 경찰에 신고할까도 생각했다. 실제로 112 버튼을 눌렀다. 그러나 사고 경위를 말하고 이름을 말하고 전화번호를 말하는 절차들이 어쩐지 두렵게 느껴졌다. 게다가 그동안 보아온 바로는 경찰은 저 자식들을 혼내 주지도 못할 것이 분명했다. 식당에서도 순희가 저런 식으로 당하는 걸 알면서 묵인해 왔는지 모른다는 생각도 들었다. 그는 휴대폰 폴더를 닫고 주차해 놓은 그의 15톤 덤프트럭 앞으로 절뚝거리며 걸어갔다. 순희는 그의 뒤를 자분자분 쫓아왔다. 그는 순희의 발소리를 들으며 덤프트럭 위로 올라가 문을 닫았다. 사이드미러로, 덤프트럭 뒤에 서 있는 순희의 모습을 보았다. 순희 머리엔 나뭇잎과 흙덩이가 붙어 있었고 치마는 반쯤 말려 올라가 있었다. 머리는 헝클어졌고 쌍꺼풀 없는 커다란 두 눈엔 눈물이 그렁그렁 맺혔으며 입술은 터져 있었다. 순희는 언제 무슨 일이라도 있었느냐는 듯 활짝 웃으며 그를 향해 손을 흔들었다. 그는 입술을 깨물었다.

두 대의 오토바이가 다시 보인다. 회색 머리의 넌자보스가 맞은편에서 돌진하며 중앙선을 넘어 그를 향해 달려들었다. 내처 헤드라이트를 끈 채 달려왔는지 중앙선을 넘는 순간 헤드라이트를 밝힌다. 놀란 그는 급브레이크를 밟으며 핸들을 옆으로 꺾었다. 하마터면 가드레일을 박을 뻔했다. 오토바이 녀석들의 낄낄거리는 웃음소리가 들리는 것 같다. 그는 후진 기어를 넣으며 가슴을 쓸어내렸다. 녀석들은 그의 옆으로 바짝 붙더니 또다시 퍽큐를 날렸다. 그는 어금니를 꽉 깨문다. 휴대폰이 울린다. 액정 위로 뜬 전화번호를 보니 총

무과의 이 씨다. 폴더를 열자마자 이 씨의 새된 목소리가 쏟아졌다.
"어디야, 왜 안 들어와?"
"아니, 급한 건 난데 왜 소리를 질러요?"
"신 씨가 회사로 차 판 건 알고 있지?"
"신 씨가? 신 씨가 차를 팔아요? 그게 무슨 말이에요?"
"신 씨가 말하지 않았어? 남은 할부금 우리가 대 주기로 하고 신 씨가 회사로 넘겼어."
"내 참, 남은 할부금이 얼마나 된다고 그딴 식으로 차를 넘겨? 내 돈 있잖아요. 어음 할인해 준 거, 그거 신 씨 주면 깔끔하게 마무리되는 거란 말이에요. 지금 괜히 저 놀리는 거죠?"
"어음? 그래 말 잘했다. 어디서 부도어음이나 갖고 와 놓고선. 그거 모르고 받아다 내줬으면 큰일 날 뻔했잖아."
"부도? 부도가 났다고요?"
그는 눈앞이 깜깜해졌다. 믿을 수가 없었다.
"신 씨도 요즘 어렵대. 사채 끌어 쓰는 거 같은데, 지금 차압 들어오고 난리도 아니라면서. 어쨌든 차 갖고 들어와. 신 씨 일은 둘이 알아서 하고."
아무리 할부금이 밀렸다고 해도 그런 식으로 차를 팔 수는 없는 노릇이다.
"정확히 오늘까지 차 갖다 놓지 않으면 도난 신고할 테니 그리 알아. 알았어?"
"신고? 그래 할 테면 해 봐. 내가 몇 년을 부었는데 그깟 석 달 밀렸다고 차를 넘겨? 이런 똥차를?"

그는 소리를 지르고는 휴대폰을 옆 좌석 쪽으로 던져 버렸다. 둔탁한 소리를 내며 휴대폰 배터리가 분리되어 떨어져 나갔다.

결국 그의 오기가 발동되고 말았다. 그는 경적을 울리며 액셀러레이터를 밟았다. 오토바이는 그제야 신이 났는지 지랄선을 만들어 가며 멀찌감치 달아났다. 그는 지구 끝까지라도 녀석들을 따라가 밀어붙이고 싶다. 먼저 저 녀석들을 뭉갠 후 신 씨를 찾아낼 것이다. 인간이 낼 수 있는, 15톤 덤프트럭이 낼 수 있는 가장 위압적인 힘을 보여 주리라. 인간 탄환의 모습을, 검은 포탄 트럭의 모습을 보여 주리라. 그의 가슴은 터질 것만 같다.

좋아, 레이스를 시작하자.

그는 액셀러레이터를 힘껏 밟았다, 마치 벤 존슨처럼. 그는 이를 악물었다. 우선 표적을 정하기로 했다. 빨간 점퍼든 뱀대가리든 한 놈에 집중하는 편이 낫다고 생각했다. 그는 마지막 동정심을 발휘하여 혼자 타고 가는 회색 머리의 닌자보스를 노렸다. 트럭의 속도를 줄이며 회색 머리가 다가오기를 기다렸다. 트럭은 코너에서 위험하지만 오토바이는 교차로에서 위험하다. 그는 이빨을 감춘 하이에나처럼, 먹잇감을 노리는 치타처럼 덮칠 기회를 노렸다. 닌자보스는 잡힐 듯 잡힐 듯하더니 갑자기 속도를 올렸다. 시속 200킬로미터가 넘는 듯했다. 회색 머리는 앞바퀴를 들어 올린 채 미끄러지듯 쭈욱 앞으로 나갔다. 그러곤 시야에서 벗어날 듯하다가 다시 앞바퀴를 든 채 되돌아왔다. 회색 머리는 한밤중의 텅 빈 도로를 질주하며 온갖 재주를 다 부렸다. 뱀대가리와 빨간 점퍼도 질세라 그의 덤프트럭 곁으로 바짝 다가왔다. 그는 뱀대가리와 빨간 점퍼가 같이 탄, 아무래도 하중이 무거운 하야부사를 밀어야겠다고 마음을 고쳐먹었다. 그가 브레이크를 밟으며 속도를 줄이는 바람에 뱀대가리의 오토바이가 차체의 옆면에 슬쩍 스치듯 부딪혔다. 뱀대가리와 빨간 가죽점퍼가 공중으로 붕 떴다가 시멘트 도로 위로 떨어졌다.

그는 창문을 열고 고개를 내밀어 그들을 바라보며 "이 새끼야. 그러니까 까불지 말라니까."라고 소리를 지르며 낄낄거렸다. 다행인지 불행인지 두 놈은 곧 몸을 툭툭 털고 일어섰다. 빨간 점퍼가 뱀대가리의 어깨를 잡아 일으켰고 뱀대가리가 다시 핸들을 잡는 모습이 백미러를 통해 작게 비쳤다. 그는 어느 정도 본때를 보여 줬다고 믿었다. 이번엔 회색 머리의 오토바이가 그에게 전속력으로 달려왔다. 앞바퀴를 들지도 않았고 뒷바퀴로 갖은 쇼를 보이지도 않는다. 지그재그로 달리며 지랄 짓도 하지 않는다. 짜증이 돌기 시작했다. "자꾸 이러면 정말 죽여 버린다, 그 새끼 류 형사처럼." 그는 낮게 신음 소리를 냈다.

류 형사는 술을 진탕 마시고 변소에 빠져 죽었다. 류 형사가 변소에 빠졌을 당시, 아비는 술에 취해 사타구니나 긁으며 자고 있었다고 진술했다. 그의 형은 흑염소집에서 잡일을 돕다가 흑염소 할멈과 말다툼이 있어 한바탕 소란을 피웠다고 했다. 그 역시 류 형사가 빠져 죽었을 즈음 똥을 누고 있었지만 아무 소리도 듣지 못했다고 말했다. 류 형사가 평소보다 많은 술을 마시고는 여느 때와 달리, 팁을 두둑하게 주고 휘청휘청 나갔다는 오란씨 마담의 진술이 이어졌다.

류 형사가 발견된 것은 똥통에 빠진 지 2주일이 지난 아침이었다. 변비가 있는 '에티켓'의 노랑머리가 여느 때와 마찬가지로 다섯 번째 변소간에 들어가 힘을 주고 있는데 어디선가 계속 구루루룩 구루룩 끓어오르는 듯한 소리가 들리더라고 했다. 평소보다 더 고약한 냄새 때문에 코를 쥐고 있던 노랑머리는 밖에서 나는 소리라고 생각하며 계속 힘을 주었다. 그런데도 계속 구루룩 구루룩 기분 나쁜 소리가 나더란다. 기분이 좋지 않아서 밑을 닦고 휴지를 똥통에 버리려는 순간 반짝하는 류 형사의 점퍼 어깨 위 견장과 눈을 홉뜬 채 그녀의 엉덩이를 노려보는 류 형사의 얼굴을 발견했다는 것이다.

노랑머리는 공중변소가 아니, 모래내가 떠나가라 소리를 질렀다. 마침 아비에게 머리를 맞고 있던 그와 아비, 그리고 공중변소 수돗가에서 쌀을 씻고 있던 형이 노랑머리의 비명 소리를 들었다. 그들은 눈치 없는 노랑머리가 옆 칸 벽 틈으로 자신을 엿보고 있는 어떤 놈의 존재를 이제야 눈치챘나 보다고 생각했다.

노랑머리가 팬티를 올렸는지는 그녀가 무릎까지 내려오는 면으로 된 나시 원피스를 입고 있었으니 알 수 없었으나, 어쨌든 여기적 밖으로 뛰어나와서는 얼굴도 머리만큼 노랗게 질려 "시, 시, 시, 체……"라는 말을 되풀이했고 5분쯤이 지나서야 노랑머리가 무슨 말을 하는지 알게 된 이들 부자는 경찰에 신고했다. 하지만 그날 마침, 모래내에는 또 다른 역사적인 사건이 있었으니 바로 탈주범 지강헌 일당이 인질극을 벌인 것이었다. 지강헌 일당의 인질극 소동 때문에 모래내 경찰들이 모조리 출동했기에 이들 부자의 신고를 받고도 경찰은 아주 늦게야 도착했다.

류 형사의 죽음은 여러 가지 면에서 충격적이었다. 모래내 사람들은 다 알고 있던 사실이 충격적이었다는 것이 그로서는 믿기지 않았지만, 아무튼 그렇다는 기사가 신문지 한편에 마련된 '휴지통'에 났다고 했다.

류 형사는 오랜 기간 상습적으로 주변 유흥업소에서 뇌물을 받았고 창녀들의 화대까지 갈취했으며 유흥업소 간의 세력 싸움에도 관여하는 등 일대 조직과도 깊은 관계를 유지해 온 것으로 봐서 그의 죽음도 이와 같은 비리와 연관이 있는 것으로 추측된다고 했다. 시장 사람들은 류 형사가 이미 패거리들에게 진탕 맞은 뒤 변소로 몸을 피했다가 실족사한 것 같다고 말했다.

똥통에서 건진 류 형사의 시체는 형이 몽둥이로 때려잡은 개보다 더 처참했다. 몸은 똥물에 퉁퉁 불어 있었고 눈에서는 구더기가 기어 나왔으며 귀와 입으론 누런 똥이 흘러나왔다. 동네 사람들은 류 형사가 그동안 살아왔던 대로 죽을 때도 적합한 장소에서 가장 정직한 방법으로 죽었다며 수군거렸다. 이제 더 이상 설희를 괴롭히는 류 형사가 없다는 사실이 그를 행복하게 만들었다.

류 형사의 죽음에 비해 지강헌의 죽음은 감동적이었다. 지강헌은 텔레비전 중계를 원했고 드라마틱한 인질극을 벌였다. 한 가지 아쉬웠던 점은 그가 원했던 비지스의 「홀리데이」가 아닌, 스콜피언스의 「홀리데이」가 울렸다는 것이지만, 그래도 역시나 드라마틱하게 권총으로 자살했다. 형은 텔레비전으로 지강헌이 죽는 걸 보더니 가만히 가방을 메고 일어났다.

"이건 너만 알아라. 나, 군대 간다."

"중학교 중퇴도 군대 가?"

형은 잠깐 머뭇거렸다.

"새끼야. 중퇴나 졸업이나 그게 그거야."

"어디로 가는데?"

형은 또다시 머뭇거렸다.

"평화시로 가. 너만 알아. 아버지한텐 절대 말하지 말구."

그게 형의 마지막 말이었다.

다음 날, 아비는 류 형사와 너무나 닮은 형사를 집으로 데려왔다. 아비는 류 형사에게 그랬듯이 그 형사에게도 쩔쩔맸다. 형사는 신발을 신은 채 무작정 방으로 들어와 다짜고짜 그의 먹살을 잡았다.

"니 형 어디 갔는지 알지?"

"구, 군, 군대 가, 가, 간다고 했어요."

그는 덜덜 이를 부딪치며 말을 더듬었다.

"영장도 안 나왔는데 무슨 군대를 가. 중학교도 안 나온 새끼가."

그는 눈을 내리깔고 아무 말도 하지 못했다.

"그래. 어디로 간다고 하디?"

"모, 몰, 몰라요. 그, 그, 그냥 구, 군, 군, 군대 간다고 했어요."

형사는 구둣발로 어린 그의 무릎을 탁탁 찼다.

"그래. 어디 있는 군대?"

"모, 몰, 몰라요."

그는 자꾸 땀이 흘렀다. 갑자기 똥도 마려웠다.

"너 제대로 말 안 하면 삼청교육대 보낼 거야, 이놈아, 삼청교육

대가 얼마나 무서운지 텔레비전으로 봤지? 거기서 얼마나 많은 새끼들이 죽어 나자빠졌는지……."

아비는 한술 더 떠 그에게 종주먹질을 해 댔다.

"어서 말해. 이 애비 죽는 꼴 보기 싫으면……."

아비는 그의 머리통을 주먹으로 세게 내리쳤다.

"너 나한테 죽어 볼래?"

그는 몸을 움츠렸다. 형사는 허리춤에서 은색 수갑을 꺼냈다.

"이게 뭔지 알아?"

그는 고개를 끄덕였다.

"이게 뭔데? 말해 봐."

"수, 수, 수갑이요."

그는 기어 들어가는 목소리로 여전히 말을 더듬으며 말했다.

"근데 너 왜 이렇게 말을 더듬지? 이봐, 자네 새끼 원래 말더듬이야?"

"아닙니다, 아닙니다요. 이 자식이 원래 이러지 않는데……."

"뭔가 숨기는 게 있으니까 말을 더듬는 거 아니겠어? 안 그래?"

형사는 수갑으로 그의 입술을 꾹꾹 눌렀다.

"이놈아, 너 제대로 말하지 않으면 수갑 차고 영창 들어가는 거야, 알아? 형사님한테 어서 다 불어."

아비는 그의 등을 때렸다. 형사는 빙글거렸다.

"거짓말탐지기 알지? 그거면 거짓말하는 거 다 들통 나. 그러면 어떻게 되는지 알아?"

그는 약물검사를 받는 벤 존슨이 된 기분이었다. 진땀이 흘렀고 항문이 넓어진 듯했다. 갑자기 아랫도리가 축축해졌다.

"이게 무슨 냄새야? 이 자식 똥 싸는 거 아니야?"

형사는 갑자기 코를 막았다. 그는 아래를 내려다봤다. 바지 아래로 설사가 기어 나왔다.

"너, 거짓말하는 거 맞구나. 똥 싸는 거 좀 보래."

형사는 갑자기 기분이 좋아진 것 같았다. 아비는 그의 뺨을 찰싹찰싹 갈겼다.

"누구 죽는 꼴 보고 싶어서 그래? 형이 말한 거 죄다 말해. 어서."

그는 울음을 터뜨렸다. 울음 섞인 목소리로 그는 '평화시'를 말했다. 형을 낳은 어미가 살았다던 바로 그 평화시를.

그날 밤, 형은 흑염소 할매에게 도둑으로 몰렸었다. 수금한 돈에서 만 원이 빈다는 것이었다. 억울했던 형은 개 잡는 몽둥이로 가게 간판을 때려 부수고는 밖으로 뛰쳐나갔다. 그때 마침 벽을 잡고 토하고 있던 류 형사를 발견했다. 이미 류 형사는 누군가에게 실컷 두들겨 맞은 뒤였다. 류 형사는 형을 불렀고 형은 류 형사를 부축해주었다. 한 손에 몽둥이를 쥔 채로······.

형은 할멈의 도살장으로 류 형사를 데리고 갔다. 류 형사는 잇새로 침을 찍찍 내뱉었고 형의 부축을 받으면서 절룩거리며 걸어갔다. 형은 류 형사에게, 가게로 들어와서 해장을 하라고 권했다. 류 형사는 먼저 경찰서로 가서 녀석들의 몽타주를 작성해야겠다고 말했지만 형의 음식 솜씨를 익히 알고 있던지라 순순히 형을 따랐다. 형은 류 형사에게 가장 신선한 고기를 내주겠다고 말하며 가게 한편의 도살장으로 그를 데리고 들어갔다. 노란색 오란씨 상자 위에 류 형사를 앉히고 형은 도살장의 무거운 철문을 닫았다. 그리고 류 형사 앞으로 개 주둥이를 막는 마스크를 가지고 나와 보여 줬다. 류 형사는 그런 마스크를 처음 본지라 신기한 듯 만지며 나중에 설희와 2차 갈 때 이걸 좀 빌려 달라고 말하며 시시덕거렸다. 형은 고개를 끄덕이며 같이 비싯 웃어 주었다. 그러고는 아주 재빠르게 그 마스크로 류 형사의 입을 막았다. 류 형사는 고개를 흔들며 형의 허리를 잡고 늘어졌다. 형은 류 형사의 발을 걸어 넘어뜨렸다. 그리고 류 형사의 양팔을 등 뒤로 젖혀 버렸다. 우두둑 팔 꺾이는 소리가 났다. 류 형사의 양팔은 마치 날개처럼 하늘로 비죽 솟았다. 바닥에 쓰러진 류 형사는 구둣발로 형의 정강이를 찼다. 그러자 형은 옆에 있던 몽둥이로 류 형사의 발목을 내려쳤다. 오도독오도독 소리가 나며 두 개의 복숭아뼈가 차례로 뭉개졌다. 류 형사는 날개가 꺾인 닭 모양 헐떡거리며 엎어져 있었다. 형은 류 형사를 번쩍 들어 자루 안에 집어넣었다.

마침 할멈은 올림픽 폐막식을 보고 있었다. 이미 형은 할멈에게 행패를 부린 것을 사과했고 낮에 들여온 개를 잡아 다음 날 오전 단체 손님 음식을 준비해 놓겠다고 말했다. 형은 류 형사가 구겨진 채 들어 있는 자루를 기둥 고리에 걸었다.

팡 팡 팡.

경쾌한 소리는 멀리서 들려오는 폭죽 소리와 더불어 한층 더 평화롭게 들렸다.

한참의 매질이 있은 후 형은 류 형사를 자루째 번쩍 들쳐 메고 시장의 미로를 지나 변소로 향했다. 마침 시장의 어두운 길엔 아무도 없었다. 올림픽 폐막식의 감동을 맛보기 위해 그날따라 상인들은 일찍 문을 닫았기에 밤의 시장은 무덤보다 더 어둡고 조용했다. 형은 자루를 풀어 변소의 똥통으로 류 형사를 밀어 넣었다. 그때 죽은 줄 알았던 류 형사가 자루에서 버둥거리며 소리를 질러 댔다. 하지만 공중변소는 외진 곳인 데다, 너무 늦은 시간이었고, 매밋집에선 조용필의 「창밖의 여자」가 크게 울리고 있었고, 텔레비전엔 16일 동안 열렸던 올림픽 폐막식이 진행되고 있어서 아무도 그 소리를 들을 수 없었다.

다만 그만이 바로 옆 칸에서 똥을 누고 있었고 틈새로 모든 것을 다 볼 수 있었다. 형의 몸에선 분노의 오로라가 피어오르고 있었다. 그는 숨도 제대로 쉴 수 없었다. 형은 버둥거리는 류 형사를 발로 밟아, 똥통 속으로 밀어 넣었다. 살짝 밟았을 뿐인데 류 형사는 나올 수가 없었다. 그러고도 형은 개를 잡던 몽둥이로 그의 머리통을 꾹꾹 눌렀다. 마치 로드롤러로 땅을 다지듯 그의 머리를 눌러 댔다. 이제 아무 소리도 들리지 않았다.

형은 그렇게 선 채 말했다.

"그냥 넌 거기 있어. 아무것도 못 본 거야."

그는 아무 말도 하지 않았다. 그렇게 있다가 형이 나가는 것을 확인한 다음에야 후들거리는 두 다리를 의지하고 겨우 밖으로 나왔다. 방에선 아비가 세상모르고 잠을 자고 있었다. 형은 수돗가에서 몽둥이를 씻었다. 달빛이 형의 등허리 위로 내려앉았다.

"개를 잡은 것뿐이야."

그의 형은 다시 돌아가서 개를 잡았고 그리고 아침이 밝았다. 형이 군대를 간 날, 설희도 자취를 감췄다.
 하지만 어린 그는 너무 쉽게 모든 걸 말해 버렸다. 정말 시시했다. 귀찮은 일에 얽매여 봐야 좋지 못하다는 것을 어린 시절 체득하고 만 것이다. 지강헌은 끝까지 저항을 하다가 「홀리데이」를 듣고 장엄한 죽음을 맞이했건만 그는 단 한 차례의 협박에 모든 것을 다 말해 버린 것이다.
 형은 설희와 함께 아비의 오토바이를 타고 가다가 교통사고로 죽었다고 했다. 정말 운전 미숙이었는지, 경찰의 추격을 받아 그랬던 건지 알 수 없었으나 형과 설희는 벼랑 아래로 떨어져 시신도 찾을 수 없다고 했다. 가끔 그는 어딘가 형이 살아 있을지도 모른다는 생각이 들곤 했으나 어쨌든 형과 설희는 그 뒤로 완전히 자취를 감추었다.
 그 뒤에도 한바탕 소동이 있었다. 오란씨 마담이 변소로 찾아와서 설희한테 댄 돈을 갚으라고 그의 아비를 들볶았고, 아비는 아비 나름대로 착하고 성실한 아들을 살려 놓으라며 오란씨에서 행패를 부렸다. 오란씨 마담은 아비에게 맞았고, 아비는 또 오란씨 마담의 기둥서방에게 맞았다. 그리고 사건은 마무리됐다.

 그는 회색 머리의 닌자보스를 향해 속도를 높였다. 마침내 회색 머리의 닌자보스를 밀어냈다. 회색 머리는 하늘로 올라갔다가 도로 위로 떨어졌다. 둔탁한 충격음이 발끝으로 전해지는 듯했다. 회색 머리는 죽은 듯 엎어져 있었다. 그는 회색 머리와 닌자보스를 깔아 뭉개기 위해 유턴을 했다. 회색 머리는 고개를 살짝 들어 그의 트럭이 오는 걸 보더니 몸을 일으켜 절룩거리며 중앙선을 건너 반대 차선 쪽으로 도망쳤다. 그는 쓰러져 있는 회색 머리의 닌자보스를 덤프트럭으로 잘근잘근 밟듯이 밀어붙였다. 건너편에 서 있던 회색 머리는 비명을 질러 댔다.

이제 뱀대가리와 가죽점퍼가 탄 하야부사를 찾아 깔아뭉개는 일만 남았다. 이번엔 반드시 그들의 머리통도 함께 깨트려 버릴 것이다. 심장을 납작하게 만들 것이다. 덤프트럭은 굉음을 울리며 힘차게 달렸다. 그의 헤드라이트 불빛 속 저만치 오토바이 한 대가 보였다. 그는 속도를 올렸다. 희끔희끔 헤드라이트 불빛을 받으며 질주하는 오토바이는 높이도 턱없이 낮고 이미 한물간 구식이었다. 하야부사도 닌자보스도 아닌 아까 잠깐 그의 시야에 나타났다 사라진 바로 그 오토바이였다. 오토바이 뒤에는 여전히 긴 머리의 여자가 있었다. 처음에는 여자를 뒤에 태운 그렇고 그런 10대 남자아이려니 생각했다. 그런데 여자의 뒷모습이 아무래도 낯익었다. 그는 오토바이 옆으로 바짝 붙어 창문 너머로 내려다봤다. 그는 입을 떡 벌렸다. 툭 튀어나온 이마며 짧은 스포츠머리, 그리고 약간 돌출되었으면서도 굳건해 보이는 입매. 오토바이를 운전하고 있는 남자는 바로 그의 형이었다. 그는 눈을 부비고 다시 내려다봤다. 텅 빈 도로에는 차선 하나를 가득 메운 그의 차체만 보일 뿐이었다. 머리가 지끈지끈 아파 왔다. 창문을 조금 내렸다. 차가운 바람이 그의 이마를 때렸다. 그의 눈앞으로 반짝거리는 섬광이 또다시 훑고 지났다. 바람이 불면서 그의 머리카락이 눈을 찔렀다. 그는 창문을 올리다 말고 탄성을 낮게 내뱉었다. 형이 맞다. 형 뒤에는 팽팽하고 가느다란 허리, 바람이 흩날릴 때마다 드러나는 하얀 목덜미와 짧은 반바지 아래로 도자기처럼 매끈한 다리와 그 위에 얼룩덜룩 푸른 멍이 잎새처럼 드리워진, 영락없는 설희다. 형과 설희는 그 시절 모습 그대로다. 형은 설희를 태운 채 평화시의 진입로를 향해 달리고 있다. 바로 그때 사이렌 소리가 울렸다. 그의 덤프트럭 뒤로 경찰차 한 대가 쫓아오더니 그를 추월하고 형의 오토바이를 바짝 따라잡았다. 그러나 형은 솜씨 좋게 요리조리 피하며 속도를 냈다. 뒤이어 사이렌 소리를 울리며 달려드는 두 대의 경찰 오토바이도 형이 곡예 같은 운전 솜씨로 따돌렸다. 형은 마치 벤 존슨처럼 살짝 뒤를 돌아봤다. 그때 그는 형과 눈이 마주쳤다. 형은 동생의 얼굴을 보더니 놀란 표정을 지었다. 그 역시 기억 속의 형이 저렇게 어렸던가 놀라며 눈을 커다랗게 떴다. 형의 얼굴은 땀으로 번질거리는 데다 두 눈은 형형하게 빛났다. 그와 눈이 마주친 형은 그만 뒷바퀴가 옆으로 미끄러지면서 균형을 잃고 말았다.

"형, 조심해!"

그는 소리를 질렀다.

형의 맞은편에서 굉음을 울리며 화물 트럭 한 대가 달려오고 있었다. 형이 간신히 오토바이 핸들을 고쳐 잡아 반대편으로 꺾는 순간, 오토바이의 뒷바퀴가 화물 트럭의 앞바퀴와 슬쩍 부딪치면서 오토바이는 마치 하늘로 비상하듯 튕겨 솟구쳐 올랐다. 형은 두 팔을 번쩍 하늘 위로 뻗어 올렸다. 두 눈을 꼭 감은 설희는 형의 허리를 있는 힘껏 끌어안았다. 그때다. 분노의 오로라와는 사뭇 다른 빛깔의 아름다운 오색 오로라가 솟아올랐다. 아름다웠다. 그가 본 형의 오로라 중 가장 눈부셨다. 형은 한쪽 손을 내리더니 설희의 손을 꼭 잡았다. 설희는 감았던 두 눈을 뜨고는 믿기지 않는 상황이 놀라운지 주위를 두리번거렸다. 형은 여유로운 미소를 띠며 그에게 손을 흔들었다. 설희도 옆에서 활짝 미소를 지었다. 그도 형에게 한 손을 높이 들고 흔들었다. 형의 뒤를 쫓던 경찰차와 오토바이는 브레이크를 밟았다. 형의 몸에서 솟아오르는 아름다운 오로라를, 그리고 형과 설희를 올려 보았다. 경찰들도 손차양을 만들어 입을 벌린 채 형과 설희를 올려다보았다. 마치 그들은 맑은 물속을 헤엄치는 두 마리의 잉어처럼 유연하게 하늘 위로 날아올랐다. 형의 오토바이는 천 길 낭떠러지 아래로 떨어져 내려갔으나 형과 설희는 그렇게 높이높이 날아올랐던 것이다.

"그럴 줄 알았어. 형이 살아 있을 줄 알았어."

그는 기쁨에 몸을 떨며 소리를 질렀다. 그러나 그를 실은 덤프트럭은 이미 가드레일을 받은 채 형의 오토바이가 떨어진 바로 그 벼랑 아래로 떨어져 내리고 있었다. 하야부사를 탔던 뱀대가리와 빨간 점퍼가 저 혼자 벼랑을 향해 전력 질주하는 그의 덤프트럭을 바라보며 서 있을 뿐이었다. 그의 차는 벼랑 아래로 곤두박질해 내려갔다. 그의 머리로 피가 몰렸다.

그는 형처럼 하늘을 날 수 없었다. 그러나 그는 그것이 하나도 이상하지 않았다. 그는 차창 위로 별을 바라보았다. 하늘에서 별이 쏟아져 내렸다.

'하늘에서 별을 따다 하늘에서 달을 따다 두 손에 담아 드려요. 오오 오란씨.'

형이 했던 말이 떠올랐다.

'여자는 자고로 오란씨 같은 거야, 이렇게 먹고 버리는 거야. 그치만 딱 한 사람한테는 별도 따 주고 모든 걸 다 주는 거야. 그게 남자야.'

그는 목이 말랐다. 왜 그날 설희가 준 오란씨는 먹으면 먹을수록 목이 말랐는지 알 것 같았다. 파인애플 향이 나는 오렌지 탄산음료 오란씨가 못 견디게 마시고 싶었다.

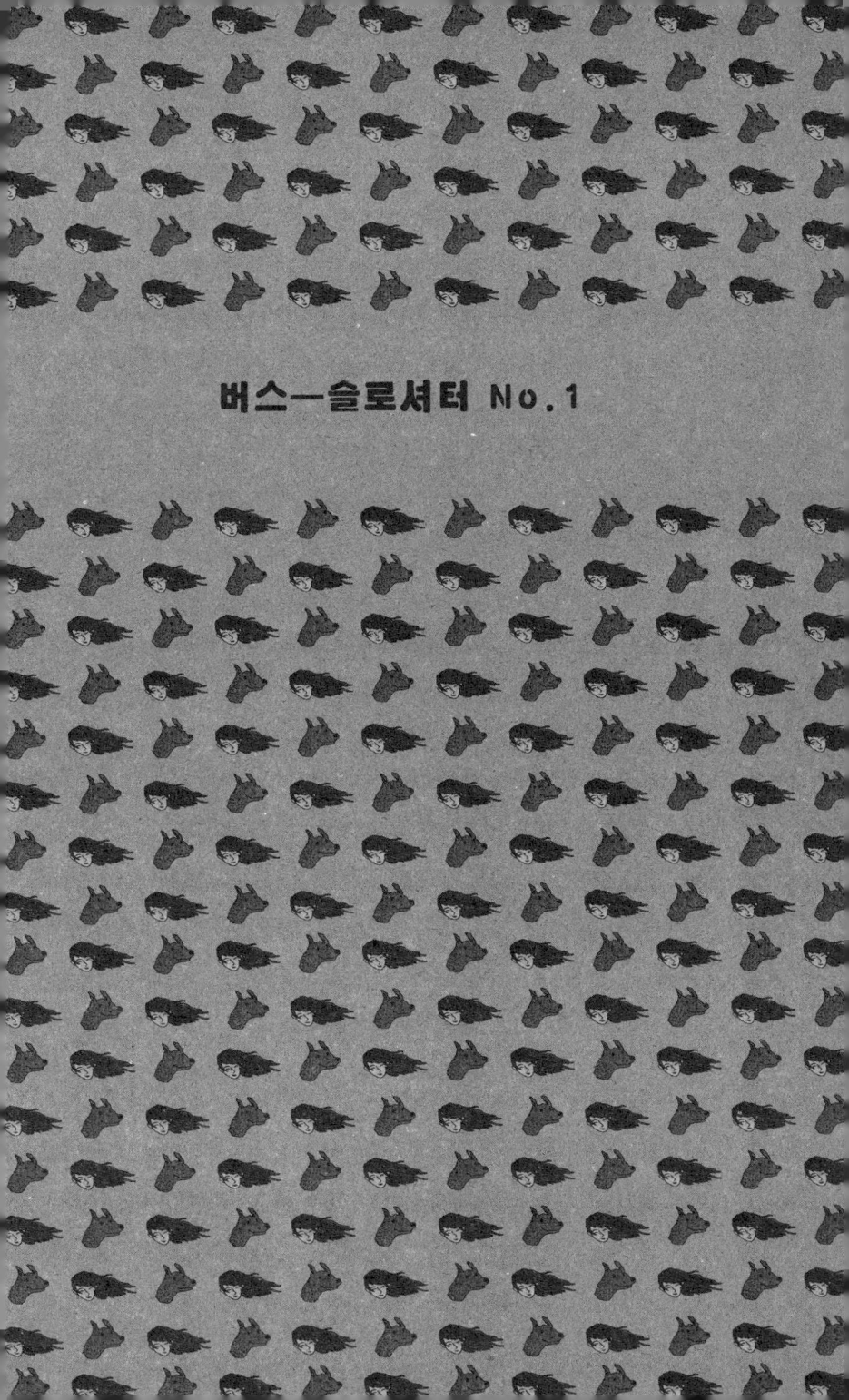
버스—슬로셔터 No.1

버스를 탔다. 승객이 나 혼자뿐이란 사실을 처음엔 알지 못했다. 나는 운전석 방향의 세 번째 자리에 앉았다. 그러곤 백팩을 무릎 위에 올려놓았다. 비가 쏟아져 내리기 시작했다. 정류장에 있을 때부터 하늘은 어두웠지만 비는 내리지 않았다. 버스에 올라타자마자 기다렸다는 듯이 우르르릉 쾅 천둥소리가 들리는가 싶더니 이내 쏴아아 쏴아 퍼붓기 시작했다.

이른 새벽이었고 도로엔 차가 없었다. 한두 사람 비바람에 우산이 뒤집혀서 힘겹게 인도를 걷는 모습이 종종 눈에 띌 뿐이었다.

머리 위에 있는 에어컨 송풍창을 올려다보았다. 송풍창은 빗살 플라스틱 덮개가 덮여 있었고 바람의 세기를 조절하는 버튼이나 어떠한 장치도 없었다. 나는 무릎까지 오는 스커트와 반소매 블라우스를 입고 있었다. 팔뚝엔 굵은소금 같은 소름이 돋았다.

나는 버스 운전사의 뒷모습을 바라보았다. 그가 앉은 운전석 의자는 다른 곳보다 높이 위치해 있었고 상하 운동을 하며 버스보다 더 자주 흔들렸다. 파란색 정복을 입은 그의 어깨는 피로가 얹힌 듯 약간 굽어 있었다. 앞엔 두 개의 룸미러가 있었다. 운전사 머리 바로 위에 있는 직사각형 룸미러로는 그의 콧잔등까지 보였다. 그리고 정면 창 중앙에 있는 작고 끝이 둥근 룸미러로는 그의 측면 얼굴 전체가 보였다. 며칠째 면도를 하지 않은 듯 얼굴 전체에 짧은 수염이 나 있었는데, 30대 중반에서 40대 후반까지 다 적당할 듯한 얼굴과 분위기를 갖고 있었다. 그때 그와 눈이 마주쳤다. 선명하게 보이진 않았지만, 문득 그의 흰자위가 매우 탁해 보인다는 생각이 들었다. 창밖은 한밤중같이 어두웠고 비가 얼마나 거세게 내리던지 창문의 틈새로 빗줄기가 스며들었다.

그가 별안간 소리를 지르듯 말했다.

"어디까지 가세요?"

나를 두고 묻는 말인지, 확신이 서지 않았다. 뒤를 돌아보았다. 앞쪽에 아무도 없듯이 내 뒤쪽으로도 아무도 앉아 있지 않았다. 버스 안엔 나 혼자뿐이었다. 그러나 내게 묻는 질문임을 알면서도 선뜻 대답할 수 없었다. 버스 운전사가 손님에게 행선지를 묻는 경우는 흔치 않다.

"어디까지 가냐니까요?"

버스 운전사는 신경질 섞인 목소리로 다시 한번 물었다.

"우이동까지요."

나도 소리를 질렀다. 엔진 소음과 함께 비가 버스 천장을 때리는 소리가 컸기 때문에 작게 말해선 들리지 않을 터였다.

"다음 정류장에서 아무도 안 타면, 아가씨 혼자 타고 가게 될 거요."

그는 무뚝뚝한 목소리로 말했다. 나는 얼굴을 왼편으로 돌려 창밖을 내다보았다.

내가 이 버스를 탄 시각은 새벽 4시 38분에서 40분 정도였을 것이다. 집에서 나온 시각이 4시 30분이었고 정류장까진 8분가량 걸렸다. 대개 4시 30분에서 40분 사이엔 버스가 정류장에 섰다. 새벽 시간에 버스 도착 시각은 거의 일정한 편이었고 배차 간격은 20분이었다. 정류장으로 가기 위해 길을 건너려고 할 때 130번 버스가 막 출발했다. 20분 정도 더 기다려야 했지만 서두를 필요가 없었다. 평소보다 30분 일찍 집에서 출발한 셈이니 다음 버스를 타고 가도 늦지 않을 게 확실했다. 회사까진 40분쯤 걸렸다.

새벽, 빗소리에 일찍 눈을 떴다. 게으름을 피우고 몸을 뒤척여도 시간은 흐르지 않았다. 그럴 바엔 차라리 일찍 가는 편이 낫겠다 싶었다.

나는 지난달부터 회사 건물 5층에 있는 영어 회화 학원을 다니기 시작했다. 직장인들을 위해 6시부터 50분간 하는 새벽반 강좌였다. 강의를 들은 후 바로 건물 지하에 있는 수영장에서 수영을 했고 그다음 메이크업을 한 후 8시 20분이나 30분까지 출근을 했다.

올 말에 비정규직 사원 중 20퍼센트만 정규직으로 전환되고 나머지는 해고당하거나 그대로 비정규직으로 남아야 했다. 일하는 수준이 비슷할 바에야 출근이라도 일찍 해서 점수를 따는 것이 좋을 듯싶었다.

그런데 20분 뒤에야 오리라 생각했던 버스는 5분도 지나지 않아 정류장에 도착했다. 버스에 올라타곤 카드 리더기에 지갑을 댔다. "카드를 한 장만 대 주십시오."라는 기계음이 들려왔다. 버스가 심하게 흔들렸기 때문에 요금통 옆 기둥을 붙들고는 지갑에서 신용카드 한 장을 꺼내어 댔다. 운전사가 흘끔 내 지갑을 쳐다보았다. 내 지갑은 오리지널 루이비통 반지갑이다. 운전사가 그걸 알 리 없겠지만, 나는 지갑을 꺼낼 때마다 자랑스러웠다. 아무튼 오늘 나는 상당히 운이 좋은 편이라고 생각했다.

운전사가 말한 정류장은 주공 2단지다. 그 정류장은 전철역과도 가깝고 아파트 단지 옆이라 평소에 사람들이 많이 타는 곳이었다. 그러나 정류장엔 남자 둘과 여자 하나가 서 있을 뿐이었다. 그들의 시선은 이미 내가 탄 130번 버스 뒤쪽을 향해 있었고 그들 중 누구도 타지 않았다. 버스는 조금도 지체하지 않고 출발했다. 배차 간격을 이렇게 맞추지 않는다면, 뒤에 버스를 타러 오는 사람은 적어도 30분은 넘게 기다려야 할 텐데도 말이다.

"이제 아가씨 혼자 타고 가게 됐소."

측면 룸미러로 운전사가 얇은 입술을 비틀며 웃는 모습이 보였다. 그의 누런 이가 드러났다.

"버스 대절해서 혼자 가는 것과 다름없는 거란 말이오."

그는 다시 한번 강조하면서 '크크크' 소리를 내며 웃었다. 아주 귀에 거슬리는 소리였다. 가래가 끓는 듯한 탁한 웃음소리여서 야비하게 느껴졌다. 나는 뾰로통한 표정을 지으며 창문 밖을 바라보았다. 운전사와 말을 섞고 싶지 않았다.

하지만 곧 나는 그에게 말을 걸어야 했다. 에어컨 바람이 너무 차갑게 쏟아져 내려왔기 때문에 뇌 속까지 얼얼할 지경이었다. 정육점에 진열된 냉동 닭이 된 기분이었다.

"저기 죄송하지만 에어컨 좀 꺼 주실 수 없나요?"

"뭐라구요?"

"너무 추워서요. 에어컨 좀 끄면 안 되나 해서요."

나는 자리에서 어정쩡하게 일어선 자세로 그를 향해 목소리를 높였다.

"안 돼요."

가차 없이 그는 대답했다.

"비가 많이 오잖소. 에어컨 끄면 김이 서려 밖이 전혀 보이지 않아요. 그러면 이 안에서 내가 아가씨한테 무슨 짓을 해도 밖에선 보이지 않는다고."

그의 히죽 웃는 모습을 룸미러로 볼 수 있었다. 그리고 그는 말했다.

"좀 약하게 해 줄게요."

그러더니 그는 트림을 했다. 목구멍 가까이서 억지로 낸 듯한 소리였다. 그리고 30초도 안 돼서 '어어 억' 또다시 트림을 했다. 마치 창자부터 목청을 타고 올라오는 듯한 웅장한 소리였다. 일부러 낸 소리에 그는 만족했는지 입맛을 쩍 다셨다. 나는 얕은 한숨을 내쉬며 다시 창밖을 바라보았다. 유리창으로 빗물이 흘러내리고 있었다. 불쾌해졌다. 나는 백팩의 지퍼를 열었다. 학원에서 배울 영어 교재를 꺼냈다. 에어컨 바람은 전혀 약해진 것 같지 않았다. 나는 손바닥으로 소름이 돋은 팔뚝을 문지르며 전혀 머리에 들어올 리 없는 영어 지문을 읽어 내려갔다.

"제기랄. 태풍도 지났다면서 웬 비가 이렇게 쏟아지는 거야."

운전사는 비가 오는 게 내 탓이라도 되는 양 큰소리로 투덜거리며 거칠게 운전을 했다. 버스가 옆으로 심하게 기우뚱 기울어지며 방향을 트는 바람에 옆구리가 팔걸이에 부딪혔다. 팔걸이가 없었다면 옆으로 떨어졌을지도 몰랐다. 아프기도 했지만 깜짝 놀라 운전사를 바라보았다. 운전사는 무표정하게 핸들을 잡고 있었다. 나는 인상을 쓰고 그의 뒷모습을 노려보다가, 앞 좌석의 손잡이를 꼭 잡았다.

벨소리가 들리지 않았다. 그런데 운전사는 전화 통화를 하고 있었다. 진동으로 해 놓았을지도 몰랐다. 물론 지금 버스 안의 소음 위론 벨소리가 났다 해도 들리지 않았을 것이다. 그는 필요 이상으로 큰 목소리로 전화를 받았다.

"지금? 주공 2단지 앞이지."

주공 2단지라면 이미 한참 전에 버스가 지나친 곳이다. 그런데 왜 그는 이곳을 주공 2단지라고 하는 걸까. 다시 창밖을 내다보았다. 쏟아지는 빗줄기 너머로 어느 동네인지 분간하기 힘들었다. 언제부터인가 안내 방송도 나오지 않고 있었다. 동네를 살펴보았다. '효성 유치원'이 보였고 그 뒤로 공원이 보였다. 정류장 이름은 알 수 없지만 눈에 익은 동네였다. 회사까지 20~30분은 더 가야 될 듯싶었다.

"다리가 잠겼어?"

운전사의 목소리는 오히려 기쁨에 번들거리는 것 같았다. 나는 그의 말에 고개를 들어 운전사를 바라보았다. 회사를 가려면 양평교를 건너야 했다. 룸미러로 나타난 운전사의 눈과 또 마주쳤다. 그는 씩 웃었다. 눈만 말이다.

다리가 잠겼다면, 냉동차 같은 이 버스에서 내려 택시를 타고 가야겠다고 생각했다. 그러나 운전사는 전화를 끊지도 않았고 그나마 정류장에도 서지 않았다. 계속해서 '응', '아니', '꼭 그런 건 아니구', '그래 나도 다 알고 있어', '돈이 없잖아', '알았어'를 반복했다. 그냥 거짓으로 전화받는 것처럼 기계적인 느낌으로 대꾸했다. 나는 책을 가방 안에 넣고 지갑을 꺼내 카드를 뺐다. 그리고 뒷문으로 가서 카드 리더기에 카드를 댔다. 내리겠다는 의지를 보인 것이었다. 그제야 운전사는 전화를 끊었다. 그리고 말했다.

"비 때문에 다리가 잠기고 그쪽 길도 다 통제됐다네. 다른 길로 돌아서 가야겠어, 이거 원."

"그러면 저 여기서 내려 주세요. 그냥 택시 타고 가야겠어요. 늦을지도 모르고……."

그러자 그는 언성을 높였다.

"아니, 지금 택시와 다를 바 없잖소. 아가씨 있는 곳으로 바로 가 준다는데, 택시를 타겠다고?"

"그게 아니라……."

그는 내 대답은 들을 필요도 없다는 듯이 라디오를 켰다. 지지직거리는 라디오 소음이 들렸다. 할 수 없이 나는 버스 뒷문 바로 앞에 있는 좌석 끄트머리에 엉덩이를 걸쳤다. 무릎 위의 가방을 쥐고 정면의 유리창을 바라보았다. 윈도 브러시가 정신없이 빗물을 닦아 내고 있었다. 내가 앉은 자리의 옆 창문으로는 밖이 보이지 않았다. 어린이 보험 광고가 전면에 붙어 있었기 때문이다. 한 달에 19000원이면 상해, 흉터, 성형수술비를 최고 500만 원까지 지급해 주고 식중독 위로금도 나오며 폭력 피해 위로금, 유괴, 납치, 인질 위로금으로 최고 1000만 원까지 나온다는 광고였다.

다시 정면 유리창을 바라보았다. 신호 때문에 버스는 잠시 서 있었다. 도로변 가로수들은 바람에 휘둘리며 간신히 버티듯 서 있었다. 도로의 하수구마다 갑자기 늘어난 빗물을 제대로 내보내지 못하는지 웅덩이가 생겨나 있었다. 그 옆으로 차가 지날 때마다 포말을 만들며 구정물이 튀어 올랐다. 아까보다 도로에 차는 많아진 것 같았지만, 낮게 내려앉은 검은 구름과 굵은 빗줄기 때문에 2미터 앞도 제대로 보이질 않았다.

운전사 말이 맞다. 이런 비에 나가서 택시를 잡는다 한들, 제대로 잡을 수나 있을까. 모르는 동네에서 택시마저 못 잡는다면 정말 낭패를 볼 수도 있다. 이렇게 버스가 나 하나만을 태워 회사까지 가 준다는데, 조금 불쾌한 기분이 들었다고 해서 내려 봤자 손해 아닌가.

운전사는 변덕스럽게 라디오 채널을 돌리더니 트로트가 흘러나오는 방송에 주파수를 고정했다. 여자 가수의 끈적끈적한 목소리가 흘러나왔다. '당신과 함께한 지난밤을 잊지 못해 오늘 밤도 나는 정처 없이 네온사인 아래를 헤맨다'는 내용이었다. 그는 운전을 하면서 노랫말을 흥얼거리며 따라 부르는가 싶더니 갑자기 낄낄거리며 웃기 시작했다. 기분은 이미 상했지만, 이쯤 되니 슬슬 불안해지기 시작했다.

"뭐가 그렇게 웃기죠?"

나의 목소리는 떨리고 있었다. 그러자 그는 웃음을 뚝 멈추더니 심각한 목소리로 말했다.

"이 시간에 택시 타면 위험해요. 여자들이 일 당하는 시간은 밤이 아니라 대개 새벽이오, 새벽. 하긴 버스도 위험하긴 하지. 버스에서 다리 벌리고 자는 아줌마를 운전사가 덮친 일도 있었으니까."

그리고 그는 다시 머리를 흔들며 웃어 댔다. 나는 입을 꼭 다물고 다시 창밖을 바라보았다. 버스 안으로 스미는 바람 소리가 불길하게 느껴졌다.

그 기사라면 물론 나도 읽은 기억이 있다. 내가 다니는 회사는 주로 여성용 호신 용품과 방범 관련 용품을 제작하고 판매하는 곳인데 이러한 기사들은 홍보에 아주 중요한 역할을 했다. 특히 사회면에 여성들이 강간이나 성추행, 살인, 강도나 상해, 또는 납치 등을 당했다는 수난 기사가 많이 나면 날수록 제품 판매는 상향 곡선을 그었다. 지난해 대한민국을 떠들썩하게 했던 연쇄살인 사건이 일어났을 때 창립 이래 유례없는 판매 실적을 달성했다. 연쇄살인범 정현철이 잡히던 날, 사장은 입맛을 다시면서 아쉬워했다. 살인범에 대한 유언비어만 돌아도 매출이 올라갈 정도니, 이런 거국적인 연쇄살인에는 특별한 홍보 없이도 판매량이 늘었다. 하지만 이런 대형 사건 사고가 없을 때 사회면의 여성 수난 기사는 썩 괜찮은 홍보물이 되었다. 그 기사들을 편집하여 이러한 상황에 처했을 때 우리 JKK의 호루라기나 전기 충격기, 또는 분사 용품을 사용한다면 안전할 수 있을 것이라는 홍보를 곁들였다. 그렇게 작성된 홍보물을 이미 제품을 사용하고 있는 회원들에게 메일링 서비스로 보내고 그 외 수집된 이메일 주소로 광고 메일을 발송했다.

한 연예인의 섹스 몰카가 인터넷상에 떠돌았을 땐 몰래카메라 색출 경보 기능이 내장된 휴대용 열쇠고리 판매량이 늘었다. 그런데 이 물품은 예외적으로 남자들의 구매량이 적지 않았다. 사장은 이것에 대해 이렇게 설명했다. 몰카 동영상을 인터넷에서 접하게 되는 것은 여성보단 주로 남성들인데 그런 것을 접하다가 혹시 나도 저렇게 되면 안 된다고 생각하기 때문에 특히 외도를 하는 유부남들이 구매를 많이 한다는 것이었다. 결국 공포를 느끼는 지수는 많이 알수록 높아지고 그만큼 매출이 늘어나는 것이다. 회사는 이것을 적절히 이용한 셈이었다. 사람들은 수난 기사를 읽거나 동영상을 보면서, 피해자나 피의자의 얼굴에 자신의 얼굴을 대입하곤 한다. 자꾸 그러다 보면 체감 치안 지수는 악화되며 공포는 극대화된다. 혹은 그 반대급부에 서 있는 범행 유발 소인 역시 커지기 마련이었다.

그러나 운전사가 말한 사건을 다룬 기사 어디에도 '다리를 벌리고' 잤다는 표현은 없었다. 하지만 대개의 남자들은 그런 기사를 읽고 분명 여자가 어떠한 빌미나 유혹의 실마리를 제공했을 거라 추측한다. 그건 여자도 마찬가지였다. 그런 기사를 읽으면서 자기와는 다른 '정숙하지 못한 여자'나 당하는 일이라고 생각하며, 자신과 무관하게 여기려는 심리가 내면에 깔려 있었다.

그런 것을 명확히 기억하는 이유는, 내가 기사에 손을 대는 것도 그러한 부분을 수정해서 광고 메일을 받아 보는 당신도 예외가 아니라는 것을 강조하기 때문이다. 가끔 기자들조차 그런 선입견으로 기사를 쓸 때가 있다. 정황으로 미루어 분명 여자는 평범한 주부인데도 단 한 줄, 혹은 몇 자의 수식어를 붙임으로써 사건을 이해하는 데 걸림돌을 만드는 경우가 있다. 바로 그 '다리를 벌리고 자는'이랄지, '물장사나 술장사를 하는'과 같은 맥락이다. '미니스커트를 입은', '새벽에 나이트에서 만난'처럼 전혀 자세히 설명하지 않아도 되는 것을 자세히 말함으로써 왜곡시키는 경우가 그렇다.

  그러는 사이 나의 머릿속엔 버스 뒷자리에 앉아 '다리를 벌리고 자는, 색기를 줄줄 흘리는 물장사인지 술장사인지를 하는' 중년 여성의 모습이 떠올랐다.

  12월의 어느 새벽 첫 버스를 탄 중년 여성. 버스엔 승객이 오직 그녀 혼자다. 물론 몇 정류장 전까지만 해도 하나둘 사람들이 버스를 타기도 하고 내리기도 했다. 그러나 이 여성은 종점이 다 되도록 내리지 않는다. 물론 잠을 자고 있기 때문인데 그녀가 내려야 할 정류장을 지나쳤을 확률이 더 크다. 여성의 나이는 40대에서 50대까지 다양하게 추측해 볼 수 있다. 여성은 버스의 가장 뒷좌석에 상체는 거의 드러누운 채 잠을 자고 있다. 기사는 갑자기 마음이 바빠진다. 종점까지는 서너 정류장이 남아 있는데도 기사는 나머지 정류장을 모두 무정차한다. 그리고 종점과는 다른 방향으로 핸들을 꺾는다. 야산을 깎아 만든 공원 주차장이다. 어둠의 농도가 짙은 그곳 주차장은 중장비 트럭이나 관광버스가 도열해 있다. 어둡고 비는 내리고 사람은 없다.

54세 김 모 여인은 이상한 기분에 눈을 뜬다. 그녀 앞엔 열에 들뜬 눈빛의 남자가 서 있다. 여자는 떨리는 목소리로 말을 건네지만, 남자는 막무가내로 여자의 뺨을 후려친다. 여자는 갑작스러운 타격에 쓰러진다. 남자는 여자의 옷을 거칠게 벗기려 하고 여자는 남자의 손을 문다. 남자가 주춤하고 손을 빼자, 여자는 소리를 지르며 버스 안을 뛰어다닌다. 창문 밖의 풍경은 짙은 어둠 속에서 공모하듯 잠잠하다. 남자는 천천히 걸어 여자의 머리채를 휘어잡고 뺨을 때리고 배를 걷어찬다. 여자는 '다리를 벌리고' 실신한다.

나는 다리를 오므렸다. 문득 회사에 수없이 굴러다니던 테스트용 가스 분사기, 화장대 위에 올려놓고 나왔던 전기 충격기, 가방을 바꿔 메느라 두고 나온 목걸이 형태의 호루라기 겸용 분사 용품이 떠올랐다. 하필 나는 아무것도 가지고 나오지 않았다.

버스가 진로를 바꾼 바람에 도무지 이곳이 어디인지 갈피를 잡을 수 없다는 점도 나의 불안을 증폭시킨 원인이었다. 도시의 낯선 도로 옆으론 불 꺼진 술집과 여관들이 다닥다닥 붙어 있었다. 버스는 자꾸만 한적한 길로 꾸역꾸역 들어가는 것 같았다. 내가 아는 서울과는 멀어지는 듯했다.

어디든 전화라도 한 통 걸어 둬야겠다고 생각했다. 내가 타고 있는 버스 번호라도 알리면 마음이 놓일 것 같았다. 그러나 마땅히 전화를 걸 만한 얼굴도 떠오르지 않았다. 지금 한참 주무시고 계실 부모님께 불쑥 전화할 수도 없는 노릇이었다. 회사 부장에게라도 전화를 해야겠다고 생각했다. 일단 전화를 걸어서 지금 출근 중인데 비가 너무 많이 온다고, 늦을지도 모른다고 말을 할까. 그럴 수도 없었다. 이렇게 이른 시간에 출근하는데 늦을지도 모른다는 건 말이 안 됐다. 수많은 이의 얼굴이 지나치면서 휴대폰을 꺼내 든 순간 눈앞이 깜깜해졌다. 배터리가 없다. 폴더를 여는 순간, 휴대폰은 뽀로롱 소리를 내며 꺼졌다. 어젯밤 충전을 하지 않았던 것이다. 그리고 새벽에 계속해서 울렸을 휴대폰 알람 소리가 이명처럼 맴돌았다. 나는 라디오 알람을 늘 휴대폰보다 10분 정도 이르게 맞춰 놓았다. 휴대폰 알람은 한 번 울리고 1분 간격으로 다섯 차례 울리도록 설정되어 있다. 오늘따라 라디오도 켜지기 전에 샤워를 했다. 내가 샤워를 하는 동안 줄기차게 알람이 울리고 휴대폰 모닝콜이 울렸으리라. 그러면서 그나마 남아 있던 배터리가 방전된 모양이었다. 일찍 일어난 것이 원망스러웠다. 다시 휴대폰의 전원을 눌렀으나 2초도 못 견디고 다시 꺼졌다. 나는 휴대폰 배터리를 뽑아서 손바닥으로 여러 번 툭툭 친 다음, 다시 끼워 넣었다. 가끔 이러면 1분 정도 더 갈 때가 있었다. 문득 고개를 들었을 때 룸미러로 나의 행동을 지켜보는 운전사의 시선과 마주쳤다. 전원이 다시 들어왔다. 나는 문자메시지 창을 열고 누구에게 보낼까 하다가, 회사 경리를 맡고 있는 J의 번호를 눌렀다. 아직 꺼지지 않았다. 'bus 130'이라고 숫자를 누르고 있는데 전송도 누르지 못한 채 전원이 나가고 말았다. 다시 휴대폰을 켜 보았지만 아예 켜지지도 않았다.

"TBS 교통 정봅니다. 갑작스런 집중호우로 벌써부터 도시 곳곳이 정쳅니다. 이런 날 교통 정보 꼭 확인해 보셔야 합니다. 우선 도로 정봅니다. 내부 간선도로 공사가 진행 중인……."

버스 지붕을 뚫기라도 할 듯 폭우가 내리고 있었기 때문에 볼륨이 결코 작은 것이 아닌데도, 라디오에서 나오는 여자의 목소리가 선명하게 귀에 들어오지 않았다. 나는 귀를 기울였다.

그때 갑자기 운전사가 라디오 채널을 돌렸다. 이해할 수 없었다. 다리가 잠겨 노선대로 가지 못하는 상황에서 교통 정보를 듣지 않다니. 운전사가 돌린 채널은 별안간, 클래식 음악 프로그램이었다. 느리고 얕은 바이올린 소리가 처량맞게 울리고 있었다.

"교통 정보 좀 들어 보죠."

나는 기어코 한마디 했다. 가슴이 벌렁벌렁 뛰었다.

그는 대답도 않고 다시 주파수를 맞췄다. 운전사는 자꾸 다른 채널로 돌렸다. 지지직거리다가, 불쑥 가요가 튀어나오다가, 팝송이 나왔다. 남자의 목소리가 튀어나왔다가, 목탁 소리가 튀어나왔다가 다시 지지직거리고, 여자 목소리가 나왔다가 다시 지지직거리고. 한참 이리저리 채널을 돌리더니 교통 방송으로 다시 돌아왔으나, "이상 아무개 리포터였습니다. 티비에스." 하며 말을 마무리하고 있었다. 어쩐지 운전사가 일부러 교통 정보를 들려주지 않으려고 이리저리 채널을 오랫동안 돌린 건 아닌가 하는 의구심이 들었다. 분한 마음마저 들었다. 마음을 가다듬기 위해 창문 밖을 보았다. 아까보단 빗줄기가 조금은 약해진 듯했지만 여전히 비는 계속 내리고 있었다. 한 번도 본 적 없는 낯선 거리다. 거리엔 철거를 앞둔 빈집들이 많이 보였다. 한적했고 어두웠다. 지나가는 사람 하나 보이지 않았다.

"몇 분 뒤면 도착할까요?"

그는 내 말엔 대답을 않고 그저 운전만 했다. 룸미러로 보이는 그의 얼굴은 어쩐지 심술궂어 보였다. 내 목소리가 너무 작은 탓일까 싶어 다시 목소리를 높여 물었다.

"저기, 몇 분 뒤면 도착할 거 같아요?"

무뚝뚝하긴 했지만 척척 말을 꺼내 놓았던 그였는데 어쩐지 그는 내 말은 아예 무시하기로 작정한 사람인 양 입을 꼭 다물고 있었다. 윈도 브러시만 쉴 새 없이 움직였다. 입안이 탔다. 여전히 머리 위로 쏟아지는 에어컨 바람 때문인지 부르르 진저리가 쳐졌다. 그는 어떤 생각에 굉장히 몰두한 듯이 보였다.

그러던 중 버스가 브레이크를 밟았다. 앞으로 몸이 꺾였다. 운전사는 갑자기 차를 세웠다. 가슴이 방망이질 치기 시작했다.

2차선 도로 옆은 공원이었다. 왼편엔 다리가 하나 보였고 그 밑으로 개천이 흐르고 있었다. 사람은 물론이거니와 이곳은 낮에도 한적할 듯싶은 도로였다. 갓길로 트럭이나 관광버스가 주차되어 있었다. 설혹 누군가 이렇게 어둡고 비가 몰아치는 날, 낯선 번호의 버스가 도로변에 서 있는 걸 본다 해도 이상하게 여기지는 않을 것 같았다.

운전사는 별안간 시동을 껐다. 그리고 열쇠를 뽑아 자리에서 일어섰다. 그가 나를 흘끗 보더니 요금통 옆에 눕혀 놓았던 검은색 대우산을 들었다. 나는 침을 꿀꺽 삼켰다. 그러더니 그는 앞문의 계단을 내려갔다. 나는 안도의 한숨을 내쉬었다. 차가 고장이라도 난 걸까. 이 틈에 나도 내려서 택시를 타고 간다고 말할까. 차가 고장 났다면 당연한 일이다. 주섬주섬 가방을 메고 있는데, 별안간 앞문이 닫혔고 찰칵, 하는 분명히 밖에서 잠그는 듯한 소리가 들렸다.

다리가 후들거리기 시작했다. 왜 문을 닫는 것인가. 그래, 빗물이 들이치니까 문을 닫은 것일 수도 있어. 여러 가지 생각을 했지만, 그 경황에 앞문을 닫고 게다가 열쇠로 잠근다는 것은 이해할 수 없었다.

그는 제설용 모래함 뒤로 사라졌다. 문득 지난봄 살해된 여승무원의 기사가 떠올랐다. 살해범은 택시 기사였다. 그는 지갑을 뺏고 신용카드로 현금을 인출한 뒤 여승무원의 목을 졸라 죽이고 도로변에 설치된 제설용 모래함에 시체를 던져 놓았다.

지금 버스 기사는 나의 휴대폰 배터리가 나간 것과 신용카드가 두 개 이상이라는 사실을 알고 있다. 처음 지갑을 카드 리더기에 댔을 때 "카드를 한 장만 대 주십시오."라는 기계음이 들리지 않았던가. 그리고 나의 지갑을 유심히 보았다. 유독 현금을 많이 챙겨 나와 두툼한 루이비통 지갑이 원망스러웠다. 아니야. 설마. 내가 이 버스를 탔다는 건 이미 신용카드 기록에 남아 있을 텐데. 설령 내가 이대로 실종되더라도……. 여기까지 생각이 미치자, 아까 내리겠다고 뒷문 카드 리더기에 정산했음이 떠올랐다. 그렇다면 난 이대로 지갑을 뺏기고 살해당해도 모를 일이었다. 지금 운전사는 제설용 모래함을 열어 안을 비우고 있는지도 몰랐다. 나는 몸을 겨우 일으켜 앞으로 걸어갔다. 여차하면 창문을 열고 밖으로 뛰어내릴 각오를 했다. 그리고 동정을 살피기 위해 앞 창문을 내려다보았다. 그런데 남자는 벽면을 바라보며 오줌을 누고 있었다.

남자가 진저리를 치며 상체를 떨고 있을 때, 나는 재빨리 뒤로 걸어가 자리에 앉았다. 남자가 앞문을 열고 들어왔다. 열쇠로 연 것 같지 않았고 그냥 손으로 끌어당기니까 가볍게 앞문이 열렸다. 내가 열쇠 소리를 들은 것은 착각이었던 것 같다.

그는 죄송하다는 말 한마디 없이 다시 시동을 걸었고 버스는 출발했다. 라디오에선 합창곡이 끝나 가고 있었다. 라디오는 다시 클래식 프로그램에 주파수가 맞춰져 있었다. 마스카니의 오페라 「카발레리아 루스티카나」에 나오는 합창곡이었다. 진행자는 곡에 대해 설명을 해 주었다.

"이 합창은 막이 오른 뒤 마을 사람들이 모여 되돌아온 봄을 반기는 장면에서 등장하는 곡입니다. 뒤에 닥쳐올 끔찍한 비극을 예상할 수 없을 만큼 봄을 반기는 아름다운 선율을 담고 있죠."

그리고 그는 뒤이어 합창곡의 노랫말을 해석해 주었지만 전혀 귀에 들어오지 않았다. 무언가에 골몰한 듯한 어두운 표정을 짓고 있는 운전사의 몰두를 어떻게 해서든 환기시켜야겠다는 생각이 들었다.

"저기, 얼마나 가야 하죠?"

목소리를 가다듬고 다시 물어봤다. 나는 좀 더 친절한 표정을 지었다.

"글쎄요."

그는 귀찮다는 듯이 말했다. 그러곤 양미간에 주름을 잡았다.

"운전하시느라 힘드시겠어요? 그렇죠?"

그러나 그는 내 말을 간단하게 묵살했다. 아까 그와 말을 주고받을 때 친절하지 않았던 것이 후회됐다. 그때 라디오에서 소음과 섞인 진행자의 말이 귀에 걸렸다.

"7831님이 보내셨습니다. 지금 양평대교를 지나고 있어요. 한강 물이 너무 많이 불었네요."

아까 운전사가 잠겨서 건너지 못한다고 말한 다리가 아닌가.

이제야 확연해지는 듯했다. 심장이 오그라드는 것 같았다. 버스 안을 둘러보았다. 이곳은 빠른 속도로 달리는, 유리창이 있는 덫일 뿐이었다. 덫에 두 발목이 꼭 붙들려 버렸다. 전화를 받던 것도, 정류장을 지나쳐 온 것도, 교통 정보를 듣지 못하게 한 것도, 다리가 잠겼다는 것도 모두 거짓이었던 것이다. 다른 방법을 찾아야 할 것 같았다. 설령 내가 시체가 되어 발견되더라도 영원히 미제로 남아선 안 되었다. 시체로 도로변 풀숲에 버려질 내 모습을 떠올리니 눈물이 나올 것만 같았다. 나는 볼펜을 꺼냈다. 최대한 그가 눈치채지 않도록 나는 가방을 무릎 위에 세웠다. 그리고 의자 시트 위에다 내 이름과 휴대폰 번호를 적은 후 sos라고 적었다. 누군가 이 번호로 장난 전화라도 건다면 수신자 통화 기록이나 문자메시지가 온 것이 단서가 될지 몰랐다. 그렇다면 반드시 연락이 올 수 있도록 써야 했다. 그래서 나는 내키지 않았지만, sex라고 썼고 다시 그 앞에다 bus라고 썼다. 버스 섹스라니. 기가 막혔지만 어쩔 수 없었다. 그리고 나는 운전사가 눈치채지 않도록 열심히 유리창에 손자국을 냈다. 지문이 남을 수 있도록. 그리고 그 아래에 또 sos라고 썼다. 그저 지푸라기라도 잡고 싶은 심정이었다.

그리고 생각했다. 내가 갖고 있는 거라곤 영어 교재와 가방, 그리고 배터리가 나간 휴대폰, 우산뿐이다. 우산 끝은 뭉툭했다. 그때 여승무원의 하이힐 한 짝이 살인자의 택시 안에서 발견된 것이 결정적인 증거가 되었다던 기사 내용이 떠올랐다. 나는 하이힐을 내려다보았다. 차라리 하이힐 굽으로 눈이나 그의 급소를 찌르는 게 나을지 몰랐다. 나는 한쪽 하이힐을 벗어 단단히 잡았다.

운전사는 머리를 이리저리 돌렸다. 흘끗 룸미러로 나와 눈이 마주치자 누런 이를 드러내며 능글맞은 미소를 지었다. 나도 따라 웃었다. 울 수는 없는 노릇이었다. 그때 운전사 왼편 창문 위에 빨간 비상용 망치가 걸려 있어야 할 자리가 비어 있는 것이 눈에 띄었다. 나는 재빨리 고개를 돌려 뒷문을 확인했다. 거기에도 비상용 망치는 없었다. 앞을 찬찬히 바라보다 나는 또다시 놀라지 않을 수 없었다. 요금통 옆에 비상용 망치의 자루 부분이 보였다. 저게 왜 바닥에 놓여 있는 것인가. 운전사가 당장에라도 브레이크를 밟고 비상용 망치를 들어 내 머리를 가격할 것 같았다.

어깨가 뻣뻣해질 정도로 에어컨 바람이 차가웠지만 손바닥은 땀이 나서 축축했다. 영어 학원 강의 시간마다 졸면서 왜 새벽 강의를 끊었는지, 한심스러웠다.

회사는 불황이었다. 이럴수록 좀 더 충격적이고 엽기적인 사건이 벌어져야 했다. 왜 이렇게 요즘은 태평스러울까. 그 잘나가던 살인 사건도 안 일어나는 것 같았다. 이러다간 홍보팀 자체가 없어질지도 몰랐다. 그래서 나는 매일같이 좀 더 엽기적인 살인 사건은 없을까, 눈이 벌겋게 기사를 검색했다. 그런데 하필 내가 이렇게 되다니.

그러는 사이 버스가 속도를 늦추더니 멈춰 섰다. 버스 앞문이 열렸다.

"어떻게 된 거요?"

"도대체 몇 분 만에 오는 겁니까?"

불만 섞인 목소리의 사람들이 우르르 올라탔다. 사람들은 모두 공격적으로 운전사를 향해 퍼붓기 시작했다. 운전사는 고작 "양평교가 잠기는 바람에 늦었습니다." "앞차가 고장 나는 바람에 최대한 일찍 온 겁니다."라는 말을 아주 자신감 없는 목소리로 우물거렸다. 한 사람에게 대꾸를 마치면 또 뒤이어 올라오는 사람이, "배차 간격을 제대로 지키기는 한 겁니까?"라고 힐난했고 그러면 또 운전사는 쩔쩔매며 "죄송합니다. 최대한 일찍 온 겁니다."라고 변명했다. 그의 말엔 신뢰가 전혀 느껴지지 않았다.

나는 반가우면서도 허탈한 심정으로 올라타는 사람들의 얼굴을 물끄러미 쳐다보았다. 가장 먼저 올라탄 남학생 하나가 나를 쳐다보며 지나쳐 갔다. 문득 내 손에 들린 하이힐을 바라보았다. 나는 얼른 하이힐을 내려놓고 다시 신었다. 한쪽 다리를 절면서 걸어온, 낡은 점퍼를 입은 남자가 의자 손잡이를 잡고는 나를 내려다보았다.

"아가씨, 왜 안 내려요? 다 왔잖아요."

운전사는 소리를 질렀다. 버스가 출발하려다 말고 다시 섰다. 버스 안에 올라탄 사람들이 일제히 나를 쳐다보았다. 뒤를 돌아서 나를 바라본 운전사의 눈빛은 피로에 찌들어 흐리멍덩해 보였다. 그제야 그 정류장이 내가 내려야 할 정류장임을 깨달았다. 나는 화들짝 일어섰다. 손잡이를 잡은 남자를 밀치고 뒷문으로 빠르게 걸어갔다. 계단으로 발을 내딛었다. 나는 운전기사에게 인사까지 하고 내렸다. "수고하세요. 안녕히 계세요."라고. 마치 즐거운 여행을 함께 한 동반자라도 되는 듯. 정류장에 내리자마자 서둘러 우산을 폈다. 빗줄기는 우산에 타닥타닥 세차게 내렸다. 바닥에 떨어진 빗방울이 지면에 부딪혀 솟구쳐 오르면서 발목을 적셨다. 방송에서 양평대교라 했을 때 조금 이상하다는 걸 알아야 했다. 양화대교를 잘못 알아들은 모양이었다. 어리석은 걱정이었다.

멀리 보이는 회사 건물을 향해 빠르게 걸었다. 회사 건물 앞 전광판 디지털시계를 바라봤다. 낮게 내려앉은 구름이 조금은 가벼워진 것 같았다. 6시 5분이다. 영어 회화 학원을 끊은 것은 잘한 일 같다. 얼마 전 부장은 내가 새벽마다 영어 회화 학원을 다닌다는 사실을 알고 요즘 흔치 않은 젊은이라며 칭찬했다. 일찍 출근하는 것도 좋은 이미지를 만드는 데 한몫을 한 것 같다. 그리고 얼마 전에 낸 기획서에 대해서도 검토해 보겠다고 하지 않았던가. 나는 좀 더 효과적인 홍보를 위해 범죄 재연 드라마와 연계한 홍보 아이디어를 냈다. 그 기획안만 제대로 추진된다면 올 말엔 정규직으로 발령받을지도 몰랐다.

회사 건물 앞에 서 있는 경비에게 인사를 하고, 우산을 자동 포장 비닐에 넣었을 때 전광석화처럼 기억 하나가 스쳤다. 바로 버스에 남겨 놓은 낙서. 그리고 나를 이상한 눈빛으로 쳐다보았던, 다리를 절던 낡은 점퍼의 남자가 그 자리에 앉지 않았던가. 휴대폰 번호를 바꿔야겠다고 생각했다.

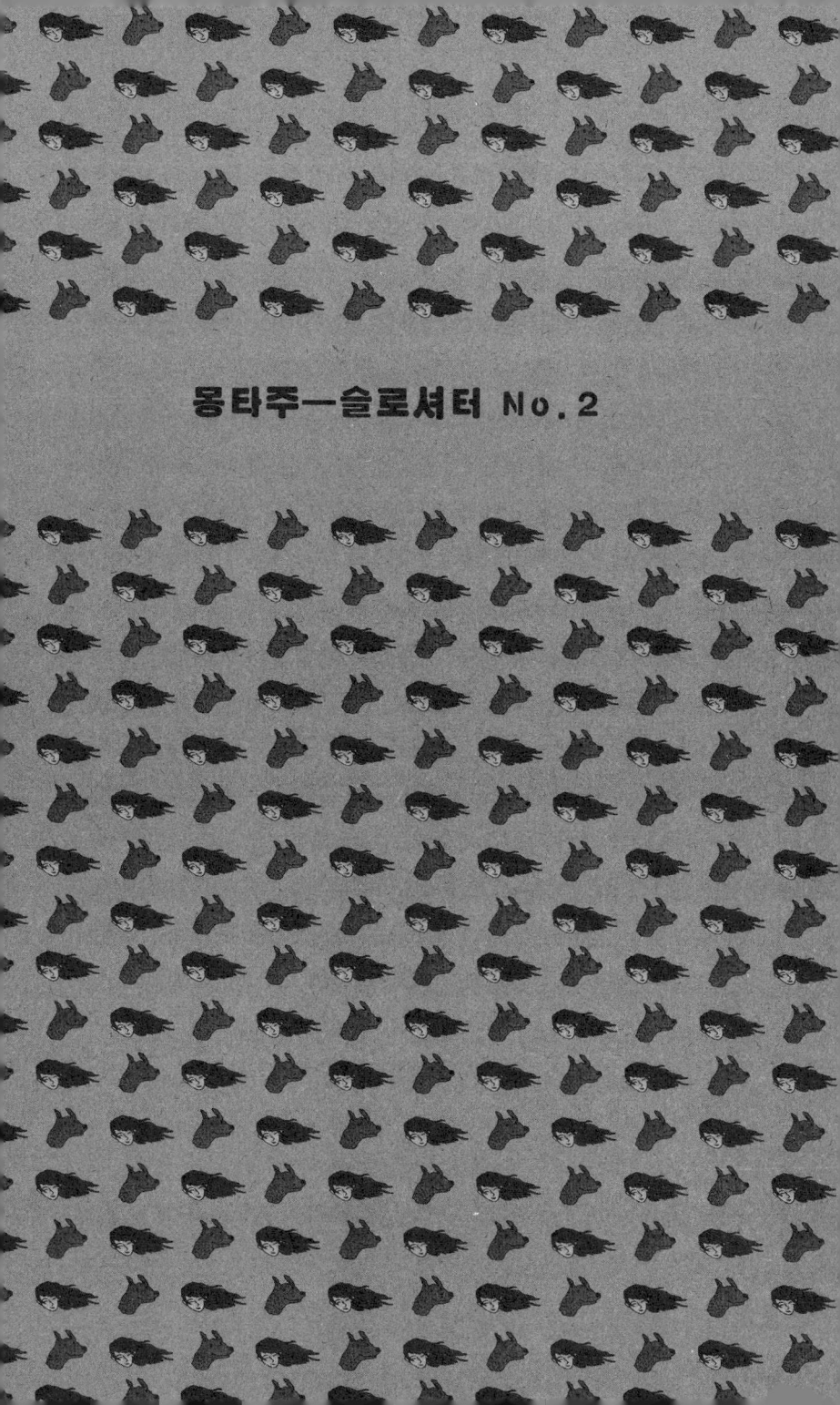

몽타주—슬로셔터 No.2

501호 문이 열렸다가 닫히는 소리가 들렸다. 문 앞을 지나는 발소리가 멀어질 무렵 눈을 감았다. 드디어 소리가 사라졌다. 낯선 침묵이 방 안을 메웠다. 몸이 눅진하게 녹아드는 듯했다. 옆집 남자가 집을 나간 다음에야 잠을 청할 수 있었다.

얼마나 지났을까. 또 다른 소리가 신경을 자극할 때까지 얕은 잠에 빠져 있었다. 누군가 문을 두드리고 초인종을 눌러 댔다. 내가 안에 있다는 걸 알고 있는 듯했다. 어지간히 끈질겼다.

"누구요?"

불쾌함을 담고 인터폰을 들었다. 모니터 위로 낯선 남자의 얼굴이 떠올랐다.

"경찰입니다. 말씀 좀 여쭙겠습니다."

문을 열었다. 플래시가 터졌다. 눈이 부셨다. 나는 놀라서 얼른 문을 닫았다.

"걱정 마세요. 옆집을 찍는 거니까."

사내는 문고리를 잡아당겼다. 자신을 경찰이라고 밝힌 사내는 그러나 제복을 입지도 않았고 내게 자신의 신분증을 보여 주지도 않았다.

"옆집 남자 알고 계시죠?"

빨간 불이 켜진 카메라의 렌즈가 나를 향하고 있었다.

"잠깐만요, 이게 무슨 짓이죠?"

범죄자라도 되는 양 나는 손으로 얼굴을 가렸다. 경찰은 뒤를 돌아보더니 손짓했다. 사진을 찍던 사람이 카메라를 내렸다.

"잠시 이쪽으로 나와 주시겠습니까?"

나는 슬리퍼를 신으면서 현관 앞 신발장 위에 붙어 있는 거울을 보았다. 손가락으로 머리를 대충 쓸어내렸다. 자다 깬 얼굴치고 그리 흉한 몰골은 아니었다. 경찰이란 작자의 뒤를 따랐다.

501호 문은 활짝 열려 있었다. 흰색 가운을 입은 남자와 여자가 입구에 쳐 놓은 노란색 폴리스 라인을 넘어 다녔다. 카메라가 연신 플래시를 터트렸다. 제복을 입은 세 명의 남자가 사람들이 가까이 오지 못하도록 막아섰다. 구경하는 이들 대부분은 오피스텔 주민인 듯했다. 그들 가운데 긴 생머리의 4층 여자도 있었다. 엘리베이터 앞에서 통화하는 내용을 들은 바로, 그녀는 홈쇼핑 텔레마케터인 듯했다. 최근 E조를 맡으면서 그녀와 자주 부딪치는 걸로 봐서 그녀도 야간조인 듯싶었다. 20대 후반쯤 되어 보이는 그녀는 화장을 거의 하지 않았고 자주 미간에 주름을 만들었다. 그녀는 볼보 1589와 비슷한 인상이었다. 볼보 1589는 의상실 사장인데 에스프레소를 마시기 위해 오전 10시 무렵이면 호텔을 찾았다. M조에 있을 때 볼보 1589는 내 담당이었다. 그녀의 독특한 주차 습관을 포착하는 사람은 나밖에 없었다. 그녀는 늘 멀찌감치 차를 세워 놓고 걸어오곤 했는데 입구에 도착하기 전에 달려가 키를 받지 않으면 불같이 화를 내곤 했다.

경찰은 복도 중간에 있는 비상구를 턱으로 가리켰다.

"저리로 가실까요?"

그는 키에 비해 다소 큰 보폭으로 앞서 걸었다. 그가 비상구 철제문을 열려고 할 때 문이 먼저 열렸다. 경찰은 뒤로 물러섰다. 초라한 차림의 한 사내가 문을 열고 나왔다. 그는 어깨를 잔뜩 구부린 채 두리번거렸다. 그 역시 501호를 구경하러 온 오피스텔 사람인 듯했다. 낯은 익었지만 어디서 봤는지 기억나지 않았다. 스쳐 지나가는 그의 몸에서 은단 냄새가 풍겼다. 나는 사내를 돌아봤다. 사내는 501호 주변에 서 있는 무리를 향해 천천히 걸어갔다. 오피스텔 주민이 아닐지도 몰랐다.

경찰은 비상구 앞에 있는 풀다운 형식의 창문을 열었다. 그는 담배를 꺼내 입에 물더니 내게도 권했다.

"여긴 금연 구역인데요."

나는 그가 건네는 담배를 물리쳤다. 경찰은 피식 웃으며 자기 담배에 불을 붙였다. 키가 작고 어깨도 좁아 더 말라 보였지만 얼굴은 강단 있어 보였다. 쏘는 듯한 얇은 눈매는 나이를 가늠하기 힘들게 했다. 그의 얼굴을 응시하다가 나도 모르게 잠시 눈을 감았다 떴다.

"501호 남자 말이오, 평소엔 어땠소?"

반말과 존대의 경계를 교묘하게 넘나드는 말투였다. 나는 침을 얕게 삼켰다. 501호는 희미한 인상의 남자였다. 가장 외우기 힘든 인상착의라고나 할까. 분위기도 키도 얼굴도 행색도 그저 그런 느낌의 사람.

"옆집 남자에게 무슨 일이라도?"

경찰은 느긋하게 담배 연기를 뿜어냈다. 나는 기침을 했다. 사내는 눈을 가늘게 뜨며 나의 얼굴을 뜯어보듯 살폈다.

"뉴스는 보시죠?"

경찰은 눈빛만으로도 상대를 제압할 듯싶었다. 나도 모르게 주눅이 들었다.

"그렇죠, 매일 보진 못해도."

"사람들을 죽였지. 지금 은행에서 잡혔소."

참으로 이상스럽게도 그의 말이 충격적으로 다가오지 않았다.

"어쩐지."

내가 말했다. 경찰의 눈에선 순간 빛이 나타났다 사라졌다. 그는 검지로 담뱃재를 털고 윗입술을 비죽거리며 물었다.

"왜요? 수상한 점이라도 있었소?"

"특별히 그런 건 아니지만 제 개인적인 상황 때문에요."

언제 왔는지 단발머리 여자가 늘어난 내 옷 목덜미에 핀 마이크를 집게처럼 꽂았다. 마이크의 줄 끝에는 검정 소형 녹음기가 매달려 있었다.

"이게 뭐죠?"

"주변인들 진술 자료를 모아야 하거든요. 그나저나 무슨 개인적인 상황이라는 거요?"

그는 웃음기를 거두고 진지한 표정으로 물었다. 곧이어 콩알만 한 점들이 얼굴에 드문드문 박힌 남자와 카메라를 든 쑥색 점퍼를 입은 남자가 다가왔다.

"저를 찍으시는 건가요?"

"범인은 잡혔고 선생께서 옆집에 사셨으니 인터뷰 좀 부탁드렸으면 해서요."

얼굴에 점이 난 남자는 당연한 걸 왜 묻느냐는 듯 심드렁하게 대꾸했다.

"제 인터뷰가 왜 필요하죠?"

"시간 좀 내주세요. 다른 분들도 다 했는걸요."

머뭇거리자 내 옷에 마이크를 꽂은 단발머리 여자가 생글거리며 말했다.

"구체적으로 어떻다는 건가요?"

경찰이 재우쳐 물었다. 한두 사람 모여들기 시작했다. 두 대의 카메라가 나를 향하고 있었다. 기자들은 손바닥만 한 수첩을 들고 내 얼굴을 뚫어져라 쳐다봤다. 구경하는 사람도 여럿 됐다. 아까 나를 스쳐 지나갔던 사내도 카메라 기자 뒤에서 기웃거리고 있었다. 그들의 까만 눈동자를 보고 있자니 무슨 말이라도 하지 않으면 안 될 것 같았다. 하지만 할 말은 실로 보잘것없었다.

"최근엔 샤워를 자주 하는 것 같았어요."

나는 목을 긁었다. 목에 난 뾰루지를 건드려 따가웠다.

"오, 그래요?"

여자가 진지하게 되물었다. 그녀의 진지함이 어쩐지 나를 비웃는 것 같아 마음에 걸렸다. 그런 걸 '수상하다'고 말하는 자신이 소심하게 느껴졌다.

"하수구가 다 이어져서 말이죠. 화장실 물 내리는 소리도 옆집에선 다 들리거든요."

나는 우물거리며 허둥지둥 말을 이었다.

"제가 불면증이에요. 불면증이 얼마나 고통스러운지 아시죠?"

몇몇 사람들이 고개를 끄덕였다. 순간 이들이 내 모든 것을 이해하고 있는 듯했다. 불면의 밤들을 그들에게 위로받고 싶다는 생각마저 들었다.

"시도 때도 없이 청소기를 돌리질 않나, 하루에도 몇 번이나 양치질을 해 댔고요. 결벽증에라도 걸렸는지 샤워도 자주 하는 것 같았어요."

"그거, 전기톱으로 시체를 절단하느라 그랬을 거요."

경찰은 지극히 평범하고 사무적인 어조로 잘라 말했다. 순간 머리가 아뜩해졌다.

"전기톱? 절단이요?"

경찰은 고작 이 정도로 놀래선 안 된다는 듯 입술을 비죽거렸다.

"혹시 옆집을 가 보셨거나 들여다보신 적은 없으신가요?"

그러고 보니 끔찍한 순간이 떠올랐다. 왜 처음부터 이게 생각나지 않았을까.

"있어요. 한번은 몇 시간째 물소리가 들리는 거예요. 다른 사람들한텐 그게 거슬리지 않을 수 있겠지만요. 전 잠들 수 없었죠. 문득 물을 틀어 놓고 외출한 것일 수도 있겠단 생각이 들었거든요. 확인이라도 할 겸 옆집에 가 봤죠."

모두들 숨을 죽이고 나의 말에 집중하고 있었다. 그들의 몰두에 차츰 기분이 좋아졌다. 사실 나 역시 501호 남자처럼 희미한 인상의 사람이었다. 난 호텔에 들어서면 가장 먼저 눈에 띄었지만 그건 순전히 제복 때문이었다. 같은 근무자들끼리도 제복을 벗고 있으면 알아보지 못하고 지나쳤다.

나는 앞니로 아랫입술을 씹으며 사람들을 둘러봤다. 그들은 제복을 입지 않은 '나'에게 집중하고 있었다.

"초인종을 눌렀죠. 남자가 문을 열더군요. 남자 뒤로 창문이 보이고 바로 아래엔 앉은뱅이책상이 있었어요. 다른 사람이 방 안에 있는 것 같진 않았어요. 제가 물었죠. 물소리가 계속 나서 혹시 외출한 게 아닌가 싶어 확인차 온 거라고. 남자가 말했어요. '죄송합니다. 물소리가 시끄러웠던 모양이죠.' 너무 공손하게 나오니까 내가 고약한 이웃이라도 된 느낌이었어요. 사실 전 굉장히 화가 나 있었어요. 하지만 뭐라고 하긴 좀 그랬죠. 제 성격상 싫은 소린 잘 못 하거든요. 그래서 돌아왔죠."

집으로 돌아왔을 때 물소리는 그쳐 있었다.

"그리고 또 기억에 남는 일은 없었나요?"

단발머리 여자가 물었다.

"제가 여기 산 지 3년쨀데요. 그동안 옆집은 수도 없이 이사 들고 나갔어요. 잘 몰라요. 저만 그런 게 아니라 다 그럴 거예요. 501호 남자……."

"살인범 정현철이요."

"네, 그 살인범이 이사 온 것도 얼마 안 될걸요?"

"석 달 됐다고 하네요."

"맞아요. 제 불면증도 그 정도 됐으니까."

"옆집 소음 때문에 석 달째 불면증에 시달렸다는 말씀인가요?"

"몇 년 전에도 불면증이 있다가 사라지긴 했지요. 제가 예민한 탓도 있지만 옆집이 그 전에 살았던 사람보다 조금 더 시끄러웠죠. 그래서 신경 쓰였던 건데 어쨌든 불면증이 다시 시작된 건 석 달쯤 됐어요."

그쯤 말하고 나니 더 이상 할 말이 없어졌다. 그때 누군가 경찰에게 와서 귓속말을 전하자 그는 급히 마무리를 지었다. 경찰이 가자 이번엔 기자들이 비슷한 질문을 시작했고 나는 별로 다를 바 없는 말을 몇 번이나 반복했다. 그러다 보니 어떤 말은 조금 더 보태어지기도 했고 어떤 부분은 생략되기도 했다. 사실 옆집 남자에 대해 알고 있는 건 거의 없었다. 그런데도 기자들의 이 질문, 저 질문에 답하다 보니 실타래 풀리듯 이어져 나왔다.

평일 낮 출입구로 이어지는 복도에서 담배를 피우고 집으로 들어가는 그의 모습이 그에 대한 최초의 기억이었다. 복도에서 담배를 피우지 말아야 하는데 그가 피웠기 때문에 더 기억에 남는 것도 같았다. 복도의 흐릿한 형광등 불빛을 따라 공중에 떠 있는 담배 연기를 바라보다가 501호로 들어가는 그의 뒷모습을 보았다.

정신없이 인터뷰를 마치고 다시 나의 8평 오피스텔 방 안으로 들어왔다. 잠시 비워 둔 사이 방 안은 조금 달라져 있었다. 침대 위에 뭉쳐 놓은 얇은 면 이불은 조금 더 나른해져 있었고 창문에 후줄근하게 걸려 옆으로 밀어 놓은 낡은 커튼은 지루해 보였다.

나는 슬리퍼를 벗고 침대 위에 반듯하게 누웠다. 날벌레들이 천장 형광등 갓 속에 갇힌 채 죽어 있는 걸 발견했다. 벌레들은 무수한 검은 점들이 되어 들어차 있었다. 자세히 보니 벌레들의 조그만 날개들이 바스러져 있었다. 오랜 시간 벌레들은 갓 속으로 날아들어 죽어 왔던 것이다. 침전물이 가라앉듯 쌓여 있었다.

긴장을 해서 그런지 온몸 구석구석 뻐근하게 쑤셔 왔다. 뜨거운 물로 샤워를 할까 하는 생각도 들었지만 이내 귀찮아졌다. 벽에 걸린 시계를 봤다. 1시 50분이다. 4시까지 가려면 늦어도 3시엔 나서야 했고 슬슬 출근 준비를 해야 했다. 하나 자꾸 늘어졌다. 살인범이 옆집에 살았다는 게 중요하지 않게 생각되기도 했다. 그는 잡혔고 모든 것은 끝났다. 지난 몇 개월간 나를 괴롭히던 소음은 사라진 것이다. 이런 생각에 이르자 쌓인 피로가 한꺼번에 몸을 짓누르는 듯했다. 현관문을 잠그지 않은 게 떠올랐지만 꼼짝할 수 없었다. 묘한 안도감에 졸음이 몰려왔다. 복도와 옆집에선 사람들의 분주한 발소리, 흩어지는 말소리, 간혹 고함 소리가 들려왔다. 하지만 그런 소음들이 오히려 마음을 푸근하게 만들었다. 이렇게 딱 30분만 누워 있자, 그리고 눈을 감았다.

잠에서 깼을 때 창밖은 완전히 어두워져 있었다. 건너편 건물의 네온사인 불빛만이 선명하게 창문으로 흘러 들어왔다. 수족관이라도 된 듯 방 전체가 푸르게 물들어 있었다. 복도도 조용했고 벽 너머 501호도 잠잠했다.

어둠 속에서 형광으로 빛나는 시곗바늘과 숫자를 봤다. 11시다. 나는 화들짝 놀라 일어섰다. 휴대폰에 부재중 전화가 다섯 통이나 들어와 있었다. 한숨이 나왔다. 프런트와 안전 관리실 번호였다. 음성과 문자도 들어와 있었다. 캡틴이었다. 나는 불도 켜지 못한 채 침대 모서리에 엉덩이를 걸치고 앉아 왼쪽 손바닥으로 이마를 감쌌다. 낭패다. 어렵게 얻은 자린데 이러다가 또 잘리면 어떡하나, 면목이 서질 않았고 무슨 말로 변명을 해야 할지 갈피를 잡을 수 없었다. 조부모 상을 당했다고 할까, 아니면 교통사고가 있었다고 할까. 벨이 울렸다. 캡틴의 번호가 휴대폰 창에 떴다. 벨소리가 너무 커서 나는 어깨를 들썩이며 놀랐다. 이런 소리 듣고도 잠에서 깨질 못했다니 정말 이상했다. 나는 통화 버튼을 눌렀다.

"자네 어딘가?"

캡틴이 대뜸 물었다.

"죄송합니다. 그러니까 여기가……."

"뉴스에서 봤네. 경찰선가 보지?"

"네? 그게 아니라…… 집입니다."

"얼마나 끔찍하겠나? 살인마가 옆집에 살았다니."

"그걸 어떻게 아셨어요?"

"텔레비전에서 봤네. 아무리 경황이 없어도 그렇지, 전화 한 통이라도 했어야지."

어쩐지 캡틴의 목소리는 너그럽고 자애롭게 느껴졌다.

"자세한 이야긴 내일 와서 해 주게. 나도 궁금한 게 많으니."

캡틴은 자신이 경찰을 몇 번이나 지원했다가 떨어졌다고 했다. 처음 들어 보는 얘기였다. 캡틴은 호텔에서도 그렇듯 이번 사건에도 자신이 총체적이고 주도적인 역할을 담당해야 한다고 생각하는 모양이었다.

나는 텔레비전을 켰다. 광고가 나오고 있었다. 리모컨을 여러 번 눌러 24시간 뉴스가 나오는 케이블 채널을 찾았다.

살인범 정현철이 검거되는 장면이 나왔다. 시체가 묻힌 장소를 컴퓨터 그래픽으로 보여 줬다. 정현철의 오피스텔도 나왔다. 얼핏 봤던 방 안 풍경과 다르지 않았다. 깨끗하게 정리된 앉은뱅이책상이라든가 내 오피스텔과 똑같은 위치에 있는 창이라든가, 그리고 그가 그렸다는 여자의 알몸 그림과 잡다한 낙서를 써 놓은 연습장도 보였다. 냉장고도 있었다. 냉장고 안은 말끔하게 정리되어 있었고 지퍼가 달린 일회용 비닐 팩이 냉동고에 가지런히 들어 있었다. 비닐 팩엔 번호가 매겨져 있었다. 그 안엔 그가 죽인 사람들의 오른쪽 귀와 둔부의 살을 오려 넣었다고 했다. 나는 귀를 긁었다. 화장실도 나왔다. 나의 오피스텔과 똑같은 모양과 구조였지만 훨씬 더 깨끗해 보였다. 카메라는 타일 사이 낀 검은 때와 천장의 검붉은 얼룩을 보여 줬다. 피해자의 '피'라고 했다. 그는 욕조 안에 자신이 살해한 시체를 구겨 넣은 다음 전기톱으로 토막 치고 신분이 노출되지 않도록 손가락과 발가락의 지문을 도려냈다. 그리고 컬렉션이라도 하듯 귀와 둔부를 도려내어 일회용 비닐 팩에 넣어 냉동실에 차곡차곡 얼려 놓았다. 속이 울렁거렸다.

뒤이은 화면에 내가 나왔다. 당연히 모자이크 처리가 될 거라 생가했는데 얼굴이 그대로 나왔다. 너구나 화면 하단엔 내 이름까지 자막으로 떠 있었다. 잠에서 막 깬 부스스한 머리를 한 채 나는 어눌하게 말하고 있었다. 하지만 내가 말한 내용이 그대로 나오는 게 아니었다. 띄엄띄엄 편집되어 있었다. 족히 한 시간은 넘게 말한 것 같은데 편집한 내용은 불과 30초도 못 되었다.

"정말 인상이 나쁜 남자였어요. 여자와 싸우는 소리에 잠을 이룰 수가 없었지요. (흥분하며) 불면증까지 생겼다니까요. 물소리가 너무 나서 따지기도 했는데 아주 불쾌했어요. 아무 데서나 담배를 피워 대는 고약한 이웃이었죠. 끔찍합니다. 앞으로 여기서 어떻게 살아야 할지도 모르겠고."

기가 막히게 편집되어서 한 번에 주욱 이어 말한 것처럼 들렸다. 내 얼굴을 텔레비전 화면으로 보니 무척 낯설었다. 거울로 보던 얼굴이 아니었다. 조금 더 넙데데해 보였고 피부는 상당히 울긋불긋했으며 탄력 없이 축 늘어져 있었다. 특히 목 주변에 듬성듬성 솟은 뾰루지는 끔찍하게 느껴질 만큼 불결해 보였다.

뉴스는 계속 이어졌다. 내게 경찰이라 말했던 사내의 인터뷰도 나왔다.

"범인은 묵비권을 행사 중입니다. 현재까지는 단독범이 확실시되나 공범 여부는 수사 중입니다. 모든 가능성을 열어 놓았습니다."

오줌이 마려웠다. 나는 일어나 방 안에 불을 켜고 화장실로 갔다. 바로 이 벽 건너편에선 다섯 명의 여자(그중 최초 피해자는 남자의 옛 애인이었고 세 명의 여자는 인터넷 채팅으로 유인해 온 이였으며 나머지 한 명은 새벽녘 버스를 기다리던 여자를 때려 실신케 한 후

데려왔다고 했다.)가 불과 석 달 만에 죽어 나자빠졌으며 그들의 시체가 난도질당하고 냉동실에 보관되기도 했다.

오줌 줄기가 가늘어졌다. 몸을 부르르 떨며 추리닝 바지를 올렸다. 손가락에 오줌 방울이 묻었다. 나는 세면대에서 손을 꼼꼼히 닦았다. 위층 어딘가 배수구에서 물 내려가는 소리가 들렸고 쿵쿵 천장을 울리는 소리도 들렸다. 거울 옆 귀퉁이가 벗겨져 있는 걸 보면서 수도꼭지를 잠갔다. 세면대 앞에 서서 거울에 비친 내 얼굴을 들여다봤다. 턱을 들어 올려 목에 난 뾰루지를 보다가 목을 돌려 귀를 봤다. 거울에 귀를 대 보았다. 오른쪽 귀가 서늘해졌다. 위윙윙 전기 돌아가는 소리가 들렸다. 냉동실에 들어 있던 비닐 팩 안의 '귀'들을 떠올렸다. 그것들은 모두 국과수로 옮겨졌을 것이다. 그런데 어쩐지 501호 냉동고 안에 그대로 있을지도 모른다는 생각이 들었다. 냉각 팬 돌아가는 소리가 들리는 것 같았다. 그때 그 말이 선명하게 떠올랐다.

'공범이 있을지도 모른다.'

버스를 기다렸다. 비가 쏟아지고 있었다. 우산을 썼지만 어지럽게 부는 바람 때문에 비가 머리며 옷을 그대로 적셨다.

30여분 만에 온 버스는 만원이었다. 갑자기 내린 폭우로 다리가 잠기는 바람에 돌아오느라 늦었다며 운전사는 변명했다. 사람들은 항의하면서도 필사적으로 앞문과 열린 뒷문으로 끼어들어 탔다. 밥을 눌러 담듯 사람들은 스스로를 차곡차곡 집어넣었다. 나도 겨우 들어갈 수 있었다. 내 뒤에 서 있던 남자가 배로 엉덩이를 눌러 댔다. 몸을 옆으로 빼고 싶었지만 꼼짝할 수 없었다. 나 역시 앞에 있는 여자의 엉덩이를 사정없이 누르고 있었으니까. 여자의 말랑말랑한 둔부가 허벅지에 밀착되자 기분이 야릇해졌다. 문득 501호 남자도 이런 기분 때문에 여자의 엉덩이 살을 오린 게 아닌가 싶었다. 여자는 머리카락을 귀 뒤로 넘기며 흘금흘금 돌아보면서 인상을 썼다. 그녀의 하얀 귀엔 보송보송한 솜털이 보였다.

'어쩔 수 없잖아. 난 치한이 아니라고.'

나 역시 유쾌하지 않다는 듯 인상을 찌푸리며 누구에게도 들리지 않을 속엣말을 중얼거렸다. 마치 그렇게라도 하면 생각이 흘러넘쳐 여자에게 전해질지도 모른다는 생각을 하면서. 차가 브레이크를 밟는 바람에 여자 엉덩이가 나의 사타구니 아래에 바짝 밀착된 채로 머물렀다 떨어졌다. 아찔한 기분에 눈을 감았다.

경찰은 오후에 잠시 들러 달라고 했다. 캡틴은 걱정 말고 협조하라고 했다. 그가 이렇게 관대했던 적이 있었던가, 생각하며 혹시라도 '근무 태만' 명목으로 궁지에 넣으려는 술책이면 어쩌나 싶기도 했다. 그러고도 남을 사람이었다. 아니다. 어제의 무단결근을 만회하기 위해 오전 출근하는 성의를 캡틴도 알아줄 것이다. 더구나 경찰을 지망했던 사람이었다니 정말 이번 일이 잘 해결되길 바라는 것인지도 몰랐다.

'저 남자, 연쇄살인범 옆집에 살던 사람 맞지? 뉴스에 나왔잖아.'

누군가 수군댔다. 나는 눈을 뜨고 둘러봤다. 누가 말한 건지, 과연 그런 말을 누가 하기는 한 건지 알 수 없었다. 버스 안 사람들의 검은 눈동자들이 동굴 속 박쥐 떼처럼 일제히 나를 향해 달려들 것 같았다. 마치 내가 살인마라도 되는 것처럼, 아니 공범자라도 되는 것인 양 부끄러워졌다. 나는 얼굴을 붉혔다.

'살인하는 소리를 들었대.'

'지독한 이웃이었다며.'

소곤대는 소리는 점점 더 커지고 현실성 있게 들렸다. 머리털이 주뼛 섰다. 내가 그렇게 말했던가, 누가 이런 말을 버스 안에서 지껄이는 거지. 난 그렇게 말하지 않았다고, 내가 했던 말은 너무 많이 편집된 거라고 변명하고 싶었다. 나 역시 누군가에게는 얼굴 모르는 이웃인 것처럼 그 역시 마찬가지라고. 누군가 나에 대해 말한다 해도 그 이상도 이하도 아닐 거라고 말하고 싶었다.

그때 새로운 기억 하나가 떠올랐다. 기억이란 골몰할수록 탈색되고 윤색되지만 그럴수록 정교하고 확실하다는 느낌은 강해지는 것 같았다. 그런 면에서 떠오른 남자의 얼굴은 너무도 뚜렷해서 과연 이 기억이 실제적이며 온당한 것인가 확신이 서지 않을 정도였다.

그러니까 한 달 전쯤 토요일 오후였다. 난 실로 오랜만에 여자를 소개받았다. 옷까지 빌려 입었다. 제복을 입어 그런지 일자리를 옮긴 이후론 옷도 잘 사 입지 않았다. 아니다. 직장이 일정치 않다는 이유로 3년 전 헤어진 여자를 마지막으로 옷을 사지 않았다. 옷차림에 신경 쓴다는 건 인간관계에 신경 쓴다는 건데 난 어떤 관계나 누구의 시선에도 관심 둘 여유가 없었다. 번번이 직장에선 잘렸고 겨우 들어간 회사는 부도를 맞거나 월급이 밀리기 일쑤였다.

헌병대 출신인 작은아버지 후배가 캡틴인데 그가 다리를 놔 줘서 호텔에 취직할 수 있었다. 군대에서도 눈썰미와 기억력이 좋아주로 장교나 대장의 운전병을 도맡았다고 자기소개서에 썼다. 공채로 들어간 게 아니라 간단한 면접과 암기력 테스트만 받고 일할 수 있었다. 정규직은 아니었다. 많지 않은 돈이지만 다달이 월급을 받게 되자 숨통이 트였다. 여자는 그럴 때 필요했다. 나는 현관 앞 거울을 보며 빌려 입은 옷의 매무시를 살핀 다음, 현관문을 열었다. 그때까진 아무 소리도 듣지 못했다. 문을 잠그는데 반대쪽 복도 끝에서 걸어오는 발소리가 들렸다. 한쪽 발소리가 조금 더 크게 울렸고 다른 발소리는 약간 작게 들렸다. 새로 복사한 열쇠가 잘 들어가지 않았다. 내 방은 복도 끝 두 번째 집이다. 그 남자가 503호에서도 멈추지 않고 계속 걸어오고 있었으니 내게 볼일이 있거나 옆집 501호에게 볼일이 있을 터였다. 겨우 문을 잠그고 돌아섰을 때 걸어오는 남자를 정면에서 볼 수 있었다. 남자는 걸어오면서 줄곧 나를 쳐다본 것 같았다. 남자의 눈썹은 유독 짙었는데 오른쪽 눈썹 끝이 회오리 모양으로 소용돌이쳤다. 키는 나보다 5센티미터 정도 작아 보였다. 스포츠형으로 짧게 친 머리카락은 억세 보였고 입술은 얇은 편이었는데 윗입술이 아랫입술보다 조금 더 두꺼웠다. 눈매는 날카로웠다. 그런 인상은 대개 시비를 잘 거는 스타일이라는 걸 나는 알고 있었다.

남자는 나를 지나쳐 옆집 문에 열쇠를 꽂아 열었다. 원래부터 열쇠를 가지고 있는 듯했다. 남자를 맞이하는 옆집 남자의 목소리가 들렸다.

"왜 이렇게 늦었어? 벌써 냄새가 나잖아."

옆집 문 앞엔 어제 먹다 내놓은 것이 분명한 자장면 그릇이 놓여 있었다. 아무것도 덮어 놓지 않아 그릇에선 들큼한 냄새가 올라왔다. 그땐 그가 그릇을 찾아가는 배달원이라고 생각했다. 하지만 그의 손엔 분명히, 아무것도 들려 있지 않았다.

그렇다면 그 남자가 '공범'이란 말인가. '냄새가 난다'는 것은, 시체에서 부패가 시작됐다는 말인가.

내려야 할 정류장을 놓치고 말았다. 한 정류장을 지나치고 나서야 사람들을 밀쳐 내며 뒷문으로 갔다. 나는 컨테이너 벨트에서 떨어지는 공산품처럼 겨우 내릴 수 있었다.

비는 여전히 요란하게 쏟아붓고 있었다. 정류장의 가림막 아래서 우산을 폈다. 우산살 하나가 부러져 있었다. 버스에서 이리저리 치이면서 누군가의 가방인지 옷인지에 걸렸다가 억지로 잡아당겼는데 그때 부러진 모양이었다. 나는 꺾인 우산살을 손으로 만지작거리며 한쪽이 푹 꺼져 버린 우산을 쓰고 호텔을 향해 걸었다. 우산에서 떨어지는 빗방울이 한쪽 어깨를 적셨다.

3분쯤 걸었을까. 나를 돌아보게 한 건 냄새 때문이었다. 박하 향이었다. 옆을 돌아봤다. 낯선 남자였다. 남자는 내게 의미심장한 표정을 지으며 어깨를 툭 치고 지나갔다. 검정 우산을 쓴 채 나를 앞질러 바삐 걸었다. 그는 주름이 많이 간 허름한 바지와 체크무늬 남방을 입고 있었다. 바지는 무릎께까지 검게 젖어 있었다. 그는 신발이 불편하기라도 하듯 한쪽 발을 끌며 걸었는데 걸음 속도는 빠른 편이었다.

뒤에서 누군가 내 이름을 불렀다. 돌아보니 배전실에서 근무하는 미스 리였다. 미스 리는 녹색 물방울무늬 우산을 두 손으로 꼭 붙든 채 숨을 헐떡이며 다가왔다. 미스 리는 키가 작았고 비가 와서 그런지 파마머리가 심하게 곱슬곱슬했다.

"어제 텔레비전 봤어요."

숨을 한 번 몰아쉬더니 미스 리가 말했다.

"무섭지 않으세요?"

"뭐가 무서워? 이미 잡혔는걸."

"그런 이웃하고 같이 살았다는 게. 납량 특집이 따로 없다니까."

그러면서 미스 리는 몸을 떠는 시늉을 했다. 그녀는 내 옆으로 바짝 붙어 걸었는데 시큼한 땀 냄새가 올라왔다. 미스 리는 스무 살인데 고등학생 티를 벗지 못하고 있었다. 목욕도 자주 안 하는 것 같았고 멋 내는 건 도무지 몰랐다. 옷 하나를 일주일 넘게 입기도 했다. 미스 리는 그 옷이 제복인가, 라고 말하면 흐흐흐 웃을 뿐이었다. 치마를 입고도 아무렇게나 앉는 바람에 팬티가 보이기도 했는데 전혀 섹시하지 않았고 짜증만 났다. 얼마 전엔 성숙하게 보여야 한다며 머리를 볶았는데 그게 또 전혀 어울리지 않았다. 게다가 파마가 쉽게 풀리면 안 된다며 며칠째 머리를 감지 않고 있었다.

"아까 같이 가던 분은 누구세요?"

"누구?"

내 어깨를 슬며시 치고 갔던 남자의 모습은 이미 보이지 않았다.

"모르겠는데, 누굴 말하는 거야? 나 혼자 왔어."

"이상하다. 버스 정류장에서부터 김 주임님 보고 줄곧 따라왔거든요. 저 앞으로 가셨잖아요. 한 아저씨가 주임님이랑 한참 같이 가는 것 같아서 두 분이 이야길 하고 있는 줄 알았어요."

"그래? 모르겠어, 전혀."
"아무튼 그런 역사적인 현장에 계셨다니 정말 자랑스러워요. 친구들한테도 막 자랑했거든요."
그녀는 히히 웃었다. 자랑스러울 것도 참 많다, 라고 퉁을 주려 했지만 머릿속을 떠나지 않았던 그 얼굴 때문에 난 갑자기 걸음을 멈췄다. 미스 리는 멍청하고 순한 눈길로 나를 올려다봤다.
"어디 안 좋으세요?"
"아니, 아니, 괜찮아."
나는 진땀을 흘렸다.

"그러니까 자기가 공범이라고 떡하니 전화를 걸어 와서는 자수할 테니 서울역으로 와라, 부산역으로 와라, 이러면서 우릴 뺑이치게 했다니까. 똥개 훈련시키는 것도 아니고."
자신을 강력부 형사라고 소개한 사내가 윽박지르듯 투덜거렸다.
"그렇다면 공범이 있다는 건가요?"
나는 이마에 흘러내리는 머리카락을 쓸어 올리는 척하며 땀을 닦았다.
"아직 확실한 건 없어요. 혹시 거기 드나들었던 남자 본 적 있나요? 한번 잘 생각해 보세요."
"실은, 오늘 아침에야 생각난 건데 말이에요."
나는 한 달 전 옆집을 방문했던 남자에 대해 설명했다.
"그 사람이 현재로선 가장 유력하겠군요. 근데 그 얼굴이 오늘 아침에 갑자기 기억났다고요?"

강력부 형사가 나를 노려봤다. 나는 어쩔 줄 몰랐다. 마치 그의 의심을 받는 것 같았고 어처구니없게도 난 혐의에서 벗어나고만 싶어졌다.

"제가 명색이 도어맨인데 다른 건 몰라도 한 번 본 얼굴은 절대 잊질 않아요. 제가 외우는 차량 번호만 해도 300개가 넘고요, 운전기사 얼굴까지 다 구분한다고요."

거짓말은 아니었다. 하지만 그런 말까지 할 필욘 없었다. 나는 필사적으로 말했다.

"더구나 그 남자가 오늘 아침엔 뒤를 쫓아왔다?"

형사는 혼잣말하듯 중얼거렸다.

"다리 한쪽을 조금 절었어요. 버스에서 내려서도 한참이나 절따라왔고요."

"공범이라면 그렇게 접근하지 않을 텐데."

여전히 내 말에 수긍이 가지 않는다는 표정이었다. 그쯤 되니 나는 슬그머니 자신이 없어졌다. 잘못 본 것일 수도 있었다.

"일단 그 남자 얼굴로 몽타주를 작성해 보죠."

생각에 잠겼던 형사는 얼굴에 생기를 띠며 전화기의 스피커 폰 버튼을 눌렀다.

"몽타주 작성 준비하도록 해."

형사는 그렇게 말하더니 내게 잠시 앉아 있으라고 했다. 그는 의자에서 일어선 채로 서랍에서 두툼한 서류 봉투를 꺼냈다. 코를 킁킁거리고 뒤적이며 몇 장의 종이를 빼내더니 책상 뒤편 문으로 나갔다. 나는 천천히 수사계 안을 둘러봤다. 전화기마다 연신 벨이 울려 댔으나 아무도 먼저 받으려 하지 않았다. 의미를 알 수 없는 암호처럼 책상 위에 놓인 무전기에선 웅얼거리는 소리들이 계속해서 울려 나왔다.

"공범을 보셨다고요?"

30대 후반쯤 돼 보이는 남자가 내게 악수를 건넸다.

"기억나시죠? 어제 말이에요. CBS 노컷뉴스의 최형후 기잡니다."

그러고 보니 그의 얼굴에 난 점들이 화들짝 일어나는 것 같았다.

"공범을 본 거라고 확신할 수 없지만요. 옆집을 방문했던 남자 얼굴이 기억나서 혹시 도움이 될까 해서요."

"그렇군요. 좀 더 자세하게 말씀해 주실 수 있으세요?"

그는 연신 눈동자를 굴리며 내게 물었다. 나는 오늘 아침 버스에서 내려 그를 만났더란 얘기는 하지 않았다. 정확한 게 아니란 생각이 들어서다. 내 이야긴 금방 끝났다. 형사가 가까이 오자 기자는 자리에서 일어섰다.

"정 형사, 잘하면 건수 하나 잡겠는걸. 게다가 눈썰미 좋으신 도어맨이시니."

나와 형사를 번갈아 보며 그는 눈을 찡긋했다. 형사는 인상을 찌푸렸다. 나는 나의 오른쪽 귓불을 잡아당겼다.

"이리로 오시죠."

정 형사는 내 팔을 잡아끌었다. 나는 그를 따라 복잡한 사무실의 미로 같은 책상 사이를 걸어 구석에 있는 파티션 뒤로 돌아갔다. 거기는 서너 평 되는 공간에 컴퓨터 두 대가 있을 뿐이었다. 영화나 드라마에서 보는 것처럼 근사하고 과학적인 분위기도 아니었는데 파티션 위엔 '과학 수사계 몽타주 출장반'이란 팻말이 걸려 있었다. 거기엔 땀에 전 듯 숱 없는 머리카락이 갈라져 있는 왜소한 남자가 모니터 앞에 구부정하게 앉아 있었다. 정 형사는 그 남자 옆에 있는 철제 의자에 앉으라고 했다. 의자 바닥은 솜이 빠져 딱딱했고 경사가 져 있어 기우뚱거렸다.

모니터 화면에는 여러 얼굴형이 번호가 매겨진 채 떠 있었다.

"가장 근접하다고 생각되는 것을 골라 주면 됩니다. 너무 신중하실 필욘 없어요. 어차피 몽타주니까."

그 많은 세상 사람들의 얼굴형이 이렇게 일목요연하게 정리될 수 있다는 게 놀라웠다. 선택은 쉽지 않았다. 2번과 6번에서 망설여졌다. 호텔 도어맨은 눈썰미가 없으면 절대 할 수 없다고 했던 말들이 무색해졌다. 눈은 그런대로 쉬웠지만 눈썹이나 입매를 선택하는 것은 어려웠다. 눈썹이 달라질 때마다 인상은 완전히 달라졌다. 눈썹의 소용돌이가 어디쯤 있었는지 기억나지 않았다. 자꾸 확신이 없어졌다. 귀는 되는대로 골랐다. 과연 이렇게 만든 몽타주가 도움이 될지 모르겠다는 생각이 들었다. 급기야 과연 그런 사람을 만나기는 한 건지조차 몽롱해졌다.

"그거요. 아니요. 죄송해요. 그게 아니라 이거 같아요."

몇 번의 선택과 세밀한 수정 작업을 거쳐 그는 '수상한 얼굴'을 화면에 띄워 놓았다. 확실히 수상해 보였고 살인마의 공범이 확실할 듯한 얼굴이었다. 하지만 내가 본 사내의 얼굴은 아니었다.

"어떤가요?"

남자는 의기양양한 얼굴로 나를 돌아봤다. 그를 꽤 오랫동안 고

생시켰기 때문에 열렬히 동의하고 기뻐해 줘야 할 것 같았다. 그러고도 싶었다.

"이상하네요. 눈 코 입은 맞는데, 이 얼굴은 아니에요."

나는 의자에 비죽 나온 누런 솜을 손으로 뜯으며 대답했다.

"그래요?"

남자는 꽤 실망스러운 표정을 지었다.

"그럴 수 있어요. 막상 끔찍한 살인범 얼굴이라고 생각하면 기억이 잘 안 나기도 하거든요."

남자는 마치 자신에게 말하기라도 하듯 내게 위로를 건넸다. 그는 끈기를 갖고 얼굴형부터 바꿔 달고 다시 작업을 시작했다. 헤어스타일을 바꿔 보기도 하고 내가 헷갈려 했던 부분에선 더욱 신중했다.

조금 더 얄팍한 눈으로 골랐다. 눈썹은 마우스로 일일이 결을 그려 넣었다. 하지만 그렇게 할수록 도려낸 눈과 코와 귀와 입을 비닐팩에 넣고 흔들어 섞기라도 한 듯 머릿속은 뒤죽박죽 엉켜들었다.

기억은 힘들어졌다. 자신이 없어졌다. 남자는 편평했던 얼굴에 명암을 주었다. 밋밋하던 광대뼈가 살아나고 볼이 움푹 패었다. 그렇게 해서 조금 달라진 얼굴 두 개를 더 만들었다. 얼핏 보면 세 얼굴 모두 비슷한 느낌이기도 했다.

"어떤가요? 이 가운데 근접해 보이는 게 있나요?"

남자는 다시 나를 돌아봤다. 나는 눈을 감고 아침에 봤던 사내의 얼굴을 더듬었다. 다시 눈을 뜨고 모니터 위에 떠 있는 세 개의 얼굴을 유심히 들여다봤다. 기억 속의 얼굴과 그나마 가장 비슷하게 생각되는 얼굴은 세 번째로 조합된 것이었다. 나는 모니터를 손가락으로 짚었다.

남자는 목소리 톤을 높였다.

"그래요? 이 얼굴이 맞나요?"

그가 재차 묻자 또 슬그머니 자신이 없어졌다. 하지만 또 다른 얼굴은 더 이상 나올 것 같지도 않았다.

"네, 그런 것 같아요."

남자는 나의 얼굴과 모니터 위의 몽타주를 번갈아 쳐다봤다.

"맞아요, 이 얼굴이에요. 정말 많이 비슷해요."

나는 자신 있게 말했다. 그렇게 말하고 나니 불안한 마음이 가셨다. 보면 볼수록 아침에 본 사내와 가장 근접해 보였다. 그는 내가 가리킨 얼굴을 데이터로 저장했다. 남자는 피곤한지 주먹을 쥔 채 눈자위를 꾹꾹 눌렀다.

"많이 피곤하신가 봐요?"

나는 그의 눈치를 살피며 물었다.

"곱창집 살인 사건 아시죠? 용의자들 몽타주 만드느라 밤을 샜거든요. 어쨌든 수고 많으셨어요."

남자는 그렇게 말하고는 내게 손을 내밀어 악수를 청했다. 나는 엉거주춤 일어나 악수를 받았다. 일이 끝나자 남자는 검은 재를 뒤집어쓰기라도 한 듯 총기 어린 눈빛은 사라지고 원래의 초라한 모습으로 변해 버렸다.

남자는 파티션 위로 머리를 조금 내밀더니 정 형사를 불렀다.

"정 선배니임, 정 선배님."

감기에 걸린 건지 목소리를 크게 내지 못했다. 손나발까지 했지만 그 정도 목소리가 서너 개의 책상 건너에 앉아, 게다가 맞은편에 앉은 중년 여성과 언성을 높이고 있는 그에게까지 전해질 리 없었다.

"괜찮습니다. 제가 가겠습니다."

"그래 주실래요? 제가 몸이 안 좋아서."

남자는 자신의 발을 내려다봤다. 그의 시선을 좇았다. 남자의 발엔 깁스가 돼 있었다.

"빗길에 넘어졌거든요."

남자는 희미하게 웃었다. 나도 따라 웃었다. 나는 가려다 말고 뒤돌아서서 남자에게 말했다.

"저기 부탁이 하나 있는데요."

"뭐죠?"

그는 미리부터 난처하다는 듯 곤란한 표정을 지었다.

"아니, 뭐 곤란하시면 할 수 없지만요, 몽타주 만든 거 말이에요. 기념으로 한 장만 출력해 주시면 안 될까요?"

그러자 그는 모든 의혹이 가신 환한 얼굴이 됐다.

"어차피 곧 나올 텐데."

"신기하기도 하고. 기념이 될까 해서요."

"알았어요."

자신의 일에 긍지를 갖는 사람의 표정을 지으며 그는 출력 버튼을 눌렀다. 그러나 인쇄기에 종이가 들어 있지 않았다. 그는 책상 옆에 세워 놓았던 목발을 짚고는 캐비닛을 열었다.

"도와주실래요?"

나는 남자를 도와 캐비닛에서 상자 하나를 끌어낸 후 포장을 풀었다. 남자는 종이를 꺼내 인쇄기 안에 집어넣었다.

"번거롭게 해 드려서 죄송합니다."

나의 말에 그는 무표정한 얼굴이 되어 고개만 까딱했다.

출력 버튼을 누르자, 지지직 소리를 내며 몽타주가 나왔다. 인쇄된 몽타주는 더욱더 불길하고 수상해 보였다. 나는 인쇄된 몽타주 종이를 들고 허리를 굽혀 인사를 했다. 그제야 남자는 조금 웃었다.

나는 지저분한 책상 서너 개를 지난 다음 정 형사에게 다가갔다. 정 형사는 곁눈질로 나를 보고도 본체만체하며 중년 여성과 계속 이야길 했다. 나는 이대로 서서 기다려야 할지, 아니면 그들의 대화를 중단시킨 후 인사하고 나와야 할지 판단이 서지 않았다. 정 형사는 일인용 소파를 가리켰다. 나는 앉았다. 시간은 계속 흐르고 있었다.

"네년 거짓말을 믿으라고?"

"아니라니까요. 이번엔 정말이에요, 형사니임."

얼핏 봐도 열 살은 많아 보이는 여성에게 정 형사는 아무렇게나 반말을 지껄였고 여자는 나이에 걸맞지 않은 애교스러운 눈웃음을 흘리며 깍듯하게 존대했다.

시계를 봤다. 오후 3시 45분이었다. 5시에 테스트가 있어 서둘러야 했다.

"저, 제가 회사에 들어가 봐야 해서요."

나는 엉덩이를 들었다.

"다 끝났으면 들어가시고요. 다른 생각나면 또 연락 주세요. 전화번혼 알죠?"

"물론 외웠죠."

"아, 숫자는 금방 외운댔지."

정 형사는 씩 웃었다.

"저기, 신변은 보장되는 거죠? 제가 몽타주 만드는 데 도움 줬다는 게 밝혀지진 않겠죠?"

내가 머뭇거리며 물었다.

"물론이죠. 그건 당연한 겁니다. 걱정 마세요."

"제가 살인범 옆집에 살고 있단 게 텔레비전에 나와서 사실 좀 그러네요. 얼굴이 그대로 나올지 몰랐거든요. 이름까지 나오고."

"하여간 방송하는 새끼들 다 그렇다니까요. 말로만 인권, 인권 하고 쪼러 다니면서 지들 하는 짓이란 게. 그치만 뭐 걱정하실 필욘 없어요. 걱정할 만한 일은 절대 없을 테니까. 이웃에 사는 사람 인터뷰는 다 해 왔던 거고. 너무 예민하시네, 허허."

"그렇죠?"

"걱정 마세요. 민중의 지팡이를 믿으세요."

정 형사는 자기가 한 말이 재밌다는 듯 키득거렸다. 나는 인사를 하며 뒤로 물러났다. 수사계의 문을 나서면서 돌아봤다. 운전 면허 시험장같이 넓디넓은 사무실 안에선 음모와 범죄와 살인의 냄새가 물씬 풍겨 오르는 것 같았다.

"그러니까 이게 김 주임님이 말해서 만들어진 몽타주라는 거예요?"

미스 리가 코를 훌쩍거리며 말했다. 미스 리는 비염이 있었다. 경찰서에서 가져온 몽타주를 앞에 놓고 미스 리는 신기한 듯 내려다보았다.

"그렇다니까."

"몇 장 더 복사해도 돼요?"

"어차피 내일이면 몽타주가 다 깔릴 거래."

"그래도요."

미스 리는 몽타주를 복사기로 가져가서 다섯 장이나 더 복사했다.

"우린 먼저 붙여 놓자고요."

약간 검게 복사된 몽타주 속의 인물은 얼핏 보기만 해도 불길하게 느껴졌다. 컴퓨터 화면에 있었던 얼굴과는 아주 많이 달라 보였고 인쇄본과 복사본이 또 다르게 느껴졌다.

"여기다 사인 좀 해 줘요."

"사인?"

"제 주변에 텔레비전 나온 사람은 김 주임님이 처음이거든요. 여기다요."

미스 리는 몽타주 종이 위쪽 여백을 손가락으로 짚었다. 나는 조그맣게 내 이름 석 자를 써 놓았다.

"에이, 사인 좀 만드세요. 후지게 이게 뭐예요? 글씨도 안 이쁘고."

그러고 보니 몽타주 위에 쓴 석 자의 글자가 초라해 보였다. 미스 리는 내 사인이 들어간 몽타주를 책상 구석에 밀쳐 두었다. 머쓱한 기분이 들었다.

"근데 공범이 김 주임님한테 보복하진 않겠죠?"

"보복?"

"나쁘게 말씀하셨잖아요."

"내가 뭘?"

"인터뷰 말이에요, 나쁘게 말씀하셨어요. 고약한 이웃이라고."

"그게 뭐 어때서?"

"이유도 없이 살인하는 사람인데 또 모르잖아요. 더구나 몽타주도 만들고."

"내가 협조했단 건 아무도 몰라."

"그럴까요?"

뒷말을 길게 빼며 미스 리가 말했다. 그녀는 자리에서 일어나더니 에어컨을 켰다. 짧은 치마를 입고 있었는데 밑단이 풀려서 실이 길게 늘어져 있었다. 에어컨 앞에서 티셔츠의 목덜미를 잡아당기며 펄럭였다.

"아, 시원하다."

나는 미스 리 옆에 섰다. 늘어진 티셔츠 속으로 젖계곡이 드러나는 뽀얀 속살과 하얀 브래지어가 보였다. 미스 리는 조심성 없이 계속 그러고 서 있었다. 나는 눈길을 돌렸다.

"그럼 수고해."

미스 리는 고개를 끄덕이지도 않았다. 나는 문을 닫고 텅 빈 복도를 걸었다. 발소리가 울렸다. 또 한 남자가 떠올랐다. 얼굴이 아니라 그의 뒷모습이 떠올랐다고 해야 옳았다. 오피스텔 비상구 문을 열고 나왔던 남자, 인터뷰를 하고 있을 때 기웃거렸던 남자. 그에게 은단 냄새가 났다. 생각해 보니 아침에 맡은 박하 향과도 비슷한 것 같았다. 같은 오피스텔 주민이었을 것이다. 비상구 계단을 이용했으니까. 아니다. 오피스텔에서 한 번도 본 적 없었다. 어쨌든 그 남자의 얼굴은 모호했다. 전혀 기억나지 않았다. 불길했다. 최소한 이미지나 느낌조차 떠오르지 않았고 그래서 더욱 그 남자가 마음에 걸렸다. 어쩌면 그가 다리를 조금 끌었던 것도 같았다. 소용돌이치는 검고 짙은 눈썹이었던 것도 같았다. 한 달 전 남자 얼굴은 기억나면서 하루 전날 본 남자 얼굴이 떠오르지 않는다는 게 이상하고 한심했다.

"보복할 게 뭐 있어? 내가 뭘 했다고?"

누가 들으라는 식으로 나는 돌연 큰소리로 말했다.

"바보 같은 년."

내 목소리가 음산하게 복도를 채우며 울렸다.

전날 본 테스트 결과를 발표하기 앞서 구술 테스트가 이뤄졌다. 캡틴은 우리 다섯 명을 일렬로 세웠다. 그는 일지와 볼펜을 들고 절도 있게 걸었다.

"8924?"

내 가슴을 볼펜 끝으로 꾹 찔렀다.

"우리엔그룹 김병훈 회장, 크라이슬러."

내가 대답했다.

그러자 캡틴은 볼펜으로 내 이마를 찔렀다.

"8924라니까."

나는 마른 입술을 혀로 핥았다. 김병훈 회장이 확실하다. 그는 VIP 중에서도 가장 신경 쓰는 고객 중 하나다.

"네가 대답해 봐."

캡틴은 내 옆에서 긴장한 채 잔뜩 얼어 있는 막내의 가슴을 볼펜으로 찔렀다.

"서원무역 강소희 사장, 틴팅 그랜저 경기 나 8924입니다."

순간 짙게 선팅한 그랜저에서 선글라스를 쓰고 걸어 나오던 50대 강소희 사장의 얼굴이 떠올랐다. 김병훈 회장은 틴팅 서울 마 8014다. 사흘 전에 내가 접견했다. 식은땀이 등 뒤로 흘러내렸다.

캡틴 책상 서랍에 수표를 꽂아 놓은 호텔 브로슈어를 넣는다는 걸 잊었다. 하필 시험을 치르면서 그 사실이 떠올랐다. 그래서 더욱 허둥댔는지도 몰랐다.

시험 문제는 평소와 같았다. 서른 개의 고객 사진 밑에 직책, 이름, 차종, 차량 번호를 적는 거였다. 그런데 문제가 생기고 말았다. 이상한 생각이 번진 것이다. 이 사람의 코를 저 사진에 넣는다면 어떻게 될까, 이 사진의 눈을 저 사람의 눈으로 바꾼다면. 그렇게 얼굴이 달라지지 않을 것도 같았다. 도무지 집중이 되지 않았다. 사진 속 얼굴들이 다 비슷해 보이기에 이르렀고 개성 넘치고 구분이 확실했던 인상이 흐릿해졌다. 차츰 사진이 낯설어졌다. 하나의 얼굴로만 보였던 사진 속 인물들이 눈과 코와 턱과 귀와 얼굴형이 따로따로 번호가 매겨진 채 뒤섞였다. 구구단보다 더 쉽게 외웠던 차량 숫자들이 머릿속을 휘휘 저으며 섞여 갔다.

캡틴은 자기 자리로 가더니 시험지가 든 서류 봉투를 꺼냈다. 그가운덴 내 시험지도 있을 것이다.
 "지난번 말했지, 80점 이하는 각오하라고."
 그러면서 그는 시험지 한 장을 옆으로 밀어 놓았다. 옆에 서 있는 막내의 침 삼키는 소리가 내게까지 들렸다.
 "여기가 원랜 무궁화 다섯 개짜리였단 말이지. 이런 새낀 발도 못 붙이던 곳인데."
 그는 빨간 빗금이 여러 개 그어진 시험지를 흔들며 말했다. 도어맨 수준이 떨어진 것 때문에 호텔 명성이 떨어진 거라고 캡틴은 믿고 있었다.
 호텔은 계속 낡아 갔다. 인근에 새로운 호텔이 생길 때마다 호텔의 무궁화도 하나씩 떨어져 갔다. 열 명이나 됐던 도어맨도 다섯 명으로 줄었고 오전과 오후로 두세 명씩 파트를 나눠 입구를 지켰다. 두 명은 더 잘릴 거란 소문이 돌았다.
 "다들 복귀하고 자네는 남지."
 캡틴은 나를 똑바로 쳐다봤다. 그와 동시에 주위에선 안도의 한숨 소리가 들렸다. 사람들이 떠나자 캡틴이 아무 말 없이 시험지를 내게 건넸다. 서른 개의 문제 가운데 내가 맞힌 건 단 두 문제뿐이었다.
 "다니기 싫어?"
 캡틴의 목소리는 낮고 차가웠다. 나는 시험지를 들여다봤다. 머리가 벗어지고 안경을 쓴 이 노인네는 누구였더라. 얇은 입술을 꼭 다물고 있는 이 젊은 여자는 누구였지. 그나마 내가 맞힌 두 문제의 사진이건만 생경해 보였다. 나는 아랫입술을 깨물었다.

"빠져 가지고선."

 캡틴은 귀찮다는 듯 턱 끝을 까닥였다. 나는 사무실을 나오자마자 시험지를 휴지통에 구겨 버렸다.

 나는 과연 호텔의 간판답게 입구에 서 있었다. 낯선 얼굴이 어깨를 툭 치고 지나가기도 했고 불쾌한 표정을 지으며 차에서 내리기도 했다. 막내는 자주 내 옆구리를 쿡쿡 찔렀다. 택시 운전사 한 명이 유리창을 열어 내 이름을 부르며 뭐라고 소릴 질렀다. 처음 본 사람인데 어떻게 내 이름을 알고 있을까 불안해하다가 제복에 명찰이 있음을 떠올렸다.

 볼보 한 대가 입구 저만치 앞에서 미끄러지듯 섰다. 검게 선팅한 창문이 내려가더니 인상을 찌푸린 여자 얼굴이 나타났다. 막내가 뭐라고 하더니 뛰어갔다. 여자는 막내에게 키를 맡기고는 나를 노려보더니 어깨를 치며 지나갔다. 자동문 안으로 또각또각 걸어가는 여자의 뒷모습을 바라봤다. 그제야 내가 사람들의 말이 잘 들리지 않는다는 걸 깨달았다.

 몽타주를 주머니에서 꺼내 자주 들여다봤다. 유리문 옆에 붙어 있는 거울을 바라보며 모자챙을 바로잡았다. 자꾸 보니 몽타주 얼굴은 나와도 조금 닮은 것 같았다. 나는 손바닥으로 얼굴을 훑어 내렸다. 시계를 봤다. 아직 교대 시간은 10분 정도 남았다. 나는 화장실을 갔다. 정장을 말쑥하게 입은 중년 남자가 나오면서 나를 아래위로 훑어보았다. 신경이 곤두섰다. 몽타주 속 인물과 조금 닮은 것도 같았다. 그는 뭔가 할 말이 있는 듯한 표정을 짓더니 나를 지나쳐 정문을 향해 걸어갔다. 그의 뒷모습을 바라보다가 구두 속의 발가락을 꼼지락거렸다. 나는 눈을 감았다. 그의 얼굴을 기억해 보려 애썼지만 소용없었다. 문득 나는 중요한 무언가를 잃어버렸다는 느낌을 받았다. 그것이 무엇인지는 기억나지 않았다.

공범은 없다, 고 했다. 최종적으로 모든 것이 드러났다. 단독 범행이었다. 자신이 공범이라고 경찰에 전화를 걸어 왔던 남자는 노숙자였으며 장난 전화임이 스물세 시간 만에 밝혀졌다. 옆집 남자, 아니 살인범 정현철은 석 달 만에 다섯 명의 여자를 살해한 거라고 했다. 이곳에 이사 오기 전엔 강도를 가장해 두 명의 여대생을 죽였고 집을 지키던 파출부를 죽이기도 했다. 그냥 '화가 나서' 죽인 거라고 했다. 그녀들이 어린 시절 자신을 학대했던 어머니 얼굴로 보였고 자신을 떠난 매정한 애인으로 보였다고 했다. 그래서 화가 났다고 했다. 귀와 둔부를 모은 이유에 대해선 끝까지 함구했다. 시간(屍姦)을 했다는 얘기도 있었다. 귀와 엉덩이에 성적으로 흥분한 것이 틀림없다고도 했다. 전문가들의 소견과 일반인들의 추측이 난무했다.

나는 배전실로 들어왔다. 도어맨과 벨맨의 출퇴근 사인은 배전실 한쪽에 마련된 탈의실과 체크카드를 사용해야 했다. 미스 리는 퇴근한 지 얼마 되지 않는 것 같았다. 그녀가 앉았던 의자의 방석이 납작하게 눌려 있었다.
미스 리의 책상 위엔 내가 사인한 몽타주가 아무렇게나 놓여 있었다. 사인을 받은 다음 그대로 둔 것이 틀림없었다. 나는 내 이름 석 자가 쓰여 있는 몽타주를 접어 바지 뒷주머니에 집어넣었다. 그리고 사무실 게시판에 붙여 놓았던 몽타주를 떼어 휴지통에 버렸다. 세 시간 넘게 만든 몽타주는 세상에 나와 보지도 못한 채, 쓸모없는 것이 되고 말았다.

  집으로 돌아왔다. 불을 켜지 않은 채 침대 위에 누웠다. 심장의 쿵쿵거리는 소리가 고막을 울렸다. 베개를 편평하게 고르고 다시 누웠다. 건너편 간판이 꺼져 있었다. 나는 자리에서 일어나 형광등을 켰다. 방이 환해졌고 갓 안에 갇혀 죽은 날벌레들도 확연히 눈에 들어왔다.
  공범은 없다. 그런데 왜 불안한 마음이 드는지 몰랐다.
  나는 몽타주가 인쇄된 종이를 두 손으로 들어 올려 보았다. 보면 볼수록 그림 속 남자 얼굴과 인상이 선명해지는 것 같았다. 남자의 목소리도 기억해 낼 수 있을 것 같았다. 옆집은 조용했다. 침묵 가운데 째깍거리는 시계 초침 소리가 유난히 더 크게 들렸다. 나는 시계의 건전지를 빼냈다. 천장의 형광등에서 웅웅거리는 소리가 들렸다. 전등 스위치를 껐다. 냉장고 소리가 저렇게 컸던가. 도저히 참을 수 없어진 나는 냉장고의 플러그도 뽑았다. 음식 따윈 버리면 그만이었고 미지근한 생수를 먹어도 상관없었다. 양변기 물 내리는 소리가, 위층에선 질질 끄는 듯한 발소리가 들렸다. 눈을 감았다. 옆집은 굳게 잠겨 있다. 노란 줄과 테이프로 가로막혀 있고 '출입금지' 팻말이 붙어 있다. 아무도 없는 것이 분명한데 벽면 너머 501호에서 두런거리는 여자의 목소리가 들리는 것 같았다. 501호 문을 열고 들어가면 방 안 가득 여자의 귀와 입술과 눈알이 둥둥 떠다니고 있을 것 같았다. 샤워기에서 물줄기 떨어지는 소리도 들리는 듯했다.

문을 여닫는 소리가 들렸다. 전동 칫솔 돌아가는 소리도 들렸다. 누군가 잠을 자려고 옷을 입고 있는지 부스럭거리는 소리가 들렸다. 하품을 하느라 '쩍' 입을 여는 소리가 들렸고 텔레비전 뉴스의 앵커 목소리가 이명처럼 귓가를 울렸다.

'공범은 없는 것으로 확인됐습니다. 단독 범행인 것이 밝혀졌습니다. 나머지 사체들을 발굴 중입니다.'

그때 복도 저쪽 끝에서 발소리가 들려왔다. 먼 산에서 울리는 메아리처럼 처음엔 아주 아득하게 들렸다. 차츰 소리가 다가왔다. 한쪽 발을 질질 끄는 듯 소리는 불규칙했다. 두근거렸다. 나는 조심스럽게 몸을 일으켜 세우고 어둠 속에서 현관문을 조용히 응시했다. 조금씩 커지던 발소리가 문 앞에서 멈췄다. 손가락 끝이 차가워졌다. 정적이 흘렀다. 간신히 발에 힘을 주었다. 뒤꿈치를 들고 현관문까지 걸어갔다. 나는 현관문에 붙은 볼록렌즈로 밖을 내다봤다. 아무것도 보이지 않았다. 차가운 문에 귀를 갖다 댔다. 아무 소리도 들리지 않았다. 손잡이를 잡고 있던 손바닥에 땀이 고였다. 나는 조심스럽게 현관문을 밀었다. 복도의 센서 등이 켜져 있었다. 누군가 내 현관문 앞에 서 있다가 급히 돌아간 것이 분명했다. 복도 중간에 있는 비상구 문이 닫히는 소리가 복도를 울렸다. 나는 황급히 문을 닫았다. 그러곤 걸쇠 세 개를 모조리 잠갔다.

침대 위로 다시 올라가 몸을 눕혔다. 등을 구부린 후 무릎을 가

숨까지 끌어당겼다. 눈을 감았으나 정신은 점점 더 또렷해졌다. 나는 침대 끄트머리로 기어가 창문을 열었다. 밖을 내려다보았다. 가로등이 깜박거렸다. 그 아래 서 있는 남자를 발견했다. 나는 커튼 사이로 눈만 내놓고 남자를 내려다봤다. 가로등 아래 남자는 내가 있는 오피스텔 창문을 올려다보는 것 같았다. 몇 분이나 흘렀을까. 남자는 그렇게 한참을 쳐다보더니 지하철역이 있는 도로를 향해 걷기 시작했다. 남자가 한쪽 발을 끌고 걷는지 나는 오래도록 노려봤다. 그러나 너무 느리게 걸어서 구분이 가지 않았다. 그는 아주 천천히 걸었고 자주 뒤를 돌아봤다.

나는 커튼을 내렸다. 세운 무릎 위에 두 손을 얹어 놓고 앉아 어둠을 주시했다. 나는 손바닥으로 귀를 최대한 압박하여 막았다. 손가락이 머리카락을 건드릴 때마다 부스럭거리는 소리가 크게 들렸다. 나는 침대 위로 천천히 쓰러져 누웠다. 눈을 감았다. 조금 있으니 팔의 근육이 저려 왔다. 그러나 귀를 막은 손바닥을 떼지 않았다.

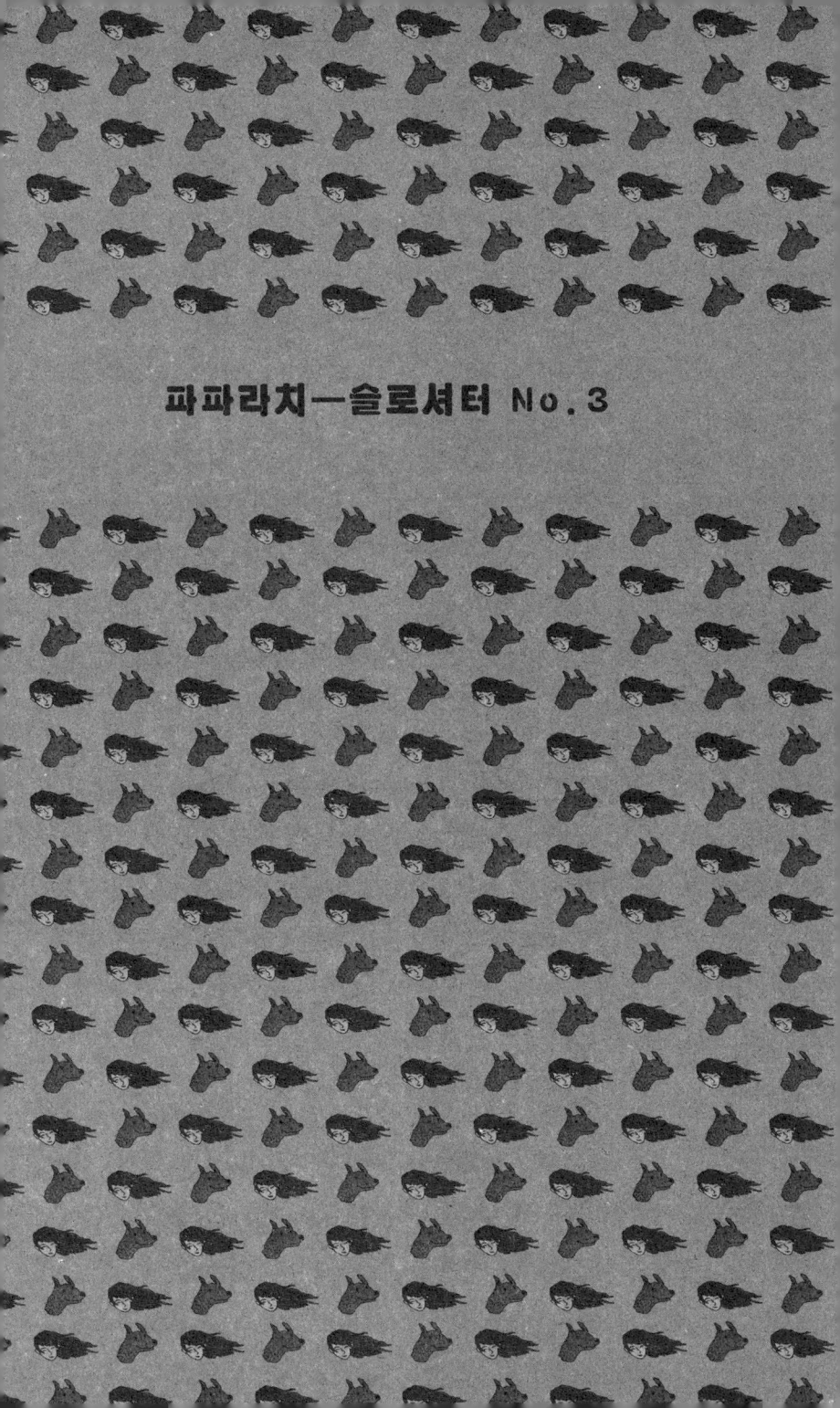

파파라치—슬로셔터 No.3

CCTV

 남자가 인터넷 포털 사이트에서 기사를 본 것은 그날로부터 보름쯤 지난 뒤였다.
 그동안 남자는 열여덟 군데의 약국과 상점을 촬영했다. 땡땡이 블라우스와 찍은 동영상도 인터넷 사이트에 올렸다. 반응은 기대 이상이었다. 네 에미랑 했느냐 또는 웬 돼지 같은 년이냐 등의 댓글이 달렸는데 오히려 그것 때문에 사람들이 더 클릭을 한 모양이었다. 그의 동영상은 사이트의 '엽기란'에 분류됐다. 그의 동영상은 '69엽섹'으로 불렸다. '69라는 티셔츠를 입은 남자의 엽기적인 섹스'란 의미였다.
 남자는 화장실 몰카를 찍으려 터미널 공중변소를 기웃거리기도 하고 지하철 계단 아래를 서성거리기도 했지만 그때마다 번번이 청소부나 역무원에게 걸렸다.

결국 남자는 다시 터미널이나 정류장에 잠복했다. 택시나 버스 운전사들이 담배꽁초나 쓰레기를 무단 투기하는 장면을 찍었으며 모두 열 건의 쓰레기 무단 투기를 적발했다.

그쯤 되니 남자는 찹쌀떡 사내와의 일은 완전히 잊고 말았다.

그러던 아침, 남자는 땡땡이 블라우스의 전화를 받았다. 여자는 대뜸 뉴스에 나온 동영상을 봤느냐고 물었다. 남자는 동영상 올린 것이 걸렸다고 생각했다. 남자는 사과하며 수익금을 주겠다고 선수 쳤다. 여자는 그러자 보상금을 말하는 거냐며 고맙다고 말하곤 선선히 전화를 끊었다.

남자는 컴퓨터를 켜고 인터넷 포털 뉴스 기사를 확인해 보다가 여자가 말한 동영상은 그게 아니란 사실을 알게 됐다. 기사는 집단 구타를 당한 한 사내의 억울한 죽음을 다루고 있었다. 여자가 말한 동영상이란 골목에 설치되어 있는 CCTV 화면이었다. 하필 그 골목은 구청에서 시범적으로 시행하고 있는, CCTV 감시 구역이었다.

화질은 비난받기 충분할 정도로 좋지 않았다. 그러나 남자를 아는 사람이라면 캠코더를 들고 현장을 찍고 있는 그를 의심해 볼 만했다. 더구나 남자는 '69엽섹'이란 아이디를 갖게 해 준 동영상 속의 티셔츠를 입고 있었다. 티셔츠 등판에 적힌 숫자는 외설적이면서도 선명하게 보였다.

다섯 명의 건장하고 불량스러워 보이는 남자들에게 둘러싸여 맞고 있는 가련한 사내. 그리고 한바탕의 잔인한 싸움을 말리기는커녕 죽 늘어선 채 휴대폰 카메라로 찍고 있는 몰상식한 인간들, 그중에서 캠코더로 찍고 있는 남자의 모습은 가장 잔악무도하게 보였다.

기사가 포털 뉴스에 뜬 지 세 시간도 안 됐는데 댓글 수는 이미 100개가 넘어 있었다. 가장 많은 추천을 받은 네티즌의 댓글을 클릭했다. 제목은 '살인 방조죄로 처벌해야 한다.'였다. '살인이 일어나고 있는 현장에서 태연하게 휴대폰 카메라로 촬영하고 있는 저들과 버젓이 캠코더를 들고 있는 인간은 살인 방조죄로 처벌해야 한다.'라는 내용이었다.

다섯 명의 남자 가운데 세 명은 잡혔지만 두 명은 아직 윤곽조차 잡히지 못했다. 모자를 깊숙이 눌러써서 CCTV에 잘 찍히지 않았을뿐더러 그들은 그날 술집에서 처음 만나 싸움에 가담했기에 서로 모르는 사람이라는 것이었다.

남자는 컴퓨터에 저장해 놓았던, 그날 캠코더로 찍은 동영상을 다시 봤다. 약국의 남자 약사, 여관의 섹스 장면, 그리고 찹쌀떡 사내가 나왔다.

사내가 맞았던 시간은 길고도 지루했다. 남자가 카메라로 찍으면서 중얼거린 소리, 헐떡거리던 숨소리, 키득거리던 조롱들, "죽여라 죽여."라고 사내를 때리던 치들을 응원하던 소리, "저 개새끼, 계속 나불거리네."라며 욕을 지껄이는 남자의 목소리가 그대로 녹음되어 있었다.

놀라운 것은 찹쌀떡 사내가 키득거렸다고 생각했던 웃음소리가 들리지 않는다는 거였다. 찹쌀떡 사내는 맞으면서 고통스러운 흐느낌과 신음 소리를 냈을 뿐이었다.

이인조

　남자는 여자와 이인조가 됐다. 여자는 키가 큰 편이었고 살집이 있었다. 빨간색 뗑뗑이 블라우스에 감색 면바지를 입고 있었다. 뗑뗑이 블라우스 여자는 손수건으로 이마에 솟는 땀을 닦으며 버스가 오는 방향을 봤다. 살짝 닦은 손수건 위로 짙은 살색 파운데이션이 묻어났다.
　버스에 올라탈 때부터 여자는 코맹맹이 소리를 내며 말하더니 버스 뒷문 자리에 함께 앉자 필요 이상으로 남자에게 들러붙었다.
　"자긴 몇 살이야?"
　수업 때와는 달리 여자는 남자에게 말을 놓았다. 남자는 딱딱한 표정으로 말했다.
　"서른넷이요."
　"그럼 토끼띠?"
　남자는 고개를 끄덕였다.
　"나랑 같네. 띠동갑이야. 열두 살 차이니까 그냥 누나라고 불러."
　여자는 쉰 살은 넘어 보였다. 여자는 손부채질을 했다.
　"아유, 왜 이렇게 더워? 에어컨은 나오는 거야, 마는 거야?"
　남자는 창가 쪽에 앉았고 여자는 복도 쪽에 앉아 있었다. 여자는 몸을 남자에게 붙인 채, 에어컨이 나오는 투입구에 손바닥을 갖다 댔다. 여자의 젖가슴이 자꾸 남자의 어깨와 팔뚝을 눌렀다. 남자는 창밖을 내다봤다. 유리에 비친 여자의 옆얼굴선이 생각보다 곱게 느껴졌다.

남자와 여자가 내린 정류장은 지하철 ㄴ역 앞이었다. 꽤 큰 기차역도 근처에 있어 유동 인구가 많은 곳이었다. 그들은 먼저 약국을 찾았다.

수업 시간에 배운 대로 남자는 먼저 손가방을 치켜들어 약국의 상호를 정확히 소형 캠코더에 담았다. 새로운 직업을 위해 남자는 특수하게 제작된 200만 원짜리 소형 캠코더를 구입했다. 용산에서 일하는 고향 선배를 통해 샀기 때문에 시세보다 30만 원 더 저렴하게 샀지만 돈을 마련하는 게 쉽지 않았다. 거기에 수업료 100만 원도 있어야 했다. 카드 빚만 1000만 원이 넘었다. 이번 일이 잘되지 않으면 그는 끝장이라고 생각했다.

여자는 약국 문을 열고 안으로 들어갔다. 약국은 적어도 15평은 되어 보였다. 약국 출입문에 달린 종이 딸랑 소리를 내며 울렸다. 종소리가 얼마나 크게 녹음되어 있을지 남자는 궁금했다. 셀로판으로 '투약'이라는 글씨가 붙어 있는 유리 가림막 뒤로 피로에 지친 남자 약사가 옷깃 부분이 구겨진 가운을 입은 채 고개를 내밀었다. 염색할 시기를 놓쳤는지 정수리 부분에 새하얀 머리털이 보였다.

"박카스 한 박스 주세요."

여자의 목소리는 유혹이라도 하듯 끈적거렸다.

"얼마죠?"

"3500원입니다."

약사가 말했다.

"영수증도 하나 주세요. 부녀회비로 내는 거라서요."

여자는 웃으면서 말했다.

남자는 여자 옆에 서서, 순서를 기다리는 양 선반 위에 진열해 놓은 립글로스와 알록달록한 비타민 캔디와 콘돔 상자를 만지작거렸다. 여자는 남자를 보며 싱긋 웃었지만 여자의 얼굴이 카메라에 담기진 않을 것이다. 남자는 가방을 살짝 카운터 위에 올려놓고는 카메라 렌즈가 비닐봉지가 꽂혀 있는 선반 구석을 잘 비추도록 향해 놓았다.

약사는 냉장고 문을 열어 파란색 상자 하나를 꺼냈다. 그러곤 조금의 망설임도 없이 비타민제 광고가 찍혀 있는 하얀색 비닐봉지를 뜯어 박카스를 담았다. 그리고 그는 비닐봉지 값은 받지 않고 박카스 값만 받았다. 성공이다. 수업 시간에 배운 대로 했으니 카메라 렌즈 방향만 틀리지 않았다면 고스란히 다 찍혔을 것이 분명했다.

"무얼 드릴까요?"

약사가 천진한 눈빛으로 남자를 바라보았다. 내려앉은 눈꺼풀 사이로 보이는 까만 눈동자가 남자의 속을 꿰뚫고 있는 것 같았다. 남자는 머뭇거렸다. 자신도 모르게 얼굴이 빨개지는 것 같았고 심장이 덜컥 내려앉았다. 남자는 그저 손에 집히는 대로, 작은 콘돔 한 상자를 카운터에 내밀었다. 여자는 박카스가 담긴 비닐봉지를 든 채 밖으로 나갔다. 역시 딸랑 하는 종소리가 들렸다.

여자는 약국 문에서 조금 떨어진 곳에서 기다리고 있었다. 남자가 뜻하지 않게 구입한 콘돔을 바지 뒷주머니에 쑤셔 넣고 나오는 것을 보고 여자는 깔깔대며 웃었다. 남자는 여자의 웃음소리가 거슬렸지만 여자를 따라 웃었다.

"그건 왜 샀어? 가뜩이나 활동비 많이 드는데."

남자는 콘돔 상자를 만지작거렸다.

"이거 양가죽 콘돔이래요. 느낌이 죽인다는데요?"

남자는 은근한 눈빛으로 여자를 쳐다봤다.

"그래서?"

"아니, 그냥 뭐. 궁금해서 한번 써 볼까 해서 말이에요."

남자는 히죽 웃었다.

"그럼 할 수 없네."

여자는 웃음을 감추며 한숨을 내쉬는 척했다. 아직 한낮이었고 술도 한잔 마시지 않았다. 더 돌아다녀야 할 약국과 슈퍼마켓들과 동네의 크고 작은 상점들이 그들을 기다렸다. 그러나 여자는 여관이 즐비한 골목으로 걸어갔다. 여자의 태도에 남자는 조금 놀랐지만 이내 여자를 뒤따랐다. 남자는 여자와 오래된 연인이라도 된 듯한 기분이 들었다. 이번엔 남자가 말이 많아졌다.

"연기력이 좋으세요. 전 왜 이렇게 긴장되나 몰라요. 엑스트라도 해 봤는데."

"정말? 어디에 나왔는데?"

"수도 없이 많죠. 「불멸의 이순신」을 가장 오래 했고요. 그때 많이 뛰었죠."

"돈은?"

"못할 짓이에요, 그거. 바닷물에 창하고 엑스트라하고 떨어지면 누굴 먼저 건지는지 알아요? 창을 먼저 건져요. 조합에서 뜯기고 교통비 나가고 그러다 보면 남는 것도 없고 연기 못하는 것들 만나면 얼마나 오래 기다려야 하는데요? 약값이 더 나가요."

그동안 남자가 직장에 다닌 기간은 통틀어 6개월도 안 됐다. 지역 정보 신문사의 영업을 3개월 정도 하다가 월급이 나오지 않아 그만뒀다. 보일러 회사의 판매직에 있다가 여자 상사와 트러블이 생겨 1개월 하고 일주일째 되는 날 그만뒀다. 그렇게 전전하다 보니 2년제 야간대학을 중퇴한 그가 들어갈 직장은 사라졌다. 그나마 얻게 된 엑스트라 일도 괜찮은 돈벌이가 되기엔 너무 고됐고 일감도 자주 들어오지 않았다.

"난 꽃뱀이었어."

여자가 말했다. 남자는 여관의 검게 선팅한 문을 열다가 멈칫했다. 여자의 짙은 화장은 땀으로 번들거렸고 립스틱은 라인 부분을 제외하곤 지워져서 입술이 허옇게 보였다. 그러나 쌍꺼풀 진 그녀의 눈은 제법 컸고 코도 오똑한 편이었다. 미처 발견하지 못했는데 왼쪽 볼에 움푹 팬 보조개가 애교스럽게 느껴지기도 했다.

"농담이야. 이 몸매에 꽃뱀이 가당키나 해?"

여자는 가슴을 흔들어 대며 웃었다. 여자의 턱살이 두드러져 보였다. 남자는 카운터에서 열쇠를 받으며 여자의 말이 농담이 아닐지도 모른다는 생각을 했다.

여자는 카운터에서 자신의 카드로 계산했다. 그리고 그들은 프로가 되기로 작정한 사람처럼 방에 들어가자마자 일회용 칫솔을 달라고 말했다. 살짝 문을 열고 여자는 칫솔을 받았고 남자는 옆에 서서 그것을 정확히 찍었다.

"여관비는 거뜬히 뽑았네? 일회용 칫솔 사용은 15만 원 맞지?"

여자는 칫솔을 흔들며 말했다. 남자는 만족한 듯 고개를 끄덕였다. 남자는 여자와 조를 잘 짠 것 같다는 생각이 들었다. 어쩐지 어설픈 자신과는 다르게 여자는 능청스러웠다. 여자가 정말 꽃뱀이었을지도 모른다는 생각이 더욱 짙어졌다.

"나 먼저 씻을게. 날씨가 왜 이렇게 더운지 모르겠어."

그리고 여자는 그의 앞에서 천연덕스럽게 옷을 벗었다. 남자는 고개를 숙였다.

"같이 씻을까?"

여자가 웃었다. 남자는 고개를 가로저었다.

"귀여운 구석이 있네, 자긴."

여자는 옷을 벗은 채로 일어나 목욕탕으로 걸어갔다. 옷을 벗은 여자의 몸매는 예상보다 괜찮았다. 그렇다고 남자의 마음에 들었다는 것은 아니다. 뱃살이 겹쳐지고 큰 엉덩이는 늘어져 있었다. 하지만 허벅지는 탄력이 있어 보였고 까만 유두는 자극적으로 튀어나와 있었다. 가슴도 탄력이 살아 있어 걸을 때마다 통통 튕겨 올랐다.

여자가 문을 닫고 욕실의 불을 켜자 우윳빛 유리창 너머로 여자의 실루엣이 그대로 비쳤다. 그녀는 샤워기 앞에 서서, 다분히 남자의 시선을 의식하는 자세로 샤워를 시작했다. 남자는 침대 아래 아무렇게나 벗어 놓은 여자의 땡땡이 블라우스와 감색 면바지를 내려다보다가 발로 옷을 밀쳤다.

남자는 전날 밤엔 쓰레기를 뒤졌다. 카드 영수증과 주소와 이름이 선명하게 찍힌 우편 봉투가 들어 있는 불법 투기물을 발견했을 땐 가슴이 뿌듯해져 왔다. 쓰레기봉투에 넣었어도 분리수거를 제대로 하지 않으면 벌금을 물어야 했다. 그렇게 두 건을 발견했을 땐 이미 날이 밝았다. 아직 현찰이 그의 손에 쥐어진 것도 아니지만 15만 원이 그의 지갑 안에 들어온 기분이었다.

밤엔 쓰레기를 뒤지고 낮엔 이 여자와 함께 계속 모텔이나 여관을 돌면서 일회용 칫솔이나 면도기 같은 물품을 공짜로 주는 장면을 잘만 찍는다면, 금세 돈을 모을 수 있으리란 생각이 들었다.

남자는 우윳빛 유리를 바라봤다. 샤워를 하는 여자는 흥얼거리며 콧노래를 불렀다. 이 여자를 믿어도 좋을지 남자는 확신이 서지 않았다.

여자와 만난 건 신고 보상 요원 수업에서였다. 강사는 8년 경력의 베테랑 파파라치였다. 강사는 순전히 파파라치 수입으로 아파트와 단독 주택을 구입했다고 했다. 그는 카파라치부터 시작했고 5000원짜리 불법 자판기에서부터 가짜 휘발유 신고까지 닥치는 대로 했다고 했다. 닥치는 대로 찍고 편집하고 신고하되 활동비와 시간을 줄이는 게 노하우라고 했다. 100만 원짜리 노하우였다.

실기 실습으로 남자는 여자와 한 조가 됐다. 편집한 내용은 내일 마지막 수업에 보완받을 수 있었다.

남자는 가방을 열고 카메라를 꺼내 그동안 찍은 장면이 제대로 녹화되었는지 빠르게 돌려 확인해 보았다. 간판, 약사의 손, 하얀색 비닐봉지, 그리고 여관 주인의 얼굴, 일회용 칫솔이 플레이 되었다. 모든 화면엔 상대의 얼굴과 손이 있을 뿐, 남자나 여자는 '엑스트라'처럼 얼굴이 나오지 않았다.

샤워기의 물 떨어지는 소리를 들으며 남자는 여자의 실루엣을 다시 찬찬히 들여다보았다. 그러다 문득 캠코더를 판 고향 선배의 말이 떠올랐다. 선배는 섹스 장면이나 화장실 몰카를 찍은 후 인터넷에 올리면 클릭 수에 따라 입금되는 사이트를 소개해 주었다. 선배는 남자에게 파파라치를 하느니 몰카를 찍어 올리는 게 낫지 않겠느냐고 했다. 남자는 지금이 좋은 기회라는 생각이 들었다. 남자는 카메라를 다시 가방 안에 넣고 녹화 버튼을 눌렀다. 특수하게 제작된 캠코더는 어두운 곳에서도 충분히 촬영이 가능했다. 산 지 얼마 안 된 캠코더의 배터리는 아직도 짱짱했고 녹화 가능한 시간도 넉넉해 보였다. 그는 침대 위가 잘 보이도록 카메라 렌즈 방향을 맞춰 놓았다. 그때 여자가 밖으로 나왔다. 남자는 여자가 혹시라도 카메라를 볼까 봐 알몸으로 나오는 여자를 침대 위로 쓰러뜨렸다.

"아이참, 왜 이리 서둘러. 자긴 씻지도 않을 거야?"

여자의 목소리엔 콧소리가 잔뜩 들어가 있었고 싫지 않다는 투였다.

"그럴 시간이 없어."

남자는 바지와 팬티를 급히 벗었다. 실제로 남자는 몹시 흥분한 상태였다. 그는 69라는 숫자가 박힌 티셔츠를 입은 채 여자의 몸을 눌렀다. 침대는 대책 없이 출렁거렸다. 여자는 두 손으로 남자를 밀쳐 내며 자신이 위로 올라갔다. 그러고는 남자의 사타구니에 얼굴을 갖다 댔다.

"자기한테 찐 옥수수 냄새가 난다."

남자는 몸을 움찔거렸다. 여자가 혀로 핥았다. 남자는 콘돔을 꺼내 놓지 않은 것이 떠올랐다. 여자의 혀가 이번엔 남자의 입술을 열고 안으로 들어와 휘젓듯이 남자의 혀를 감더니 세게 깨물었다. 남자는 낮게 비명을 질렀다. 남자는 여자의 왼팔을 잡아 몸을 돌려 여자를 깔았다. 그리고 여자의 사타구니에 손을 가져다 댔다. 그리면서 다른 한 손으론 화장대 위에 올려놓은 콘돔 상자를 찾았다.

그때 가방이 옆으로 슬쩍 밀쳐졌다. 아무래도 그의 다리만 비출 것이 분명했다. 남자는 여자의 입에 키스를 하며 한쪽 손으론 카메라의 위치를 원래대로 맞춰 놓으려고 애썼다. 하지만 여자가 무릎으로 자꾸 남자의 다리를 조이는 바람에 손이 닿지 않았다.

"잠깐만, 콘돔 좀."

남자는 슬쩍 여자를 밀쳤다. 여자는 그제야 몸을 뗐다. 여자의 몸에서 흐르는 땀방울이 떨어져 내렸다.

"아이참, 무드 깨게시리."

하지만 여자는 싫지 않다는 듯 그의 엉덩이를 쓰다듬었다. 남자는 다시 가방의 위치를 바로 해 놓고 콘돔 상자를 열었다. 양가죽 콘돔이라고 했지만 별반 차이를 느낄 수 없었다.

섹스를 한 적이 언제던가 남자는 생각해 봤다. 1년은 넘었다. 마지막 상대는 누구였을까. 술에 진탕 취하고 난 후 공사장 안에서 선 채로 했던 '엑스트라' 유부녀였나, 아니면 3만 원에 할인해 준다며 호들갑을 떨었던 방석집 여자였나. 아무리 생각해도 누가 가장 나중이었는지 기억나지 않았지만, 둘 다 그다지 좋지 않았던 것만은 확실했다.

하지만 이 여자는 생각보다 괜찮았고 더구나 돈을 내지 않아도 됐다. 아니면 너무 굶주려서 괜찮다고 생각하고 있는 건지도 몰랐다. 여자는 고양이처럼 가르릉 소리를 내며 "자기 멋져."를 연발했는데 연기 같다는 생각을 지울 수 없었다. 하지만 남자는 최선을 다했다. 지금이 아니면 다신 할 수 없는 사람처럼 여자 역시 열심히 그를 받아들였고 다소 낯선 체위도 능숙하게 연출했는데 순전히 여자가 리드했고 남자는 허겁지겁 따랐다.

옆방에서 젊은 여자의 것이 분명한 신음 소리가 들려왔다. 옆방 여자는 칼에라도 찔리듯 낮지만 날카로운 비명 소리를 냈다. 침대의 삐거덕거리는 스프링 소리가 파도치듯 몰려왔다가 사라졌다. 남자의 온몸으로 전율이 타고 올랐다. 남자는 눈을 감았다. 여자의 나이와 몸무게가 지금의 딱 절반만 됐어도 남자는 더 오랫동안 전율을 만끽할 수 있을 것 같았다. 남자는 최선을 다한 만큼 급하게 사정을 하고 말았다.

"벌써?"

여자는 아쉬움을 그대로 드러냈다. 남자는 조금 부끄러운 기분이 들었다. 열기가 가시자 여자의 몸매는 너무나 형편없어 보였다. 늘어진 볼엔 화장품 찌꺼기가 분명한 얼룩이 남아 있고 눈 밑으로 거뭇한 기미가 껴 있었다. 더구나 짧고 굵은 목살이 겹겹이 늘어져 살과 살 사이가 땀띠처럼 벌겋게 부풀어 오른 매력 없는 목덜미를 가진 주제에, 이것저것 요구하는 늙은 여자의 뻔뻔스러움이 역겨워졌고 해치운 섹스가 부끄럽게 느껴졌다.

잠시 침묵이 이어지는 사이, 철거덕 테이프 끊어지는 소음이 들렸다. 아주 작은 소리였는데 그렇게 크게 들릴 수가 없었다. 필라멘트가 끊어진 알전구처럼 맥없던 여자의 동공이 갑자기 커졌다.

"이 새끼. 너 이거 찍은 거야?"

여자는 남자의 가슴을 밀쳐 내며 얼른 화장대 위 카메라 가방에
시선을 던졌다. 남자는 여자의 두 손목을 꽉 붙들었다.
"잠깐만요. 가만있어요."
"너 이걸 왜 찍어?"
"흥분하지 말라고요. 아무 의미 없어요. 그냥 나 혼자만 보려고
한 거예요. 지울 거야. 말하려고 했는데 바로 시작하는 바람에 그런
거잖아요. 하는 거 보면서 한 번 더 해 보자고요. 어때요? 좋죠?"
남자의 말은 전혀 설득력이 없었고 앞뒤도 맞지 않았다. 여자는
주먹으로 남자의 뺨을 때리고 가슴을 밀쳤다. 남자는 다리에 힘을
꽉 주고 여자가 움직이지 못하게 했다. 여자는 다시 한 번 주먹으로
남자의 턱을 날렸다. 여자는 카메라가 든 가방을 던지려고 했다.
"내 카메라 만지면 죽여 버릴 거야."
남자는 여자의 손목을 더 세게 쥐었다. 여자는 남자의 손을 뿌
리치곤 가방 안의 카메라를 꺼냈다. 남자가 여자의 얼굴 중앙을 주
먹으로 내려쳤다. 여자의 코뼈에서 두둑 하는 소리가 났다. 남자의
얼굴 위로 피가 튀었다. 여자의 코에서 피가 흘렀고 눈이 더 커졌
다. 꼭 쥐었던 여자의 주먹이 펴지더니 자신의 코를 부여잡았다. 버
둥거리던 다리에 힘을 잃었다. 남자는 두 주먹으로 여자의 양쪽 뺨
을 더 때렸다. 여자는 눈물을 흘리며 "제발 그만해."라고 말했다. 입
술이 터지고 여자의 입 새로 피가 새어 나왔다. 남자는 주먹질을 멈
췄다. 남자의 이마에서 땀방울이 떨어졌다. 여자는 몸을 부르르 떨
며 남자의 가슴을 주먹으로 탁탁 내려쳤지만 힘이 느껴지지 않았
다. 남자는 손에 힘을 풀었다. 여자가 헐떡거리면서 기침을 하며 몸

을 옆으로 돌렸다. 여자는 무릎을 가슴 앞으로 끌어 올리곤 훌쩍거렸다.

"왜? 나한테 왜?"

"미안해요. 그러니까 가만있으라고 했잖아요. 우리가 그냥 오늘 하루 엔조이하고 끝낼 것도 아니고."

여자는 몸을 잔뜩 구부리고 누운 채 훌쩍거렸다. 그사이 남자는 옷을 입었다. 그리고 카메라가 든 가방도 챙겼다.

"이 카메라 없으면 난 죽어요. 내일 수업 시간에 만나요. 누나한테 반했다니까요. 알죠?"

남자가 문을 열었다. 그때 눈알이 튀어나올 듯 섬광이 번쩍하고 눈앞을 지났다. 남자는 손으로 뒤통수를 만지며 뒤를 돌아보았다. 알몸인 채로 여자가 씩씩거리며 서 있었다. 여자의 몸뚱이가 저렇게 컸던가, 새삼 남자는 놀랐다. 여자의 어깨는 벌어져 있고 팔과 다리는 강인해 보였다. 코와 입술에 흐르는 핏자국과 살기 품은 눈빛은 섬뜩해 보였다. 남자는 바닥을 내려다봤다. 바닥엔 재떨이가 떨어져 있었다. 뒤통수가 끈적거렸다. 뒤통수를 만진 그의 손바닥에 머리카락 몇 올과 피가 묻어 나왔다.

"됐지? 이제 우리 둘이 빚은 없는 거다."

남자는 문을 쾅 닫고 밖으로 나왔다. 뒷덜미로 뜨거운 피가 흘러내리는 것 같았다. 남자는 검게 코팅된 여관 뒷문을 열고 밖으로 나왔다. 아직도 밖은 밝았다. 남자는 땅바닥에 침을 뱉었다. 붉은 피가 섞인 침이 회색 콘크리트 바닥에 떨어졌다. 머리가 어지러웠다.

카메라

　남자는 여관에서 나온 후 동네를 한 바퀴 돌다가 역 근처의 막창집을 발견했다.
　머리를 감은 지 얼마 안 되는지, 젖은 파마머리를 한 여자가 바닥을 대걸레로 닦고 있을 때 남자가 안으로 들어갔다. 남자는 화덕 판이 있는 상 위에 얹어 놓은 의자를 직접 내려서 자리에 앉았다. 대걸레질을 하다 말고 여자가 남자를 올려다보며 중얼거리듯 말했다.
　"개시 전인데요."
　"그러니까 내가 개시해 주려는 거 아니오?"
　여자는 입을 꼭 다물고 남자를 쳐다봤다.
　"일단 제일 빨리 나오는 안주 하나하고 소주 한 병 주세요."
　남자는 가방을 내려놓았다. 여자는 잠시 망설이다가 주방으로 들어갔다. 그릇이 덜그럭거리는 소리가 들렸다. 남자는 가게 안을 둘러봤다. 벽면에 붙어 있는 메뉴판의 안주는 막창 구이와 염통, 곱창 구이 딱 세 종류밖에 없었다.
　안주가 나오는 동안 남자는 여관에서 찍은 장면을 다시 돌려 봤다. 화면을 보니 남자가 여자에게 강간당하는 것처럼 보였다. 남자는 키득거리면서 파인더에 눈을 대고 볼륨을 줄였다. 남자가 여자 위로 올라타 상체를 흔드는 부분도 뚜렷하게 보였다. 그걸 보자 남자의 몸은 신열에 들뜨듯 아래서부터 열기가 올라왔다. 남자는 여자를 너무 심하게 때린 것 같아 미안한 기분이 들다가도 뒤통수가 화끈거리는 걸 생각하며 뻔뻔해지기로 마음먹었다.

남자가 앉은 상 위에 소주가 두 병째 비워질 무렵, 막창집 안은 어느덧 사람들로 가득 찼다. 시간이 꽤 흘렀다. 남자는 취기도 어느 정도 올랐기에 일어나 집에 가려고 했다. 그때 그의 상 앞으로 물잔이 하나 놓였다. 남자는 올려다봤다. 160센티미터가 넘을까 말까 한 40대로 보이는 찹쌀떡같이 허연 낯빛의 사내가 그를 내려다보았다.

"자리가 없어서……. 동석 좀 해도 되겠습니까?"

여자처럼 높고 가는 목소리로 이미 술에 취한 듯 발음도 정확하지 않았다. 남자는 턱짓으로 앉으라고 했다.

"고맙습니다."

사내는 연신 고개를 꾸벅대며 빨간색 고무가 붙어 있는 의자를 빼서 자리에 앉았다.

"아줌마, 여기 소주 한 병하고 염통 하나요."

사내는 남자에게 누런 이를 내보이며 웃었다.

"초면에 실례합니다."

남자는 개의치 않는다는 표정으로 다시 잔에 소주를 부었다.

"제가 드릴게요."

병을 쥐고 있는 남자의 손을 사내는 잡아뗐다. 그리고 마침 자신 앞으로 나온 소주의 뚜껑을 따더니 남자의 잔에 술을 부었다.

"실례지만 나이가 어떻게 되시나요?"

찹쌀떡 사내가 물었다. 남자는 맞은편에 앉은 키 작은 사내를 아래위로 훑어보았다. 병약해 보이는 인상이었다.

"왜 그러슈?"

"그게 아니라 나보다는 어린 거 같은데 술잔을 한 손으로 받아서 말이오."

사내는 히죽 웃었다. 남자는 술을 들이켜곤 아무 말도 안 했다. 사내는 입술 끝을 실룩거리다가 남자의 눈을 쳐다보더니 기본 안주로 나온 당근 하나를 입에 넣고 씹었다.

"그게 뭐 어때서?"

남자는 곱창을 집던 젓가락을 바닥에 탁 하고 내려놓았다.

"그러니까 그게……."

사내는 얇은 입술 한쪽 끝을 검지 손가락으로 긁었다. 남자는 사내의 찰쌉떡같이 허연 얼굴과 턱에 난 좁쌀 같은 여드름, 그리고 목부터 벌게져 있는 피부를 훑어보았다.

"보아하니 나보다 훨씬 어린 거 같은데 어디서 반말이야, 반말은? 너 몇 살이야? 응? 난 58년 개띠다."

"이보슈. 난 56년 원숭이띠다. 됐냐?"

남자는 소주를 한 잔 따르더니 단숨에 들이켜곤 인상을 쓰며 사내의 얼굴을 쏘아보았다. 사내와 싸운다 해도 남자는 이길 자신이 있었다.

"56년 원숭이띠? 이 새끼가 어디서 거짓말을?"

"이 새끼?"

"그래. 민증 까 볼까?"

"미친 새끼. 꺼져 버려."

남자는 눈을 부라리며 찹쌀떡 사내를 노려봤다. 그러자 찹쌀떡은 갑자기 눈을 내리깔더니 낄낄거리며 술을 한 잔 더 들이켰다.

"그래. 나이는 그렇다 치고 당신, 사람은 죽여 봤소?"

그러면서 찹쌀떡 사내는 젓가락을 곱창에 난 구멍에 꽂았다.

"이걸로 말이야."

찹쌀떡은 젓가락을 빙빙 돌리며 말했다.

"고아원에서 말이야, 이걸 눈에다 꽂았는데 녀석이 뒷걸음질 치다가 옥상에서 떨어져 죽었지. 그러니까 엄밀히 말하면 내가 죽인 거라고 하기엔 좀 억울한 면이 있지."

찹쌀떡이 말했다.

남자는 젓가락으로 곱창을 집어 입안에 넣었다. 이미 식어 버려서 맛이 비릿했다.

"그치만 내 아낸 진짜 죽였소. 그년은, 지가 낳은 새끼를 검정 비닐봉지에 넣어서 남의 집 분리수거 통에 집어넣었소. 아주 독한 년이야. 근데 비닐봉지에 미처 발견 못한 카드 영수증이 들어 있었던 거지. 그년이 긁은 카드 영수증. 그 바람에 들통 난 거야. 어제 마누라가 감옥에 들어갔소. 씨발."

찹쌀떡 사내의 말에 남자는 대꾸를 하지도 눈을 마주치지도 않았다. 치근대는 찹쌀떡이 역겨워졌다. 가난의 냄새는 가난한 자가 가장 잘 맡는 것처럼 남자는 찹쌀떡 사내에게서 풍겨져 나오는 냄새가 싫었다. 멸시당하는 것에 익숙할수록 자신보다 약한 상대를 누구보다 잘 구별했기에 남자는 사내를 경멸했다.

남자가 메뉴판을 눈으로 훑으며 대충 술값을 계산해 보니 2만 원이 나왔다. 그 정도 돈이라면 지갑에 있었다.

"아, 씨발. 더 이상 못 들어주겠네."

드디어 남자가 말했다.

"뭐, 씨발? 나이도 어린 새끼가 반말 지껄이는 것도 참았는데. 뭐, 씨발?"

찹쌀떡 사내도 지지 않고 소주잔을 거칠게 바닥에 내려놓으며 소리를 질렀다. 그러자 다른 테이블에 앉아 있던 손님들이 인상을 찌푸리며 쳐다봤다. 개중엔 "조용히 좀 하지."라며 삐딱한 말투로 투덜거리기도 했다.

"그래, 씨발이다. 뭐 이런 또라이 같은 새끼가 다 있어? 나한테 죽고 싶어?"

남자는 찹쌀떡의 멱살을 거칠게 잡고는 흔들었다.

"아, 선생님. 왜 이러세요? 그냥 농담한 거라구요, 농담."

사내는 찹쌀떡 같은 낯짝으로 몸을 낮추고 히죽거리며 손바닥을 비볐다.

"뭐야, 이 새끼. 완전 또라이 아냐?"

남자는 찹쌀떡의 멱살을 잡은 손을 내렸다.

남자와 사내의 말을 듣고 있던 옆 테이블에 앉은 세 명의 남자들이 욕을 지껄이며 이죽거렸다.

"술집 전세 내기라도 했나? 곱게 술이나 처먹고 갈 것이지."

그들은 대놓고 이죽거리며 남자와 찹쌀떡을 노려보았다.

남자는 가방을 들고 일어나 바닥에 침을 뱉었다. 찹쌀떡 사내는 고개를 숙인 채로 저 혼자 낄낄댔다. 남자는 자리를 털고 일어나 계산을 하고 건물 옆에 있는 화장실을 향해 걸어갔다.

"저 새끼, 한판 뜨고 왔대요. 하두 작아서 곱창에다 했대요."

남자를 향한 것임에 분명한 말을 하며 찹쌀떡 사내는 지껄이고 욕을 하고 키득거렸다.

　남자는 소변기 앞에 서서 거울을 보았다. 거울 속의 남자 얼굴은 붉은 기운이 얼룩덜룩하게 남아 있었다. 남자의 뒤에서 욕을 지껄인 사내의 허연 낯짝을 갈겨 주지 못한 것이 억울해졌다. 남자는 바지를 추스르고 다시 술집 안으로 들어갔다.
　술집은 비어 있었다. 아까까지만 해도 테이블마다 사람들이 다 있었고 주문을 받고 화덕을 넣어 주는 아줌마 둘이 부지런히 오가던 곳인데 먼지가 잔뜩 끼어 있는 선풍기 두 대만 덜덜덜 소리를 내며 돌아가고 있을 뿐이었다. 남자는 자기가 앉았던 자리를 보았다. 사내가 앉았던 의자가 뒤로 벌렁 자빠져 있었다. 처음에 남자가 들어올 때 걸레질을 하던 파마머리 여자가 고개를 절레절레 저으며 안으로 들어왔다. 남자를 보자 파마머리 여자가 화들짝 반기며 말했다.
　"어이구. 얼른 나가 봐요. 아까 같이 술 먹던 일행분이 조기 앉았던 사람들한테 맞고 있다고요."
　파마머리 여자는 남자가 사내와 일행이라고 생각한 모양이었다. 남자는 여자가 가리킨 곳으로 걸어갔다. 구석진 골목이었으나 이미 열 명도 넘는 사람들에 둘러싸여 있어서 금방 눈에 띄었다. 남자는 가방을 한쪽 어깨 아래에 끼고 천천히 걸어갔다. 울음소린지 웃음소린지 구분이 안 가는 소리가 들렸다. 찹쌀떡 사내는 몸을 땅바닥에 웅크린 채 웃고 있었다. 머리를 초록색으로 물들인 남자가 사내의 엉덩이를 구둣발로 찼다.

"나이 처먹었으면 나잇값을 해야지."

살짝 얼굴을 든 찹쌀떡 사내의 코엔 코피가 흐르고 있었고 언제 빠졌는지 앞니 하나가 없었다. 길지 않은 시간 동안 얼마나 맞았는지 한쪽 눈은 일그러져 있었다.

모두들 취해 있었다. 하얀색 스포츠 모자를 쓴 남자가 비틀거리며 휴대폰 카메라로 사내를 찍었다. 남자도 갑자기 생각난 듯 캠코더를 꺼내 새 테이프로 갈아 끼웠다. 가로등 불빛이 희미한 골목 끝은 너무 어두웠지만 특수하게 제작된 그의 캠코더는 야간에도 선명하게 찍혔다. 어둠 아래서 몸을 개처럼 웅크린 찹쌀떡의 얼굴엔 눈물과 핏물이 얼룩져 있었다. 사내는 갑자기 벌떡 일어났다.

"나는 개새끼지만 너희들은 개좆이다."

그러더니 찹쌀떡 사내는 하얀색 스포츠 모자의 턱을 향해 달려와 헤딩을 했다. 스포츠 모자가 휴대폰을 떨어뜨리며 뒤로 벌렁 자빠졌다.

찹쌀떡은 몸을 일으키려는 하얀색 스포츠 모자를 향해 자신의 바지 앞섶을 내밀며 흔들어 댔다.

"니들도 곱창에다 하고 왔지?"

찹쌀떡 사내가 말했다. 하얀색 스포츠 모자는 웃으면서 일어났고 사람들 모두 웃었다. 얻어터지면서도 입만 살아 있는 사내의 가소로움을 비웃는 웃음이었다. 이번에는 검정 스판 티셔츠를 입은 남자가 사내의 배를 발로 찼다. 사내는 바닥으로 나자빠졌다. 검정 스판 티셔츠와 초록색 머리가 사내를 밟았다. 사내는 맞으면서도 헐떡거리며 웃고 있었다.

"계속 웃어 봐라. 이 개새끼야."

하얀색 스포츠 모자가 찹쌀떡 사내의 배를 발로 찼다. 초록색 머리도 발로 찼다.

남자는 그 장면을 카메라로 담으면서 낄낄거렸다. "미친 새끼."라고 말했다. 아무도 말릴 생각을 하지 않았다. 사내는 계속해서 맞을 소리만 해 댔다. 사내를 때리던 치들은 경쟁적으로 돌아가며 치고 밟았다. 맞는 사내를 둘러서 구경하는 열 명 정도의 사람들, 그들 중 적어도 네 명은 휴대폰으로 싸움 장면을 찍었다.(어느 누구도 휴대폰은 카메라일뿐 아니라, 신고 전화도 할 수 있는 도구라는 것을 생각하지 못했다.) 그리고 남자는 '진짜' 최신형 캠코더로 그들의 모습을 다양한 각도에서 심혈을 기울여 찍었다. "이제 그만 좀 해유. 그러다 죽겠시유."라는 막창집 주인 여자의 외침 소리를 들었을 때도 사람들은 모두 웃었다. 왜냐하면 찹쌀떡 사내 역시 계속해서 웃고 있다고 생각했으니까.

한참 그를 짓밟던 초록색 머리와 검정 스판 티셔츠가 동시에 발을 떼어 바닥에 내려놓았다. 그와 더불어 그들을 찍던 휴대폰의 손들도 슬그머니 내려졌다. 그때까지도 남자만이 계속 캠코더를 돌리고 있었다.

"죽은 거 아냐?"

아주 작은 목소리였는데도 남자는 그 목소리가 귀에 들러붙듯 크게 들렸다. 그제야 남자는 캠코더에서 눈을 뗐다. 찹쌀떡 사내는 배를 잡고 벌레처럼 웅크린 채 땅바닥에 누워 있었다. 찹쌀떡 사내의 허연 얼굴과 까만 머리 뒤로 역시 검은 피가 흘러내렸다. 순식간에 사람들은 슬금슬금 뒷걸음질 쳤다. 막창집 주인 여자가 비명을 질렀고 그 소리에 남자 역시 캠코더를 손에 든 채 뒤돌아서서 뛰기 시작했다.

'내가 왜 도망가는 거지?'

남자는 뛰면서도 자신이 왜 뛰는지 알 수 없었다. 하지만 발을 멈추기라도 하면 누군가 그의 발목을 잡아채기라도 하듯 그는 열심히 뛰었다. 멀리서 사이렌 소리가 이명처럼 들리는 것 같았다.

CCTV

남자는 인터넷으로 들어가 자신이 올린 여자와의 동영상을 지웠다. 아직 돈이 입금되지 않았지만 그는 '69'라고 선명하게 써진 티셔츠의 모습과 포털 뉴스에 뜬 자신의 뒷모습이 동일하다는 걸 누군가 알아챌까 두려웠다.

그는 해가 떨어져서야 집을 나섰다. 기억을 더듬어 그날 갔던 막창집을 찾아가 보기로 했다. 혹시라도 자신을 알아보는 사람이 있을지 몰라, 남자는 검은색 스포츠 모자를 깊게 눌러썼다. 동네 사람이 잠시 어슬렁거리는 것처럼 보이려고 일부러 슬리퍼에 추리닝을 입었다. 전철에서 내려 남자는 한참이나 막창집 가는 길을 찾지 못하고 헤맸다. 할 수 없이 여자와 함께 갔던 약국을 가서, 여관을 들르고 그날 다니던 길을 되짚고 나서야 남자는 겨우 막창집을 찾을 수 있었다.

막창집은 유리문을 다 떼어 낸 채 장사를 하고 있었다. 손님이 많아 테이블과 의자를 길 밖으로 끌어냈는데 거기까지 사람들이 가득 차 있었다. 주인 여자는 화덕을 들고 새로 온 손님을 맞았다. 가게 밖 테이블에선 큰 목소리가 오가더니 손님 하나가 잔을 바닥에 던졌다. 그는 혹시라도 주인 여자가 자기를 알아볼까 싶어 얼른 고개를 숙인 채 막창집을 지났다. 그리고 찹쌀떡 사내가 둘러싸여 몰매 맞던 골목길을 멀찌감치 바라보았다. 선뜻 발이 떨어지지 않았고 전봇대 위 어딘가에 설치되었을 CCTV가 두려웠다. 그때 마침 리어카에 폐휴지를 가득 싣고 지나가는 노인이 골목길로 들어갔다. 남자는 리어카 옆에 바짝 붙어 같이 들어갔다. 사건 현장을 다시 찾는 범인의 심정이 이해되지 않았는데도 남자는 다시 그 길을 확인하고 싶어졌다. 그럴 리가 없을 것이 분명한데도 어쩐지 남자의 신상을 파악할 수 있는 결정적인 무언가를 흘렸을지도 모른다는 생각이 들었다. 찹쌀떡 사내의 아내가 검정 비닐봉지에 카드 영수증을 흘린 것처럼, 혹은 그가 새벽마다 헤집고 다니는 쓰레기 봉지 안에 무심히 들어 있는 우편물 봉투처럼.

하지만 골목길은 증거물을 찾기엔 너무 어두웠다. 다만 전봇대 아래에서 플래카드 한 장을 발견할 수 있었다.

"여기서 있었던 싸움 현장을 촬영하신 분은 연락 주세요. 아무런 책임도 묻지 않겠습니다."라고 쓰여 있고 그 아래 "보상금 100만 원"이라고 쓰여 있었다.

뗑뗑이 블라우스 여자가 말한 보상금이 무엇인지 그제야 알 듯싶었다. 남자는 골목길을 나오려다가 막창집 여자가 급히 뛰어나오는 것을 보고 다시 발걸음을 돌렸다. 막창집 여자가 남자를 알아보고 쫓아온 건 아닐까. 남자는 걸음을 좀 더 빨리하며 골목 사잇길을 계속해서 걸었다. 몇 개의 대문을 지나 좁은 골목길 몇 군데를 돌아가다가, 남자는 뒤를 돌아보았다. 막창집 주인 여자가 그를 쫓아올 리 없었다. 남자는 길을 따라 내려가다 보면 큰길이 나올 테고, 그러면 전철역도 금방 찾을 수 있을 거라고 생각하며 천천히 걸었다. 그러다 문득 저 플래카드를 쓴 사람은 누굴까, 하는 의문이 떠올랐다. 사내는 아내가 교도소에 있다고 했고 본인은 부모도 없는 고아 출신이라고 했다. 가족도 없을 텐데 누구일까. 하지만 상관없었다. 남자는 100만 원만 생각하기로 했다. 남자는 요의를 느꼈다. 그는 꺼졌다 켜졌다를 반복하는 가로등 옆에서 바지 지퍼를 내렸다. 오줌을 누자 남자의 마음이 편안해졌다. 플래카드에 분명히 책임을 묻지 않겠다고 쓰여 있다. 남자는 그들과 일행도 아닐뿐더러 구타에 참여하지도 않았다. 그러다 그는 촬영된 테이프에 녹음된 자신의 웃음소리를 떠올렸다. '더 때리라'고 말했고 '죽이라'고 외치며 때리는 치를 응원했다. 하지만 소리를 지우고 화면만 나오는 테이프로 복사해서 건네주면 아무 상관없을 터였다. 그렇게 생각하자 남자는 비로소 기분이 좋아졌다.

  남자는 다시 골목길로 돌아가서 '보상금 100만 원'이 적힌 플래카드를 휴대폰으로 찍어 놓아야겠다고 생각했다. 거기까지 생각이 미치자, 남자는 자신과 함께 휴대폰 카메라로 촬영했던 서너 명의 사람들이 떠올랐다. 어떤 놈이 먼저 선수 쳤을지도 모른다고 생각하니 마음이 다급해졌다. 남자는 가로등이 세워져 있는 집의 시멘트 담장을 향해 오줌 줄기 방향을 틀어 더 힘을 주었다. 뜨거운 바람이 불었다. 어디선가 사이렌 소리가 들렸다. 그는 하늘을 올려다 보았다. 구름이 잔뜩 끼어 있는 밤하늘엔 별 하나 보이지 않았다. 구름이 없다 해도 매연이 가득한 서울 하늘에 별이 보일 리 없었다. 다만 그의 머리 위에 노상 방뇨를 감시하는 CCTV 불빛만이 반짝거릴 뿐이었다.

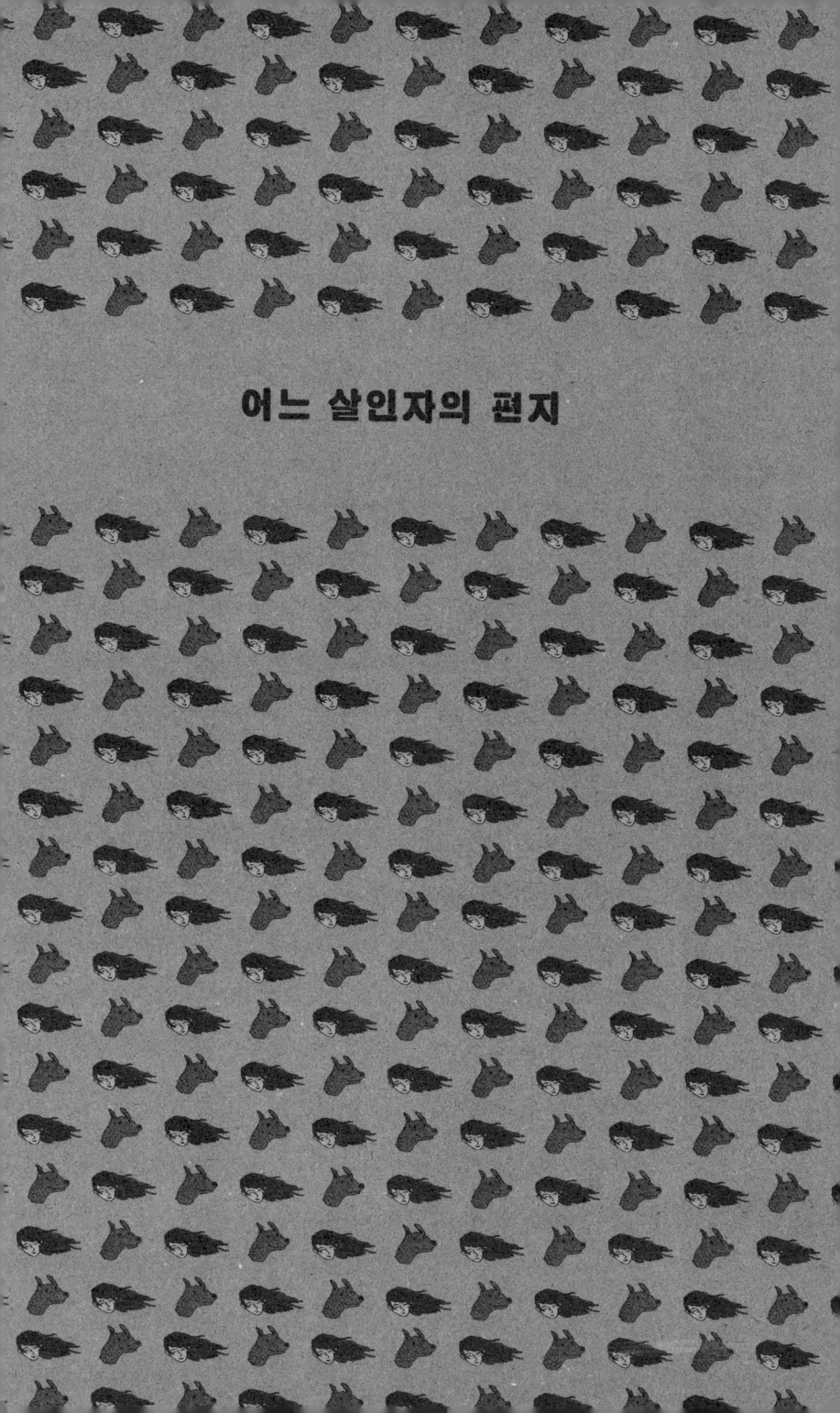

어느 살인자의 편지

프롤로그

  편지를 읽은 후 가장 먼저 한 일은 손을 씻는 일이었다. 따뜻한 물이 담긴 세면대에 두 손을 넣었다. 그리고 오랫동안 비누 거품을 만들어 손을 씻은 후 아주 여러 번 헹궜다. 수도꼭지를 틀어 놓은 채로, 한참 손을 갖다 대고 있었다. 이 편지를 어떻게 해야 할까 고민했다.

  엘리베이터 문이 닫히려는 바람에 우편함에서 우편물을 골라낼 새도 없이 청구서와 광고물을 함께 집어 올라왔다. 소파에 앉아 카드 청구서와 우편물을 뜯어보고 나서야 누런 봉투에 담긴 우편물을 발견했다. 발신인 주소나 이름은 적혀 있지 않았다. 수신인에는 '이건수 선생님 앞'이라며 나의 이름 석 자가 적혀 있었다. 노트 크기의 누런 봉투 모서리는 닳아 있었고 만져 보니 두툼했다.

학생 중 누군가가 보낸 우편물인가 생각했지만 이내 고개를 저었다. 임시직이라 생각하며 시작한 학원 강사 일이 올해로 7년째지만 나는 소위 비인기 강사였다.

대학 졸업 후 한 복지 재단에 잠시 있었던 것을 끝으로 직장을 갖지 못했고 전직의 희망이나 의욕도 없이 하루하루 견뎌 내며 지냈다. 아이들은 패배자의 냄새를 쉽게 맡았다. 의무적으로 강의를 했고 아이들 역시 기계적으로 강의를 들었다.

봉투에 적힌 글씨는 아주 작았다. 누군가 글씨를 보면 성격을 알 수 있다고 해서 일부러 크게 쓰던 때가 있었다.

나는 봉투를 뜯었다. 5년 전 마지막으로 잡지사에 투고했던 원고가 기억났다. 내가 쓴 소설도 누군가에게 이렇게 부담되는 두께의 우편물로 다가왔을지도 모른다는 생각이 들었다. 복지 재단에서 일하며 만난 사람들의 이야기를 장편소설로 만들어 열 곳이 넘는 출판사에 보냈다. 일곱 군데에서는 정중한 거절의 내용이 담긴 편지가 동봉된 채 반송됐으며 나머지 세 군데에서는 아무 소식도 없었고 반송되지도 않았다.

봉투를 뜯어보니 안엔 아주 깨끗한 백지에 깨알 같지만 정서한 것임에 분명한 글의 행렬들이 반듯하게 이어져 있었다. 그런데 그것은 내가 아닌 '정래식'이란 이름의 형사에게 보내는 편지였다.

정래식 선생님 보세요.

안녕하세요.

저를 모르시겠지만, 저 역시 선생님에 대해 잘 아는 것은 아닙니다. 저는 선생님을 텔레비전을 통해 봤을 뿐입니다. 선생님은 연쇄살인범을 잡으신 후 4개월 만에 1계급 승진을 하셨더군요. 경찰 창설 이래 최초의 초고속 승진이라고 하더군요. 그때 비로소 연쇄살인범 이현식을 잡은 분이 바로 '강력 1팀 정래식 경위'임을 알게 됐고 고민 끝에 선생님께 편지를 보내는 바입니다.

선생님(호칭을 형사님이나 경위님으로 하지 않는 것을 이해해 주십시오. 괜히 제가 위축돼서 말입니다.)의 공로를 깎으려거나 심려를 끼치고자 하는 것은 절대 아닙니다.

선생님은 어떤 형사들보다 총명하실 테니까 제 편지를 받으시면 누구보다 신속하게 저를 잡아 주실 수 있으리라는 마음에서 이 편지를 씁니다.

혹시 이 편지에서 무슨 냄새가 나지 않습니까? 지금 쓰고 있는 펜은 0.7밀리미터 유성 펜인데 펜촉을 코끝에 바짝 갖다 대면 딸기 맛 아이스크림 냄새가 납니다. 그런데 이 글을 쓰고 있는 손에선 딸기 맛 아이스크림의 달콤한 향을 누르는 악취가 나는군요.

잠시 손을 씻고 오겠습니다.

아무리 지독한 냄새라도 한참 맡고 있으면 익숙해집니다. 불운이나 불행도 오랫동안 계속되면 익숙해지는 것처럼 말입니다. 그러나 신선한 공기를 단 한 번이라도 맡거나, 전혀 다른 냄새로 환기된 다음 후각은 예민해지고 맙니다. 그것은 운명과 참 비슷합니다.

냄새에 대한 생각도 사람마다 달라서 누구에게는 '악취'일 수 있는 것이 누구에게는 향기로운 냄새가 될 수도 있습니다.

몇 년 전 진해 조선소에서 전선 풀링 작업이란 걸 했답니다. 제어판에서 기계까지 전기 배선을 끌어당기는 일이었는데 하루 하고 나면 어깨가 한 치는 늘어나 있는 것 같았습니다. 거기서 만난 임 씨는 말입니다, 발 냄새를 좋아했습니다. 구릿구릿한 발 냄새를 맡고 있노라면 마음이 그렇게 푸근해질 수 없다고 하더군요. 발에서 올라오는 구린내를 맡으며 잠들 때만큼 행복할 수가 없다며 떠벌리고 다녔습니다.

목욕탕 근처 하수구에서 올라오는 냄새가 좋다는 사람, 아이가 젖 토한 냄새가 좋다는 사람, 페인트 냄새를 맡으면 머리가 맑아진다는 사람, 휘발유 냄새가 식욕을 돋운다는 사람, 심지어 계란 썩는 냄새가 좋다는 이도 있었습니다.

제가 부산 항만에서 짐꾼으로 일할 때 만난 박 씨는 암내를 맡으면 무조건 발기가 된다고 했습니다. 제철 공장 기숙사에 있었을 때 하필이면 같은 방 동료가 암내가 나서 아주 힘들었다고 하더군요. 그런데 그런 증세를 가진 사람이 박 씨 혼자만은 아니었다고 하니 '악취'라고 정의할 수 있는 냄새가 세상에 얼마나 될까 의문이 들기도 합니다.

냄새에 대해 생각하게 된 최초의 기억은 '밥 냄새'입니다. 저는 지금도 밥 냄새를 세상에서 가장 좋아합니다. 밥을 지을 때 나는 폭신하면서도 다디단 냄새도 좋고 찬밥을 코끝에 가져다 댔을 때 풍겨 나오는 고목 냄새 같은 눅눅하면서도 서늘한 느낌의 냄새도 좋아합니다.

문득 어린 시절 여름날 저녁이 떠오릅니다. 제가 열 살쯤 되었을 때입니다. 저는 놀다가 배가 고파 먹을 게 없나 하고 집으로 돌아왔습니다. 마침 아버지는 커다란 솥에 라면을 끓이고 계셨습니다. 아버지는 들어오는 저를 보더니, 여느 때와 다르게 "배고프지?" 하고 물었습니다. 자상한 목소리로 말입니다. 저는 땟국물이 흐르는 얼굴로 고개를 끄덕였습니다. 아버지는 이미 라면 다섯 개가 솥 안에서 끓고 있는데 거기에 라면 한 봉지를 더 넣었습니다. 그러고는 갑자기 생각난 듯 냉동고를 열더니 검은 비닐봉지를 꺼냈습니다. 돼지고기가 조금 남아 있었습니다. 아버지는 그것을 통째로 넣더니 불을 더 키웠습니다. 저는 무척 배가 고팠기 때문에 침을 꼴깍 삼키며 서 있었습니다. 아버지는 문지방에 서 있는 제게 손짓을 했습니다.

"문지방에 서 있으면 복 나간다. 물러서 있거라."

저는 냉큼 아래로 내려왔습니다. 아버지가 시키기 전에, 밥상을 펴고 냉장고에서 김치통을 꺼내 열었습니다. 아버지는 면발을 젓가락으로 휘휘 저어 건져 먹고 있었습니다. 고기를 한 입 물다가 다시 내려놓더니 가위로 고기를 잘게 잘랐습니다. 저는 밥통에 남은 밥을 긁어 그릇에 퍼 담았습니다.

아버지는 선 채로 면발을 계속 건져 먹었습니다. 라면 두 개는 족히 먹은 다음에야, 행주로 솥의 양옆을 잡고서 펴 놓은 상 위에 솥을 내려놓았습니다. 대접을 두었습니다만, 아버지는 솥째 먹었고 저는 젓가락으로 퍼진 라면 가락을 건져 대접에 담아 먹었습니다.

아버지는 '빨리 먹기 대회' 우승자답게 라면을 금세 먹어 치웠습니다. 그러곤 기름이 둥둥 떠 있는 라면 국물에 밥을 말았습니다. 저도 숟가락으로 밥알을 건져 먹었습니다. 아버진 밥도 빠르게 먹었고 솥을 들어 후후 불어 가며 남은 국물마저 모조리 마셨습니다.

"배부르지?"

빈 수저만 빨고 있는 제게 아버지는 물었습니다. 허기가 남아 있었지만, 고개를 끄덕였습니다. 아버진 일어나 냉장고를 열더니 사과를 꺼냈습니다. 제게 사과 반쪽을 갈라 주고 아버지 혼자 다섯 알을 먹어 치웠습니다.

싱크대 아래 빨간 고무 대야 안엔 소금에 절여 놓은 무가 담겨 있었는데, 그것마저 아버진 식칼로 잘라 먹었습니다. 수돗물을 틀어 냄비에 물을 받더니 벌컥벌컥 마셨습니다. 그러고도 위가 차지 않았는지, 아버진 버럭 화를 냈습니다.

"여편네가 도대체 먹을 걸 해 놓질 않아."

갑자기 제 머리를 주먹으로 쥐어박았습니다.

"여기서 알짱거리지 말고 빨리 꺼져 버려. 이 식충이 같은 놈아."

저는 재빨리 신발을 신고 나갔습니다.

"저런 개자식을 봤나. 지 에밀 닮아서 눈치가 없어. 어딜 가? 설거지를 해 놓고 가야 할 거 아냐? 이런 망할 녀석."

아버지가 더 분을 터트리기 전에 대문을 열고 밖으로 탈출하는 데 성공했습니다. 그렇게 밖으로 뛰쳐나왔지만 마땅히 갈 곳은 없었습니다. 해는 졌고 동네의 유일한 공터 겸 놀이터는 이미 중학생 형들의 차지가 되어 있을 테니까 말이지요.

집집마다 창문엔 노란 불빛이 새어 나왔습니다. 찌개 냄새도 아니고 고기 굽는 냄새도 아닌 밥 냄새가 흘러나오더군요. 저는 코를 벌름거리며 달콤한 밥 냄새를 맡았습니다. 숟가락과 젓가락이 부딪치는 소리, 우는 아기를 달래는 엄마의 흥얼거림, 뭐가 그리 즐거운지 깔깔거리며 웃는 소리. 그들은 어떻게 싸우지 않고 소리 지르지 않고 욕하지 않으며 저녁나절을 보낼 수 있는 걸까요. 위를 채우기 위해서가 아니라, 마음까지 따뜻해질 수 있는 식사를 그들은 어떻게 할 수 있는 걸까요. 저는 골목과 골목을 서성였습니다. 갈 곳이 없었습니다.

결국 저는 개발 공사가 한창인 개천가로 갔습니다. 거기는 고가도로를 잇는 공사를 하고 있었고 하천 옆 공터는 산책로를 만든다며 시멘트를 부어 놓았기 때문에 들어갈 수 없었습니다. 개천이 내려다보이는 도로변 벤치에 앉아야 했습니다. 하지만 그 벤치들도 이미 가난한 연인들과 술주정뱅이들의 차지가 되어 있었습니다. 저는 한참을 위로 걸어가서야 빈자리를 차지할 수 있었습니다. 발이 몹시 아팠습니다. 양말을 신지 않아 운동화엔 땀이 가득 차 있었고 발등과 뒤꿈치가 까졌는지 따가웠습니다.

해는 개천 너머 높고 낮은 건물들 사이로 내려앉고 있었습니다. 가로수의 매미들은 스억스억스억 귀가 따갑도록 울어 젖히고 있었습니다. 참으로 거북한 소리였습니다. 바람 한 점 불지 않았고 땀은 계속 흘렀습니다. 쓸쓸한 감정이 들기도 하고 버림받은 기분이 들기도 했습니다. 문득 화가 치밀었습니다. 배가 고팠습니다. 아귀처럼 꾸역꾸역 먹어 대는 아버지가 싫었습니다. 아버지는 자장면 먹기 대회에서 1등을 한 후 20킬로그램이 더 늘었습니다. 이런 식으로 간다면 겨울이 되기도 전에 150킬로그램이 넘어 버릴 것입니다.

그때 발밑으로 쥐새끼 같은 것이 꿈틀거리는 게 보였습니다. 놀라서 발을 벤치 위로 올렸습니다. 쥐는 아니었습니다. 새끼 고양이였습니다. 고양이는 누리끼리한 털에 검정 줄무늬가 있었습니다. 왼쪽 눈밑으론 얼룩이라도 묻은 것처럼 검정 털이 나 있었습니다. 객관적으로 말하자면 예쁜 털을 가진 건 아니었습니다. 하지만 세상의 모든 새끼들이 그렇듯, 그 고양이 역시 단지 어리다는 이유만으로 사랑스러웠으며 귀여웠습니다. 새끼 고양이는 바들바들 떨며 벤치 다리 옆에 몸을 붙이고 있었습니다. 몸을 굽혀 한참을 내려다보았는데도 고양이는 도망갈 생각을 하지 않았습니다. 고양이를 들어 올렸습니다. 솜뭉치처럼 가벼웠습니다. 털은 조금 젖어 있었고 배는 부드러웠습니다. 고양이의 얼굴을 엄지와 검지로 살짝 들어 올렸습니다. 빨간 혀를 내밀더니 제 손등을 핥았습니다. 까끌까끌한 고양이의 혀가 스치자 기분이 좋아지더군요. 고양이는 제 손바닥보다도 작았습니다. 그런데 무슨 이유에선지 몰라도 새끼 고양이의 배는 마치 가스가 찬 것처럼 단단하게 부풀어 있었습니다. 어미 고양이라면 임신한 것으로 생각할 정도였습니다. 발도 다쳤는지 잘 움직이지 못했습니다. 고양이는 조그만 머리를 제게 비벼 댔습니다. 정말 사랑스러웠습니다. 조그마한 잿빛 눈동자가 저를 올려다보았습니다. 그때처럼 가슴 벅찬 충일한 감정을 느낀 적은 없었던 것 같습니다. 결심했습니다. 고양이를 행복하게 해 주겠다고. 고양이의 행복은 저의 사명이라고 말이죠.

하지만 행복이라니요. 그게 가능하기나 한 말입니까. 행복이란, 그러니까 집 안에 화장실과 목욕탕이 함께 딸려 있는 집에 사는 아이들에게나 가능한 것이었습니다. 우리 집처럼 한 달에 한 번 정도

대중목욕탕을 가야 하고, 화장실에 가려면 대문을 나와 이웃집과 함께 써야 하는 그런 집엔 없는 거라는 겁니다.

고양이를 데리고 집으로 돌아왔습니다. 키울 작정이었지요. 대문은 열려 있었고, 대문 앞에 있는 가로등은 깜박였습니다. 식당 일을 하는 어머니는 아직 들어오지 않았고 아버지는 집에 없었습니다. 청소부였던 아버지는 늘 밤이 깊어서야 출근을 했습니다.

아버지가 어지럽혀 놓은 부엌을 지나 방으로 들어갔습니다. 과일박스를 찾아내 그 안에 고양이를 조심스럽게 내려놓았습니다. 고양이는 푸른빛이 도는 사랑스러운 회색 눈동자로 저를 쳐다보며 '미용미용' 울어 댔습니다. 집 안을 뒤져 긁어모은 동전으로 가게에서 우유 한 팩을 샀습니다. 접시에 담아 고양이 앞에 두었습니다. 고양이가 핥아 먹었습니다. 다 먹으면 또 부어 주고, 다 먹으면 또 부어 주는 식으로 우유를 주었는데, 반도 채 먹지 않더군요. 나머지는 제가 다 먹었습니다. 그러다 전 잠이 들었습니다.

다시 제가 눈을 뜬 것은 켁켁거리는 소리 때문이었습니다. 눈을 비비고 일어나 앉았을 때 눈앞에 펼쳐진 광경은 그동안 보아 오던 것과 별반 다르지 않은 상황인데도, 몸이 얼어붙은 듯 옴짝달싹할 수가 없었습니다. 분위기만은 매우 달랐기 때문입니다.

어머니는 브래지어와 팬티만 입은 채 다리를 버둥거리며 앉아 있었고 웃통은 벗은 채 바지만 입은 아버지는 어머니를 뒤에서 끌어안아 목을 조르고 있었습니다. 어머니는 두려움에 번들거리는 눈을 하고 있었고 필사적으로 아버지의 손을 잡아떼려 했습니다. 어머니의 꾀죄죄한 얼굴은 눈물로 범벅이 되어 있었고 파마 머리카락이 구불구불 춤추고 있었습니다.

언제 일어났는지 상자 속에 넣어 놓았던 새끼 고양이가 다가와 제 손가락을 핥았습니다.

아버지는 어머니의 목을 계속 졸랐습니다. 어머니의 혀가 밖으로 기어 나왔고 침이 뚝뚝 떨어졌습니다. 어머니는 버둥거리며 몸을 흔들어 댔지만, 두툼한 아버지의 손바닥을 떼어 낼 수 없었습니다. 어머니는 자다 깬 저에게 간절한 구원의 눈빛을 보냈습니다. 저는 고양이를 손에 든 채 자리에서 일어섰습니다. 지긋지긋한 공포심을 갖고 한 발짝 한 발짝 아버지와 어머니 곁으로 다가갔습니다. 어떻게든 어머니를 구해야겠다고 생각했습니다.

그러나 정신을 차렸을 땐 오후에 있었던 개천변의 벤치에 와 있는 것이었습니다. 손바닥 위엔 고양이가 웅크리고 앉아 있었습니다. 서늘한 기운에 정신을 차렸을 땐 어깨와 이마 위로 빗방울이 떨어져 내리고 있었습니다. 고양이에게도 빗방울이 떨어졌는지 몸을 부르르 떨더군요. 털이 꼿꼿하게 섰습니다. 쓰다듬으면 다시금 털은 부드럽게 물결치듯 내려앉았습니다. 부드러운 털이 감싸고 있는 가느다란 목 안엔 나뭇가지같이 연한 뼈와 얇은 힘줄이 들어 있겠지요.

고양이를 들어 올렸습니다. 고양이의 잿빛 눈동자를 바라봤습니다. 고양이는 빨갛고 가는 혀를 내밀었습니다. 빗방울이 고양이 머리 위로 떨어졌습니다. 빗방울을 털어 냈습니다. 다짐했습니다. 고양이를 지켜 주겠다고, 말이지요.

그런데 고양이는 뭐가 불안한지 몸을 떨고 앞발로 허공을 할퀴며 손아귀에서 벗어나려고 기를 쓰더군요.

"이봐, 난 너를 지켜 주겠어. 난 아버지와 다르다니까."

그렇게 말했던 것 같습니다. 손에 힘이 들어가면 갈수록 고양이의 심장박동은 더 가깝게 느껴졌고 바르르 떠는 울림이 그대로 전해져 왔습니다.

진심을 몰라주는 고양이한테 슬슬 화가 났습니다. 고양이는 앞발을 들어 제 손등을 할퀴었습니다. 붉은 핏방울이 긁힌 자국을 따라 방울방울 올라왔습니다. 고양이는 갸르릉거렸습니다. 고양이의 가느다란 목을 엄지와 검지로 잡고 약하게 흔들었습니다.

"아프잖아. 이러면 내가 아프잖아."

손가락에 조금 힘을 주었습니다. 고양이의 네다리가 필사적으로 허공을 갈랐습니다. 왼손으로 고양이의 등을 쥐고 오른손으론 고양이의 뒷덜미 쪽을 잡았습니다. 그러곤 비틀어 버리고 말았습니다. 두투툭 하는 소리가 들렸습니다. 이러면 안 되는데, 하는 후회와 함께 말할 수 없는 쾌감이 몰려왔습니다.

몸을 흔들어 대던 고양이는 다시 솜뭉치처럼 가벼워졌습니다. 고양이는 목을 아래로 툭 내려뜨리더군요. 고양이 몸은 아직도 따스했지만, 더 이상 심장은 뛰지 않았습니다. 저는 고양이를 벤치 위에 올려놓았습니다. 눈물이 조금 났습니다. 자리에서 일어났습니다. 천천히 집을 향해 걸었습니다. 빗방울은 더 굵어졌지만 뛰지 않았습니다. 어디선가 이상한 냄새가 났습니다. 손바닥을 코에 가져다 댔습니다. 고양이 냄새였습니다. 저는 손바닥을 가슴에 대고 문지르며 계속 걸었습니다.

어머니는 죽지 않았습니다. 어머니는 밥통을 끌어안고 밥을 비벼 먹고 있었습니다. 비를 쫄딱 맞은 채 들어서는 저를 보고 어머니는 눈을 흘겼습니다. 어머니를 쳐다보았습니다. 목덜미에 검고 푸른 손가락 자국이 없었다면, 그야말로 아무 일도 없었던 것 같은, 그런 얼굴이었습니다. 표정은 천진했고 눈빛은 탁했고 티끌만큼의 아픔도 느껴지지 않았습니다. 죽음의 문턱까지 다녀왔다는 사실을 까맣게 잊은 듯한 역겨운 표정이었습니다.

밥 먹으라는 어머니의 말을 듣지 않고 저는 방으로 들어갔습니다. 종이 상자로 만들어 놓았던 고양이 집을 애써 외면하며 이불 안으로 들어갔습니다. 이불을 뒤집어쓴 채 저는 손바닥을 코에 들이대고 냄새 맡았습니다. 그 냄새를 어떻게 표현해야 할까요. 비릿하면서도 구릿구릿하면서도 오래된 먼지와 곰팡이가 쌓인 지하실에서 올라오는 냄새라고 할까요.

사실 자수 전화를 했던 것도 냄새 때문이었습니다. 20년이나 지났는데도 손바닥에서 나는 냄새는 점점 심해지는 겁니다. 어떻게든 전 감옥이란 델 들어가고 싶었습니다. 멈추고 싶었습니다. 그런데 선생님은 그저 장난 전화라고 생각하신 모양입니다. 더 이상의 수사도 하지 않으셨고, 제가 건 전화 내용에 대해 신문이나 텔레비전에도 나오지 않더군요. 지금 생각해 보니 그때 제 전화를 받은 사람이 선생님이 아닐 수도 있겠다는 생각이 듭니다. 만일 선생님의 후배라면 따끔하게 혼내 주시기 바랍니다.

전 그때 전화를 해서, 연쇄살인범이 죽였다고 주장하는 살인 사건 중 두 건은 제가 했다고 분명히 말했습니다. 그리고 제가 있는 위치를 얘기하고 공중전화 앞에서 꼼짝 않고 기다렸습니다. 생각해 보니 꼼짝하지 않은 건 아니군요. 그날따라 자꾸 설사가 나와 화장실에 서너 번 갔다 왔고 그때마다 손을 씻느라 꾸물거리긴 했습니다. 설마 그때 다녀가신 건 아니겠죠?

손바닥에서 나는 냄새가 어느 정돈지 이해가 되십니까? 그건 청소하던 아버지에게서 풍기던 땀 냄새와 오물 썩는 냄새를 합한 것보다 더 역겨운 냄샙니다.

아버지는 살이 계속 쪘습니다. 배급받은 청소복이 맞지 않았습니다. 주문을 하고 두 달 정도 기다린 후 겨우 아버지 체격에 맞는 큰 사이즈의 청소복을 받았지만 그것도 몇 개월 못 가서 꼭 끼고 말았습니다.

도로변에서 낙엽을 쓰는 아버지를 본 적이 있습니다. 아버지는 안전모를 쓰고 있었는데, 아래로 땀이 줄줄 흘러내렸습니다. 둔하게 몇 걸음 걷고 자루가 긴 쓰레받기에 쓸어·담았습니다. 쓰레받기를 든 손엔 낙엽을 담은 커다란 비닐봉지가 들려 있었죠. 도로의 낙엽과 쓰레기들을 언제 다 쓸어 담을지 걱정스러울 정도로 느리게 움직이더군요. 한 발 한 발 굼뜨게 앞으로 내디딜 때마다 거대한 악취, 헉헉대는 거친 숨소리, 땅바닥으로 뚝뚝 떨어지는 땀방울이 느껴지는 것 같았습니다. 저러다 달려오는 트럭을 피하지 못하고 죽을지도 모른다고 생각했습니다. 아버지의 배가 터져 죽는 상상을 했습니다. 끊임없이 먹어 대던 무지막지한 것들이 피나 내장보다 더 많이 쏟아져 나올 것 같았습니다.

결국 아버진 배가 터져 죽긴 했습니다. 아버지는 마른 오징어를 계속 먹어 대다가, 소화불량으로 죽고 말았습니다. 마른 오징어가 위 속에서 불면서 소화를 못 시켰던 모양이었습니다. 아버지의 한쪽 입가에 장난스럽고 애교스럽게 오징어 다리가 삐죽이 나와 있었습니다. 심장은 뛰고 있었지만 이미 그때 죽은 거나 다름없었습니다. 아버지 몸무게는 180킬로그램이 넘어 있었습니다. 두 명의 구급요원은 아버지를 도저히 들어 올릴 수 없었습니다. 할 수 없이 막대기를 등짝 뒤에 넣어 지렛대의 힘으로 몸을 굴려 들것에 옮겼습니다. 그러나 들것을 들 수 없었습니다. 다시 바퀴 달린 들것에 옮겨 놓은 후, 미닫이문 두 짝을 들어내고, 철제 대문의 양쪽을 빼내고서야, 좁디좁은 집에서 아버지를 옮겨 낼 수 있었습니다.

그때 아버지의 바지 주머니 안에서 후루룩 떨어지던 은단을 잊을 수 없습니다. 반짝반짝 빛나는 은단은 요술 가루처럼 아버지가 지나간 골목길에 하얗게 뿌려졌습니다. 구급차에 옮겨지자 그나마 느리게 뛰던 아버지의 심장은 완전히 멈췄습니다.

안타까웠던 것은 아버지의 죽음을 함께 즐거워할 어머니가 곁에 없었다는 겁니다. 어머니는 아버지가 죽기 두 달 전 차에 치여 죽었습니다.

그날따라 어머니는 아버지의 모진 매질을 견디지 못했던지 대문을 열고 뛰쳐나갔습니다. 뚱뚱한 아버지가 더 이상 쫓아오지 못할 것이 분명한데도 어머니는 계속 뛰다가 골목길에서 나오는 차를 피하지 못하고 죽고 말았습니다.

맞아 죽을 것 같았던 어머니는 차에 치여 죽었고 차에 치여 죽을 것 같았던 아버지는 배가 터져 죽었습니다.

전 울지 않았습니다. 비로소 자유를 얻었는데 왜 울겠습니까.

생각지도 못하게 아버지는 보험을 들었더군요. 보험금의 액수가 상당히 컸습니다. 다행이라고요? 전혀 그렇지 않았습니다. 제가 말씀드리지 않았던가요. 전 한순간도 행복을 느끼지 못하도록 운명지어졌다고 말입니다.

보험금 덕분에 다시 자유롭지 못한 처지가 되고 말았습니다. 한 번도 본 적 없는, 이름도 들어 본 적 없는, 존재가 있는지조차 몰랐던 큰아버지란 작자가 나타나 저를 부양하겠다고 나선 겁니다.

큰아버지는 사창가 부근에서 만물상을 하고 있었습니다. 다섯 평도 안 되는 그곳엔 별의별 물건들이 다 있었습니다. 양은 냄비와 수저, 도마, 빨래판에서부터 귀후비개, 무좀약, 구두 밑창, 우산, 콘돔, 성 용품, 석유와 얼음, 그리고 빨간 비디오테이프까지. 상황에 따라선 있으나 없으나 그게 그거지만, 없으면 불편할 온갖 물건들이 가득 들어차 있었습니다. 저는 만물상 옆쪽 창고를 치워 한편에서 살아야 했습니다. 그 방은 가게 앞문을 잠그면 나갈 수 없었습니다. 난방은 가로세로 1미터 남짓한 크기의 전기요로 해결했습니다. 여름에는 가게에 도둑이 들까, 문도 열어 놓을 수 없었습니다. 물건들과 함께 기나긴 여름밤의 찜통 같은 더위를 견뎌 내야 했지요.

왜 그동안 큰아버지가 아버지에게 연락하지 않았는지 알 것 같았습니다. 큰아버지는 지독한 구두쇠였습니다. 행여나 자신에게 손을 벌리거나, 아쉬운 소리를 할까 두려워했습니다. 큰아버지는 아버지와 달리 몸피가 굉장히 작고 말랐습니다. 손은 닭발처럼 살거죽이 뼈에 들러붙어 있었으며 팔은 힘줄이 툭툭 튀어나와 있었고 가시처럼 얇았습니다.

반면에 큰어머니는 살집이 아주 좋았습니다. 성격이 서글서글하고 음식 솜씨도 그만이었습니다. 하지만 큰아버지는 큰어머니를 좋아하지 않았습니다. 큰아버지는 큰어머니가 헤프다고 믿고 있었죠.

큰아버지에겐 한 가지 신념이 있었는데, 그것은 섹스를 하지 않아야 무병장수할 수 있다는 것이었습니다. 큰아버지는 가급적 큰어머니와 성관계를 갖지 않았고 성욕이 참을 수 없을 만큼 가득 차오를 때, 큰어머니에게 입으로 해 달라고 요구했습니다.

이런 사실을 어떻게 알았느냐고요? 큰어머니가 말해 줬기 때문입니다. 큰어머니는 제게 편하게 말했고 이런 대화가 정말 아무렇지도 않았습니다.

"그 인간 거시기 작은 거 콤플렉스잖아. 지가 아무리 용써 봤자 내가 만족하지 못할 게 뻔한 걸 안 게지. 그래도 말이야. 맨날 지만 빨아 달라는 게 말이 돼? 아주 날 거시기 싸개만도 못하게 본다니까. 난 뭐 성욕도 없나?"

그러면서 큰어머니는 빙그레 웃었습니다. 그러면 나는 고개를 숙였지요. 그게 전부였습니다. 정말이지 큰어머니와는 아무 관계도 아니었습니다. 그때 제 나이 열일곱이었지만, 성적으로는 열세 살 정도밖에 안 되었다고 생각합니다. 그런데도 큰아버지는 공연히 저와 큰어머니를 의심했습니다.

제가 석유나 얼음 배달을 갔다가 들어오면 여지없이 큰아버지는 큰어머니를 때렸습니다. 제가 그걸 말릴 수 있느냐, 하면 물론 아니었죠. 그렇지 않겠습니까. 제 어미, 아비 싸울 때도 안 말렸는데, 무슨 정이 새롭다고 큰아버지와 큰어머니를 말리겠습니까. 배달용 스쿠터를 세워 놓고 담배를 피우며 한바탕의 내전이 끝날 때까지 기다리곤 했습니다.

큰어머니에겐 진짜 애인이 있었습니다. 애인이란 사내 역시 변변치 않아서 만물상이나 다름없는 직업을 갖고 있었습니다. 그는 흰색 다마스에 성 용품을 가득 담아 한갓진 차도나 국도 옆에 세워 놓고 파는 사내였지요. 그는 우리 만물상에 물품을 대 주었습니다. 큰아버지는 얼음을 저장해 놓는 냉장고에 성 용품을 넣어 팔곤 했는데 이게 입소문이 나서 꽤 많이 팔렸습니다.

다마스 사내는 2주에 한 번, 큰아버지가 물건을 떼러 시장을 갈 때마다 오곤 했습니다. 사내는 가게 앞에 다마스를 주차하고 (미리 준비해 놓은) 물건을 담은 부대를 제게 던졌습니다. 1분 1초가 아깝다는 듯 큰어머니는 재빨리 다마스에 올라탔습니다. 큰어머니는 제게 윙크를 했고 저는 그들의 외도에 공범자가 되었습니다. 사내는 큰어머니를 싣고 한적한 골목길에 주차를 해 놓았고 차는 한참 동안 들썩였습니다. 20여 분 후 발그레한 얼굴의 큰어머니가 차에서 내렸고, 큰어머니는 가게까지 흐느적흐느적 걸어왔습니다.

그러나 어처구니없이 사건은 터지고 말았습니다. 모든 것은 다마스 사내에게서 선물 받은 양가죽 콘돔 때문에 일어난 일입니다. 사실 선물이라 하기엔 좀 그렇고 신형 콘돔에 사은품으로 붙어 있는 것을, 사내가 몇 통 건네준 것에 불과한 겁니다. 제가 콘돔을 사용할 수 있는 여건이 되는 것도 아니고 (아까도 말했지만 당시 제 성적 수준은 열세 살 정도였습니다.) 그저 호기심에 기분이 어떤지나 알아

보기로 했습니다. 분명히 말하지만 그동안 했던 마스터베이션의 등장인물은 결코 큰어머니가 아니었습니다. 한마디로 제 스타일이 아닙니다. 전 큰어머니나 어머니처럼 살집이 있거나 키가 큰 여성들은 딱 질색입니다. 그날은 어찌 된 일인지 (아마도 다마스 사내가 준 콘돔이라 그런 것 같습니다.) 자꾸 큰어머니의 모습이 떠오르더군요. 저는 몇 번 만에 사정을 했고, 갑자기 몰려오는 졸음을 견디지 못하고 콘돔을 베개 옆에 던져 놓은 채 잠이 들었습니다.

누가 흔들어 깨운 것도 아닌데, 이상한 기운 때문에 눈을 떴습니다. 눈앞엔 눈알이 시뻘건 큰아버지가 칼을 들고 떡하니 앉아 있는 게 아닙니까. 공포 영화가 따로 없었습니다. 저는 몸을 옆으로 옮기려 했지만, 방이 워낙 좁아서 더 이상 갈 곳도 없었습니다.

"큰아버지, 왜 그러세요?"

큰아버지는 야비하게 웃으며 눈꺼풀을 바르르 떨었습니다.

"네가 몰라서 묻냐? 이제 아주 내 앞에다 이런 걸 갖다 놓는구나. 응?"

그러면서 제가 지난밤 사용해서 흐물흐물해진 정액이 담겨 있는 콘돔을 얼굴 위로 철퍼덕 던지는 게 아니겠습니까.

"아니에요. 아니에요."

큰어머니와의 관계를 의심하는 것이 분명했기에 (큰어머니를 떠올리며 했던 마스터베이션이 찔리기도 해서) 저는 계속 아니라는 말만 할 수밖에 없었습니다. 살의로 번들거리는 큰아버지는 칼자루를 꼭 쥐고는 높이 들어 올렸습니다.

제 나이 열일곱이었습니다. 영양 섭취를 제대로 하지 못해 또래보다 키도 작고 몸도 말랐지만, 한창 힘이 솟고 피가 뜨거운 10대란 말이죠. 전 큰아버지의 손목을 잡아 벽에다 메다꽂고 일어섰습니다. 큰아버지는 칼자루를 떨어뜨리고 '어이쿠' 하며 바닥에 나가떨어졌습니다. 신발도 제대로 신지 못하고 저는 급히 창고방에서 뛰쳐나갔습니다.

왜 그가 왔는지 몰랐는데, 다마스 사내가 마침 가게로 들어왔습니다. 사내는 콘돔과 자위 기구가 들어 있는 종이 상자를 두 손에 든 채 몸으로 문을 밀고 들어왔습니다. 그는 눈을 휘둥그레 뜨고 멍하니 서 있었지요. 큰아버지는 다시 칼을 잡아 들고 내 뒤를 쫓아 튀어나왔습니다. 다마스 사내는 큰아버지가 자기에게 칼을 들고 쫓아 나오는 거라고 생각했는지, 상자를 큰아버지에게 던졌습니다. 그 바람에 큰아버지는 칼을 떨어뜨렸습니다. 저는 사내 뒤로 숨었고 큰아버지는 사내를 주먹으로 팼습니다. 큰아버지는 사내가 나를 편든다고 생각한 모양이었습니다. 사내는 바닥에 벌러덩 나뒹굴었고 그러면서 바닥에 떨어졌던 칼을 쥐었습니다. 순식간이었습니다. 다마스 사내는 큰아버지의 허벅지에 칼을 꽂았습니다.

큰아버지는 비명을 질렀습니다. 그때 저는 사내의 목을 두 손으로 움켜쥐고 졸랐습니다. 큰아버지를 도와주겠다는 마음은 털끝만큼도 없었는데 말입니다. 정신을 차리고 손에 힘을 풀자, 사내는 앞으로 푹 거꾸러졌습니다. 큰아버지는 사내의 죽음에 전혀 동요하지 않았습니다. 신음 소리를 내며 자신의 허벅지에 꽂혔던 칼을 뽑았습니다. 그 자리에서 피가 흘러나왔습니다. 제가 멍하니 서 있자, 큰아버지는 죽은 사내를 다른 쪽 발로 밀쳐 내더니 "가서 수건이나 가져와. 피가 계속 나잖아." 하며 인상을 찌푸렸습니다. 저는 바닥에 엎어져 있는 사내와 바닥에 흐르는 피를 밟지 않으려고 까치발로 걸어, 가게 선반 위에 걸려 있는 수건을 가져왔습니다.

 큰아버지의 초라한 등짝을 바라보았습니다. 그의 작은 등짝은 거친 숨소리와 함께 들먹거렸습니다. 역겨운 악취가 올라오기 시작하더군요. 저는 수건으로 손바닥을 감았습니다. 냄새 때문이었습니다. 냄새가 너무 심해 숨조차 쉴 수 없을 정도였습니다. 그러곤 바닥에 뒹굴고 있는 피 묻은 칼자루를 조심스럽게 쥐었습니다. 납작한 칼자루는 손바닥에 찰싹 달라붙었습니다. 다른 선택을 할 겨를이 없었습니다. 그 칼을 큰아버지의 옆구리에 꽂았습니다. 한 번, 두 번, 세 번까지 세었지요. 나중에 알고 보니 총 다섯 번을 꽂았다고 하더군요. 큰아버지는 비명도 지르지 않았습니다. 눈을 크게 뜨고 뭐라고 입술을 달싹거리다가 고개를 옆으로 떨어뜨렸습니다. 저는 수건으로 칼자루를 깨끗이 닦은 후, 다마스 사내의 손에 쥐여 주었습니다. 방에 들어가 정액이 묻은 콘돔을 주머니에 넣은 후, 조용히 신고 전화를 걸었습니다.

 조금만 더 주의 깊게 사건 현장과 시체를 살펴보았다면, 다마스 사내의 목덜미에 난 손자국의 크기가 큰아버지의 얇은 손가락보다는 약간 더 크다는 점을 발견했을지도 모릅니다. 하지만 수사는 허술하기 짝이 없더군요.

 아, 선생님처럼 명민하신 분이 그 수사를 맡았다면 분명히 전 잡혔을 겁니다. 이걸 다행이라 할까요, 아니면 불행이라 할까요. 단언컨대 그건 불행이라고 저는 생각합니다.

수사를 탓할 수도 없었습니다. 누가 보더라도 치정 살인이 분명한 데다가, 이 사실에 이의를 달 사람은 없었으니까요. 큰어머니는 사내와의 불륜 행각을 횡설수설하며 술술 불어 댔습니다. 큰어머니는 큰아버지에게 불륜을 들킨 거라고 생각하더군요. 그날 다마스 사내는 전날 주었던 콘돔을 반품시킨다는 명목으로 큰어머니와 데이트를 즐기러 온 거였다고 합니다.

저는 큰어머니 대신 한 달가량 만물상의 물건을 팔다가, 돈을 훔쳐 나와 서울의 이곳저곳을 돌아다녔습니다. 그 뒤 10년이 어떻게 흘렀는지 모릅니다. 그 기간 동안 아무도 죽이지 않았고, 아무도 때리지 않았습니다. 다른 이들은 절 때리고 욕하기도 했지만, 전 참았습니다.

처음엔 시설이 썩 괜찮은 여관에서 몇 개월 지내며 빈둥거리다가, 돈이 떨어진 이후부터는 한 평도 안 되는 벌집 같은 쪽방에서 지내야 했습니다. 3층짜리 건물은 아주 작은 방들로 나뉘어 있었고 화장실 겸 세면실은 1층에 딱 하나 있었습니다. 벽과 문이 있고 천장이 있다는 것이 '노숙'하는 것과의 차이일 뿐 겨울에는 난방이 되지 않아 보름에 한두 명은 얼어 죽었습니다. 그나마 저는 전기방석을 깔아 놔서 겨우 얼어 죽지 않을 정도였죠. 여름엔 벽에 뚫린 조그만 환기창을 열어 환기도 시켜 주었습니다. 벽에 달려 있던 선반도 고쳐서 새로 달았습니다. 그러나 그 방은 집이 아니었기에 어떤 애착도 생기지 않았습니다. 비가 샐 때도 자주 있었고 겨울엔 외풍이 너무 세서 이가 갈리도록 화가 나기도 했습니다. 특히 벽 하나를 사이에 둔 옆방 노인이 밤이면 끙끙 앓아 대는 소리를 듣느라, 잠도 제대로 이룰 수 없었습니다. 한밤 내내 '아이고 나 죽겠네', '아파 죽겠네', '이러느니 죽고 말지', 이러면서 끙끙 앓는 소리를 내더군요. 주먹으로 벽을 쿵쿵 때려도 소용없었습니다. 더 화가 나는 건, 아침이면 말짱한 모습으로 일어나 1층 화장실 긴 줄 뒤에 서서 기어코 세면을 마치고 나오는 노인네의 뒷모습을 바라보는 것이었습니다. 그때마다 얼마나 화가 나던지요. 저 노인네는 왜 겨울에도 얼어 죽지 않는지, 하늘이 원망스러웠습니다.

그때 전 아파트 현장에 가구와 싱크대 등을 설치 보조 하는 일을 하고 있었습니다. 가구를 날라 자리에 배치해 놓으면 기술자들이 설치했습니다. 잘해야 하루 두 건 정도 할 수 있었지만 일은 끔찍하게 고되었습니다. 건당 4만 원 정도 받았는데 오전, 오후 두 집을 뛰면 이틀은 꼼짝없이 누워 지내야 했습니다. 기술을 배워 보려고 했지만 그것도 쉽지 않더군요. 어깨너머 배우려고 기웃거릴라치면 그것도 기술이라고 이를 드러내며 노려보더군요.

좁은 방 안에 다리도 제대로 펴지 못하고 누운 채 천장을 바라보며 제가 무슨 생각을 했겠습니까. 쥐 오줌과 곰팡이로 얼룩진 천장, 그리고 싸구려 벽지가 흉물스럽게 뜯겨진 벽을 바라보며 그저 시간이 흘러가기를, 아무런 희망도 갖지 않은 상태가 될 때까지 몸도 마음도 소진되기만을 '희망'했습니다.

이 고결한 마음을 옆방 노인은 더럽혔습니다. 정말이지 단 하루라도 앓는 소리를 내지 않는 날이 없었습니다. 매일 밤 잠꼬대하듯 '죽겠다'라고 중얼거렸습니다. 그리고 도무지 알아들을 수 없이 웅얼거리는 말들. 처음에는 누구와 끊임없이 소곤거리는 게 아닌가 싶었습니다. 밤새 자지 않고 나를 괴롭힐 요량이라도 부리는 사람처럼 말입니다.

그러던 어느 날, 한 남자가 저를 찾아왔습니다. 남자는 들어오자마자 제게 봉지쌀을 안겨 주더군요. 처음엔 교회나 성당에서 나온 사람인 줄 알았습니다. 남자는 제게 명함을 주었습니다. 대출 담보나 인력 소개소 같은 전단지 명함이 아닌, 흰 종이에 인쇄된 명함을 받아 본 적은 그때가 처음이었습니다. 하얀 명함에는 '한우리도시연구소'라는 까만 글씨가 찍혀 있었습니다. 남자가 명함을 건네줄 때 어떤 냄새가 났는지 아십니까. 그것은 과일 향이었습니다. 사과나 감같이 흔히 볼 수 있는 과일이 아니라 텔레비전에서나 볼 수 있는, 이름도 알 수 없는, 이국적인 열대 과일에서 날 법한 그런 향 말입니다. 물론 그런 과일을 먹어 본 적도 향을 맡아 본 적도 없지만 능히 그럴 듯싶은 냄새가 났습니다.

남자는 단어를 가려 가며 무척 어렵게 말했습니다. IMF 이후 쪽방 주거민의 실태에 대해 간단한 설문 조사를 한다면서 협조해 달라고 하더군요. 저는 쌀을 받았기 때문이 아니라, 순전히 향기에 매혹되어 설문에 응했습니다. 남자는 한 달 수입이 얼마인지, 주로 어떤 일을 하는지 묻더니 주제넘게 어떻게 쪽방까지 흘러들어 왔는지 꼬치꼬치 캐묻더군요. 순간 이 남자가 완전범죄로 끝난 저의 범죄에 대해 알고 찾아온 것은 아닌가 의심했습니다. 그러나 그것은 아닌 것 같았습니다. 남자는 옆방 노인의 과거를 제게 조금 흘리더군요.

"옆방 노인분 말이에요. 그분은 그동안 본인이 생활보호 대상자로 지정되었다는 사실조차 몰랐습니다. 저희와 면담 가운데 가출한 부인이 있다는 것을 말씀해 주셨고 저희 한우리도시연구소에서 행방을 추적한 결과 부인께서 사망하신 것을 알게 됐거든요."

제가 과거 이야기를 꺼리고 있다는 것을 눈치챈 남자는 이렇게 에둘렀습니다. 저는 띄엄띄엄 말했습니다. 불행의 모습은 모두 다르지만, 사실 그건 전혀 새롭지 않았습니다. 새롭진 않지만 거기엔 가장 개성 있는 음습한 기운이 서려 있습니다. 이하의 생활이 있을 수 없다는 비참함을 깨는, 더 밑바닥의 생활이 대기하고 있는 게 또 이쪽 생활입니다.

남자는 어쩌면 참으로 평범한 제 과거를, 여기 쪽방촌에 살고 있는 사람들 가운데 순위를 매긴다면 그리 불행하지 않을 수도 있는 그런 이야기를 열심히 적었습니다.

"죄송하지만 이 이야길 제 소설에 조금 인용해도 될까요?"

남자는 얼굴이 발갛게 상기된 채 묻더군요. 별 이상한 사람이 다 있구나 생각하며 저는 고개를 끄덕였습니다.

이야기가 끝나 갈 무렵, 옆방 문이 열리는 소리가 들렸습니다. 지긋지긋한 노인네의 웅얼거림도 시작되었지요. 남자는 필기구와 작은 수첩을 가방에 넣더니 공손하게 자리에서 일어섰습니다. 남자는 들어올 때와 마찬가지로 허리를 굽혀 인사를 하고 악수를 하기 위해 손을 내밀었습니다. 저는 남자의 보드라운 손과 악수했지요. 남자의 뒷모습을 바라봤습니다. 그의 엉덩이엔 제 방에서 묻은 것이 분명한 실오라기가 붙어 있었습니다. 실오라기는 떨어질 듯 말 듯하며 끈질기게 붙어 있었습니다.

남자가 옆방 노인과 인사 나누는 목소리가 벽을 타고 들려왔습니다. 저는 가만히 벽에 귀를 댔습니다. 남자는 노인에게 지난달부터 3만 원씩 용돈이 입금되었는데 받았느냐고 묻더군요. 노인은 뭐라고 지껄였고 남자는 낮게 웃었습니다. 남자는 저와 비슷한 질문을 노인에게 했고 노인은 계속 웅얼거렸으나 도무지 무슨 말인지 알아들을 수가 없었습니다. 어디선가 하수구 냄새가 났습니다. 그땐 그게 손에서 나는 냄새라는 걸 몰랐습니다. 쪽방에선 어디서나 이상한 냄새가 피어올랐으니까요.

다음 날 아침, 저는 일찌감치 노인을 따라나섰습니다. 노인은 지하철을 돌아다니며 신문지를 주워 자루에 담았습니다. 그것을 질질 끌고 올라와 지하철역 입구에 묶어 놓은 자신의 리어카에 실었습니다. 노인은 리어카를 끌고 동네를 슬렁슬렁 돌며 폐휴지를 주웠습니다. 가끔 길거리에 주저앉아 한숨을 내쉬기도 하고 담배를 꺼내 몇 모금 빨다가, 불씨를 털어 내 다시 주머니에 집어넣었습니다. 오후가 되자, 가게에서 빵 하나와 소주 한 병을 사더니 놀이터 벤치에 앉아 점심으로 때우더군요. 빵을 손가락으로 조금 떼어 입에 넣고는 지루할 정도로 오랫동안 씹었습니다. 소주병을 들어 몇 모금 마시고는 또 한동안 멍하니 앉아 있었습니다. 그의 앞으로 비둘기가 날아와도 쫓지 않았고 정물처럼 가만히 앉아 있었지요. 빵을 다 먹고 나자, 소주는 반병쯤 남아 있었습니다. 노인은 술을 더 마시지 않았습니다. 소주병의 뚜껑을 단단히 닫았습니다. 품에서 비닐봉지를 꺼내 병 입구를 둘둘 말아 호주머니 안에다 소주병을 집어넣었습니다. 저도 품 안에 있는 망치를 만져 보았습니다.

노인은 다시 길을 나섰습니다. 아침보다 더 천천히 길을 걷기 시작했습니다. 저는 노인 옆으로 다가갔습니다. 노인은 저를 흘낏 보고는 다시 앞만 보며 걸어갔습니다. 그렇게 함께 걸었습니다. 몇 개의 골목길을 지났습니다. 낮에 노인이 지났던 공업사와 반찬 가게와 유통사를 지났습니다. 노인은 리어카를 멈추더니 저를 돌아봤습니다.

"우리 어디서 봤죠?"

노인은 멍한 눈빛으로 저를 돌아봤습니다. 저는 아무 말도 안 하고 그저 빙그레 웃었습니다.

"글쎄요."

그러자 노인은 이가 다 빠진 볼을 우물거리더니 또 걷기 시작했습니다. 저는 노인을 따라 한참을 걸었습니다. 그의 뒷모습을 보고 있노라니 마치 저의 미래를 보는 것 같아 매우 불쾌해졌습니다. 어둠이 내리고 있었습니다. 작은 동네 골목골목마다 참 많은 집들이 있더군요. 이윽고 저는 계획을 실행하기로 했습니다. 노인의 소원을 들어주기로 말이지요.

"제가 일하는 공업사가 말이에요. 이 동네로 이사를 왔거든요. 종이 상자가 많이 나왔는데 싣고 가실래요?"

노인은 리어카를 멈췄습니다. 전 뒤돌아 걸었습니다. 노인이 따라오는 소리가 들렸습니다. 미끼에 걸려든 먹잇감을 처치하는 것은 아주 쉬웠습니다. 한적한 공터에 도착했을 때 해는 완전히 저물었습니다.

"얼마나 더 가야 하죠?"

노인은 낮게 숨을 몰아쉬었습니다. 저는 고개를 끄덕이며 노인에게 다가갔습니다. 담배 한 대를 주자 노인은 그걸 피우지 않고 품에 넣었습니다. 대신 호주머니에서 담배꽁초를 꺼내 불을 붙였습니다. 낮에 피우다 말고 불씨를 끄고 집어넣었던 것이 분명했습니다. 노인은 볼을 홀쭉하게 당겨 담배를 빨았습니다. 저는 품에서 망치를 꺼내 들었습니다. 이 순간 왜 망치를 꺼냈는지 노인은 전혀 이해하지 못하는 눈치였습니다. 어디선가 야옹야옹 고양이 울음소리가 들렸습니다. 노인의 눈빛이 조금 떨렸습니다. 저는 망치로 노인의 머리를 내려쳤습니다. 아주 간단했습니다. 노인은 '억' 하는 단말마를 내지르고 그대로 주저앉았습니다. 저도 모르게 이맛살이 찌푸려지더군요. 주위를 돌아봐도 고양이는 보이지 않았습니다. 공터의 어둠은 더욱 짙게 내려앉았습니다. 낡은 리어카를 끌어당겼습니다. 땅바닥에 엎어진 노인의 몸 위로 리어카를 세웠습니다.

그릇 부딪치는 소리, 창이나 대문을 타고 들려오는 집집마다의 독특한 소음들은 변하지 않았습니다. 그리고 그곳엔 제가 들어갈 수 없다는 것, 그것마저 변하지 않았습니다. 저는 여러 개의 골목길을 돌아 제가 사는 방으로 돌아왔습니다.

뉴스에 나온 것처럼 죽은 노인의 호주머니를 뒤져 돈을 훔친 건 아니었습니다. 돈은 그대로 두고 단지 노인의 주머니에서 통장만을 꺼냈습니다. 돈을 인출할 생각은 애초부터 없었습니다. 생활보호 지원금으로 얼마나 받는지, 그토록 궁상으로 살면서 얼마나 저축했는지 궁금했을 뿐입니다.

제가 죽인 노인을 자신이 죽였다는 연쇄살인범 이현식은 단돈 몇만 원을 뺏기 위해 죽였다고 말했지만, 그는 분명 제가 죽였습니다. 다른 이는 몰라도 노인의 경우만은 양심에 하나도 꺼릴 게 없습니다. 매일 밤, 죽겠네, 죽고 싶네, 하던 노인의 소원을 들어준 것뿐이니까요.

다음 날 아침, 짐을 챙겨 진해로 내려갔습니다. 서울을 떠나야겠다는 생각에 무조건 기차를 타고 갔는데 거기가 진해였습니다. 앞에서 말씀드린 것처럼 조선소에도 한 달 정도 있었습니다. 일이 너무 고되어 오래 있진 못했습니다. 그냥 굶어 죽지 않을 정도로 돈을 벌 수 있는 일이라면 뭐든지 했습니다. 서른 살이 되는 날엔 부산항까지 흘러들어 와 있었습니다. 부산에선 여관을 하나 잡아 항구 잡역부로 일했습니다. 가끔 일본으로 가는 밀수품을 나르기도 했는데 그런 날은 다른 날보다 품삯을 더 받았습니다.

어느 날 새벽, 일을 하기 위해 여관의 유리문을 열고 나서는데 또 냄새가 나기 시작하더군요. 처음에는 길가의 수챗구멍에서 기어올라오는 하수구 냄새인 줄 알았습니다. 항구에 도착하자 저와 같은 잡역부들 서넛이 군불을 쬐고 있었습니다. 저 역시 그들 옆으로 다가가 손바닥을 비비며 불을 쬐었지요.

"혹시 무슨 냄새 안 나나?"

저는 웃으면서 그들에게 물었죠.

"무슨 냄새?"

"하수구 냄새 같은."

새치가 유난히 많은 20대 청년이 대답했습니다.

"갯냄새밖엔 안 나는데요."

그 옆에 있던 '박'이란 자가, 자기 입 옆으로 두 손을 모아 후 불더니 대답했습니다.

"며칠째 계속 술을 마셔 댔더니, 속이 썩어 문드러지는지 자꾸 하수구 냄새가 목구멍으로 기어 나오던데. 내 입 냄새를 말하는 건가?"

하지만 그것도 아닌 것 같았습니다. 저도 그 '박'이란 사내처럼 두 손을 들어 입가에 나팔처럼 그러모았습니다. 그때 알았습니다. 냄새는 제 손바닥에서 기어 올라오는 것이라는 걸. 저는 불안해지기 시작했습니다. 더 이상 이곳에 있으면 안 될 것 같은 불길한 예감이 들었습니다. 저란 인간이 의지할 수 있는 것은 오로지 저 자신밖에 없습니다. 그러니 그런 '예감'이 들었다면, 본능대로 행동하는 수밖에 없지 않겠습니까. 제겐 본능이 종교였으며 육감이 세상을 살게 하는 교훈이었으니까요.

그다음은 선생님도 아는 일입니다.

저는 부산에서 대구까지 가는 덤프트럭을 얻어 탔습니다. 동대구 터미널에서 강남 터미널까지 가는 고속버스를 탔지요. 강남 터미널까지 가기 전 들른 휴게소에서 내린 저는 다시 버스에 올라타지 않았습니다.

11월 말, 밤 10시쯤 되었으니 날은 어둡고 바람도 차가웠습니다. 그렇지만 손에서 나는 악취 때문에 더 이상 버스 안에 있을 수 없었지요. 차라리 차가운 밤공기를 맞으며, 춥더라도 걸어가는 게 낫다고 판단한 것입니다.

얼마나 걸었을까. 저만치 앞에서 주황색 전구가 요란하게 빛을 밝히고 있는 흰색 다마스를 한 대 발견했습니다. 물론 옛날 생각이 났지요. 나의 완전범죄를 도모해 주고 죽어야 했던 그 사내를 말이죠.

그냥 지나치려고 했습니다. 다마스 운전석 옆 유리창이 조금 내려가더니 거기서 한 남자가 얼굴을 내밀며 저를 부르더군요. 뒤를 돌아봤습니다. 놀랍게도 바로 그 사내의 얼굴과 같았습니다. 제가 목을 졸랐던, 큰어머니와 그 짓거리를 했던 사내 말입니다. 저는 그를 쳐다보았습니다. 사내는 히죽히죽 웃었습니다.

"일본 인형 한번 만져 보실래요?"

저는 꿈이라도 꾸듯 고개를 끄덕였습니다. 사내는 차 뒤로 몸을 숙이고 무언가를 꺼냈습니다. 차 문을 열더니, "날도 추운데 들어오셔서 한번 보세요." 하며 저를 안으로 들어오라고 하더군요.

말랑말랑한 실리콘 인형이었습니다. 얼굴은 제법 예쁘기까지 했고 열댓 살 먹은 여자아이 크기였습니다. 유두가 달린 젖까지 있었습니다. 사내는 덧니를 드러내며 웃었습니다. 앞니는 그때와 마찬가지로 누렇게 변색되어 있었습니다. 사내는 인형의 질에 해당되는 아랫도리 구멍에 손가락을 넣었습니다.

"자, 한번 손가락을 여기에 넣어 보세요. 기가 막히다니까요."

그러면서 웃었습니다. 저는 손을 들었습니다. 사내는 계속 히죽거렸습니다.

저는 그 손으로 사내의 목을 졸랐습니다. 사내가 얼마나 거칠게 반항을 했는지 지금도 제 얼굴엔 흉터가 남아 있습니다. 사내는 손으로 제 얼굴을 잡아 뜯고 윗옷에 달린 호주머니를 뜯었습니다. 그러니 도저히 사내가 완전히 숨이 넘어갈 때까지 목을 조를 수 없었습니다. 손목에 힘이 너무 빠지더군요. 저는 사내의 목에서 손을 떼어 그의 콧구멍 밑에 가져다 댔습니다. 얕은 숨이 느껴졌습니다. 사내는 기진맥진한 채 쓰러져 있었습니다. 저는 윗옷을 벗었습니다. 더웠거든요. 그리고 옷을 수건처럼 길게 접은 후 그의 목에 둘렀습니다. 양쪽으로 끝을 잡아당겨 마저 숨을 끊었습니다.

목숨이 끊긴 사내의 모습은, 평범하기 그지없었습니다. 너무 흔한 인상이었죠. 그 사람이 예전 큰어머니의 연인과 닮았다고 해도 그렇구나 싶고, 하나도 닮지 않았다고 해도 수긍이 가는 그런 인상 말입니다.

그런데 왜 그 사내 목을 졸랐느냐고요? 지금 와서 생각해 보니 저도 모르겠군요. 왜 그 사낼 꼭 죽였어야 하는지 말입니다. 굳이 이율 말하자면 떨떠름한 첫 살인의 매듭을 짓고 싶었습니다.

아닙니다. 단지 제 손에서 나는 악취 때문이었어요. 냄새가 그를 죽이도록 했던 겁니다. 손에 달라붙어 있는 그 악취가 저를 살인자로 내몬 것뿐입니다. 거기엔 그 어떤 이유도 원한도 상처도 없습니다.

저는 도로를 걸었습니다. 헤드라이트 불빛이 위협적으로 다가와 쏜살같이 사라졌습니다. 걸을수록 걸음은 계속 느려지더군요. 한 발 한 발 내딛는 것이 이렇게 힘든지 몰랐습니다. 저는 잠시 주저앉았습니다. 그리고 담배를 하나 꺼내 피웠습니다. 가슴이 답답해져 오더군요. 불씨를 버리고 남은 꽁초를 호주머니에 넣었습니다. 그 노인처럼 말이지요. 다시 일어나 걸었습니다. 아주 천천히 걸음을 떼었습니다. 아비보다 더 굼뜨게, 노인보다 더 신중하게 발을 내딛었습니다. 밤하늘이 부옇게 빛나고 있었습니다. 손바닥에선 더 이상 냄새가 나지 않더군요. 세상은 온통 악취로 들끓고 있었으니까요.

에필로그

살인자의 편지는 여기서 끝을 맺고 있었다. 손을 씻고 다시 소파에 앉아 편지지를 들고 냄새를 맡아 보았다. 아무 냄새도 나지 않았다. 펜촉에서 난다는 향도, 그의 손에서 난다는 악취도 없었다.

난 인터넷으로 살인범 이현식의 기사를 살펴보았다. 강력 1팀 정래식 경위가 특진한 것도, 동자동 놀이터에서 무의탁 노인이 살해당한 것도, 성 용품을 파는 사내가 살해된 것도 사실이었다. 그렇다고 해서 이 편지의 내용이 모두 사실일 거라는 생각은 하지 않았다.

나는 다시 편지를 가지고 정래식 경위를 찾았다. 우편물 봉투 수신인에는 내 이름이 적혀 있지만 편지의 내용상 수신인은 엄연히 정래식 경위였다.

정래식 경위는 시큰둥한 표정으로 편지를 대충 훑어보았다.

"한마디로 과대망상이네요. 손에서 냄새가 난다는 말도 그렇고. 이상하잖습니까. 연쇄살인범 이현식이 자기가 죽이지도 않은 사람을 왜 죽였다고 자백하겠습니까? 안 그래요?"

나는 약간 난처한 기분이 들었다.

"이현식 사건은 이미 수사 종결됐어요. 가뜩이나 사형 폐지다 뭐다 해서 유가족들 심기 불편한데 괜한 말 하지 마세요."

정래식 경위는 그렇게 말하고는 편지를 다시 봉투에 집어넣었다.

"만일 연쇄살인범 이현식이 죽인 게 아니라면 어떻게 되는 거죠?"

나는 그의 손을 잡고 조심스럽게 물었다. 정래식 경위는 한쪽 입술을 어슷하게 올렸다.

"그런 일은 절대 없습니다."

그러자 옆에서 듣고 있던 형사 하나가 말을 맞받아쳤다.

"정 경위님 특진은 그래도 유효한 거죠?"

주위에 있던 형사들은 농담하듯 깔깔댔고 정래식 경위의 표정은 싸늘하게 굳었다. 정래식 경위는 가벼운 거수경례를 했고 나는 편지 봉투를 가슴에 안은 채 집으로 돌아왔다.

집에 돌아오자 이번엔 또 다른 봉투가 우편함에 들어 있었다. 역시 깨알 같은 글씨로 수신인엔 내 이름 석 자가 적혀 있었는데 그 옆엔 내가 그에게 주었던 것이 분명한, 한우리도시연구소 이건수 간사라고 인쇄된 명함이 붙어 있었다.

서둘러 봉투를 열었다. 그 안엔 통장이 들어 있었다. 조심스럽게 통장을 펴 보았다. '최일성' 명의의 통장, 바로 그 노인의 통장이었다. 매달 17만 원이 구청에서 입금되었고, 한우리도시연구소에서 3만 원이 입금되어 있었다. 무의탁 노인을 위한 위로금이었다.

노인은 매일 3000원에서 1만 원가량 폐휴지를 수거하는 대로 입금했고 월세와 식비를 위해 매달 초 10만 원에서 20만 원씩 출금했다. 그러던 것이 2000년 2월을 마지막으로 더 이상의 기록은 없었다.

나는 통장과 우편물을 앞에 포개어 놓고 바라봤다. 이 우편물은 애초부터 정래식 경위가 아닌, 내게 보낸 것이 확실했다. 그는 내가 포기했던 일을 다시 시작하도록 재촉하고 있었다. 난데없이 이국적인 과일 향이 나는 빈민촌 소설이 아닌, 익숙해지지도 떼어낼 수도 없는, 그의 손바닥에서 나는 그런 '냄새'나는 글을 쓰도록 말이다.

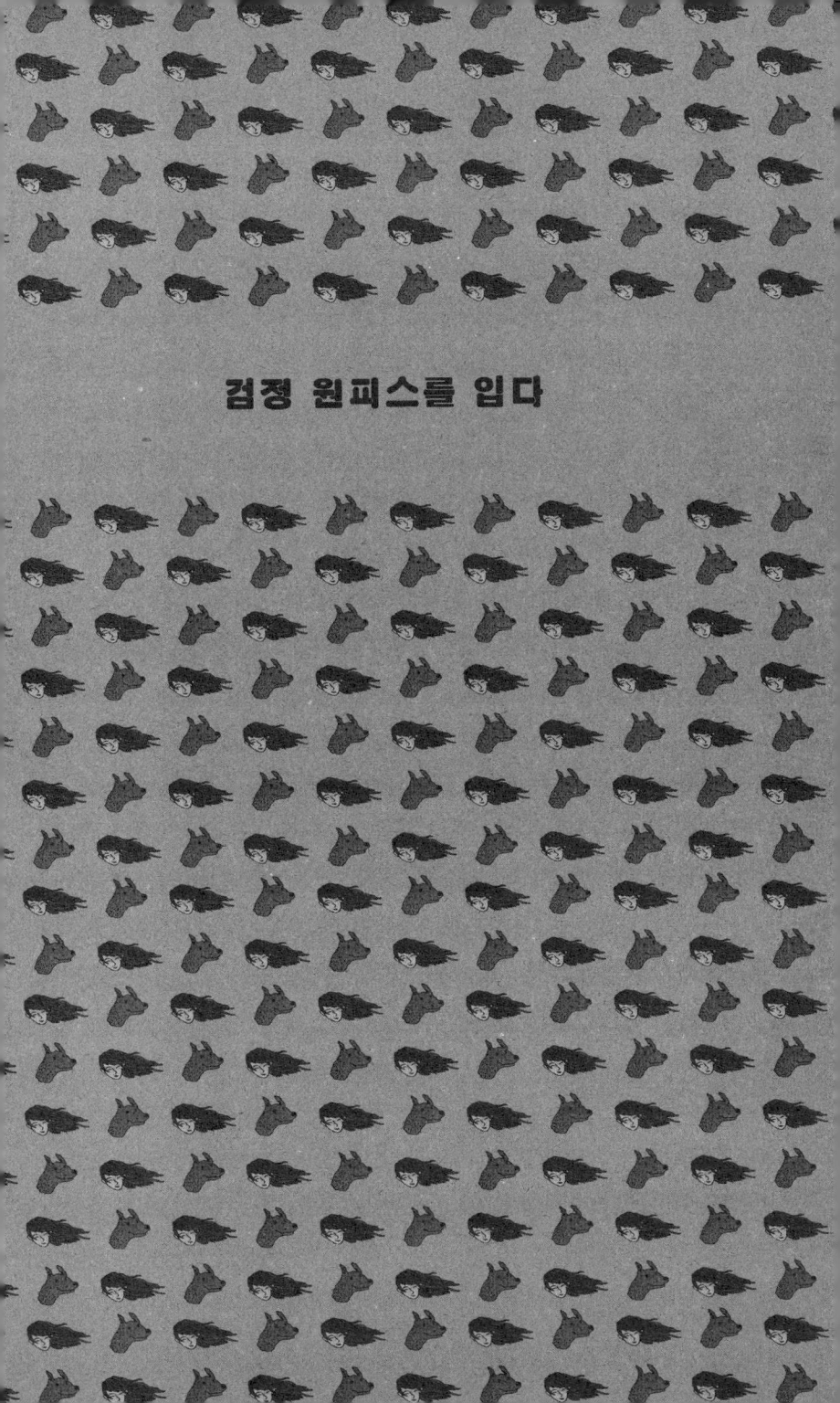

검정 원피스를 입다

나는 뛰는 것이 좋다. 뜨거워지는 피의 들끓음, 그것이 느껴지는 심장박동 소리가 좋다. 아무리 빨리 뛰어도 좀처럼 떨어지지 않는 발밑의 그림자를 바라보는 것도 좋다. 한낮의 햇빛을 받아 하얗게 빛나는 운동장을 뛰다 보면 나의 몸은 소금기로 무장되고 만다. 정오의 어느 한순간, 머리 위에 수직으로 해가 뜨는 때다. 그림자가 내 몸에서 떨어지는 찰나이기도 하다. 마치 공중에 부양되는 듯한. 나는 하늘에도 땅에도 속하지 않는다. 공중으로 뛰어오른 소금쟁이가 된 듯, 터질 것 같은 심장은 고요해지고 내 몸 안에 있는 모든 불순물들은 땀과 함께 다 빠져나가 정제된다. 이윽고 자석처럼 내 발밑으로 그림자가 다가와 붙는다. 아주 친근한 오랜 친구처럼. 어디서건 누구에게든 그림자는 검은색이다. 내일은 신아의 생일이다. 나는 백화점에서 산 신아의 생일 선물을 들고 집으로 달려간다.

"분홍색은 분홍색만 받아들이지 않아서 분홍색으로 보이는 거고 노란색도 유독 노란색만 받아들이지 않으니까 노란색으로 보이는 거라잖아. 거부하는 것이 자기 자신인 게 너무 싫어."

신아가 말했다. 신아는 그래서 늘 검정 옷만 입었다. 검은색은 모든 것을 거부하지 않고 받아들이니까 '색이 없다'고 할 수도 있고, '색이 많다'고도 말할 수 있다. 신아에겐 검정 옷이 대부분이었지만 나는 검정 옷이 하나도 없었다. 어머니는 검정 옷을 불길하게 여겼다. 상복을 연상시키기 때문이란다. 그리고 어머니는 내게 한 번도 여자 옷을 사 준 적이 없었다. "넌 바지가 어울려."라며 어머니는 남자용 바지나 셔츠를 사 주곤 했다.

푸른색 나이키 추리닝을 입은 나와 검정 옷을 입은 신아는 근처 영안실 주변을 순례하곤 했다. 우리는 그것을 '산책'이라 불렀다. 신아는 이사로 집을 옮길 때마다 가장 가까운 병원의 영안실 위치를 확인해야 마음이 놓인다고 했다. 처음 신아를 따라 '산책'을 갔을 때 나는 그곳에서 흘러나오는 향냄새, 사람들의 어두운 표정이 낯설었다. 하지만 신아는 향냄새를 맡으면 죽은 친아버지가 떠올라서 마음이 편안해진다고 했다. 그 말을 들으니 나 역시 쓸쓸해졌던 마음이 다독여지는 것 같았다. 영안실 주변은 늘 불이 밝혀져 있었고 밤새 매점과 자판기를 자유롭게 이용할 수 있어 좋았다. 웃지 않는 사람들이 많은 것도 마음이 편했다. 우리 둘은 늘 인상을 찌푸리고 다녔으니까 그 속에 있으면 눈에 잘 띄지 않았다. 우리는 손을 잡고 병원과 병원 사이의 건물을 지나 영안실을 향한 길을 천천히 걸었다. 무거운 표정의 사람들이 영안실로 들어갔다 나오는 걸 바라보왔다. 어떤 날은 수다를 떨었고 어떤 날은 둘 다 아무 말 없이 땅만 보며 걷기만 했다.

신아와 내가 산책하는 곳이 어디인지 어머니는 알지 못했다. 그것을 알면 어머니는 더욱더 불길한 생각에 사로잡힐 것이 분명했다. 어머니는 어떤 끔찍한 일들이 자신에게 벌어질지도 모른다는 걱정에 휩싸여 있었고 아버지가 자신을 떠날지도 모른다고 불안해했다. 아들을 낳지 못했기 때문에, 또는 조울증 때문에 아버지는 자신을 더 이상 사랑하지 않는 거라고 말했다. 아버지가 아니라고 할수록 어머니의 불안은 깊어져 갔다.

얼마 전에는 이런 일도 있었다. 어머니는 며칠 동안 방 안에서 나오지 않았다. 어머니는 몸에 힘이 하나도 없다며 내처 잠만 잤다. 일하는 아줌마가 쟁반에 죽과 젓갈을 담아 들고 들어가도 어머니는 조금도 입에 대지 않고 그대로 상을 물렸다. 그러곤 침대 속으로 더욱 깊숙이 파고 들어가 흐느끼다가 다시 잤다. 어느 날 아침, 활달한 모습으로 어머니는 방문을 열고 나왔다. 병색이 완연한 얼굴을 짙은 화장으로 감추고 얼굴의 모든 근육을 이용해서 활짝 웃었다. 건드리면 연기가 되어 사라져 버릴 것 같은 웃음이었다. 어머니는 직접 작성한 레시피를 아줌마에게 주고 아침 일찍 장을 봐 오게 했다. 그리고 혼자 음식을 만들어 냈다. 멕시코 전통 요리라는 몰레와 비누 맛이 나는 태국 수프를 만들었다. 내가 가장 싫어하는 생강으로 만든 한과 그리고 초밥과 베트남 쌀국수도 있었다. 다국적 식탁이었다. 식탁보도 울긋불긋 꽃무늬가 화려하게 수놓인 것으로 바꿨고 중세 시대 서양화에서나 나올 법한 은제 촛대에 초를 꽂아 불을 밝혔다. 음식이 너무 많아서 촛대를 둘 자리가 없었는데 어머니는 그나마 음식다웠던 초밥 접시를 물리고 대신 촛대를 놓았다. 닭고기에 소스를 얹은 몰레는 소스의 향이 너무 강해서 나무를 씹는 느낌이었고, 뜨거운 태국 수프는 비누를 녹인 것 같은 맛이라 비위가 상했다. 입가심을 하려고 베트남 쌀국수 국물을 떠먹었는데 그건 또 너무 식어 있었다. 양지머리는 질겼고 숙주나물은 익지 않았다. 아버지의 젓가락은 계속 방황하고 있었고 나 역시 식사를 한다기보다는 음식을 위에 채워 넣는 기분으로 겨우 수저질을 했다. 어머니는 굳은 얼굴로 자리에서 일어나 설거지를 하기 시작했다. 그때까지도 아버지와 나는 어머니의 변화를 눈치채지 못했다. 갑자기 어머니는 씻고 있던 접시를 바닥에 내동댕이치더니 악을 쓰듯이 말했다.

"내가 해 주는 음식, 이젠 역겨워 죽겠다는 거지? 나가 버려. 어거지로 그렇게 쑤셔 집어넣을 게 뭐 있어? 차라리 나가 버리라고!"

어머니는 식탁 위의 음식을 바닥에 쓸어 버렸다. 소스로 범벅이 된 닭고기와 쌀국수의 사골 국물이, 수프가 바닥으로 쏟아졌다. 나는 그때 오른쪽 발등을 데었고 사레에 들렸다. 아버지는 무표정한 얼굴로 슬그머니 자리에서 일어나더니 카디건을 걸쳐 입고 밖으로 나가 버렸다.

어머니는 컵과 접시를 집어 던지고 딸꾹질까지 해 가며 울음을 터트렸다. 나는 그런 어머니를 진정시키느라 수프에 덴 발등조차 신경 쓰지 못했다. 어머니는 아버지가 그렇게 나가 버린 사실이 더욱 분한지 다음 날 새벽 수면제를 한 움큼 입안에 털어 넣었다. 다행히 화장실 변기 앞에서 토하다 쓰러져 있는 것을 아줌마가 발견하고 바로 병원 응급실로 옮겼다. 어머니의 자살 기도는 그렇게 어설프게 끝이 났다. 그러나 나는 발등 화상의 응급조치를 못한 바람에 보름 넘게 운동화를 신을 수 없었다. 운동화를 신을 수 없다는 건 고등부 육상 선수인 내가 뛸 수 없다는 것이다. 뛰지 않고 운동장 구석에 쭈그려 앉아 훈련이 끝날 때까지 기다리는 것은 지루하기 짝이 없는 노릇이었다.

어머니는 또다시 칩거를 시작했다. 한동안 잠잠하던 병이 도진 것이다. 어머니는 머리가 아프다며 눕더니 좀처럼 방에서 나올 생각을 안 했다. 언제 또 손목을 긋거나 약을 먹을지 몰라 나는 가끔 안방 문에 귀를 대고 어머니의 한숨 소리나 뒤척이는 소리를 들으며 안심했다. 나흘쯤 지났을까. 어머니는 마치 그날처럼 자리에서 벌떡 일어나더니 정성스레 화장을 하고 미용실에 가서 머리를 다듬고 돌아왔다. 그리고 나를 데리고 패밀리 레스토랑에 갔다.

어머니는 수다스러웠다. 몽유병자같이 깊이를 알 수 없는 눈으로 나를 바라보며 얼굴 가득 웃음을 띠었다. 서빙 보는 여자애가 주문을 잘못 받는 바람에 음식이 턱없이 늦게 나왔는데도 여느 때와 다르게 어머니는 화를 내지 않았다. 오히려 수고가 많다면서 팁까지 주는 바람에, 서빙 보는 여자애는 귀밑까지 얼굴이 새빨개졌고 그걸 보고 어머니는 입을 손으로 가리고 호호호 웃었다.

어머니는 집에 돌아오자마자 비장한 목소리로 내게 또다시 물었다.

"너는 어떻게 생각하니?"

나는 대답했다.

"싫다니까요. 그런 거 해 주는 데 있어요. 제가 알아볼게요."

내 대답을 기다렸다는 듯이 어머니가 말을 이었다.

"그런 델 어떻게 믿니? 넌 뉴스도 못 봤니? 그걸 갖고 있다가 나중에 인터넷에 올리겠다고 협박을 한다더라."

어머니의 집요한 설득에 결국 나는 약속을 하고 말았다. 어머니는 내 손에 은색 카메라를 들려 주었다. 아버지가 일본 출장길에 사 온 것이었다. 구입한 지 17년이 지났건만 당시 거금을 주고 구입한 거라 그런지 성능만은 요즘 것 못지않다며 아버지는 늘 자랑스러워했다. 내가 태어나던 순간을 간직하기 위해 구입했던 카메라. 어디를 가든 꼭 들고 다니며 나의, 그리고 아버지와 어머니의 역사를 찍어 대던 바로 그 카메라였다. 은색 카메라의 모서리가 새까맣게 변색되어 있었다.

"자, 거기 서서 날 찍어 봐."

어머니는 현관 앞으로 나를 밀어 세우더니 당신은 돌아서 소파에 가 앉았다. 소파에 앉아 있는 어머니의 표정은 피사체가 지녀야 할 최소한의 긴장도 보이지 않았다. 일주일에 한 번씩 잊지 않고 받아 왔던 피부 관리 덕에 그나마 팽팽하게 유지되던 젊음도 언제부터인가 툭 꺾여 있었다. 윤기가 흐르던 양 볼은 상심의 깊이만큼 꺼져 있었다. 탄력을 잃은 눈가와 이마엔 주름이 자글거렸다. 거뭇한 기미도 눈에 띄게 많아졌다. 소파에 늘어지게 앉은, 이제는 젊음이 말라 버린 어머니를 파인더 속 앵글에 맞추어 놓고 초점을 잡았다.

파인더 속의 그녀는 어서 빨리 찍으라며 손을 흔들어 댔다. 한쪽 눈을 질끈 감으며 찰칵 셔터를 눌렀다.

"그렇게 늦게 찍어선 안 돼. 플래시도 안 터졌잖아. 오토로 맞춰 놓은 거야?"

어머니는 소파에서 벌떡 일어나 어느새 달려와 내 손에 들려 있던 카메라를 뺏었다. 카메라의 조정 버튼을 신경질적으로 누르고는 다시 내 앞으로 내밀었다.

"다시 한번 찍어 봐. 연습도 이게 마지막이니까 밖으로 나가서 현관문을 열고 들어오면서 찍는 거야."

나는 죽은 듯한 자의 무표정한 얼굴을, 영혼을 갉아 먹힌 듯한 텅 빈 동공에 광기가 번득였다 스러지는 어머니의 눈을 찍었다. 플래시를 쉴 새 없이 터트리고 있는데 갑자기 어머니가 쿠션에 얼굴을 묻고 흐느끼기 시작했다.

"미안하다. 내가 너한테 몹쓸 짓을 시킨다. 내가 미친년이지."

어머니의 어깨가 심하게 들썩거렸다.

"다 내 업보야. 내가 아들 잡아먹은 어미라 그런 거야. 그러지만 않았어도……."

어머니는 현관 앞에서 어쩔 줄 몰라 하며 서 있는 나에게 다가오더니, 무릎을 꿇고 내 발을 붙잡았다. 이내 청바지 아랫단은 어머니의 눈물 콧물로 축축하게 젖고 말았다.

"난 너 없이 못 산다. 그거 알지? 응? 넌 하나밖에 없는 내 자식이고…… 내 남편이야. 알지? 알지? 너 없이 난……."

나는 카메라를 조용히 신발장 위에 올려놓고 흐느끼는 어머니의

검정 원피스를 입다 213

조그만 머리통을 껴안았다. 이 여잔 나 없이 못 살 것이다. 나는 이 여자의 딸이고, 아들이고 그리고 남편이기까지 한 거다. 어머니를 이렇게 황폐하게 만든 아버지가 너무나 미웠다. 나는 조용히 어머니 얼굴에 흐르는 눈물을 닦았다. 그 여자, 아버지의 여자를 향한 질투심이 솟아올랐다. 여자는 이제 막 2년제 대학을 졸업한 계집애라고 했다.

"이제 그만 울어요."

어머니의 흐느낌이 더욱 격렬해졌다. 그때 내 주머니에서 휴대폰이 울렸다. 신아였다. 어머니의 얼굴이 굳어졌다. 나는 어머니를 잠시 떼어 놓고 전화를 받았다. 어머니는 언제 울었냐는 듯 말끔한 얼굴로 내 옆에 바짝 붙어 신아와의 통화 내용을 엿들었다.

신아의 목소리가 이상했다. 코가 막힌 듯한, 아무튼 힘이 하나도 없는 목소리였다.

"우리 집에 와 줄 수 있어?"

"오늘은 어딜 좀 가야 하는데. 무슨 일 있어?"

내 목소리가 작아졌다. 어머니의 눈꼬리는 점점 더 날카로워졌다. 나는 어머니의 눈치를 보며 자리에서 일어나 2층 내 방으로 올라갔다. 어머니는 계속 나를 따라왔다.

"오늘은 절대 안 돼. 이미 약속을 다 잡아 놨단 말이야."

어머니는 나의 팔뚝을 꼬집으며 신아가 듣든 말든 상관없이 신경질적으로 말했다.

"부탁이야."

어쩐지 신아가 훌쩍거리는 것 같기도 했다.

"목소리가 왜 그래? 우는 거야?"

"목소리가 잠긴 것뿐이야. 오늘 손님이 올지 몰라서 그런데, 우리 집에 와서 급한 일이 있다고 하고 나를 데리고 나갈래?"

내가 망설이자 어머니는 또 옆에서 인상을 찌푸리며 입 모양으로 '절대 안 돼.'라고 말했다.

"미안해. 오늘은 좀 곤란해. 내일 봐야 할 것 같아."

실망하는 신아의 얼굴이 눈앞에 선명하게 그려졌다. 신아는 깊은 한숨을 토해 내며 한동안 아무 말도 안 했다.

"일찍 끝나면 전화할게. 너희 집엔 못 가더라도 늦게라도 산책은 갈 수 있으니까 거기서 만날까?"

신아는 한숨을 쉬었다.

"전화해 줘."

나는 알았다고 하고 전화를 끊었다. 통화가 끝나자마자 어머니가 다그쳤다.

"난 네가 좀 더 밝고 구김살 없는 애랑 친구를 했으면 좋겠다."

순간 웃음이 나올 뻔했다. 내 얼굴은 신아보다 더 어둡고 우울하고 불길했다. 정말 어머니는 그걸 모르는 걸까.

"올라가서 가방 챙기고 내려올게요."

나는 계단 중간 참에 어머니를 남겨 두고 방 안으로 들어갔다. 내 방은 낮에도 늘 어두웠다. 창문 건너편 교회가 신축 공사를 하면서 층수가 높아지는 바람에 방은 햇빛이 안 들어와 낮에도 불을 켜야 했다. 밤에는 교회 십자가의 붉은빛이 창문으로 건너 들어와 낮보다 오히려 환하게 느껴졌다. 나는 옷장 문을 열었다. 며칠 전 어머니가 사 준 헐렁한 청바지와 남색 폴로 티셔츠를 꺼냈다. 같이 사 주었던 쑥색 레이온 점퍼를 입을까 말까 고민하다가 카메라를 넣을 주머니가 필요할 것 같아서 걸쳐 입기로 했다. 여기에 스포츠 모자를 깊숙이 눌러쓰고 마스크를 쓰면 아무도 나를 알아보지 못할 것이다.

숱이 많은 눈썹과 쌍꺼풀이 없는 얇은 눈, 그리고 뭉뚝하고 강인해 보이는 턱선 때문에 나의 얼굴은 강해 보였다. 큰 키와 육상부를 시작하면서 더 넓어진 어깨 때문에 남자로 오인받는 일은 오히려 당연하게 느껴졌다. 게다가 짧은 스포츠형 헤어스타일로 바꾼 뒤부터는 영락없는 사내가 되고 말았다.

나는 쇼핑백에서 검정 원피스를 꺼내 옷장 안에 걸어 두었다. 검은색 벨벳으로 만들어진 원피스는 부드러운 데다 굉장히 고급스러웠다. 백화점 세일 상품도 아니었고 당당하게 마네킹에게 입혀진 가을 신상품이다. 그걸 입은 신아의 모습을 떠올리니 가슴이 뿌듯해져 왔다.

신아가 처음 내게 말을 건 것은 체육 시간 때였다. 농구 골대 앞에서 순서를 기다리며 운동장 바닥에 앉아 있던 나는, 신아의 모래장난을 유심히 보게 되었다. 신아는 깜짝 놀랄 만큼 예쁘게 생겼고 속옷에 달린 레이스처럼 사랑스러운 아이였다. 어쩌다 한번 그 애와 눈길이 마주치면 좀처럼 눈을 뗄 수 없었다. 떠들썩한 연애 사건이 일어났을 법한 도도한 그 아이는 남자애들에게 싸늘하게 대했다. 그뿐 아니라 동성 친구조차 없었다. 같이 점심을 먹는 수더분한 인상의 키 작은 여자아이가 있긴 했지만, 그 애를 친구라 하기에는 석연치 않았다. 또래보다 한 열 살쯤은 더 많아 보이던 키 작은 여자아이는 한동안 장기 결석을 하더니 전학을 가 버렸다. 그 후 신아는 원래부터 친구란 없었던 아이처럼, 혼자 있어도 전혀 외롭거나 쓸쓸해 보이지 않았다. 그런 신아가 체육 시간마다 모래로 무언가를 묻기라도 하듯 두둑하게 덮어 올록볼록한 둔덕의 꼬리를 이어 만들고 있었다.

"뭘 묻고 있는 거야?"

궁금증을 참을 수 없던 나는 신아 옆에 다가 앉아 말을 건넸다. 그러자 신아는 내 얼굴을 쳐다보지도 않고, 여전히 모래를 토닥이며 낮은 목소리로 대답했다.

"너, 계속 날 쳐다봤지?"

신아의 물음에 얼굴이 확 달아올라 버려 순간 어디에 눈길을 둬야 할지 몰랐다.

"이런 무덤 몇 개가 있어야 날 다 묻을 수 있을까?"

신아는 그렇게 말하고는 갑자기 벌떡 일어나 만들어 놓았던 모래 무덤들을 발로 모질게 밟아 무너뜨렸다. 나는 물끄러미 신아를 올려다보았다. 모래 무덤이 무너지면서 하얀 모래 먼지가 내 얼굴을 덮었다.

"우리 집에 놀러 갈래?"

신아는 생글생글 웃으며 내게 손을 내밀었다. 햇살이 그녀 뒤로 내리쬐었다. 신아의 하얀 얼굴 위로 까만 그림자가 드리워졌다. 나는 신아의 손을 잡고 일어섰다. 현기증이 일렁였다. 신아의 미소가 하얗게 부서졌다.

그 뒤 나는 자주 신아네 집을 찾았다. 신아의 집은 오래된 적산가옥이었다. 거실엔 이사 온 지 얼마 안 된 것처럼 채 풀지 않은 상자들이 구석구석 부려져 있었다.

"자주 이사 다니다 보니까 이삿짐 푸는 데 엄마도 나도 신경을 안 쓰게 됐어."

신아는 아무렇지도 않은 표정으로 말했다.

"토요일만 아니면 와서 자고 가도 상관없어. 어차피 엄마는 새벽에 들어왔다가 내가 학교서 돌아올 땐 이미 가게에 나가 있거든. 양아버지가 오는 주말만 빼면 내가 여기서 뭘 하든 아무도 신경을 안 써."

신아는 활짝 웃었고 나도 신아를 따라 윗니를 드러내며 웃었다.

월요일부터 금요일까지 신아네 집에서 우리 둘은 못할 게 없었다. 신아의 다락방에서 하루 종일 음악을 틀어 놓고 춤을 추기도 하고 맥주를 마시고 담배를 피우기도 했다. 안방에 있는 DVD 플레이어로 성인영화를 보며 키득거리기도 했다. 그러나 금요일 밤이면 말끔하게 청소를 해 놔야 했다. 지방대학 강사라는 신아의 양아버지는 토요일이면 집에 온다고 했다.

"엄마가 아버지랑 재혼할 때에 이미 엄마는 술집을 하고 있었는데, 아버진 그런 엄마가 이젠 싫어졌나 봐. 지방대 강사 주제에 엄마가 번 돈으로 생활하고 있으면서 말이야. 그런데도 엄마는 가방끈이 긴 아버지가 좋은가 봐. 혹시라도 내가 술집 하는 엄마 피를 이어받아 탈선이라도 할까 봐 엄마는 아주 노심초사야. 그러니 그 사람들한텐 범생이처럼 보여 줘야잖아. 그것만 빼면 난 행복해."

신아는 늘 자신은 행복하다고 말했다. 그러나 나는 신아의 엄마도 양아버지도 본 적이 없었다. 아버지가 온다는 토요일 오후가 되면 신아는 성에 갇힌 공주처럼 집 밖으로 나오질 않았다. 배꼽에 한 피어싱을 감춘 신아는 반듯하게 식탁에 앉아 가족들과 일주일에 딱 한 번 있는 저녁 식사를 한다고 했다.

매일 만나면서도 나는 토요일 저녁이 되면 유독 신아가 그리웠다. 나는 신아의 집 근처를 뛰어다녔다. 혹시라도 신아가 대문을 열고 나올지 몰라, 신아가 다락방 창문을 열고 나를 향해 손을 흔들지도 몰라, 그런 생각을 하면서 달렸다. 문득 신아가 무엇을 할까 생각하면 까닭을 알 수 없이 불쑥 화가 치밀어 오르기도 했다.

신아는 거짓말을 잘했다. 돌아서면 금방 탄로 날 거짓말인데도 신아는 천연덕스럽게 말하곤 했다. 신아의 아버지가 지방대 강사라고 말한 것도 실은 거짓말이었다. 신아는 아버지가 사 줬다며 디지털카메라를 보여 주면서 '건축 일을 하느라 이곳저곳 돌아다닌다'고 말했다. 내가 지방대 강사라고 하지 않았느냐고 묻자, 오히려 나의 기억력을 탓했다. 나는 그냥 신아를 믿는 척해 주었다. 우리가 200일 기념으로 피어싱을 하나 더 할 때 나는 신아에게 말했다.

"우리 이제 비밀 없이 지내자."

신아의 얼굴이 어두워졌다.

"난 비밀이 없는걸."

"네가 무슨 비밀이 없어? 넌 나한테 숨기는 게 많잖아."

"도대체 내가 너한테 뭘 숨긴다는 거야?"

신아가 발끈했다.

"궁금한 거 있음 다 물어봐. 난 꺼릴 게 하나두 없어."

그때 물었어야 했다. 그런데 어쩐지 그땐 아무것도 묻질 못했고 유치한 질문만 했다.

"첫 키스는 누구랑 했어?"

"첫 키스? 뽀뽀를 말하는 건 아니지? 딥 키스는 초등학교 6학년 겨울방학 때 피아노 레슨을 해 주었던 대학생 언니랑 했어."

"그럼 남자랑 자 봤어?"

신아의 눈빛이 흔들렸다.

"중학교 3학년 때 나를 따라다니던 남자애. 나 때문에 죽으려고 해서 불쌍해서 한 번 했어. 물론 나도 궁금하기도 했어. 난 내가 원하지 않는 건 안 해."

"기분이 어땠어?"

"근데…… 희생 제물이 된 느낌이었어."

"그게 무슨 말이야?"

"나 때문에 죽을 리 없는데 내가 왜 그렇게 생각했는지 모르겠어. 평화를 위해 나 자신이 제물이 된 것만 같아서, 두고두고 화가 났어. 다시 또 그런 실수는 하지 않을 거야. 그럴 바엔 차라리……."

신아는 필요 이상으로 말이 많아지는 것 같았다.

"앞으로 그럴 일은 없을 거야. 난 너밖에 없고 너하고만 사랑할 거야. 내 목숨을 걸고 맹세해."

그러곤 신아는 피어싱을 한 내 윗입술을 혀로 부드럽게 핥아 주었다.

나는 신아의 꽃잎같이 붉고 부드러운 혀의 감촉이 좋았고 신아가 나의 몸을 만져 주는 것이 좋았다. 그러나 신아와 나의 사랑은 둘의 시선에서 끝났어야 했다.

누군가 신아와 나의 키스 사진을 찍어 육상부 인터넷 카페 익명 게시판에 올려놓았다. 그 사진은 전교생뿐 아니라 이웃 학교 학생들의 싸이월드로 순식간에 스크랩되었다. 제목들은 모두 다 도발적이었다. '충격! 동성연애 커플 키스 신'이라든가 단지 키스를 했을 뿐인데 '더러운 레즈비언 섹스 사진'이라는 제목을 붙이기도 했다. 사진의 댓글엔 '이럴 줄 알았다'라든지, '나도 하고 싶다'라든지, '남녀 커플인 줄 알았음'이라든지 하는 말들이 나붙었다.

담임은 나와 신아를 호출했다. "남자랑 키스하면 기분이 어떨지 궁금해서 그냥 너희 둘이 그래 본 거지?"라고 물었다. 그렇다고 대답하면 일이 서둘러 끝날 것임을 알기 때문에 나는 고개를 끄덕였지만 신아는 고개를 저었다.

"전 절대 남자와는 키스하지 않아요."

차가운 얼굴빛의 신아는 눈 하나 깜짝하지 않았다.

"전 남자가 싫다구요. 어떻게 하면 여자랑 한번 해 볼까 궁리하는 그런 머저리랑 키스한다는 것은 상상만 해도 끔찍해요. 더럽고 싫단 말이에요."

담임 얼굴이 붉으락푸르락했다. 나는 어떻게 해야 할지 몰라 안절부절못했다. 담임은 쿵쿵거리며 몇 번 헛기침을 했다.

"네 말은 그러니까 여자가 좋다는 건데…… 선생님도 네 나이때 그랬단다. 호르몬이 불균형해지는 시기라 혼란을 느낄 수 있지만 일시적인 거야. 나중에 어른이 되면 웃고 넘길 수 있는 그런 때가 올 거야."

　담임의 말이 길고 지루하게 이어졌다. 신아는 두 손으로 귀만 막지 않았지 전혀 듣고 있는 얼굴이 아니었다. 선생님도 그걸 느꼈는지 잠시 말을 멈추고는 신아에게서 눈을 떼고 나를 보았다.

"그래, 그럼 너는 먼저 가고 신아는 잠깐만 더 있다 가렴."

　슬쩍 신아의 얼굴을 쳐다보았다. 어쩔 수 없었다. 잘못하다간 내게 강제로 머리를 길러서 묶게 하고 신아와는 절대 만나지 않겠다는 각서를 쓰게 할 수도 있다. 교무실 문을 열고 나가면서 흘낏 신아를 돌아보았다. 신아의 등허리는 물기를 가득 머금은 꽃대처럼 싱싱하면서도 가냘퍼 보였다. 교무실 앞 복도에는 아이들이 청소를 하다가 두고 간 대걸레가 쓰러져 있었다. 나는 걸레를 타넘었다. 신아가 왜 저러는지 알 수 없었다. 꼰대들에겐 진실을 말해 봤자다. 이해하는 척하겠지만 절대 이해하지 않을뿐더러 더더구나 나아질 것은 없다. 나는 그것을 알고 있는데 신아는 왜 모르는 걸까. 알고도 저러는 걸까. 운동장을 가로질러 교문 옆 벤치에 앉아 신아가 나오기를 기다렸다. 해가 등 뒤로 저물어 가고 있었다. 긴 그림자가 우두커니 앉은 내 발목을 잡고 있었다.

"난 그림자를 보면서 걷는 게 좋아. 그림자 속에선 우리의 생각도 표정도 읽을 수가 없잖아. 그림자에선 넌 완전히 남자이기도 하고."

　신아와 나는 그림자를 바라보며 손을 잡고 걷는 것을 좋아했다. 남자이면서 실상은 여자이고 여자이면서 자신에겐 남자 친구인 내가 세상에서 가장 특별한 존재라고 신아는 말했다. 초조(初潮) 없이,

조금씩 부풀어 오르는 가슴을 계속 누르며 살다 보면 언젠가 나는 진짜 남자가 될지도 모른다는 생각이 들기도 했다.

어둠이 깔리기 시작할 무렵이 되어서야, 지친 표정의 신아가 터벅거리며 나왔다. 나는 자리에서 일어나 다가가 신아의 손을 잡았다. 그러자 신아는 나의 손을 뿌리쳤다.

"넌 참 간단하구나."

산아는 나를 지나쳐 앞으로 걸어갔다. 나는 신아를 뒤따르며 내가 무엇을 잘못했는지 생각해 보았다.

"실망이야. 넌 언제든지 변할 수 있어. 그런 거지?"

"사실대로 말할 필요가 뭐 있어. 귀찮게 굴게 뻔한데. 원하는 대답이 뻔하잖아. 그 말만 해 주면 쉽게 나올 수 있는 걸 왜 그렇게 어렵게 생각해?"

그러나 나의 대답은 아무리 생각해도 시시하고 보잘것없었다. 생활 정보지 구인 광고가 갖는 자연스러움도 진지함도 없었다.

"내가 왜 널 좋아하는지 몰라서 그래? 정말 모르겠어?"

뜨거운 열의가 신아의 표정에 떠올랐다. 신아는 그 무엇도 겁내지 않는 얼굴이었다. 나는 신아를 멍하니 바라보았다. 나는 두려웠다. 과연 신아에게 언제까지 여자인 남자로, 남자인 여자로 남을 수 있을지 나 자신이 미덥지 못했다. 그러나 한편으론 신아가 고마웠고 그래서 혼란스러웠다.

그 사건 이후 신아는 질투가 더 많아졌다. 다른 애들이랑 얘기도 못하게 했고 공공연하게 내 손을 더 꼭 붙잡고 다녔다. 아이들은 우리를 앞에 두고도 뒤에 두고도 드러내 놓고 수군댔다. 신아와 나는 여러 차례 교무실을 들락거렸다. 결국 나는 신아를 만나지 않겠다는 각서를 썼지만 상관없이 신아를 계속 만났고, 신아는 끝까지 각서를 쓰지 않고 나를 만났다. 신아는 일주일에 한 번씩 상담 선생과 면담을 해야 했다.

나는 체육부 선생에게 각목으로 맞았다. 얻어터져 부어오른 허벅지를 질질 끌며 집으로 돌아가는 골목길에서 체육부 선배들이 기다리고 있었다. 선배 년들은 의기양양했다. 사람으로서 생각할 수 있는 모든 욕을 다 했고 사람으로서 생각할 수 없는 야비하고 치졸한 방법으로 나를 때렸다. 온몸에 피멍이 들었고 결국 체육부를 탈퇴해야 했다.

어머니는 그걸 알고 있었다. 나와 신아의 관계에 대해서는 애써 믿으려 하지 않았지만, 둘만의 은밀한 비밀이 공개되는 치욕에 대해서는 잘 알고 있었다. 그런데도 어머니는 나와 함께 '헤븐 호텔'에 가자고 하는 것이다.

어머니와 나는 콜택시를 타고 헤븐 호텔 정문에서 내렸다. 그리고 어머니는 운전사에게 후문에 차를 대 놓고 기다리라고 했다. 헤븐 호텔 입구엔 비키니를 입고 면사포를 쓴 반라의 여자가 반쯤 풀어 헤친 턱시도를 입은 남자에게 머리를 기댄 채, 이름을 알 수 없는 커다란 새의 목을 붙들고 날아다니는 그림이 그려져 있었다. 어머니는 그림을 보더니 진저리를 쳤다.

"음탕한 것들."

낮게 중얼거린 어머니는 나를 뒤에 세워 놓은 채, 카운터의 늙은 남자와 무언가를 이야기하였다. 나는 카운터 건너편에 세워 놓은 커다란 전신 거울 앞에 어머니의 초라한 정부처럼 섰다. 거울을 통해 어머니의 뒷모습과 늙은 남자의 무표정한 얼굴을, 그리고 어머니와 내 사이를 지나가는 연인들을 보았다. 거울을 보며 나는 손바닥으로 밤송이처럼 꼿꼿하게 서 있는 머리카락을 꾹꾹 눌러 보았다.

어머니는 카운터에 앉은 늙은 남자에게 하얀 봉투를 건넸다. 늙은 남자는 봉투를 세워 입으로 훅 불어 안을 들여다보았다. 남자의 얼굴 위로 메마른 미소가 스쳤다. 남자는 어머니에게 노란색 플라스틱 번호표가 달린 열쇠 하나를 건넸다. 어머니는 열쇠를 받자마자 나를 돌아보며 눈짓을 하고는 앞장서 계단을 걸어 올라갔다. 나는 어머니의 뒤를 따랐다. 천천히 걸음을 떼어 계단을 밟더니 몇 계단 올라가지 않고 어머니는 우뚝 멈춰 서서 나를 돌아보았다.

"아무리 생각해도 도저히 못하겠다. 너 혼자 하면 안 될까?"

어머니의 목소리가 조금 떨렸다. 그러고는 계단에 엉거주춤 엉덩이를 들이대고 앉더니 어머니는 얼굴을 두 손으로 감싸 안았다. 나는 그런 어머니 옆에 서서 곱슬곱슬한 파마머리를 내려다보았다. 예순은 됨 직해 보이는 남자와 20대 초반의 젊은 여자애가 우리 곁을 지나가며 어머니와 나를 호기심 어린 눈빛으로 쳐다보았다. 난감하고 창피했다. 어머니는 한참 고개를 숙이고 앉아 한숨을 내쉬었다. 두 손바닥으로 얼굴에 마른세수를 하더니 다시 고개를 들었다. 잔잔한 수면에 비친 광선처럼 날카로운 빛이 어머니의 지친 표정 위를 스쳐 지나가는 것 같았다.

"아니야. 가자."

다시 일어선 어머니는 아까보다 더 신중한 걸음으로 계단을 밟

앉다. 나는 어머니 뒤를 따라 먼지 뭉치가 굴러다니는 빨간 양탄자가 깔린 계단을 밟고 올라갔다. 가슴이 마구 두근거렸다.

어머니와 정부 같은 옷차림의 나는 409호의 문 앞에 섰다. 가방에서 모자와 마스크를 꺼내 썼다. 어머니는 열쇠를 손잡이 구멍에 넣고 부드럽게 비틀어 돌렸다. 나는 침을 한 번 꼴깍 삼키고 점퍼 안주머니에서 꺼낸 카메라를 양손 위로 들어 올렸다. 우린 서로 고개를 한 번 끄덕이며 쓴웃음을 나누었다. 우리 둘은 호흡이 잘 맞는 형사 같았다. 어머니가 숨을 한 번 크게 들이쉬더니 문을 활짝 열어젖혔다. 나는 어머니보다 한 발 정도 늦게 안으로 들어갔다. 실내는 생각보다 훨씬 어두웠다. 낡은 크리스털 샹들리에가 노란빛을 내고 있었다. 활활 불타오르는 것 같은 두꺼운 붉은색 커튼이 내려져 있었다. 안은 후텁지근했다. 창문 앞에 놓인 침대는 왕궁에나 있을 법한 휘장식 침대였다. 침대 헤드에는 하얀 레이스가 잔뜩 달려 있었다. 침대 앞에는 보라색 소파가 놓여 있었고 대형 텔레비전도 있었다. 아버지와 여자는 정지 화면처럼 멈춰 있었다. 입을 크게 벌린 아버지, 눈을 크게 뜬 여자는 어머니를, 그리고 그 뒤로 바짝 따라 들어오는 나를 쳐다보았다. 파인더 안의 아버지와 여자는 알몸이었다. 질끈 감았던 한쪽 눈은 뭐라도 들어간 듯 자꾸만 따끔거렸다. 나는 계속 셔터를 눌렀다. 모든 것은 계획대로다. 오토로 맞춰 놓은 은색 카메라는 팡팡 빛을 내뿜으며 찰칵찰칵 필름 돌아가는 경쾌한 소리를 냈다. 사진의 빛은 필름의 어둠이다. 나는 빛을 어둠으로 바꾸기 위해 열심히 셔터를 눌렀다. 20대 초반이라던 여자는 훨씬 더 어려 보였다. 신아보다 더 조그만 얼굴, 신아보다 더 가냘픈 팔뚝, 신아보다 더 작은 가슴. 차라리 이 모든 게 불륜 드라마나 유치한 통속 영화의 한 장면이었으면 좋을 듯싶었다.
"영화를 봤어. 아버지가 딸을 만지는 거야. 딸은 그게 꿈일지도 모른다고 생각하기도 하고 어쩌면 어린 시절 어머니를 만지는 아버지의 모습을 엿보았던 것이 환상으로 보이는 건지도 모른다고 생각해. 왜냐하면 현실의 아버지는 정말 딸을 사랑하거든. 꿈인지 현실인지 모르는 가운데 아버지는 딸에게 무릎을 꿇고 울면서 말해. 어머니에겐 비밀이다. 그러면 네 엄만 죽을지도 몰라. 어쩔 때는 딸을 때리기도 해. 걸레 같은 년, 네년이 날 먼저 유혹했어, 라고."
신아는 꿈을 꾸는 듯한 눈빛으로 한동안 멍하니 입을 벌린 채 앉아 있었다.
"그래서 어떻게 돼?"
"몰라. 거기까지 봤어."
"제목이 뭔데?"
"「딱딱한 심장」이라고 독립 영화래. 해외 영화제에서 상도 탔는데 감독이 여자야. 자기 체험을 영화화한 거래."
나는 고개를 끄덕였다. 신아는 말했다.
"자기 체험을 그렇게 영화로 다 보여 주면 그 감독 아버지랑 어머닌 어떻게 될 것 같아?"
"글쎄. 얼굴 못 들고 다닐 것 같은데."
"아니야. 후련해할 거야."
"왜?"
"딸이 영화를 만들어서 자기 상처를 다 까발렸으니까 이제 영원히 거기서 벗어났을 거라고 생각할 거야. 자기네들이 용서받았다고 생각할지도 몰라."

나는 신아의 말이 옳을지도 모른다고 생각했다. 차라리 자신의 치부가 드러났을 때의 홀가분함. 스스로에 대한 구구한 변명의 자기 암시들. 아버지도 그랬다. 처음 몇 번 바람을 피웠을 땐 오히려 나와 어머니에게 잘 대해 줬다. 아버지는 어머니에게 무릎 꿇고 사과했고 다시는 그럴 일이 없을 거라고 맹세했다. 별로 설득력도 없는 자신의 어린 시절의 상처까지 들먹이고 승진 탈락의 고배를 마신 회사 임원이 받는 스트레스에 대해 이야기하면서 갖가지 변명을 붙이며 동조를 구했다. 그러다 그게 몇 번 되풀이되자 그다음부터는 별로 조심하는 것 같지 않았다. 오랜 기간 준비한 스스로의 변명에 구원을 얻은 건 나와 어머니가 아닌, 아버지 당신이었다. 돌연변이처럼 자라난 변명의 틀 안에서 아버지의 탐욕에 찬 양심은 더 이상 거칠 것이 없었다. 어떤 짓을 해도 용서받을 수 있고 오히려 위로받아야 한다고 여기는 것 같았다. 나 같은 사람이 오죽하면 이랬겠어, 라며 도리어 어머니에게 화를 내기도 했다.

셔터를 누르면서도 오늘 밤 꼭 나와 같이 있어 줬으면 좋겠어, 신아의 목소리가 자꾸 머릿속을 울렸다.

안경을 찾던 아버지는 안경을 쓰는 대신, 그것을 어머니의 얼굴을 향해 던졌다. 안경의 유리알이 어머니의 코에 맞고 부서졌다. 정적을 깬 건 어머니의 짧은 비명 소리였다. 이곳에 서 있는 나의 발이, 그들을 보는 나의 눈이 치욕스럽게 느껴졌다. 그 외의 불상사는 없었다. 아버지가 달려들어 카메라를 빼앗지도 않았고 어머니가 여자의 머리채를 잡지도 않았다. 단지 나의 마음만이 날개가 뜯긴 파리처럼 비참할 뿐이었다.

어머니와 나는 방을 나와 계단을 뛰어 내려갔다. 나는 자꾸 발을 헛디뎌 계단을 구를 뻔했다. 후문에 대기시켜 놓았던 콜택시 뒷좌석에 어머니와 나는 나란히 앉았다. 우리 둘은 아무 말도 안 했다. 나는 갑자기 나이를 먹은 것 같았다. 환멸과 모멸감이 밀려왔다. 운전기사가 라디오의 볼륨을 높였다. 비탈리의 「샤콘」이 흘렀다.

"위자료를 받으면 우리 둘이 멀리 가서 살자."

어차피 지금도 어머니와 단둘이 사는 거나 마찬가지였다. 어머니의 말이 결코 신선하게 들리지 않았지만, 나는 부러 고개를 크게 끄덕였다.

어머니와 아버지는 대학 시절 유명한 캠퍼스 커플이었다고 했다. 아버지는 4학년, 어머니는 막 대학을 들어간 새내기 때 만났다. 어머니는 매너가 세련되고 귀티 나는 아버지에게 호감을 느꼈고 아버지는 어머니의 미모에 반했다. 어머니에겐 아버지가 첫사랑이었고 아버지는 어머니가 네 번째인가 다섯 번째 사랑이었다. 그렇게 어머니는 첫사랑과 결혼을 했다.

친구들이 민주화를 외치며 화염병을 던질 때 어머니는 점집을 오가며 아들 낳는 부적을 받으러 돌아다녀야 했다. 아버지는 삼대독자였다. 베갯잇 사이며 침대 시트며 가죽 소파 아래 부적을 끼워 놓았다. 하지만 어머니는 정작 아버지와의 섹스가 가장 두려웠다.

"도무지 아프기만 하더라. 아주 끔찍했어. 처음엔 그러려니 했는데 2년째 되어도 계속 그러니까 나중엔 딱 싫어지더라. 내가 왜 이

생고생을 해야 하나 싶고."

　어머니는 고개를 절레절레 흔들었다. 결혼 3년째 아이가 생기지 않은 이유가 아마도 그런 심리적 부담이었을 거라고 했다.

　"네 할머니는 매일같이 자식 타령을 하지, 아주 지긋지긋했어."

　지금이 어느 땐데, 라고 물어도 소용없었다. 핏줄에 대한 탐욕은 결코 유행을 타지 않는다고 어머니는 말했다.

　새끼 많이 낳은 암캐의 꼬리를 태운 잿물까지 마셔야 했던 어머니는 결국 아기를 가졌다. 그것도 쌍둥이였다. 임신 5개월 만에 성별을 알아낼 수 있었다. 이란성 쌍생아. 그것도 한배에 아들과 딸이 들어 있던 쌍생아였다.

　할머니는 그렇게 애를 태우더니 한꺼번에 아들, 딸을 다 낳는구나 하며 조석으로 임산부에 좋다는 음식을 어머니께 해다 바쳤단다. 정성이 지나쳤는지 종합병원 특실에 가장 유능하다는 산부인과 전문의 특진으로 아이를 받았건만 하나가 새까맣게 죽은 채 태어났다. 할머니의 분노와 원망은 아주 노골적이었다고 한다. 병실에 들어와 보지도 않은 것은 물론이고 '핏줄 잡아먹은 년들'이라면서 어머니와 나와는 눈도 마주치지 않았다고 한다. 할머니의 그악스럽게 손자를 탐했던 바람과는 상관없이 어머니는 더 이상 아이를 가질 수 없게 되었다. 다행스럽게도 할머니는 내가 만 세 살이 되던 해 암으로 죽었다. 죽기 전 할머니가 아버지를 따로 불러 유언을 남겼다고 한다.

　"새장가를 들더라도 꼭 아들을 낳고 저 핏줄 잡아먹은 년들은 상대도 하지 말라고 했다지 뭐니."

어머니의 두 눈에는 눈물이 그렁그렁 맺혔다.

"어머니도 동의해?"

"뭘?"

"차라리 내가 죽었으면 하는 생각."

어머니는 마침내 눈물을 떨어뜨렸다.

"넌 내 아들이고 딸이야."

나는 그때를 기억한다. 좁고 답답한 태 속에 같이 있기가 싫었던 것일까. 아니면 그를 향한 질투였을까. 나는 탯줄로 사내아이의 목을 감았다. 그리고 마치 장난이라도 치듯 슬쩍슬쩍 잡아당겼다. 아이는 괴로워서 팔과 다리를 버둥거렸다. 결국 난 태어나기도 전에 살인을 저질러 버린, 불행한 카인의 후예가 되었다. 살해의 대가로 받은 카인의 표란, 결국 여자이면서 남자처럼 남자이면서 여자처럼 살아야 하는 인생의 천형을 받게 된 것이다. 카인의 표는 누구에게나 이해받진 못해도 용서는 받을 수 있다. 아니, 용서받을 수 있다고 믿고 싶었다.

택시 안은 너무 더웠다. 나는 점퍼를 벗어 가방 안에 넣었다. 멀미가 날 것 같았다.

"나 여기에 내려서 좀 걷다가 전철 타고 들어갈게요."

택시를 세우자 굳이 어머니도 따라 내렸다. 어머니와 함께 걷는다는 건 곤혹스러웠다. 나는 곧장 전철역 안으로 들어갔다.

"오늘 많이 힘들었지?"

승강장 아래로 계단을 밟고 내려가며 어머니는 말했다. 침착한 어조였다. 나는 아무 말도 할 수가 없었다. 전철이 들어온다는 신호음이 재촉하듯 들려왔다. 계단을 내려오는 사람들의 발걸음이 다급해졌다. 어머니와 나는 허리를 꼿꼿이 세운 채 천천히 내려갔다. 우리 둘은 승강장 앞에 놓여 있는 플라스틱 의자에 나란히 앉았다. 두 대의 전철을 그대로 보냈다.

"저는 신아를 보고 가야겠어요."

"피곤할 텐데 들어가서 쉬지 그러니? 내일 만나기로 한 거 아니었어?"

나는 아무 말도 안 했다. 어머니는 더 이상 나를 채근하지 않았다.

"그래, 너무 늦게 들어오지 말고."

앞으로 한 달 정도 어머니는 이렇듯 너그러울 것이다. 나는 가방을 열어 점퍼 주머니에 들어 있던 카메라를 꺼내 어머니에게 건네주었다. 전철이 들어온다는 신호음이 들렸다. 자리에서 일어나 어머니를 남겨 두고 가볍게 돌아섰다. 뒤를 돌아보았을 때 어머니는 마치 처음부터 나와는 다른 곳을 가려던 사람처럼 객차로 훌쩍 올라탔다. 전철 유리문이 닫히고 어머니가 탄 전동차는 어둠 속으로 사라져 갔다. 욕지기가 올라왔다. 침을 몇 번 바닥에 뱉어 내다가 화장실을 향해 뛰어갔다. 아침부터 먹은 것이 없는데도 속에 있는 것들이 요동치듯 메스꺼웠다. 화장실은 역의 계단에서 뚝 떨어져 있는 데다 환승구 길목에 있었다.

나는 화장실 입구에 서서 남자 화장실로 가야 할지 여자 화장실로 가야 할지 망설였다. 사람들이 없어진 틈을 타 치한이라도 되는 양 여자 화장실로 뛰어 들어갔다. 화장실 문을 닫자마자 양변기 뚜껑을 들어 올렸다. 누런 오줌 때가 낀 불결한 양변기 때문에 더욱 비위가 상한 나는 허리를 쥐어짜듯 속엣것을 쏟아 내기 시작했다. 채운 것이 없다고 생각했는데도 내 속은 이미 온갖 것들로 가득했다. 한참 동안 계속되던 구토는 노란 위액을 짜내고서야 잠잠해졌다. 화장실 밖에는 여전히 여자들이 세면대 앞에 서 있었다. 남장을 했기 때문에 나는 여자들이 나가기를 기다려야 했다. 그때 휴대폰이 울렸다. 신아에게서 문자가 왔다. 산책을 가지 않겠으니 만나지 말자는 내용이었다. 그러면 난 신아네 집에 갈 필요가 없다. 내일 아침 일찍 일어나 신아를 만나 선물을 주면 되었다.

물을 내리고 양변기 위에 앉아 있노라니, 화장실 오른쪽 벽면의 빨간 버튼이 눈에 들어왔다. '비상시 아래 버튼을 누르시고 말씀하세요.' 빨간 버튼은 나를 유혹했다. 나는 검지 끝으로 동그랗고 조그만 빨간 버튼을 신아의 젖꼭지를 애무하듯 부드럽게 쓰다듬었다. 그 빨간 버튼을 눌러 내가 왜 남장을 하고 있는지, 나의 어머니가 얼마나 아름다운지, 그리고 다락방에서 신아가 얼마나 부드러운지에 대해 지껄여 대고 싶어졌다.

밀려 들어왔던 여자들이 한꺼번에 밀려 나갔다. 나가려다가 붉은 원피스를 입은 여자 하나가 뛰어 들어오는 바람에 다시 문을 닫았다. 여자는 거울 앞에 서서 오랫동안 나가질 않았다. 화장실 문틈이 많이 벌어져 있는 데다, 밖의 조명이 훨씬 밝은 탓에 여자의 모습은 안에서도 매우 잘 보였다. 여자를 노리는 치한이라도 되는 양, 나는 여자의 뒷모습을 구석구석 훔쳐보았다.

몸에 착 달라붙은 원피스를 입은 여자는 키가 컸고 몸집도 제법 커서, 엉덩이의 골이 유난스레 선명해 보였다. 거울을 들여다보며 머리를 매만지는 여자는 손을 들어 올릴 때마다 옆구리의 살이 접혔다가 펴지기를 반복했다. 여자는 어깨에 비스듬히 멘, 터무니없이 작아 보이는 핸드백을 열어서 조그만 향수병을 꺼내 손목과 귀 뒤에 향수를 뿌려 대더니 밖으로 나갔다.

사람이 없는 것을 확인하고 나서야 나는 문을 열고 밖으로 나왔다. 세면대 앞에는 여자의 향수 냄새가 옅게 남아 있었다. 그 향기를 맡으며 나는 아버지가 와이셔츠에 곧잘 묻혀 왔던 냄새를 떠올렸다. 밖에서 발소리가 들렸다. 화장실로 들어오는 여자가 나를 보더니, 놀란 듯 눈을 깜박이며 서 있었다. 나는 여자에게 양해를 구하는 눈빛을 보냈다. 놀라지 마세요, 라고 말하면 오해가 풀릴 수도 있었지만, 그러지 못했다. 나는 재빨리 화장실 밖으로 뛰어나와 전철 역사 위로 올라갔다.

어두운 밤거리에 서서 나는 결정을 내리지 못했다. 신아의 휴대폰은 꺼져 있었다. 그러고 보니 나는 신아네 집 전화번호는 알지 못했다. 마음을 정할 수가 없었다.

신아네 집 담벼락 아래까지 와서 나는 또 망설였다.

신아네 이층집은 모두 불이 꺼져 있었다. 오로지 신아의 다락방만 불이 켜져 있는 것에 용기를 내었다. 나는 담벼락 아래서 신아를 불러 볼까 하다가 그만두었다. 대문 앞으로 다가갔다. 초인종을 누를까 망설이다가 철제 대문을 손으로 밀자 삐그덕 소리를 내며 열렸다. 나는 거리낌 없이 대문을 열고 안으로 발을 디뎠다. 어두운 마당 한가운데는 녹슨 펌프가 놓여 있었다. 물을 한 바가지 부어 놓은 후 펌프질을 하면 시뻘건 녹물이 나오곤 했다. 그렇게 몇 번 더 펌프질을 하면 지하수가 흘러나왔다. 지하수는 차갑고 서늘했지만 오염이 돼서 식수로는 사용할 수 없다고 했다. 신아와 나는 커다란 대야에 펌프 물을 받아 뜰에 물을 주기도 하고 물장난을 치기도 했다. 그러나 뜰에 물을 줄 만한 일년초는 이미 다 시들어 있었고 날씨가 차가워지면서 더 이상 펌프를 살릴 생각을 하지 않았다. 어둠 속에서도 대추나무와 등나무만이 마당 깊이 무성한 그림자를 만들어 냈다. 나는 반들반들한 연초록 열매가 아직은 푸른 기운이 남아 있는 잎사귀 사이에 숨어 있을 대추나무를 지나, 무성한 만큼 왕성하게 낙엽을 떨어뜨리기 시작하는 등나무를 지나 현관문을 열고 집 안으로 들어갔다. 현관에 한참 서서 나는 어둠이 눈에 익기를 기다렸다. 신아가 말한 손님도, 어머니도 오지 않은 모양이었다. 인기척이 없었고 현관 바로 옆에 있는 안방 문 사이로 빛이 새어 나오지 않았다. 나는 삐그덕 삐그덕 소리를 내는 나무로 된 마루를 지나 나무 계단을 밟고 신아의 다락방 문 앞에 섰다. 금요일 밤, 이 시간에 신아는 늘 혼자라는 것을 알면서도 선뜻 다락방 문을 열 수 없었다. 괜스레 심장만 쿵쾅거리며 울릴 뿐이었다. 전화를 다시 한번 해 볼까, 휴대폰을 만지작거리고 있는데 안에서 신아의 옅은 목소리가 흘러나왔다. 엄밀히 말하자면 그건 목소리가 아니라 하나의 음향이었다. 그 소리에 얽혀 남자의 웃음소리가 들렸다. 소름이 돋았다. 다락문을 살짝 밀어 보았다. 가장 먼저 눈에 띈 것은 발목이었다. 그리고 한쪽 발목에 걸쳐 있는 갈색 줄무늬 삼각팬티, 시커먼 털이 숭숭 나 있는 굵은 종아리, 그리고 눈부시도록 하얀 엉덩이였다.

"걸레 같은 년, 네년이 날 먼저 유혹했어, 그렇지? 그렇다고 말해."

씹듯이 내뱉는 남자의 목소리가 들렸다. 머릿속이 하얘졌다. 심장박동 소리가 너무 커서 신아에게 들릴 것 같았다. 나는 어깨에 멨던 가방을 가슴에 안고 입을 막았다. 꿈을 꾸고 있는지도 모른다고 생각했다. 신아가 말한 영화 내용이 너무 강렬해서 환상을 보고 있는지도 모른다고 생각했다.

남자의 짧게 깎은 뒷머리칼은 두피를 파고 들어갈 듯이 고불고불했다. 너무 숱이 많고 고불고불해서 손가락으로 살짝 만지기만 해도 머리카락에 묶일 것만 같았다. 그러니까 여자아이가 남자의 머리를 잡고 있는 것이 아니라 머리칼에 손이 갇혀 있는 것이라 해야 옳았다. 여자아이의 한 손은 남자의 뒷머리카락 속에 갇혀 있었고 다른 손은 남자의 목덜미에 놓여 있었다. 남자의 목덜미 위로 땀이 흘렀다. 그 땀방울은 또 다른 땀방울을 만나 더 큰 땀방울이 되어 격렬하게 움직이고 있는 등짝의 척추뼈를 중심으로 좌우로 흘러내렸다. 울긋불긋 여드름 자국이 남아 있는 남자의 등은 사춘기 소년처럼 웃고 있었다. 팬티 자국이 선명하게 보이는 하얀 엉덩이가 아래위로 움직였다. 엉덩이도 웃고 있었다. 그러나 그럴 때마다 여자아이는 웃음 같기도 하고 울음 같기도 한 희한한 소리를 내지르고 있었다. 모를 일이었다. 여자아이는 바이올린의 줄처럼 팽팽하게 소리를 내지르고 있었다. 이런 상황에서는 전혀 어울리지 않는 소리였다. 나는 비명을 지르고 싶었다. 그때 누군가 뒤에서 내 입을 막았다. 돌아보니 남자아이였다. 그러니까 시원(始原)부터 함께했던 나의 남자아이. 보자마자 알 것 같았다. 남자아이는 나와 똑 닮았다.

아니 나와 똑같이 생겼다. 나는 소리를 내지 않겠다는 의미로 고개를 끄덕였다. 그제야 남자아이는 막았던 나의 입에서 손을 뗐다.

여자아이는 계속 눈을 감고 있었다. 그게 참 다행스러웠다. 여자아이가 날 보지 않았다면 나도 아무것도 보지 않은 게 된다. 나는 돌아서려고 했다. 그러나 뒤꿈치를 들 수가 없었다. 오랫동안 쭈그리고 앉은 것도 아닌데 다리가 저렸다. 나는 아무 소리도 내지 않았다. 단지 마룻바닥에서 삐그덕 소리가 났을 뿐이다. 여자아이가 눈을 떴다. 백 살 먹은 거북이같이 고요한 눈. 눈은 나를 바라보았다. 나는 어깨를 으쓱했다. 이런 건 아무것도 아니라는 듯이. 여자아이의 앞머리는 땀에 젖어 있었다. 정말 이런 건 아무것도 아니었다. 그런데 여자아이의 얼굴은 자꾸만 빛을 잃어 갔다. 나는 엉금엉금 뒤돌아 거북이처럼, 갑자기 나이가 먹어 노쇠한 것같이 비참한 모습으로 계단을 기어 내려갔다. 1층 마루에 이르러서야 나는 허리를 우두둑 폈다. 그리고 어둠을 가로질러 나는 소리 없이 사라져 갔다.

현관문은 활짝 열려 있었다. 거실에는 환하게 불이 켜져 있었고 경쾌한 선율의 음악이 흐르고 있었다. 자정이 다 되어 가는데도 아줌마는 집에 가지 않고 어머니와 함께 소파에 앉아 있었다. 아줌마는 눈동자를 뒤룩뒤룩 굴리며 뾰로통하게 말했다.

"왜 이렇게 늦게 들어왔어? 네 엄마가 얼마나 걱정했는지 알아?"

아마도 어머니는 아줌마를 집에 들어가지 못하도록 잡아 놓은 것이 분명했다.

"쉬고 싶어요."

나는 다리를 질질 끌고 거실을 지나 2층으로 올라갔다. 어서 빨리 잠들고 싶을 뿐이었다. 어머니가 따라오더니 뒤에서 나를 안았다.
"용서해 줄 수 있겠니?"
어머니는 풀 죽은 목소리로 울먹였다.
"내가 정말 몹쓸 짓을 한 것 같아. 정말 미안하다. 이런 날 용서해 줄 수 있겠니?"
주문이라도 외듯 중얼거리며 어머니는 내 몸을 더 꽉 껴안았다. 술 냄새에 섞여 어머니에게선 바람 냄새가 났다. 언젠가 아버지에게서 났던 그 냄새.
"아버지는 들어오기로 했어. 너라는 걸 모르는 것 같으니까 아무 말도 하지 마라."
나는 평화를 생각했다. 평화, 평화다.
죽음처럼 깊은 잠, 모든 기억을 송두리째 지울 수 있을 정도로 깊은 잠을 잤다.
눈을 떴을 때 너무나 현실적으로 근심스러운 표정의 아줌마가 서 있어서 조금 놀랐다. 아줌마는 한참 동안 내 방문을 두드렸다고 했다. 아무 기척이 없어서 잠긴 내 방문을 열쇠로 따고 들어와 나를 여러 번 흔들어 깨웠다고 했다.
"전화 좀 받아 봐. 신아라는 친구가 있지?"
늘 울상을 짓고 있는 아줌마의 얼굴은 주름으로 더욱 구깃구깃해져 있었다. 나는 아줌마가 건네준 무선전화기를 받았다. 전화선을 타고 중년 여성의 목소리가 흘러나왔다. 물기가 가득 배어 있는 목소리가 무언가를 말했고 나는 그게 무슨 말인지 알아들을 수가 없어서 몇 번이나 되물었다. 내 옆에서 아줌마는 손바닥을 비비며 서 있었다. 손바닥을 비비는 것은 불안을 해소하는 아줌마의 버릇이었다. 나는 전화를 끊었다. 그리고 아줌마의 얼굴을 올려다보았다.

"어쩜 좋아. 에구, 딱한 것. 어쩌면 좋아."

아줌마는 혀를 끌끌 찼다. 손바닥을 비비는 것만큼이나 어머니가 질색으로 여기는 아줌마의 두 번째 버릇. 아줌마는 무선전화기를 다시 들고 나갔다. 머릿속은 마구 헝클어져 있었다. 무엇부터 해야 할지 갈피를 잡을 수가 없었다.

나는 다시 침대에 누워 눈을 감았다. 다시 잠이 들어 아침을 맞는다면, 이제까지 모든 것은 다 꿈이 되어 버릴지도 몰랐다. 눈꺼풀 사이로 잿빛 가루가 떨어져 내려왔다. 그것은 방에 날아 들어온 나방이 고단한 날갯짓을 할 때마다 바스라지는 가루였다. 이대로 있으면 눈이 멀지도 모르는데, 나는 몸을 움직이고 싶었지만 손가락 하나 까닥할 힘도 나질 않았다. 아랫배가 묵직했다. 커다란 돌을 배와 사타구니 위에 올려놓은 것 같았고 누워 있던 자리도 매우 거북스러웠다. 몸을 뒤척이자 팬티 아래로 무언가 끈적하고 축축한 것이 흘러내렸다. 나는 조용히 몸을 일으켰다. 빼꼼히 열려 있는 창문 사이로 차가운 바람이 들어왔다. 조심스레 이불을 걷어 보았다. 하얀 시트 위 얼룩진 검붉은 핏자국. 내 나이 열일곱, 초조였다.

목욕탕에 들어가 옷을 벗고 샤워기의 부서지는 물줄기 아래 섰다. 타일 바닥 위로 핏방울이 뚝뚝 떨어졌다. 손바닥으로 뿌옇게 된 거울을 닦아 나신의 나를 들여다보았다. 엷은 통증이 왔다가 사라졌다. 바닥에 떨어지는 흔적들을 샤워기 물로 쓸어 내렸다. 동그랗게 붉은 선을 만들며 하수구로 붉은 물이 빠져나갔다.

　방에 들어가 옷장 문을 열었다. 그리고 신아에게 줄 검정 원피스를 꺼냈다. 나는 검정 원피스를 내 앞에 대보았다. 이것을 입고 있을 신아의 모습이 어쩐지 떠오르지 않았다. 벗은 몸 위로 소름이 오소소 돋았다. 나는 검정 원피스의 뒤 지퍼를 내리고 머리를 끼워 넣었다. 팔을 뒤로 해서 지퍼를 끌어올렸다. 품은 의외로 헐렁했고 어깨는 딱 맞았다. 소매는 약간 짧았지만 그럭저럭 입을 만했다. 검정 원피스를 입은 나는 거울 앞에 서서 한참을 쳐다보았다. 고급스러운 벨벳 원피스와 짧은 스포츠머리의 내 모습은 정말이지 우스꽝스러웠다. 신아가 보았다면 깔깔대고 웃었을까, 아니면 신경질을 냈을까.

　산책이라도 가듯 나는 병원의 영안실을 향해 느릿느릿 걸어갔다. 쇼윈도에 비친 검정 원피스를 입은 내가 한껏 불길해 보였다. 그런 나의 모습을 응시했다.
　영안실은 종합병원 입구에서 한참 떨어져 있는 건물의 지하에 있다. 계단을 내려가기 전에 입구에 서서 영안실에 안치된 사람들의 이름을 확인해 보았다. 어쩌면 평범하고 흔한, 공통점이라곤 보이지 않는 이름들이었다. 하지만 영안실 명단 위 팻말로 걸리는 순간, 명단 속 이름들은 왠지 죽음의 그림자가 애초부터 들어 있었던 것 같은 공통점이 느껴진다. 분명히 내 이름 속에도 있을 저 그림자. 어쩌면 나는 그늘 속에 너무도 오랫동안 서 있어서 그것을 인식하지 못했는지 모르겠다.

신아는 3호실이었다. 3호실엔 하얀 소복을 입은 여자 혼자 넋 나간 듯 앉아 있었다. 영정 사진 속의 신아는 교복을 입고 있었고 사진 앞에는 국화꽃 몇 송이가 놓여 있었다. 운동화를 벗고 올라가 입구의 화병에 꽂혀 있는 하얀 국화꽃 한 송이를 빼어 영정 사진 앞에 올려놓고 절을 했다. 소복을 입은 여자가 그제야 정신을 차린 듯 자리에서 일어섰다. 나는 소복을 입은 여자를 향해 절을 했고 여자는 눈물을 주루룩 흘리며 벌게진 눈으로 나를 바라보았다.

"신아에게 말만 들었는데 이제야 너를 보는구나."

여자는 울음 때문에 말을 더 잇지 못했다. 그리고 여자는 미동도 않은 채 영정 사진만을 뚫어지게 쳐다보며 지친 표정으로 구부정하게 앉았다. 문상객도 별로 없었고 교복을 입은 아이들 몇이 시끄럽게 식사를 하고 있었다. 나는 물끄러미 사진을 바라보다가 여자에게 물었다.

"정말 교통사고가 맞나요?"

여자는 대답하지 않고 고개만 끄덕였다. 흰자위가 빨갛게 충혈되어 있었다.

사진 속의 신아는 그러고 보니 하나도 우울해 보이는 얼굴이 아니었다. 입꼬리가 살짝 올라간 신아의 얼굴은 명랑하고 예쁘게 생긴 계집아이일 뿐이었다. 그늘 하나 없어 보이는 신아의 밝은 얼굴 양쪽으로 검정 리본 띠가 매여 있었다. 그것만 없다면 심각하게 느낄 그 어떤 것도 아니었다.

눈물은 나지 않았다. 그저 심장박동 소리가 자꾸 커져 올 뿐이었다. 심장박동 소리가 너무 커져서 머리가, 귀가 아팠다. 신아의

검정 원피스를 입다 241

웃음소리가 들리는 것 같았다. 나는 눈을 감았다. 진흙 냄새 같은 게 콧속으로 훅 끼쳐 들어왔다. 나는 신아의 방문을 연다. 신아는 창을 향해 우두커니 앉아 있다. 신아의 뒷모습은 끄덕끄덕 졸고 있다. 신아는 아주 화사한 분홍색 카디건을 입고 있다. 뒷모습이었지만 썩 잘 어울려 보인다. 신아의 이마는 앉은뱅이책상 위에 고뇌하듯 기대어 있고 몸을 늘어뜨리고 있다. 발바닥이 끈적거린다. 아래를 내려다본다. 신아의 손목을 타고 검붉은 핏물이 흘러나오고 있다.

"넌 생명선이 두 개야."

언젠가 신아는 내 손바닥을 들여다보며 신기하다는 듯이 말했다. "생명선이 이렇게 두 개로 똑바로 붙어 있는 걸 보면 넌 두 사람의 몫을 살 운명인 거야."

그러면서 신아는 검지와 중지를 펴서, 내 손바닥 위에 두 개의 선을 천천히 그려 내려갔다. 오른 손바닥 안쪽 선은 왼편으로 치우쳐 굵고 길게 내려와 있는 반면, 바로 옆에 붙어서 내려오는 바깥 선은 가늘고 좀 더 짧게 내려와 있었다.

"그러니까 넌 고민할 필요가 없어. 네 안에 남자가 있다는 건 지극히 자연스러운 거니까."

신아의 목소리가 귓가에 속삭였다.

아무리 기억을 더듬어 보아도 신아의 생명선은 어떠했던가 기억나지 않았다. 심장박동이 서서히 잦아들었다. 나는 눈을 떴다.

"마지막 통화 목록에 네 이름이 있더구나. 신아가 혹시 어떤 말을 했니?"

여자는 나를 바라보았다. 나는 고개를 흔들었다. 기억이 나지 않았다.

"신아 아버진 어떻게 되는 거죠?"

나의 말에 여자는 눈을 동그랗게 떴다. 눈도 아프고 이마도 뜨거워졌다. 신아가 말한 영화 이야기를 하려고 했다. 그런데 나는 그 말은 하지 못했다. 대신 나의 아버지와 내가 찍은 사진에 대해 이야길 했다. 아버지와 정사를 벌인 여자가 신아로 보였다는 말도 했다. 여자의 어리둥절한 눈빛. 나는 의혹이 가득 찬 여자의 눈길을 뒤로 하고 지하에 있는 영안실에서 나와 계단의 난간을 손바닥으로 쓸면서 지상으로 올라갔다. 쇠로 된 난간은 곡소리와 향 내음에 젖어 죽음처럼 차가웠다. 1층 입구까지 올라가자, 매끈거리는 난간에 묻어 있던 잔잔한 먼지 때문에 손바닥은 잿빛이 되었고 생명선은 하나로 보였다.

입구를 나서자 바람은 더 차가워지고 어둠은 더욱 깊어져 있었다. 주차장의 깊은 어둠 속에서 무언가 형형히 빛을 발하는 것이 눈에 띄었다. 창문마다 두꺼운 커튼이 내려져 있는 상여 버스의 타이어 밑이었다. 허리를 굽혀 한참을 봐서야 그 형광 빛의 물체가, 다름 아닌 유난히 꽃대궁이 큰 하얀색 국화라는 것을 알았다. 국화를 들어 올려 코에 가져가 대보았다. 줄기가 꺾인 지 한참 된 듯했지만 코끝을 스치는 부드러운 꽃잎이며 향기가 상큼했다. 어둠은 깊어 그림자가 보이지 않았다. 검정 원피스를 입은 나는 어둠 속에서 더 이상 눈에 띄지 않았다. 이젠 그늘 속에 그림자 속에 있지 않아도 상관없었다. 난 이제 누구 눈에도 띄지 않을 테니까. 난 이제 그저 여자가 된 것이다. 전혀 특별할 것도 새로울 것도 없는 여자가. 그 평범함이 나를 더욱 너그럽게 만들어 주는 것 같았다. 나는 상여 버스 아래에 한참을 앉아 하얀 국화꽃 향기를 맡았다.

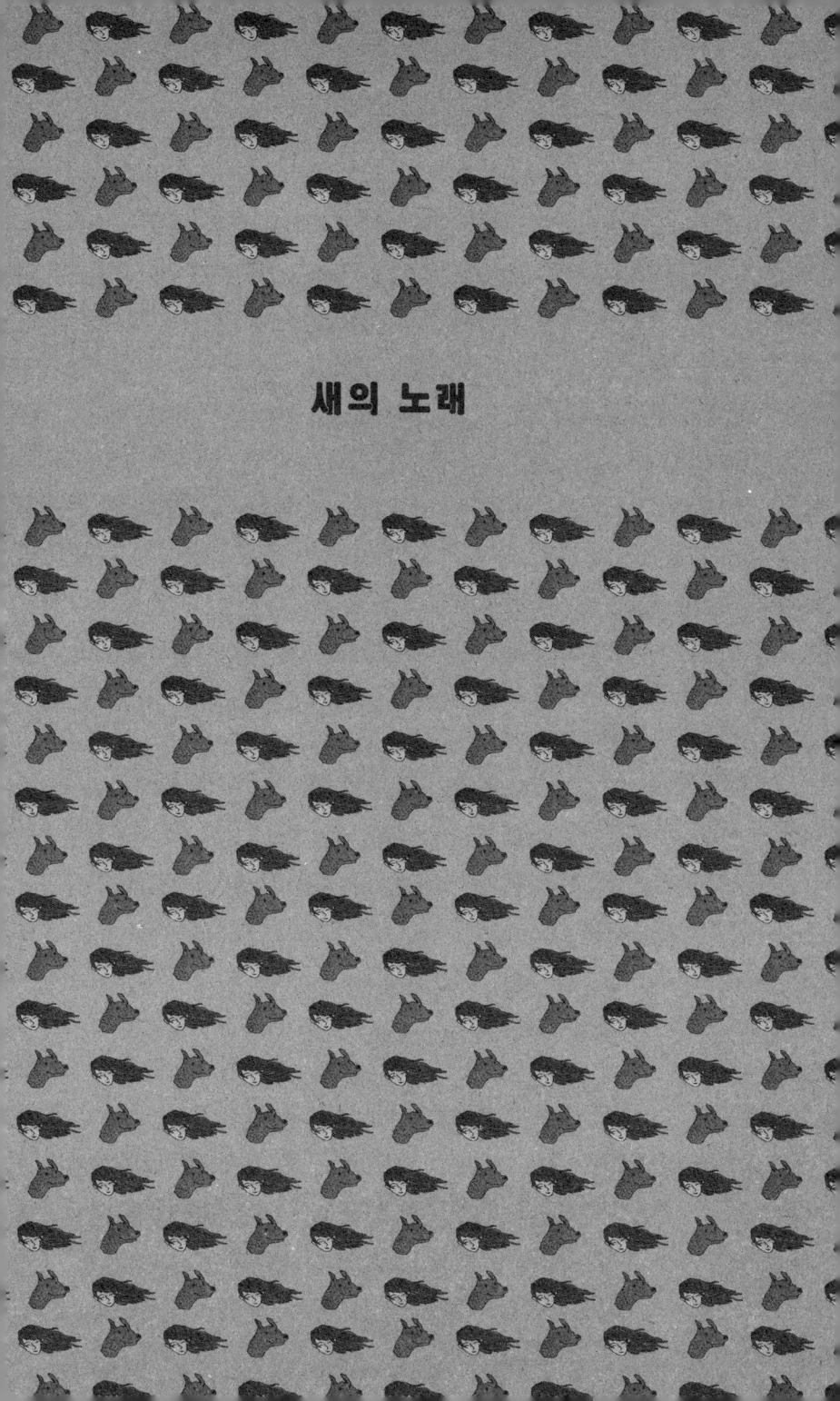

새의 노래

섬에 고준위 융폐기물 처리 공장이 완공된 다음 날, 검은 새가 날아왔다. 새는 거대한 날개를 펄럭이며 새벽녘 어스름 잿빛 구름이 가득한 하늘 위를 맴돌았다. 새는 융폐기물 처리 공장의 지붕에 해당되는 은빛 돔을 공격이라도 하듯 빙빙 돌며 부리로 한참을 쪼아 댔다. 이윽고 새는 날개를 접어 사뿐히 돔 위에 올라앉았다. 새는 목을 길게 빼어 섬을 내려다보았다.

유원지 개발 공사 이틀 만에 섬은 누더기처럼 되어 버렸다. 포구와 숲을 잇는 진입로를 확보하기 위한 공사로 숲의 중앙부 나무와 바위가 무너져 내렸다. 끊임없이 먼지와 소음을 일으켰지만 숲을 에워싼 바리케이드 덕분에 정작 해변에 인접한 마을 사람들은 공사가 조용히 진행되고 있다고 믿었다.

표주박 모양의 섬은 중앙으로 갈수록 지형이 높아졌다. 거기엔 숲이 있었다. 숲의 아래쪽엔 나이 많은 적송이 미끈하게 뻗어 있었고 중심부로 들어갈수록 울박나무, 활칠나무, 팽나무, 느티나무와 같은 활엽수림이 빽빽하게 자리하고 있었다. 섬의 활엽수림을 밀어내 유원지와 호텔을 세운다고 했다. 20층 높이의 호텔에서는 주변 소나무가 발산하는 상쾌한 피톤치드를 흡입할 수 있으며 창을 통해 바다도 내려다볼 수 있도록 지어질 것이라고 했다. 호텔이 높아지는 만큼 땅은 아주 깊숙이 파헤쳐질 것이다.

새는 섬의 변해 가는 모습을 확인이라도 하듯 이리저리 고개를 돌렸다. 새의 깃털은 까마귀처럼 검었지만 정수리 위론 짧은 갈색 털이 비죽비죽 솟아 있었고 크기는 몇 세기 전 멸종했다는 시조새만큼, 아니 그보다 더 컸다. 날개를 죽 펴고 날 때는 왜가리 모양과 흡사했지만 돔 위에 앉아 머리를 좌우로 돌리며 주변을 살필 때는, 꼿꼿하게 솟은 짧은 갈색 털과 눈동자 때문에 딱바구리처럼 보이기도 했다.

새벽녘 새가 섬에 온 것을 가장 처음 목격한 이는 금치산자인 여인과 거지 노인이었다.

백치 여인은 30대 초반쯤 되었는데, 원래 섬 주민이 아니었다. 지난여름 태풍이 지나간 아침, 갯벌에 쓰러져 있는 걸 이장이 살려 놓았다. 여인은 말을 못 했고 검지손가락을 허공에 빙빙 돌리며 신음 같기도 하고 비명 같기도 한 야릇한 소리를 우물거렸다.

늙은 이장은, 시집보낸 딸이 생각난다며 딸이 쓰던 방에 여인을 들였다. 다른 섬으로 팔려 가려고 배에 태워진 창녀가 폭풍에 쓸려 온 것 같다며 마을 사람들은 수군댔다. 이장은 그런 소리를 들을 때마다 노기를 띠고, 기댈 데 없이 가련한 백치 여인을 그렇게 모함

하는 게 아니라며 나무랐다. 늙은 이장은 밤마다 자신의 방에 백치 여인을 불러들였다. 섬사람들 모두 알고 있었으나 모든 이들이 알고 있다는 것을 이장만 모르고 있었다.

　반면 거지 노인은 그의 조부의 조부부터 줄곧 섬에 살았던 토박이였다. 그는 장가도 가지 않고 숲의 외곽에 살면서 밭농사를 지었다. 유일한 피붙이였던 노모가 죽던 해, 그의 고추밭이 소금물에 잠기더니 그 후로 3년 연달아 농사를 망쳤다. 말수가 부쩍 줄어든 그는 두문불출하기 시작했다. 물도 마시지 않고 변소도 가지 않고 일주일 동안 잠만 자더니, 그는 자리에서 일어났다. 서른도 안 된 그는 이미 노인의 모습이 되어 있었다. 그때부터 그는 걸식을 시작했다. 마을 사람들은 그간의 정리(情理)를 봐서 처음에는 밥이며 반찬도 나눠 줬다. 그러나 곧 그를 외면했다. 노인은 유적지를 보려고 섬에 찾아오는 관광객을 상대로 구걸하면서 자연스럽게 마을의 유일한 거지가 되었다. 관광객이 뜸해진 10여 년 전부터는 섬 위편 암벽에 앉아 낚시를 하거나 쓰레기통을 뒤지며 근근이 구복을 채웠다.

　백치 여인과 거지 노인에게는 공통점이 있었다. 그 둘은 섬의 개발에는 관심이 없었다. 융폐기물 처리 공장 유치 여부를 묻는 투표에도 참여하지 않았으며(혹은 못했으며) 환경 단체들이 몰려와 반대 시위를 할 때도 무관심했다.

　공사가 시작되기 전, 섬 여기저기 묻혀 있는 유물과 각종 유적으로 인해 섬은 늙어 가고 있었다. 어떠한 개발도 유보됐다. 유구한 역사를 가진 섬은 예제없이 유물이 나올 것만 같은, 혹은 그럴 가능성이 농후한 곳이 되었고 모든 개발은 중지됐다. 미개한 시절 만들어 놓은 상수도관과 하수도관은 누수와 침수를 번갈아 가며 일으켰지만 함부로 땅을 팔 수 없었다. 공사를 하려면 시작부터 각계의 모든 전문가들이 총출동했다. 지질학자와 역사학자, 생태학자들이 나타나 근엄한 표정으로 흙을 맛보고, 긴 주사기로 조심스럽게 땅을 찔렀다. 가느다란 구멍을 만든 후 내시경에나 사용되는 엄지손톱보다 작은 로봇 카메라를 집어넣어 정밀 검사를 마친 다음에야 공사를 시작할 수 있었다. 그나마 유물이 없을 경우에나 가능했다. 깨진 접시 조각 하나라도 발견되면 고고학자들이 나타나 몇 날 며칠이고 심혈을 기울여 발굴했으며 성과가 없더라도 '영구 개발 정지'라는 팻말이 붙었다.

해가 지날수록 섬을 찾는 관광객의 수는 줄어들었다. 더운물이 나오지 않으며 마을의 공동변소를 사용해야 하는 곳에 오기 꺼리는 건 당연한 일이었다. 가끔 빈곤 체험이나 극기 훈련을 위해 종교단체나 사회단체에서 야영을 왔다. 관광객들은 섬을 찾는 대신, 섬에서 발굴된 유물과 문화재를 모아 놓은 도시의 박물관을 찾았다. 발굴과 도굴로 텅 비어 버린 거대한 고분 같은, 이제는 늙어 버린 섬에 오고 싶어 하는 사람은 없었다.

융폐기물 처리 공장을 유치하면 섬은 개발이 가능했다. 공장을 유치하기 위해선 주민들의 동의가 있어야 했다. 찬반 투표에 참여한 1093명의 섬 주민들 모두 융폐기물 처리 공장 유치에 찬성했고 관광지 개발을 염원했다.

섬 전체의 정밀 지질조사 결과 다소 지층이 불안정함에도 불구하고 압도적인 투표 결과에 따라 공장 건설이 강행되던 날, 환경 단체의 여성 간사가 분신을 시도했다. 당시 거지 노인은 옆에서 낚시를 하고 있었는데 여성 간사를 말리지 않았다. 때마침 불어온 해풍으로 끝내 불은 붙지 않았다. 분신은 해프닝으로 끝났지만 여성 간사의 손바닥엔 화상 자국이 조금 남았고 공장 건설과 개발은 지체 없이 진행됐다.

여당 총재와 유력 인사들이 참여한 (신화나 전설이 아닌 섬사람들이 목격한 전무후무하게 성대한) 마을 잔치도 있었다. 백치 여인과 거지 노인만은 잔치에 가지 않았다. 백치 여인은 갯벌을 걸어 다니며 게와 조개를 잡아 바구니에 담았고 노인은 공장 부지를 마주하는 높은 암벽 끝에 걸터앉아 낚시를 했다.

새는 정물처럼 섬을 묵묵히 내려다볼 뿐이었다. 똥을 갈길 때만 궁둥이를 들었다 놨다 했다. 가끔 고개를 뽑아 들고 목울대가 불룩하게 나오도록 힘을 주며, 낯선 이국의 새 울음소리에 마땅치 않은, 히루룩 히루룩 웅장한 소리를 내기도 했다. 한쪽 깃만을 주욱 펼치고 주황색 부리로 털을 고르기도 했다. 섬사람들은 해가 중천에 떠서야 공장의 은빛 돔 위에 불길하게 앉은 거대한 검은 새를 발견했다.

융폐기물 처리 공장은 섬의 끄트머리에 있었다. 표주박처럼 생긴 섬의 줄기 부분에 해당됐는데 고도가 높기 때문에 공장은 섬을 기웃하게 내려다보는 형상이었다. 공장 바로 뒤는 절벽이었다.

방자웅 유출을 방지하기 위해 처리 공장은 정밀하게 지어졌다.

모든 고준위 융폐기물은 고온 플라즈마를 발생시켜 유리화했다. 소량의 방사융 물질도 외부로 누출될 가능성을 없앴다. 유리화 과정 중 발생하는 다이옥신 같은 배출 가스 역시 발생 즉시 고체화시키는 각종 장치로 채워져 있었다. 정밀하게 지어진 공장의 바깥은 다중 방벽 시스템으로 만들어진 세 개의 완벽한 담장으로 둘러져 있었다. 그 때문에 해변이나 마을에서 올려다보면 처리 공장은 은빛 기둥 일부와 그 위 돔만이 보일 뿐이었다. 공장은 섬 안에 있는 또 다른 섬이었으며 금단의 구역이었다. 금단의 구역을 사람들은 굳이 가고 싶어 하지 않았기에 새가 그렇게 크지만 않았어도 돔 위에 새가 있다는 사실을 알지 못했을 것이다.

일주일에 한 번씩 섬을 찾아와 숲의 바리케이드 앞에서 침묵시위를 하던 환경 단체의 청년 간사가 새의 사진을 찍어 도시의 본청을 방문했다. 사진을 본 본청의 간부들은 재빨리 기자들에게 연락을 취했다. 그날 저녁, 석간신문 1면과 방송사들의 뉴스 헤드라인을 차지한 기사는 '거대한 새'에 관한 것이었고 타이틀은 이랬다.

"섬에서 거대한 새 발견, 고준위 융폐기물 처리 공장의 방사융 유출로 인한 유전자 변이 의심된다."

다음 날 아침, 도지사는 세계 조류학회 회장인 조류학자를 대동해 섬을 찾았다. 도지사는 거대한 새가 나타난 것을 자신에게 빨리 알리지 않은 이장을 문책했다. 도지사는 보좌관을 시켜 새가 돔 위에 앉아 마을을 거만하게 내려다보는 모습을 찍게 했다. 세계 조류학회 회장은 새의 모습을 유심히 관찰하고 새가 떨어뜨린 깃털과 새똥을 채취했다.

　이어 한 무리의 사람들이 작은 보트 몇 척에 나눠 타고 섬에 들어왔다. 그들 가운데 기자들은 공장을 기웃하게 바라보는 암벽 위, 그러니까 거지 노인이 곧잘 낚싯대를 드리우는 곳에서 망원렌즈를 끼운 카메라로 새를 찍고 주민들과 세계 조류학회 회장을 인터뷰했다. 조류학회 회장은 "이 '거대한 새'는 방자융 유출로 인한 유전자 변이로 탄생한 새가 절대 아니며 약 500년 전 멸종되었던 조류로 추정된다. 어떻게 생존하였는지는 좀 더 정밀한 유전자 검사가 필요하다."라고 말했다.

　세계 방자융 환경 영향 평가원의 연구원들은 안테나가 달린 컴퓨터를 갖고 와서 일대를 조사했고, 방자융은 전혀 검출되지 않았다고 발표했다.

　발표가 있자, 이번에는 조류학자, 생물학자, 그리고 인류학자들이 다투어 섬을 찾았다. 그들 역시 섬 아이들이 주워 온 검은 새의 깃털과 갯벌에 군데군데 떨어져 있는, 바닷물에 쓸려 가지 않고 용케 남은 계란 프라이만 한 새똥을 수거해 갔다.

　한바탕의 소동에도 꼼짝 않던 새는, 돔 위에 올라앉은 지 이틀 만에 공중으로 날아올랐다. 새는 날개를 활짝 펴고 돔 위를 세 바퀴 돈 후, 어리둥절한 표정으로 올려다보고 있는 마을 사람들과 기자들과 각계의 학자들의 머리 위 가까이까지 빠른 속도로 내려왔다가 바람을 가르며 다시 하늘로 올랐다. 폭풍이 오기 전, 검은 구름이 지나가기라도 한 것처럼 거대한 새의 날갯짓은 순식간에 마을을 어둠에 휩싸이게 했다. 공중을 가르는 날개의 마찰음은 차가운

칼이 장막을 찢는 것처럼 날카롭고 섬뜩했다. 사람들은 소리를 지르며 바닥에 주저앉았고 용맹한 몇 명만이 돌멩이를 눈으로 찾으며 몸을 움츠렸다. 그뿐이었다. 새는 그 이후로 마을 근처엔 내려오지 않았다.

새는 돔 위에다 둥지를 짓기 시작했다. 둥지를 짓기 위한 나뭇가지로 섬에 있는 삭정이나 나뭇잎은 거들떠보지도 않았다. 새는 해협을 건너 머나먼 남국에서 나뭇가지를 물어 왔다. 둥지는 더디게 지어졌다. 하나 새는 전혀 초조하게 여기지 않는 것 같았다. 새는 저만의 속도로 커다란 날개를 펄럭이며 유유히 바다를 건너다니면서, 더러는 열대열매가 맺혀 있기도 하고, 더러는 색 바랜 이끼가 붙어 있는 나뭇가지를 물고 와 둥지를 지었다.

아이들은 새에서 떨어져 나온 깃털을 줍느라 공장 근처의 담장을 얼쩡거리는 일이 잦아졌다. 거대한 새의 검은 깃털은 그것 하나만으로도 훌륭한 장식품이었다. 깃털의 길이는 90센티미터가량 되는 것도 있었지만 대개는 70센티미터 정도였다. 반질반질한 속 털은 정교하게 빗겨 놓은 것처럼 가지런했다. 깃털에 물을 묻혀 햇빛에 비치면 오색 빛이 반사되어 보였다.

도지사는 섬을 돌며 집 안을 깨끗이 정리할 것을 지시했다. 한때 민박을 두느라 지어 놓았던 방이 쓸모없는 광으로 변한 지 10년이 넘었기에, 섬사람들은 방을 치우느라 부산을 떨었다. 이장도 백치 여인을 가장 좁은 광으로 옮기게 하고 방을 치웠다.

초여름, 본격적인 휴가철이 아니라 기대처럼 폭발적으로 관광객이 늘어난 것은 아니지만, 10년 만에 운행된 여객선은 하루에 네 차례씩 손님을 싣고 섬을 찾았다. 대개 몇 시간 망원경이나 쌍안경으로 새를 구경하다 가는 당일치기 손님이었지만 그것만으로도 주민들이 들뜨기엔 충분했다. 약삭빠른 사람들은 육지로 나가 망원경을 사 가지고 와서 돈을 받고 빌려 주었다. 여자들은 버너를 가지고 나와 전을 부치기도 하고 집에서 담근 술을 내다 팔았다. 남자들은 아이들이 담장 주변과 갯벌에서 주워 온 깃털을 빼앗아 관광객들에게 비싸게 팔았다.

거지 노인은 더 이상 암벽에서 낚시를 할 수 없었다. 그곳이야말로 새를 관찰하거나 사진을 찍기에 더없이 좋은 장소였기 때문이다. 이장은 관광객들이 새와 둥지를 배경으로 사진을 찍을 때마다 모금함에 만 원씩 낼 것을 요구했다. 요금 받는 일은 백치 여인이 했다. 백치 여인은 모금함과 금액이 적힌 팻말을 목에 걸고 동상처럼 서 있었다. 백치 여인이 눈을 깜빡이거나 손으로 머리칼을 쓸어 넘길 때마다 사람들은 백치 여인이 살아 있는 사람이라는 사실에 깜짝 놀랐다. 도시에서 온 관광객은 백치 여인의 가슴에 매달린 모금함에 만 원짜리 지폐를 넣었다. 10만 원짜리 지폐를 넣고 돈을 거슬러 달라는 사람은, 대꾸도 없고 거스름돈도 주지 않는 백치 여인에게 고함을 지르기도 했다.

그러나 대부분의 관광객들은 둥지에 꼼짝 않고 앉아 있는 새를 배경으로 사진을 찍거나 망원경으로 새의 갈색 눈동자와 정수리에 신비롭게 솟아 있는 갈색 털을 보는 것에 만족했다. 저렇게 거대한 새가 그동안 문명의 눈에 띄지 않고, 나라와 나라 사이 정밀하게 강화된 그 어떤 레이더망에 포착되지 않은 것을 신비롭게 여겼다. 거대한 검은 새는 시원(始原)의 내밀한 비밀을 담고 있었다. 새는 존재만으로도 숨 막히는 공포와 두려움을 느끼게 했으며 동시에 고아한 비밀을 간직한 듯한 늠름한 자태에서 황홀한 경이를 맛보게 했다. 근접하기 어려운 맑고 투명한 기운은 보는 이들을 알 수 없는 죄책감에 빠져들게 했다.

해가 질 무렵, 담장 아래 축축한 갯벌 위로 새가 만드는 그림자를 사람들은 함부로 밟지 못했다. 알 수 없는 외경심에 그림자 주위에 빙 둘러 서 있을 뿐이었다.

이런 그들을 더욱 흥분시킨 것은, 새가 거대한 얼룩무늬 알을 품고 있다는 사실이 알려지면서였다. 이것은 세계 조류협회 회장 덕에 밝혀졌다.

새는 둥지에 앉아 있다가, 사흘에 한 번쯤 어둠이 완전히 내린 무렵에야 경계의 눈빛으로 주위를 둘러본 후 근해를 얕게 비행했다. 새는 작은 물고기를 부리로 채 가지고는 서둘러 돌아왔다.

조류협회 회장은 새가 잠깐 둥지를 비우는 때를 노려 소형 헬기를 타고 적외선 카메라로 둥지를 근접 촬영하는 데 성공했다. 둥지 안에는 누런 바탕에 검정 얼룩무늬가 있는 타원형의 알이 한 개 놓여 있었다. 알의 크기는 직경 1미터에 너비 60센티미터 정도 되었다.

이 모습은 세계 각지의 메인 뉴스 시간대에 방송되었다. 알을 촬영하고 있을 때 헬기를 향해 달려드는 거대한 새의 검은 날개도 카메라에 생생하게 잡혔다. 조류협회 회장이 단말마의 비명을 지르며 조종사에게 서둘러 돌아갈 것을 요구하는 목소리, 새의 히루룩 히루룩 우는 날카로운 소리, 헬기를 당장 부서뜨릴 것만 같이 발톱으로 헬기를 긁는 소리, 퍼드득거리는 날갯짓 소리가 현장감 넘치게 들렸다. 새의 공격적인 모습은 보는 이들에게 두려움을 느끼게 했고 그러기에 더욱 짜릿했다.

극적 효과가 컸던 만큼 섬을 찾는 관광객 수는 하루가 다르게 늘어났다. 하루에 4회씩 오가는 선박으론 어림도 없었다. 관광선은 하루 10회로 증선됐다. 새의 깃털이 동이 나자, 손재주 좋은 이들은 까마귀 깃을 여러 개 이어 붙여서 만든 가짜 새 깃털을 팔았다. 암벽에서 사진을 찍기 위해 기다리다가 시비가 붙은 관광객 한 명이 추락하는 사고가 일어나기도 했다.

비판론 또한 만만치 않았다. 세계에 하나밖에 없는 거대한 새를 보호하자는 움직임이 일었다. 알을 품고 있는 예민한 어미 새 둥지 곁에서 무리한 촬영을 감행한, 가장 기초적인 조류 보호 규정을 무시한 조류학회 회장을 비난하는 원색적인 성명서가 잇따라 발표됐다. 그제야 환경부에서는 정밀 생태계 조사를 위해 연구진을 섬으로 보냈고 새는 세계 희귀 멸종 위기 1급 조류로 지정됐다. 섬의 일부 해안은 '세계 희귀 조류 보호 구역'으로 지정되고 통제됐다.

쏟아지는 비난에 조류학회 회장은 당황했고 억울했다. 궁극적으로 새를 보호하고자 위험을 무릅쓰고 촬영한 대가가 이런 쓰레기 같은 비난인가 싶었다. 그는 조류협회 회장직을 사임했다.

그러나 그의 사임 건은 이슈가 되지 못했다. 사건은 엉뚱한 방향으로 흘러갔다. 새의 깃털을 사 간 도시의 아이가 원인 모를 고열과 구토에 시달리다 사망하고 만 것이다. 거의 비슷한 시각, 역시 거액을 주고 새의 깃털을 사 간 도시의 부인 역시 원인을 알 수 없는 바이러스에 감염되어 사경을 헤맨다는 소식이 발표됐다.

방역 당국에서 채취한 새의 분변과 깃털에서는 이렇다 할 전염성 바이러스가 발견되지 않았는데도 사람들은 황급히 깃털을 소각했으며 깃털에 접촉했던 사람들은 모두 국가 안전 관리 요원을 따라 재난 관리 공단에서 운영하는 국립 병원에 입원하여 정밀 검사를 받아야 했다.

사경을 헤매던 도시의 부인은 고열과 구토로 기진한 채 죽고 말았다. 아이와 부인은 세계 유수의 연구진에 의해 해부되었고 사람들은 충격과 공포에 휩싸였다.

수의과학 검역원은 조류 인플루엔자 변종 바이러스일 확률은 0.9퍼센트 미만이라는 연구 결과를 발표했다. 추가 발병 사례 역시 발견되지 않았다. 그러나 또 다른 배설물을 검사하고 있으며 감염 가능성은 매우 낮을 것으로 판명되지만 확신할 수는 없다는 애매모호한 말을 할 뿐이었다. 연구 결과와는 상관없이 조류 인플루엔자 바이러스의 변종일 수도 있다는 가능성에 대한 무책임한 추측들이 온갖 매스컴을 통해 연일 흘러나왔다.

10년 만에 재개됐던 섬의 관광선 운항은 모두 중단됐고 그나마 하루에 두 번씩 뭍과 섬을 오가던 통통배도 감염 위험을 우려해 사흘에 한 번으로 줄어들었다.

도지사는 안전성에 대한 충분한 검토 없이 새를 관광 상품으로 만들어 혼란을 초래한 것에 대해 정치적 공세에 시달려야 했다. 그러면서 큰아들의 불법 군 면제 의혹이 제기됐고, 섬 개발을 담당하는 건설사가 거액의 뇌물을 도지사의 장인에게 건넸다는 루머가 돌았다. 도지사는 궁지에 몰렸다.

　은빛 제복을 입은 보건소 안전 요원들은 주민들에게 혹시 모를 조류 바이러스 예방주사를 맞도록 지시했다. 집집마다 소독을 했으며 갯벌을 밟았던 모든 신발을 수거해 갔다. 갯벌과 거리마다 발판 소독조를 만들었다. 기자들과 각계 학자들은 서둘러 섬을 떠났다. 섬 유원지 개발 공사에 투입됐던 인부들마저 빠짐없이 섬을 떠나면서 모든 공사는 중단됐다. 환경 단체 간사들 역시 섬을 찾지 않았다.

　깃털을 주워 만지작거렸던 아이들이나 이를 팔았던 아비들은 죄다 도시로 끌려가 정밀 검사를 받아야 했다. 그들 가운데, 가짜 깃털을 만들어 비싼 값에 팔았던 이들은 사기죄로 감옥에 들어갔다. 섬에 남은 사람은 600명도 채 안 됐다. 그들은 공장 근처엔 얼씬거리지 않았고 둥지를 쳐다보지도 않았다. 해풍이 불어 새똥이나 깃털이 마을로 날아들까 봐 사람들은 전전긍긍하며 외출을 삼갔고 가까운 거리를 외출할 때도 마스크를 쓰고 우비를 입었으며 우산을 챙겨 들었다.

　그러나 백치 여인과 거지 노인만은 무방비로 돌아다녔다. 거지 노인은 한적해진 낭떠러지에서 다시 낚싯대를 드리웠다. 백치 여인은 맨발로 갯벌을 밟으며 게나 조개를 잡고 저녁이 되면 다시 바닷물에 던지는 일을 반복했다.

　밤이 되자 비가 내렸다. 바람은 거의 불지 않았고 비는 얌전하고 줄기차게 내렸다.

　다음 날 아침, 하늘은 화창하게 개어 있었다. 맑게 갠 하늘을 곁눈질로 살짝 올려다본 사람들은 새와 둥지가 돔 위에 없다는 사실을 발견했다. 마치 둥지는 거센 풍랑에 내동댕이쳐진 것처럼 공장 제3외벽 담장 너머 돌무더기에 아무렇게나 처박혀 있었다. 새도 보이지 않았다. 단지 새가 품고 있었음에 분명한 커다란 알껍데기가 돌 틈 사이에 핀 노란 기린초 무더기 이곳저곳에 흩어져 있었다. 투명한 햇살만큼이나 현실은 명확해졌다. 새는 어디론가 날아가 버렸고 알은 둥지와 함께 떨어져 깨진 것이다.

그날 아침, 새는 떠났고 더불어 바이러스에 대한 공포와 논란도 종지부를 찍게 됐다. 새의 깃털에서 발견되었다는 바이러스는 이종 전이가 불가능하다는 것이 세계 수의학 검역원에 의해 완벽하게 입증되었기 때문이다.

도시 부인의 사인도 밝혀졌다. 호흡기를 통한 조류 인플루엔자 변종 바이러스가 아닌, 난잡한 성생활로 인한 매독 변종 바이러스가 원인이었다. 이 때문에 도시의 비뇨기과와 산부인과는 갑자기 늘어난 환자들로 북새통을 이뤘다. 도시 아이의 사인은 부모의 무관심과 잦은 구타로 생긴 극도의 우울증이 뇌신경세포를 자극함으로써 생긴 뇌출혈 유발 변종 바이러스임이 밝혀져 부모는 구속당했다.

섬 주민들은 마스크를 벗고 안도의 한숨을 내쉬었다. 새가 떠난 것과 바이러스가 없다는 당연한 사실에 대해 그들은 감사 기도를 드렸다. 그들은 백치 여인의 비명 소리만 아니었어도 이날 아침의 유쾌한 기분을 몇 날이고 이어 갈 수 있을 터였다.

백치 여인의 비명은 섬 전체를 울렸다. 비명은 갯벌과 공장 담장을 불쾌하게 진동시키면서 섬 중앙에 있는 숲의 바리케이드 일부를 쓰러뜨리며 곧장 뻗어 갔다. 숲에 있던 크고 작은 들짐승과 날짐승들은 퍼덕거리며 날아오르고 더러는 가시덤불로 떨어지기도 하고 동굴 속에서 경중경중 뛰어나오기도 했다.

둥지가 사라진 공장의 돔을 바라보던 세 명의 노인과 네 명의 여자들, 바닥에 너절하게 부서진 새의 둥지를 발로 툭툭 차며 하작거리던 네 명의 아이와 두 명의 여자와 네 명의 남자들, 깨져 버린 알의 잔해를 막대기로 뒤적이던 이장, 이를 지켜보던 여섯 명의 남자들, 그리고 벼랑 끝에 서서 바다를 내려 보던 노인은 망태기를 짊어진 채 시선을 돌렸다. 백치 여인의 질러 대는 소리는 점점 커졌고 집 안에 있던 모든 주민들도 백치 여인에게 달려갔다.

백치 여인은 바들바들 떨며 무언가 손가락으로 가리켰다. 공장의 서쪽 외벽 그늘이었다. 거기엔 발가벗은 소년이 서 있었다. 소년은 열다섯 살은 되어 보였고 동남아시아 계열의 혼혈아를 연상시키는 까무잡잡한 피부에 크고 짙은 쌍꺼풀을 갖고 있었다. 입술은 도톰했고 콧구멍은 작고 콧대는 가늘고 높았으며 귀는 비정상적으로 커 보였다. 소년은 편견 없는 눈빛으로 백치 여인을 쳐다보고 있었다.

풍랑 뒤에 백치 여인이 섬으로 쓸려 왔듯, 소년 역시 난파된 어느 배에서 표류되어 휩쓸려 온 거라고 사람들은 생각했지만 선뜻 그에게 다가서지 못했다. 이때 이장이 소년에게 물었다.

"어디서 왔니?"

그러자 소년은 고개를 흔들며 (백치 여인이 하듯) 손가락으로 하늘을 가리키면서 '어 어어어'라고 대답했다.

"이름이 뭐니?"

마을 청년이 묻자 소년은 고개를 흔들며 '어어 어 어어'라고 말했다.

"말을 못 하나 봐."

섬으로 시집온 지 얼마 안 된 새댁이 중얼거렸다.

"알에서 태어난 거니?"

섬에서 가장 나이가 어린 아이의 한마디에 둘러서 있던 사람들은 일제히 웃음을 터뜨렸다. 아이는 얼굴을 붉힌 채 울상을 지었고 소년은 고개를 흔들며 '어어 어'라고 대꾸했다.

망태기를 짊어지고 있던 노인은 소년에게 다가갔다. 소년은 노인을 물끄러미 올려다보았다. 노인은 망태기를 바닥에 내려놓았다. 소년은 망태기 안으로 지칫지칫 걸어 들어갔다. 그때 사람들은 소년의 가무잡잡한 등 뒤 양쪽 어깻죽지에 자그마한 어금니 같기도 하고, 하얀 사마귀 같기도 하고, 어떻게 보면 흰색 고름 같기도 한 것이 뾰족하게 솟아 있는 것을 보았지만 아무도 유심히 살펴지 않았다. 소년이 망태기 안으로 들어가 완전히 보이지 않을 정도로 몸을 웅크리자, 노인은 힘겹게 망태기를 짊어지고는 천천히 걸어갔다. 사람들 사이에 '아' 하는 낮은 탄성이 흘러나왔다. 거지 노인이 떠나자 사람들은 흐지부지 흩어졌고 백치 여인만이 자리에 서서 거지 노인과 망태기를 오래도록 바라봤다.

이장은 도지사에게 전화를 걸었다. 새가 어디론가 날아가 버렸다는 것과, 새가 부화를 포기한 것이 분명한 알이 비바람에 떨어져 깨졌다는 것을 보고했다. 도지사는 시큰둥하게 듣더니 앞으론 자신에게 직접 전화하지 말고 반드시 보좌관을 통해 연락하라며 퉁명스럽게 전화를 끊었다. 이장은 무례하게 끊긴 전화기 앞에 앉아, 해변에서 발견된 소년에 대해 이야기하지 않은 것은 잘했다고 생각했다.

그날 밤 섬사람들은 일제히 똑같은 꿈을 꾸었다. 그것은 '참견하는 귀'에 관한 꿈이었다. 백치 여인의 비명, 마을 사람들이 빙 둘러서서 구경하는 모습, 아침에 있던 장면이 꿈에 그대로 재연됐다.

아이가 물었다.

알에서 태어난 거니?

소년은 알 듯 말 듯한 미소를 지었다. 사람들은 웃음을 터뜨리며 아니야, 라고 외쳤다. 순간 사람들의 양쪽 귀가 뜨겁지 않은 불에 타오르더니 사라져 버렸다. 귀가 사라지자 뻥 뚫린 양쪽 구멍으로 붉은 피가 흘러나왔다. 사람들은 뒤로 나자빠져 죽었다. 죽음에 빠진 상태에서도 의식은 남아 있었고 (이것은 꿈이었기에 물론 그들이 죽은 것은 아니었으므로) 어찌할 바를 몰라 당황했다. 약 30초 뒤 그들은 죽음에서 일어났다. 그들의 사라진 귀, 뚫린 구멍이 메워지더니 그 자리에 새로운 귀가 생겼다. 그것은 '참견하는 귀'였다. 새롭게 만들어진 귀는 바퀴만 했고 커다란 귓바퀴에는 밤톨만 한 얼굴이 박혀 있었다. 머리카락도 있고 이마도 있으며 짙은 눈썹에 코, 입술, 이, 혓바닥, 그리고 코털과 인중마저 있는, 인간과 똑같은 얼굴이었다. 인간의 얼굴이 박혀 있는 '참견하는 귀'는 인상을 찌푸리기도 하고 웃기도 하면서 쉴 새 없이 입을 놀렸다. '참견하는 귀'가 말할 때마다 커다란 귓바퀴는 펄럭였다. '참견하는 귀'의 얼굴은 귓구멍에 대고 수다를 떨고 참견했다. 정작 듣고 싶은 것은 들을 수 없었다. '참견하는 귀'가 시끄럽게 굴었기 때문에 다른 소리는 들을 수 없었다. 오직 '참견하는 귀'가 속삭이는 말이나, '참견하는 귀'가 듣도록 허용하는 말만 들어야 했다.

사람들은 꿈에서 깨어나고도 한참이나 멍하니 앉아 있었다. 자신의 멀쩡한 귓바퀴를 만지작거렸다. 거울을 보며 10분 넘게 양쪽 귀가 멀쩡하다는 것을 확인하고 나서야, 그것이 온전한 꿈이라는 것과 이제는 꿈에서 깨어났다는 사실에 가슴을 쓸어내렸다. 공교롭게도 그들 모두는 자신의 꿈에 대해 말하지 않았고 덕분에 마을 사람들 모두가 같은 꿈을 꾸었다는 사실은 알지 못했다.

노인이 소년을 데리고 간 후 그들은 한동안 보이지 않았다.

열흘 뒤 노인은 소년의 손을 잡고 마을로 내려왔다. 소년은 낡고 헐렁한 옷을 입고 있었으며 노인과 마찬가지로 등 뒤에 망태기를 짊어지고 있었다. 노인의 망태기와 다른 점이 있다면, 크기가 약간 작았고 편평하고 팽팽한 가죽끈으로 가슴과 등을 묶어 망태기가 떨어질 염려가 없다는 정도였다.

노인은 자신의 망태기에서 술병을 다섯 개 꺼내고 소년의 망태기에서 술잔을 다섯 개 꺼내 땅바닥에 일렬로 세워 놓았다. 노인은 마침 그 앞을 지나가던 왼손잡이 청년을 불러 세웠다. 왼손잡이 청년에게 노인은 술잔을 채워 건넸다. 청년은 왼손으로 술잔을 집어 올려 털어 넣듯 단숨에 마셨고 또 잔을 내밀었다. 노인은 두 번째 잔에 술을 채웠다. 청년은 단숨에 들이켜더니 인상을 썼다. 간잔지런하게 뜬 눈에 얼핏 눈물이 비치는가 싶더니 트림을 했다. 청년이 트림을 하자 주변은 온통 쌉싸름하고 비리면서 들큼하지만 향기로운 냄새로 가득 찼다가 이내 바람에 사라졌다. 청년이 잔을 다시 내밀었을 때 마침 지나가던 백치 여인에게도 노인은 술을 권했다.

술맛은 이랬다.

한 잔의 술을 마시면 슬픔이 몰려왔다. 두 잔을 마시면 깊은 상처가 떠올랐다. 세 잔을 마시면 난데없는 환희가 온몸 가득 먹먹하게 들어찼다. 네 잔을 마시면 웃음이 튀어나왔다. 다섯 잔을 마시면 우쭐해졌다. 여섯 잔을 마시면 마치 하늘을 비행하는 듯한 아찔하면서도 신비로운 감정에 휩싸였다.

노인은 다섯 잔부터는 한 병 값의 돈을 내야 한다고 했다. 청년은 기꺼이 돈을 내고 그 자리에서 술 한 병을 다 마셨다. 백치 여인은 돈이 없었기 때문에 네 잔까지 마시고 미친 듯이 웃으면서 마을과 갯벌을 쏘다녔다.

술은 소년이 빚은 거라고 했다. 노인은 더 이상 구걸을 하지 않았고 쓰레기를 뒤지지 않았다. 끼니를 위해 낚시를 하지 않아도 됐다. 소년이 빚은 술은 한 병당 3000원을 받았다. 소년은 하루에 딱 다섯 병만을 내놨기 때문에 그들은 하루에 1만 5000원만을 벌었다. 그 돈이면 노인과 소년이 먹고사는 데 큰 문제가 없었다. 가끔 술을 먼저 타 가기 위해 돈을 얹어 주는 이도 있었기 때문에 수입은 2만 원이 될 때도 있고 3만 원이 될 때도 있었다.

소년은 말없이 술을 빚었다. 새가 둥지를 짓듯 소년은 저만의 속도로 술을 빚었다.

소년은 집 앞에 있는 커다란 바위에 기대 앉아 손톱과 발톱을 깎는 것으로 하루를 시작했다. 그러곤 반쯤 기울어진 바리케이드 사이로 기어 들어가 숲에서 약초와 야생초를 캐고 썰물 때가 되면 갯벌로 나가 해초를 땄다. 노인의 집 앞 바위에는 한련초, 소루쟁이, 개머루덩굴 같은 약초와 해국, 털머위 같은 야생화, 그리고 각종 해초들이 널려 있었다.

노인은 소년이 빚은 술은 팔았고 한 번이라도 소년의 술을 마신 사람은 또다시 노인을 찾았다. 노인은 아주 조금씩 술값을 높여 받았지만 아무도 불평하지 않았다.

섬의 남자들은 여자들과 달리 취기가 사라지면 외로움을 느꼈다. 남자들은 바다를 내려다보며 한숨을 내쉬었고 떨어지는 해를 바라보며 눈물을 지었다. 그러다 섬의 남자들은, 동시다발적으로 행복한 표정으로 거닐고 있는 백치 여인을 발견했다. 그들은 탄성을 내질렀다. 저토록 아름다운 여인이 섬에 있다는 사실을 왜 그동안 알지 못했을까, 늙어 빠진 이장이 이토록 순결하고 싱싱한 육체를 탐하도록 왜 그냥 두었던 것인가. 그들은 진저리를 치며 후회했고 포효하듯 괴성을 질렀다.

밤이 깊어지면 남자들은 하나둘 이장 집을 기웃거렸다. 이장은 화를 내며 걸근대는 남자들을 쫓아냈지만 남자들이 이장에게 돈을 주자 이장은 번호표를 나눠 주었다.

백치 여인을 안고 있으면 남자들은 충일하고 도저한 행복감을 느꼈다. 낮에는 술을 마셨고 밤에는 백치 여인을 안았다. 가끔 이장이 번호표를 잘못 나눠 주는 바람에 순서가 뒤바뀌거나 돈을 주지 않고 백치 여인을 안으려 하면서 문제가 일어나기도 했지만 술을 마시면서 사람들은 행복해졌고 무관심해졌다.

가량한 백치 여인은 이른 새벽엔 돈 없는 이들까지 안아 주었다.

남자들은 백치 여인을 안을 때 항상 콘돔을 착용했다. 그들은 도시의 부인이 어떻게 죽었는지 알고 있었다. 그러나 곧 두려움은 엷어져 갔다. 어느 날부터인가는 아무도 콘돔을 사용하지 않았다. 백치 여인은 그들 모두를 받아들였다. 그들이 백치 여인을 안을 때, 그녀의 기분이 기쁜지 슬픈지 알 수 없었고 아무도 알고 싶어 하지 않았다.

섬 주민들이 유례없는 행복과 쾌락에 빠져 지낼 때, 도지사는 그의 인생 최대의 고난을 이겨 내야 했다. 연일 계속되는 야당의 정치 공세를 받아야 했고 속속 드러나는 비리 행각은 파헤치면 파헤칠수록 규모가 커져 갔다.

섬은 융폐기물 처리 공장 부지 제공으로 국가로부터 지원금 4000억 원을 받기로 되어 있었다. 이 중 2000억 원을 선금으로 받았지만 상당 액수가 도지사 가족의 계좌로 유용된 사실이 밝혀졌다. 관광 개발권을 따내기 위해 건설사 사장들이 담당 공무원을 비롯하여 도지사와 장인, 사돈의 팔촌에게까지 뇌물을 주었다는 사실도 드러났다. 뇌물 수수 혐의와 공금 횡령죄로 이들이 재판을 받아야 했기 때문에 섬의 유원지 개발은 재개되지 못했다. 평화로운 표주박 모양을 하고 있던 섬은 공사가 멈춘 숲의 바리케이드와 웅덩이 때문에 마치 '참견하는 귀'처럼 보였다. 임금을 받지 못한 직원들과 인부들은 도시에 있는 건설사 앞마당에서 연일 시위를 했다. 해변과 숲을 잇는 진입로는 무너지고 곳곳에 생긴 커다란 웅덩이 때문에 언제 마을이 침수될지 몰랐다.

그러나 복잡했던 사건은 서둘러 마무리 지어졌다. 도지사 큰아들은 자진 입대를 했고 도지사의 장인은 구속됐다. 공무원 몇 명은 입건됐으며 건설사 사장은 밤샘 조사를 받고 이튿날 자살했다.

도지사는 끝내 사임하지 않았다. 가뜩이나 융폐기장 선정 문제로 수년간 애먹던 정부에서는 문제가 확대되는 것을 원치 않았으며 여론이 악화되는 것을 더 이상 방치할 수만은 없었다.

드디어 공사가 재개됐다. 아주 평화롭게 시작됐다. 오랜 시간 버려둬 엎어지기도 하고 틀어지기도 했던 숲의 중앙부를 가로지르던 바리케이드가 다시 세워졌다. 몇 척의 화물선이 포클레인과 굴착기를 가득 싣고 들어왔다. 양수기로 구덩이에 고인 물을 빼냈고 무너진 진입로를 보수했다.

도지사는 유원지 대신 도박장을 세우기로 했다. 도지사는 섬 주민의 인력을 적극적으로 활용하기로 했고 섬사람들 모두 찬성했다. 이제 더 이상 고기를 잡으러 위험한 바다에 배를 띄우지 않아도 됐다. 폭우와 침수로 흉작을 면치 못했던 밭일을 하지 않아도 됐다. 그들은 공사장 인부가 되기로 했고 공사가 끝나면 도박장과 호텔에 취업할 수 있게 됐다.

재기공을 축하하기 위한 축포가 터졌다. 도지사는 나무가 뽑혀 편평해진 숲의 흙을 삽으로 떠냈다. 일렬로 도열해 있는 정치인들과 유력 인사들은 박수를 쳤다. 도지사의 이마와 볼엔 깊은 주름이 생겨났지만 몇 개월 만에 그는 밝게 웃었다.

이윽고 포클레인이 첫 삽을 떴다. 첫 삽을 뜨자마자 흙에선 유물로 보이는 접시와 항아리가 수북이 나왔다. 포클레인 기사는 긴장했지만 도지사는 인상을 쓰며 손짓을 했다. 기사는 다시 포클레인을 가동시켰다. 이미 유물은 발굴될 만큼 발굴되었다. 아무리 대단한 고대 유물이나 보물이 나타난다 해도 공사를 멈출 순 없었다. 포클레인은 푸른빛을 띠고 있는 항아리와 고대의 신비로운 문양이 새겨진 나무 악기와 타원형의 순결한 백색 접시를 짓밟고 굉음을 내며 깊게 땅을 파헤쳤다.

어디선가 히루룩 히루룩 새 울음소리가 들렸다. 인부들과 정치인들과 유력 인사들은 하늘을 쳐다보았다. 아무것도 보이지 않았다. 금방이라도 비가 내릴 것 같은, 습기를 머금은 무거운 공기가 가라앉았다. 그러나 오늘도 내일도 그다음 날도 날씨는 계속 좋을 전망이었다. 일기예보는 한 번도 틀린 적이 없었다. 세계가 공동으로 사용하는 슈퍼 바이오 일기예보 컴퓨터 프로그램은 0.001퍼센트의 오차도 없이 정확한 예보를 했다. 이런 말이 생길 정도로 정확했다.

일기예보에 대고 맹세해.

사랑이 일기예보와 같다면 좋겠어.

일기예보처럼 정확한 사람은 없다.

그만큼 일기예보는 정확했다.

다시 환경 단체 간사들이 섬을 찾았다. 두 명에서 세 명으로 늘어났고, 그들은 유원지 개발 공사 진입로에 서서 피켓을 들었다. 심약해 보이는 20대 청년 간사는 "비리로 얼룩진 개발을 중지하라."라고 써진 피켓을 들었다. 강인해 보이는, 분신자살에 실패한 전력이 있는 60대 여성 간사는 "개발을 빙자한 자연 파괴를 즉각 철회하라."라는 피켓을 들었다. 피켓을 들고 있는 또 한 명의 남자는 전임 세계 조류협회 회장이었다. 그는 "돌연변이 바이러스 전염 위험이 있는 섬 개발을 즉각 중단하라."라고 써진 피켓을 들었다. 전임 조류협회 회장은 사임 후 환경 단체 간사로 들어가 환경 운동을 시작했다. 이들 셋은 마스크를 쓰고 피켓을 들고 있다가 오후 5시가 되면 자신들이 마련한 통통배를 타고 뭍으로 나갔고 다음 날 오전 10시에 섬으로 들어왔다. 이들은 오후 2시엔 각자 싸 온 도시락을 꺼내 먹었지만 대화는 나누지 않았다. 침묵시위였기 때문이다. 이들이 밥을 먹을 때면, 백치 여인이 대신 세 개의 피켓을 들고 서 있었다.

전임 조류학자는 매일 침묵시위 장면을 찍어서 도시에 있는 환경 단체 본청에 전송했다. 심약해 보이는 20대 청년 간사가 백치 여인이 대신 피켓을 들어 주는 사진도 찍었지만 그 사진은 전송하지 않았다.

백치 여인이 거지 노인의 술을 얻어먹고 갯벌을 돌아다니며 웃음을 터뜨리고 있던 어느 날, 20대 청년 간사 혼자 피켓을 들고 있었다. 60대 여성 간사는 손바닥 화상 자국 성형수술을 위해 병원에 있었고, 전임 조류협회 회장은 가벼운 감기 증세로 섬에 오지 못했다. 혼자 피켓을 들고 있던 청년 간사는 그에게 다가오는 백치 여인의 코와 입과 피부에서 풍겨 나오는 술내음을 맡았다. 청년 간사는 피켓을 바닥에 내려놓았다. 그러곤 백치 여인의 팔을 붙들어 잡고 외벽 아래 안쪽진 바위로 걸어갔다. "비리로 얼룩진 개발을 중지하라."라고 써진 청년의 피켓은 육풍에 실려 바다로 떨어졌다. 피켓이 바닷물에 닿으면서 글자가 한 자 한 자 지워졌다. '비리로 얼룩'이라는 글자가 얼룩지다가 사라졌고 이윽고 '개발을 중'이라는 글자가 뭉개지면서 지워졌다. '진지하라'는 글씨만을 남긴 채 피켓은 서서히 가라앉았다. 피켓이 바다에 가라앉는 동안 청년 간사는 백치 여인의 살내음을 맡으면서 마치 술을 마신 듯한 착각에 빠졌다. 청년 간사는 침묵시위 때문에 말할 수 없었지만 오르가슴의 깊은 탄식만은 참을 수가 없었다.

아아아 아아……

청년의 탄식은 섬의 구석구석까지 은밀하게 스며들었다.

공사가 다시 시작되면서 소년은 숲에 들어갈 수 없었다. 공사를 반대하는 야당의 정치 세력과 환경 단체의 음모를 사전에 차단하기 위해 숲은 이제 아무도 들어갈 수 없는 곳이 되었다. 숲은 금단의 구역이 되었다. 소년은 술을 빚을 수 없었다. 해초만으론 술맛을 낼 수 없었다.

공사장 인부가 된 섬의 주민들은 소나무를 베고 활엽수림을 쓰러뜨리고 돌을 지어 날랐다. 공사 현장에서 일하느라 바빠진 섬사람들은 더 이상 소년이 빚은 술을 찾지 않았다. 공사 현장에선 언제든지 도시에서 먹는 공산품 술을 무료로 나눠 주었다. 소년이 빚은 술은 슬픔을 느끼게 했지만, 도시의 술은 첫 잔부터 기쁨을 느끼게 했다. 도시의 술은 굳이 백치 여인을 찾고자 하는 마음도 생기게 하지 않았다. 더구나 노인은 마을로 내려오지 않았고 소년의 모습도 보이지 않았기에, 노인의 술은 구하려야 구할 수도 없었다.

노인은 소년이 마지막으로 빚어 놓은 다섯 병의 술을 모조리 마시더니 깊은 잠에 빠졌다. 노인은 이튿날에도 깨어나지 않았다. 일주일째 일어나지 않았다. 소년은 노인의 가슴에 귀를 가져다 댔다. 심장이 아주 느리게 뛰고 있었다. 소년은 노인의 가슴을 손바닥으로 천천히, 아주 천천히 문질렀고 노인의 심장은 느리게 아주 느리게 멈추었다.

소년은 방에서 나가 바위 옆 그늘에다가 나뭇가지를 쌓기 시작했다. 그 밑은 술을 빚어 보관해 두었던 장소였다. 얼기설기 나뭇가지를 쌓아 올려 갔다.

다음 날 도박장 건설 반대 서명을 받기 위해 청년 간사가 노인의 집을 찾았다. 청년 간사는 방 안에 누워 죽어 있는 노인을 발견했다. 청년 간사는 이장을 데리고 왔다. 노인은 이제 막 잠든 사람처럼 보였다. 얼굴엔 혈색이 돌았다. 머리카락에도 윤기가 흘렀다. 지금이라도 당장 아, 잘 잤다, 하며 기지개를 펴고 일어날 것만 같았다.

시체를 옮기기 위해 이장과 청년 간사가 노인을 만지자 혈기가 돌던 살갗이 갑자기 물처럼 녹아내렸다. 이장과 청년 간사가 황급히 손을 떼어 내자 해골과 뼈다귀만 남았다. 이장과 청년 간사는 비명을 질렀고 그 소리에 뼈다귀들이 가루가 되어 바닥으로 흩어졌다. 그때 열린 창 사이로 바람 한 줄기가 들어왔고 가루는 공중으로 떠올랐다. 하얀 가루들은 열린 방문 바깥으로 안개처럼 천천히 흘러 나갔다. 일부가 이장의 콧구멍으로 들어갔는데 가루는 아주 익숙한 냄새를 풍겼다. 해초 같기도 하고 약초 같기도 하고 야생화 같기도 한, 달착지근하면서도 비릿한, 향기로우면서도 들큼했던 술 냄새였다. 이장과 청년 간사는 서로의 얼굴을 물끄러미 쳐다보았다.

"그러니까 노인이 사라졌네요."

그 둘은 방을 나왔다.

"앞으로도 계속 시위를 하실 생각인가요?"

청년 간사는 고개를 끄덕였다.

"이장님이 도와주시면 더욱 감사할 텐데요."

이장은 웃었고 청년 간사는 웃지 않았다. 그들은 노인의 집 옆에 수상한 나뭇가지 더미가 있다는 걸 알았지만 무심코 지나쳤다.

그들은 소년이 있었다는 것을, 소년이 노인과 함께 살았다는 것을 잊고 있었다. 노인이 사라지자, 소년이란 존재감도 그들의 기억 속에서 완전히 삭제되었다.

소년은 노인의 집 바로 옆 나뭇가지 더미 안에서 알몸으로 잠을 자고 있었다. 그의 귀가 조금씩 커지기 시작했고 어깻죽지 아래에 있었던 어금니 같기도 하고, 사마귀 같기도 하고, 고름 같기도 한 것이 누룩처럼 부풀어 오르기 시작했다.

노인이 가루가 되어 사라진 날, 일기예보대로 바다는 아주 고요했다. 구름 한 점 보이지 않았다.

백치 여인은 비좁고 불결한 방에서 땀을 흘리며 이를 악물었다. 백치 여인의 배는 제법 불러 있었다. 배가 부르자 이장은 백치 여인이 불쾌하고 불결하게 느껴졌다. 이장은 백치 여인이 나오지 못하도록 밖에서 문을 잠갔다. 그러거나 말거나 백치 여인은 방 안에 꼼짝 않고 누워 있었다. 물도 음식도 먹지 않았다. 백치 여인의 몸은 점점 말라 가고 있었고 그녀는 부푼 배를 만지며 엷은 미소를 지었다.

오후 7시가 되자 마을엔 깊은 어둠이 내려앉았다. 공사장 일로 피곤에 지친 주민들이 집으로 돌아가는 시간이었다. 어둠과 함께 대기 중엔 안개인 듯한 미세한 하얀 가루가 떠다니고 있었다. 거기에선 해초 같기도 하고 약초 같기도 하고 야생초 같기도 한 냄새가 났다. 그것은 사람들의 눈꺼풀 사이로 스며들었다. 밥숟가락을 들다가, 전화기를 받다가, 변기에 앉아 있다가, 가루는 눈 안으로 들어갔다. 그들은 눈을 감았다. 깊은 잠에 빠졌다. 도시에서 온 포클레인 기사는 포클레인을 주차하다가 잠이 들었다. 옷을 벗다가, 목욕을 하다가, 더러는 섹스를 하다가 잠이 들었다. 공사 현장을 둘러본 뒤 만찬과 회동을 끝내고 포구로 향하던 도지사와 정치인과 유력 인사들도 잠이 들었다.

모두 잠이 들자 섬은 들썩이기 시작했다. 파도가 차츰 크게 부풀어 오르더니, 공장의 은빛 돔을 향해 몰아쳤다. 바람이 불었다. 포클레인과 굴착기가 연처럼 날아다녔다. 지붕이 날아갔고 집과 나무가 쑥쑥 뽑혀 올라갔다. 섬은 들떠서 바람에 흐느적거렸다. 다중 방벽 시스템으로 만들어진, 세계에서 가장 안전하게 지어졌다는 완벽한 담장은 해일에 밀려 올라가 간단하게 부서졌다. 더러는 위로 뽑히고 휘었다. 공장의 은빛 돔은 균열이 가기 시작했다. 탄산음료를 흔든 것처럼 은빛 기둥은 검붉게 부글부글 끓었다.

잠에 빠진 이들 가운데 일부가 눈을 떴을 때 더러는 죽어 있었고 더러는 바다에 빠져 있었으며 더러는 길이나 암벽과 돌 무더기에 박혀 있었다.

이장은 바위틈에 머리와 다리가 분리된 채 내리꽂혔고 청년 간사는 몸이 활처럼 구부러진 채로 무너진 담장 아래 납작하게 깔려 있었다. 손바닥 성형수술을 마치고 돌아온 여성 간사와 전임 조류협회 회장은 섹스를 하다가 갯벌에 박혀 있었다. 사방에 떨어지는 굵은 빗방울은 바다 수면과 땅바닥을 움푹움푹 파이게 했다.

백치 여인은 진통을 겪느라 미처 잠들지 못했다. 그녀는 고통에 찬 신음 소리를 냈다. 지붕은 이미 뜯겨 나간 뒤라 빗줄기가 세차게 여인의 얼굴을 때렸다.

부글부글 끓어오르던 고준위 융폐기물 처리 공장에서 몇 번의 작은 폭발이 있었다. 고체화시켰던 유독가스들은 쑥빛의 기체가 되어 일렁이는 섬과 포말을 일으키며 요동치는 바다 위로 퍼져 가기 시작했다.

백치 여인의 비명은 점점 커졌다. 그녀의 동공이 커졌다. 잠에서 깨어난 사람들의 아우성은 우뚝 선 해일과 무서운 폭우와 짙은 연기에 가려 점점 작아졌다.

백치 여인은 보았다. 소용돌이치며 미궁에 빠지는 듯한 하늘을 덮는 거대한 날개를. 그것은 새의 날개였다. 아주 하얀 새의 날개였다. 백치 여인은 눈을 감았다. 더 이상 앞이 보이지 않았다.

노랫소리가 들려왔다. 폭풍우와 신음과 비명에도 선명하게 들리는 노랫소리였다. 백치 여인은 소년이 빚은 술을 마신 것처럼 몸이 둥실 떠오르는 걸 느꼈다. 끓어오르던 공장의 기둥에 마침내 거대한 폭발이 일어났을 때 백치 여인은 하늘을 날고 있었다. 쏟아져 내리는 빗줄기로 시력이 조금 회복된 백치 여인은 그녀를 안고 있는 소년의 얼굴을 보았다. 소년은 빛나는 하얀 이를 드러내며 그녀에게 말했다.

"나의 노래만 들어요."

소년은 노래를 부르지 않았지만, 백치 여인의 귀에 들리는 노랫소리가 소년에게서 나오는 것임을 그녀는 알고 있었다. 백치 여인은 문득 아래를 내려다보았다.

섬에서 죽어 가는 사람들의 귀에 피가 쏟아졌다. 그들 귀엔 참견하는 귀가 돋아났다. 참견하는 귀들은 노래를 불렀다. 백치 여인을 안은 소년은 그의 등 뒤에 붙은 거대한 흰색 날개로 부드럽게 대기를 저었다.

참견하는 귀의 노래를 들으며 섬 주민들은 잠시 공포를 잊었다. 노인에게서 산 술을 마셨을 때보다 더 큰 충만함을, 백치 여인의 품에 안겼을 때보다 더 벅찬 기쁨을 느꼈다. 도지사와 정치인들과 유력 인사들은 차츰 멀어져 가는 눈으로 하얗고 커다란 새와 임신한 백치 여인을 좇으며 이유를 알 수 없는 눈물을 흘렸다. 새가 하늘 높이, 머나먼 대기 끝 구름 뒤로 완전히 사라질 때까지 그들은 참견하는 귀의 노래를 들으며 바라보았다. 집채만 한, 아니 새의 날개만 한 바닷물이 그들을 삼켰다. 새는 떠났고 섬은 거대한 폭풍우에 휩싸였다.

작가의 말

열망이 사라졌던 시절이었다.

되고 싶은 것도 하고 싶은 것도 없었다. 하루하루가 무기력했다.

당시 내가 부러워하던 사람은 이랬다.

가령 이런 거.

노래방에서 신나게 혹은 미친 듯이 노래 부르는 사람, 콘서트장에서 환호하는 사람, 스포츠 경기를 보며 열광하는 사람, 당당한 목소리로 요구하는 사람, 사랑에 푹 빠지는 사람, 지독한 실연의 아픔을 겪는 사람, 누군가에 대한 질투, 무언가에 대한 승부욕으로 이를 악무는 사람.

어쨌든 무언가에 푹 빠져 있는, 그것이 중독이 됐든 몰입이 됐든 열정이 됐든, 어떻든 무엇이든 간에.

그런 것들이 쑥 빠져나가 버린 난 모든 게 밋밋하고 심드렁했다. 열중하고 싶은 것도 재밌는 것도 원하는 것도 없었다.

그러다 보니 뭔가 바쁘긴 했지만 이상하게도 시간은 남아돌았다. 그 긴 시간, 난 왜 이럴까, 고민하고 자책하는 게 유일한 집중이라면 집중이었다.

그런 기다림 속에 나타나 준 것은 소설이었다.

생이 휘둘리는 기쁨이라든지, 고통 속에 머무는 찬란한 열정의 모습은 아니었다. 이를 악물지 않아도 괜찮다고 말해 주었다.

소설 쓰는 시간은 참 행복하고 즐거웠다. 앞으로 쓸 소설들을 떠올리면 가슴이 떨려 왔다.

난 누군가의 좌절을, 슬픔을, 혹은 무기력을 그냥 지나칠 수 없었고 그런 다짐들을 이 책에 담고 싶었다.

그러니 난 또 감사의 인사를 전하지 않을 수 없다.

무기력하고 무관심한 나를 믿고 기도해 준 가족과 친구들, 그리고 이렇게 소설을 읽고 있는 당신.

난 당신들이 참 고맙다. 앞으로 우린 계속 갈 거다.

2010년 2월
배지영

■ 작품 해설 ■

열려 있(다고 가장하)는 사회와 그 적들

류보선(문학평론가·군산대 국문과 교수)

1 배지영 소설의 이종성과 잠재성

21세기 한국 소설의 한 돌연변이를 만들어 내기에 충분한 잠재력을 지닌 배지영의 소설은 신예의 소설답게 세상을 이전과는 전혀 다른 횡단면으로 분할하고 재구성한다. 따라서 배지영의 소설에는 그전의 소설들에서 충분히 눈에 익을대로 익은 익숙한 풍경들이 많이 등장하지만 그 풍경들이 모여 만들어진 세계상은 이전의 그것과 구분된다. 배지영 소설은 익숙하되 낯설며, 친숙하되 섬뜩하다. 이는 전적으로 배지영의 소설이 현재의 세계를 이전과는 다른 기준으로 분할하고 전체화하고 있기 때문이다. 분명, 배지영 소설은 이전과는 다른 도식으로 세상을 읽어 낸다. 배지영의 소설은 지금, 이곳을 모든 현존재들이 '순종하는 신체'나 혹은 '정신적 동물 왕국의 시대의 정신적 동물'로 전락하는 세상으로 도식화하고 은유화한다. 물론 이것만이 배지영 소설을 낯설게 만드는 것은 아니다. 배지영 소설은 동시에 기존의 보편성에 고착되어 있어 자유로워 보이면서도 자유롭지 않은 삶의 디테일들을 자신만의 새로운 도식에 기반한 혁신적인 이야기 안에 풍요롭게 통합해 낸다. 결국 이렇게 세계를 근본적으로 다시 분할하고 구성하는 한편 죽은 디테일들을 신성한 디테일로 변신시키면서 배지영 소설은 기존의 소설에서 볼 수 있는 익숙하고 친숙한 풍경이 도처에 산재해 있음에도 이전에는 볼 수 없었던 또 다른 세계상을 재현한다. 우리가 배지영 소설을 주목할 수밖에 없는 까닭이다.

2 먹어 치우기와 뱉어 내기, 혹은 근대의 두 가지 통치 기술

등단작이자 배지영 소설의 출발점에 해당하는 「오란씨」는 서울 변두리인 '모래내'의 풍경을 집중적으로 묘사한다. 그런 점에서 「오란씨」는 1960년대 이후의 서울 변두리를 무대화한 여러 소설을 연상시킨다. 저 멀리는 박태순의 「외촌동 사람들」 연작, 윤흥길의 「아홉 켤레의 구두로 남은 사내」, 박완서의 「엄마의 말뚝」 연작, 조세희의 『난장이가 쏘아올린 작은 공』, 황석영의 「어둠의 자식들」, 조선작의 「영자의 전성시대」, 양귀자의 『원미동 사람들』에서부터 김소진의 『장석조네 사람들』에 이르는 소설들. 「오란씨」 역시 앞서의 변두리 소설들과 마찬가지로 서울이 뱉어 내고 폐기 처분한 모더니티의 추방자들에게서 모더니티의 증상을 읽어 낸다.

「외촌동 사람들」 등과 마찬가지로 「오란씨」는 서울의 변두리를 서울이라는 모더니티의 중심부가 자신의 동질성을 유지하기 위해 '뱉어 낸' 이질적인 존재 혹은 이질성들이 흘러들어 온 장소로 규정한다. 바우만이 레비스트로스를 빌려 말한 것처럼 모더니티의 중심부는 어느 정도 포섭이 가능한 타자의 이질성을 '비이질화'하여 동질적인 것으로 '먹어 치우'지만, 자신이 교정할 수 없을 만큼 낯설고 이질적으로 간주되는 타자성과 조우하면 어딘가로 뱉어 낸다.[1] 이때 중심부가 뱉어 내고 폐기 처분한 것들은 무의식처럼 사라지는 것이 아니라 흩어져서 어딘가로 미끄러져 들어간다. 변두리이다. 이렇게 변두리에는 모더니티의 중심부가 뱉어 내고 폐기 처분한 것들이 모여들고 또 다른 한편 더 변두리에서 벗어나고자 하는 욕망들이 서울의 중심부로 진입을 준비하는 전이 지대가 된다. 그러므로 변두리에는 문명의 메커니즘이 허용할 수 없는 거의 모든 요소들, 그러니까 똥, 쓰레기, 오·폐수, 시체, 패배자, 소외된 자, 홀레꾼, 창녀, 깡패, 개백정, 양공주 등등 모더니티에 의해 추방된 것들이 한자리에 모이게 되며, 결국 그곳은 통제하기 힘든 야성, 비이성, 광기, 비정상적인 것, 질서화되지 않는 혁명적 에너지들이 뒤섞여 있는 질서화되지 않은 공간이 된다. 변두리는 모더니티의 이면이자 동시에 모더니티의 추한 얼굴이다. 하지만 변두리는 무시무시하고 매혹적인 실재와 충동들을 은폐하고 이루어진 근대성이 얼마나 무너지기 쉬운 절대성인지를 밝히는 근대성의 반성적 거울이기도 하고

---

[1] 지그문트 바우만, 이일수 옮김, 『액체근대』(강, 2009), 160~170쪽.

또 싸늘하고 냉정한 근대에게서 기대할 수 없는 어떤 열기와 활력이 넘치는 곳이기도 하다. 그러니까 변두리는 근대성 이전의 경제외적 강제나 문명화 이전의 충동들이 숨죽이고 있는 곳이기도 하지만 근대성 너머의 활기가 넘치는 곳이기도 하다. 이런 양면성 때문에 서울의 변두리(혹은 모더니티의 준주변부)는 화려한 서울(혹은 서울의 화려함)이 얼마나 인간의 삶에서 많은 것들을 억압한 상태에서 이루어진 것인가를 읽어 내는 데 가장 적합한 장소로 인정된 것이 사실이다. 특히 1960년대 이후 국가기구가 산업화와 도시화를 지상낙원을 건설할 수 있는 유일한 길로 강제하면서 단연 문학적 관심이 집중된 공간이 되었으며, 그 계열체는 김소진의 『장석조네 사람들』에 이르기까지 한국 문학의 중핵으로 자리한 바 있다. 하지만 서울의 광역화 혹은 광역화된 서울의 위세는 변두리를 더욱 변두리로 몰아내고 말았으며, 한국 문학에서 변두리에서 연명하는 존재들에 대한 관심은 현격하게 줄어들기에 이르렀다. 그런데, 그랬던 것인데, 21세기 들어 이 서울의 변두리를 작정하고 그려 낸 또 다른 소설이 씌어졌으니 바로 배지영의 「오란씨」이다.

「오란씨」 역시 앞선 소설들과 마찬가지로 '모래내'를 모더니티의 중심부가 '뱉어 낸' 장소로 기억하고 기록한다. 「오란씨」는 21세기에 씌어진 소설임에도 서울 변두리를 다룬 예전의 소설에 반드시 등장한다고 할 수 있는 장면들은 거의 모두 나온다. 아마도 서울의 변두리를, 그것도 1988년 즈음의 '모래내'를 시공간으로 하고 있기 때문일 터이다. 하여간 「오란씨」는 공중변소, 개백정, 덜 죽어 날뛰는 개, 작부와 창녀, 학대받는 아이들, 순진한 청년과 매춘부 사이의 이루어지기 힘든 사랑, 하위 주체들끼리의 우정, 간악하게 돈을 떼먹는 인물과 순진하게 속아 넘어가는 인물, 그런 속에서도 질서화되지 않는 그래서 혁명적인 활력들 등등 모더니티의 중심부에서 좀처럼 볼 수 없는, 또한 현재의 한국 소설에서는 보기 힘든 풍경들이 넘쳐 난다.

그렇다고「오란씨」가『장석조네 사람들』과 유사하기만 한가 하면 그렇지 않다. 예컨대「오란씨」에는『장석조네 사람들』등의 경우처럼 '분단에 상처 입은 존재'라든가 '운동권 학생' 혹은 당시의 국가정책을 대변하는 인물 등이 등장하지 않는다. 또한 가진 자와 못 가진 자의 현저한 대립과 갈등도 선명하지 않다.「오란씨」는 서울의 변두리 그곳에서 굳이 자본주의의 노골적인 모순와 그 위기를 구원해 낼 잠재적 가능성을 지닌 계급을 찾지도 않는다. 또한 '분단'과 같은 특정한 시대의 특정한 풍경을 읽어 내려 하지도 않는다.「오란씨」는 서울 변두리에서 벌어지는 비루한 존재들을 다루면서도『장석조네 사람들』의 경우처럼 변두리의 실존 형식을 계급적(혹은 민중적) 관점에서 계열화하거나 맥락화하지 않는다. 분명「오란씨」는 서울 변두리의 삶의 형식을 은유화하되 이전 소설과는 다른 역사철학적 관점에서 맥락화하며, 따라서『장석조네 사람들』등과 구분되는 세계상을 제시한다. 모더니티의 중심부가 경제적 진보와 질서 구축이라는 두 가지 이유 때문에 수많은 모더니티의 추방자들(혹은 '인간쓰레기')을 뱉어 낸다는 바우만의 표현을 빌리자면,「오란씨」는 경제적 진보 때문에 중심부로부터 떠밀려 난 존재들을 다룬『장석조네 사람들』과 달리 주로 '질서 구축' 때문에 폐기 처분된 존재들에 초점을 맞춘다고나 할까.

하여간 「오란씨」는 서울의 변두리인 모래내를 모더니티라는 '질서 구축' 때문에 추방된 자들의 서식지로 읽어 낸다. 바우만의 말처럼 모더니티는 그 특유의 메커니즘 때문에 그 중심부로부터 누군가를, 또 무엇인가를 끊임없이 뱉어 낸다. 모더니티는 고정되지 않고 계속 더 빨리 무언가를 재생산한다. 그것 때문에 모더니티는 값싸게(혹은 합리적으로) 재생산이 가능할 수 있도록 과잉의 상태가 필요하기도 하고 모더니티의 자기운동성 때문에 과도한 잉여의 상태를 만들어 내기도 한다. 모더니티는 잉여가 필요하기도 하고 만들어 내기도 하지만, 이 잉여를 무한정 수용할 수 없다. 그것을 감싸 안았다간 그 영구적인 혁명에 균열이 오기 때문이며, 결국에는 모더니티라는 질서를 유지할 수 없기 때문이다.[2] 그러므로 결국 모더니티는 이 과도한 것, 필요 이상의 잉여물들을 어딘가로 추방한다. 그렇게 해서 푸코가 말하는 비정상적인 것들, 그리고 크리스테바가 말하는 폐기물들이 모더니티의 중심부로부터 뱉어 내진다. 그것이 변두리로 몰려듦은 물론이다. 모더니티의 중심부의 메커니즘을 유지하는 데 장애가 되는 모든 것들, 그러니까 쓰레기가 되는 삶(의 형식)들은 그렇게 도시의 변두리에 결집되며, 「오란씨」는 '모래내'를 바로 그러한 지역으로 설정하고 있다.

「오란씨」에 따르면 "원래 모래내는 깨끗하고 하얀 모래가 많은

---

[2] 모더니티에 대한 바우만의 이러한 견해는 지그문트 바우만, 정일준 옮김, 『쓰레기가 되는 삶들 — 모더니티와 그 추방자들』(새물결, 2008) 참조.

냇가라는 뜻에서 붙여진 이름"이고, 그곳에서는 "가재나 송사리 같은 것도 잡았으며 모래내의 하얀 모래 위에 자리를 펴고 앉아 찌개도 끓여 먹"고 "형도 그럭저럭 귀여움을 받았으며, 아주 가끔은 김밥 같은 것도 싸서 가까운 능이나 공원으로 놀러 가기도" 하는 삶이 이루어지던 곳이었다. 하지만 그런 목가적인 풍경은 1988년 현재 "믿을 수 없는, 전설의 고향 같은 이야기"가 되어 버린다. 모더니티 중심부의 강력한 운동성이 모래내를 모더니티가 뱉어 낸 추방자들의 서식지로 전락시켰기 때문이다. 그래서 "모래내 개천은 시커먼 기름이 둥둥 떠 있는 똥물이 흘러넘쳤고 알 수 없는 고약한 냄새가 피어오르"며 "하얗던 모래는 부석부석한 먼지와 흙, 끈적한 기름으로 범벅이 되"는 상황이 벌어진다.

이렇게 모래내의 목가적인 풍경이 소멸하는 것과 비례해서 모래내에는 모더니티의 중심부로부터 추방된 자들이 몰려들고 또 모더니티의 중심부로 진입하지 못하는 자들이 체류하기 시작한다. "그러는 사이, 모래내 사람들은 모두 개천의 모래만큼이나 더러워졌고 어디서나 그런 대접을 받"게 된다. 대표적으로 모래내 시장이 그렇다. 모래내 시장은 "재래식 시장으로선 남대문 시장이나 동대문 시장 다음으로 큰 시장"이지만 "연관성이라곤 찾아볼 수 없는 잡화상들과 노점상들이 마구 뒤섞여 있어 명성도 개성도 찾아볼 수 없"는 "난데없고 어처구니없었으며 이것저것 마구 팔아 대는, 특성 없는 재래시장"이다. 그래도 이곳이 나름대로 유지되는 이유는 "백화점 가격이 부담스러운 이들에게 얼추 비슷한 물건을 비교적 싸게 구입하기에 안성맞춤"이기 때문이다.

그리고 모래내에 모여드는 존재들 또한 모더니티의 중심부의 현존 형식과 얼추 비슷하게 살아가나 그곳에서 편입되지 못하고 뱉어진 존재들이다. 이런 식이다. 88올림픽을 앞둔 서울은 세계적 표준이라는 대타자의 시선에 쫓겨 그동안 허용되던 수많은 삶의 형식들이 금기시되고 불온시된다. 그렇게 중심부에 가까스로 끼어 있던 많은 것들, 그러니까 '매밋집'이라든가 '보신탕집' 같은 것들이 모더니티의 중심부의 논리에 의해 갑작스레 내뱉어졌으며, 그것들은 하나둘 모래내로 미끄러져 들어온다. 그러면서 "엉덩이가 큼지막한 중년 여자들이 부석거리는 파마머리를 긁적이며 방석에 앉아 술을 팔던 그곳"에 "1988년도가 시작되면서 변화의 바람"이 분다. "젊은 여자들이 하나둘 들어오"기 시작하고, '오란씨', '에티켓', '첫사랑' 같은 매밋집이 더 생겨난다. 그런가 하면 '설희'와 같은 "보지에 털이 없"어 미스코리아 예선에서 떨어졌다는 소문이 있는 매춘부가 모래내의 거주자가 되는가 하면 "강리나 이보희처럼 예술을 표방한 에로 영화에서 멋진 배역을 따낼 수 있다고 자신"하는 노랑머리가 흘러들어 오기도 한다.

이렇게 「오란씨」의 모래내는 모더니티가 뱉어 낸 추방자들의 집단 서식지가 되며, 당연히 그곳은 모더니티 이전의 혹은 너머의 삶의 형식이 지배하는 곳이 된다. 그곳에는 '경제적 진보'를 위한 최소한의 합리성도 없고, 또한 근대적 질서에 적응하지 못하거나 근대적 질서가 감당하지 못하는 존재나 충동들이 흘러들어 온 곳이므로 근대적 질서 또한 없다. 대신 그곳에는 야생적 사고에 의해 형성된 원초적인 풍경들이 있다. 「오란씨」는 서울의 변두리를 프로이트가 말한 '원초적 사회 상태'와 유사한 풍경으로 재현한다. 그 안에서 벌어지는 일은 바로 아비와 아들들의 쟁투이다.

여기 원초적인 아비가 있다. 이 폭력적이고 원초적인 아비는 여러 여자와 재화를 욕심껏 독점하며 가족 안에서 무소불위의 권력을 행사한다. 그러자 어미들은 죽거나 도망간다. 아비는 도망가거나 죽은 어미를 용서하지 않는다. 대신 자신의 권력을 거부한 어미들에게서 난 아들들을 학대한다. 그 경우 아들들은? 그들은 아버지에 대한 양가적인 오이디푸스 콤플렉스를 경험한다. 아들들은 '자기들의 권력욕과 성욕에 대한 커다란 방해인 아버지를 미워했지만, 또 그 아버지를 사랑하고 찬미한다.'[3] 한편으로는 살부 충동을 느끼지만 여러 여자들과 권력을 독점하는 아비와 같아지고 싶어 한다. 이 동질적인 감정은 아들들을 묶어세운다. 즉 아들들은 아비에 대한 동일한 감정으로 강한 연대감을 느낀다. 하지만 「오란씨」의 아들들은, 인류가 형제들끼리의 강한 남성 동맹으로 '원초적인 사회 상태'를 끝낸 것처럼, 형제들끼리의 남성 동맹을 형성하지 못한다. 당연히 원초적인 아비를 죽이고 새로운 질서를 만들어 내지도 못한다.

두 가지 이유 때문이다. 하나는 이 원초적인 아비를 지원하는 강력한 지원자가 있기 때문이다. 「오란씨」에 따르면 모래내는 모더니티의 중심부가 '내뱉고'는 그대로 방치하는 장소가 아니다. 모더니티의 중심부는 그들이 만들어 낸 잉여들, 그러니까 인간쓰레기를 포함한 온갖 폐기 처분된 것들을 변두리로 뱉어 내고는 또 다른 방

---

[3] 지그문트 프로이트, 김종엽 옮김, 『토템과 타부』(문예마당, 1995), 206~207쪽.

식을 그곳을 '먹어 치운다.' 잉여 인간들과 비루한 것들을 그냥 방치할 경우 변두리에서는 온갖 돌연변이들과 이종들이 만들어져 모더니티 중심부를 위협할 수도 있기 때문이다. 따라서 모더니티의 중심부는 그곳의 질서 구축을 위해 매정하게 추방자들을 뱉어 내놓고도 그나마 누릴 수 있는 자유마저 관리한다. 해서 질서 이전의 외설적이고 충동적인 에너지와 야생적 사고가 마구잡이로 이종교배해야 마땅한 모래내에 '법'의 이름을 상징하는 '류 형사'가 파견되어 그곳을 활보한다. 그는 자신의 상징 권력을 이용하여 모래내의 아비들보다 더 폭력적이고 독점적인 방식으로 재화와 여자들을 독점한다. 또 그런가 하면 원래 모래내의 '원초적 아비'와 묘한 연대를 형성하기도 한다. "어미가 아비에게 맞아 죽은 것은 온 동네가 다 아는 사실이었다. 그러나 류 형사 덕분에 아비는 무혐의로 풀려났다고 했다."

상황이 이렇다 보니 모래내는 모더니티에 내뱉어진 이질적인 것들이 집합해 있음에도 오히려 더 중심부의 강력한 통제를 받는 곳이 된다. 아들들의 불만이 높아져 가는 것은 당연하다. 하지만 이들은 결국 남성 동맹을 맺어 아비들과 그 아비를 후원하는 모더니티의 첨병에 대항하지 못한다. 원초적 아비의 독점욕과 모든 존재를 '순종하는 신체'로 전락시키는 모더니티의 위세와 싸워 이기는 일은 쉽지 않을뿐더러 그렇다고 이것들과 계속 대립 관계를 유지하는 것마저 힘들겠기 때문이다. 아들들은 모래내를 중심부와 다르게 비루한 것들이 한데 어울리는 카니발적 공간을 창출하는 대신에 모래내를 떠난다. 더 낮고 더 구석진 곳으로. 아들들은 자유와 사랑이 깃든 행복한 삶을 꿈꾸며 점점 더 땅끝으로 걸어가지만(밀려가지만) 모든 것을 이윤 추구와 모더니티적 질서 구축이라는 두 개의 현실원칙으로 환원해 가는 모더니티의 재생산 속도를 이겨 낼 수는 없다. 아들들은 더욱더 변두리로 내뱉어진다. 그러면 그 변두리에 또 다른 중심부적 질서가 잠식해 오고, 아들들은 더욱더 변두리로 몰려가고……. 이 악순환을 막을 수 있는 길은 두 가지이다. 하나는 변두리의 카니발적 활력이 모든 것을 등가화시키는 모더니티 중심부의 질서 구축 의지를 이겨 내어 선순환 구조를 확보하는 것이고, 다른 하나는 개인적으로 이 악순환의 고리에서 빠져나가는 것이다. 즉 동일성의 영원한 바깥, 그러니까 죽음을 향해 질주하는 것이다. 이 두 가지 방법 중 「오란씨」의 형제들이 선택하는, 아니 선택당하는 것은 죽음이다. 그들은 모더니티가 관리하지 못하는 유일한 타자인 죽음을 통해 모더니티 중심부의 등가성의 늪에서 벗어난다. 형은 주변부에까지 밀려온 모더니티의 늪으로부터 사랑하는 '설희'를 구해 탈주하다 결국은 죽어 가며, 동생 또한 초월적 아비의 분신들로부터 모더니티에 전혀 물들지 않은 백치(백지)의 '순희'를 구하려다 결국은 세상 바깥으로 튕겨 나간다.

이렇게 「오란씨」는 변두리의 쓰레기가 된 삶을 묘사하되 그것을 정치·경제적 소외와 극복의 가능성에서 바라보지 않고 중심부가 변두리를 통제하는 규칙성, 그러니까 자본주의적 국가기구가 자본주의적 합리성 이외의 인간적 감정(혹은 감정적 인간)이나 인간적 충동(충동적 인간)을 순응하는 신체로 조절하는 통제 방식에 관심을 갖고 은유화한다. 이 과정에서 「오란씨」는 변두리가 중심부의 메키니즘에서 용인되지 않는 충동들이 '뱉어 내'지는 곳이기도 하지만 동시에 '먹어 치'워지는 곳이라고 규정한다. 모더니티의 중심부는 자체의 메커니즘과 이질적인 충동을 내뱉지만 그렇다고 그 충동을 중심부가 아닌 곳에서 마음껏 활동하도록 내버려 두지도 않는다. '내뱉어' 격리한 후 중심부로의 편입을 미끼로 다시 한 번 변두리의 대부분을 순종시키고, 그 순종을 거부하는 주체들은 다시 더욱더 변두리로 내뱉고 통제하고 내뱉고 통제한다. 따라서「오란씨」의 모래내는 변두리임에도 불구하고, 현실원칙에 의해 억눌린 비루하고 외설적이고 충동적인 모든 것들이 모여 있음에도 불구하고, 김소진의『장석조네 사람들』과는 달리 카니발적 풍경이 없다. 오로지 복수심이 있을 뿐이다. 결국 형은 '류 형사'를 죽이고 모래내를 빠져나가고 작중 화자 또한 모더니티의 노골적인 억압이 가해지면 이른바 '개'가 된다. "그도 일단 오기가 발동하면 제어하기 힘들었다. 그는 비장의 무기인 '이빨'을 사용하곤 했다. 상대의 어디든 그는 꽉 물고 절대 놓질 않았다. 아무리 상대가 억센 힘으로 귓방망이를 날리고 발로 차고 주위에서 잡아 뜯어도 그는 놓질 않았다. 그 모습 역시 '개'였다." 이처럼 복수라는 파괴적 충동이 지배적이므로 이들 사이에 연대감은 있을지언정 연대는 이루어지지 않는다. 그래서「오란씨」에는 상처 입은 존재들끼리의 유대감이나 연민, 그리고 진화의 가능성에 대한 기대도 깃들어 있지 않다. 한마디로「오란씨」는 모래내를 가난한 자들의 서식지 정도로 간단하게 읽지 않는다. 그 정도가 아니라 모더니티가 뱉어 낸 쓰레기가 되는 삶의 집합지이면서도 또한 모더니티에 의해 철저하게 관리되어 어떠한 카니발도 없는 곳으로 규정한다. 「오란씨」의 이러한 독법을 두고 우리는 변두리의 생체 정치적 인식이라 칭할 수 있으며 이는 「오란씨」의 모래내가 한국의 변두리 소설사에 외삽시킨 외설적 보충물이라 할 수 있다.

「오란씨」가 모더니티의 추방자들의 서식지로 전락한 변두리의 호모사케르적 통제를 통해서 모더니티가 자기동일성을 유지해 가는 방식을 그려 낸 소설이라면, 「검정 원피스를 입다」(이하 「검정 원피스」)는 남근주의적 동일성의 원리가 어떻게 다양한 섹슈얼리티들을 '뱉어 내고' 동시에 '먹어 치우는가'의 문제를 집중적으로 다룬다.

여기, 두 여성이 있다. '나'와 '신아'는 자신들의 특수한 경험 때문에 상징적 질서의 호명에 순종적으로 응대하지 않는다(못한다). 대신 그녀들은 서로 사랑을 한다. 물론 이 열정적인 사랑은 열렬한 만큼 허용되지 않고 허용되지 않는 만큼 더 열렬해지나 결국 맺어지지는 못한다. 결국 이 둘 중 하나는 파열되고, 남은 하나는 상징적 질서에 순응하는 신체가 된다. 한마디로 「검정 원피스」는 금지된 사랑, 구체적으로 말하면 동성애의 실현 불가능성을 다룬 소설이자 동시에 남근주의적 동일성의 원리가 어떻게 이질적인 섹슈얼리티를 통제하는가에 대한 이야기이다.

또다시, 여기, 먼저, '나'가 있다. '나'는 삼대독자 집안의 유일한 혈육이다. 그런 만큼 당연히, 그것도 열렬히 환대를 받아야 하나 실제 사정은 그렇지 않다. 아니 오히려 차가운 적대의 시선 속에서 태어난다. 이유는 단 하나, 딸이기 때문이다. '나'의 어머니는 "친구들이 민주화를 외치며 화염병을 던질 때" "점집을 오가며 아들 낳는 부적을 받으러 돌아다녀야 했"고 또 "베갯잇 사이며 침대 시트며 가죽 소파 아래 부적을 끼워 놓았"건만 쉽게 아이를 갖지 못한다. 3년 만에 임신에 성공, 아들딸 "이란성 쌍생아"를 임신하나 "하나가 새까맣게 죽은 채" 딸인 '나'만 태어난다. 배 속에 있는 아들과 딸 중 원했던 것이 아들인 것은 당연지사, 그러니 할머니의 노골적인 분노와 원망이 쏟아진다. 그래서 '나'는 "핏줄 잡아먹은 년들"로 살아간다. 그렇게 아들만을 원하던 할머니는 "새장가를 들더라도 꼭 아들을 낳고 저 핏줄 잡아먹은 년들은 상대도 하지 말라"는 유언을 남기고 죽는다. 하지만 할머니의 죽음이 '나'에게 행복한 삶을 가져다주진 않는다. 할머니의 유언은 아버지에게 일종의 정언명령이 되고, 아버지는 할머니의 유언에 먼저 반발하나 나중에는 지연된 복종을 충실히 수행한다. 할머니의 죽음 이후 아버지는 무엇 때문인지 '바람'기를 주체하지 못한다. 거듭되는 외도와 변명이 이어진다. "자신의 어린 시절의 상처"와 "승진 탈락의 고배를 마신 회사 임원이 받는 스트레스" 등을 외도의 변으로 일삼던 아버지는 이후 "오랜 기간 준비한 스스로의 변명에 구원을 얻"고는 "돌연변이처럼 자라난 변명의 틀 안에서 아버지의 탐욕에 찬 양심은 더 이상 거칠 것이 없었"고, 급기야는 "어떤 짓을 해도 용서받을 수 있고 오히려 위로받아야 한다고 여기"는 상태에 빠진다. 그러니 "막 대학을 들어간 새내기 때" 아버지를 만나 그 첫사랑과 결혼을 한, 그러니까 자기의 주체적 욕망을 비워 버린 채 오로지 아버지의 욕망의 유일한 대상이 되는 것을 삶의 목적으로 설정한 어머니는 우울증에 시달린다. "아들을 낳지 못했기 때문에, 또는 조울증 때문에 아버지는 자신을 더 이상 사랑하지 않는 거라고" 낙담하며 히스테리 상태에 빠진다. 이미 남편이 자신을 욕망의 유일한 대상으로 삼고 있지 않다는 점을, 아니 욕망의 대상 자체로 인정하지 않는다는 점을 알면서도 어머니는 첫사랑 때에 행복한 순간을 잊지 못한다. 잊지 못할 뿐만 아니라 영원히 그 상태 속에 있고 싶어 한다. 따라서 그 추억에 근접한 상황을 경험하면 황홀경에 빠져들고, 그 추억과 멀어지면 절대 고독 속에서 절망한다. 그래서 이 어머니는 역설적이게도 바람을 피운 남편이 구차한 변명을 늘어놓고 어머니에게 다시 (말뿐인) 사랑을 고백하는 순간이 가장 행복한 순간이 된다.

 '나'는 이런 부조리한 가족 관계, 상징 질서 때문에 오이디푸스적 통과의례를 성공적으로 수행하지 못한다. 아니 그것을 유예한다. 도대체가 '나'는 '나'의 성 정체성을 확립할 수가 없는 것이다. 아버지는 어머니와 '나' 사이의 이자 관계를 깨 주는 역할을 저버린 채 욕심 사납게 가족 바깥의 여자들을 소유하려는 일을 벌이기에 혈안이 되어 있다. 그러니 '나'는 어머니의 연인이 될 수 없는 여자라는 자기 확인을 하지 못한다. 이렇게 아버지가 대타자의 대리인 역할을 행하지 않을 경우 어머니라도 그 역능을 행사하면 되련만, 어머니마저도 상징적인 질서를 각인시키는 대신 오히려 '나'에게 한 배에 있었던 아들의 역할까지를 강요한다. 그래서 "나는 이 여자의 딸이고, 아들이고 그리고 남편이기까지 한" 역할을 해야 할 뿐만 아니라 "초라한 정부" 역할까지도 감내해야 한다. 그런 까닭에 '나'는 "여자인 남자로, 남자인 여자로" 커 나간다. '나'는 이 부조리한 상황을 이해하지도 납득하지 못한다. 이해도, 납득도 불가능하므로, '덮개-기억'을 만들어 내는 것으로 자기 합리화를 시도한다. 배 속에서 탯줄로 사내아이의 목을 감았다는 것. 그리고 자기 스스로를 "난 태어나기도 전에 살인을 저질러 버린, 불행한 카인의 후예"라고 생각하고 또 그 살인 때문에 "결국 여자이면서 남자처럼 남자이면서 여자처럼 살아야 하는 인생의 천형을 받게 된 것"이라고 믿는다.

「검정 원피스」에서 또 하나의 주요한 인물인 '신아'는 또 다른 이유 때문에 상징적 질서 바깥으로 내뱉어진 인물이다. 신아는 양아버지의 딸이자 동시에 그 아버지의 여인이다. 신아의 어머니는 술장사를 하느라 늘상 집을 비우는 까닭에 어떤 때 신아는 그 아버지의 여자 역할을 강요당한다. 작품 속에 더 상세한 정보가 없어 그 경위를 알 수는 없지만, 하여간 딸을 딸로서 사랑하던 양아버지는 양딸에게 손을 대고, 신아는 그 행동에 저항하지 못한다. 양아버지는 양딸에게 때로는 "어머니에겐 비밀이다."라는 애원으로, 또 때로는 "걸레 같은 년, 네년이 날 먼저 유혹했어."라며 폭력을 행사하는 것으로 관계를 유지하려 하고, 신아는 자신의 어머니의 절망과 절규가 두려워 끝내 이 부조리한 관계를 끝내지 못한다. 대신 신아는 '나'와의 사랑으로 그 고통을 해소하고자 한다. 양아버지와의 관계로 인해 신아에게 남성 일반은 "어떻게 하면 여자랑 한번 해 볼까 궁리하는 그런 머저리"라는 이미지로 고착되었고 그런 까닭에 남성과의 관계란 소통이라든가 아니면 각자 삶의 서사의 변증법적 통일이 아니라 단순히 자신이 "희생 제물"이 되는 느낌밖에 가질 수 없었던 것이다. 신아에겐 남성이 아닌 여성이, 그러면서도 여성이 아

넌 남성이 필요했고, 그 대상이 바로 '나'다.

결국 '나'와 신아는 사랑에 빠진다. 이것은 낭만적 사랑도, 숭고한 사랑도 아니다. 열정적 사랑이다. 기존의 제도와 관습을 뛰어넘는 그래서 자기 파괴적인 사랑 바로 그것. 그러므로 그녀들의 사랑은 허용되지 않는다. 당연히 상징적 질서의 가혹한 억압이 시작된다. 이 억압에 대해 '나'는 그래도 주변과의 원만한 관계를 위해 '나'의 욕망을 감추고 은밀하게 실현하는 것으로 피해 가지만, 신아의 경우는 다르다. 신아는 자신의 욕망을 끝까지 밀고 나간다. 남근주의적 자기동일성이 도저히 통제하기 힘든 이질성을 승인하지는 않지만 묵인하는 것으로 통제한다고 한다면, 신아는 자신의 욕망을 은밀하게 실현하거나 '묵인'받는 것에 만족하지 않는다. 신아는 '나'에 대한 애정, 그러니까 동성애적 사랑을 상징적인 질서 속에서 인정받으려 하며, 이를 위해 어떠한 모욕과 폭력도 이겨 나간다.

하지만 이 사랑은 모든 열정적인 사랑이 그러하듯 자기 파괴적인 결말로 귀결된다. 당연히 상징적 질서는 은밀한 사적 영역이 아닌 공공의 영역으로 나와 버린, 그것도 공공연한 주장을 통해 보란 듯이 이루어지는 이 사랑을 용납할 수가 없다. 그러니 그녀들 또한 자신들의 욕망에 대한 그 크기를 측정하기 힘든 신념이 있지 않고서는 이 사랑을 이어 갈 수 없다. '나'는 대타자의 시선 바깥에서만 신아와 산책을 하고 사랑을 나누려 한다. 그와 달리 신아는 대타자의 시선 앞에서 둘 사이의 사랑을 당당히 선언한다. 하지만 자신의 욕망에 충실하고자 하는 신아마저도 자신의 욕망대로 살지는 못한다. 그녀는 양아버지를 너무도 좋아하는 어머니가 안타까워 자신이 양아버지와의 관계를 거절할 경우 양아버지와 어머니의 인연의 끈마저 끊어질까 봐 양아버지와의 관계를 끊어 내지 못한다. 신아는 (양)아버지와의 비도덕적이고 강제적인 관계에서 벗어나려 '나'와의 결합을 애타게 원하지만, 세상은 신아가 그 왜곡된 관계에서 벗어날 수 있는 유일한 길인 그녀들끼리의 사랑을 용납하지 않는다. 그러던 중 '나'는 신아와 (양)아버지가 관계를 맺는 장면을 목격하게 되고, 신아가 그 장면을 목격하는 '나'를 목격하는 일이 벌어진다. 그 충격과 상실감으로 신아는 끝내 스스로 목숨을 끊거니와, 이로써 그녀들의 이 외설적이고 파괴적인 사랑은 파국을 맞는다.

「검정 원피스」는 그녀들끼리의 열정적 사랑과 그것의 불가능성이라는 현대적인 문제를 어느 날 문득 동시에 이루어진 두 개의 호출을 통해 효과적으로 표현해 낸다. 신아의 생일 전날 '나'는 '나'에게 양성(兩性)적 존재를 강력하게 요청하는 두 사람으로부터 호출을 받는다. 한 사람은 어머니, 다른 한 사람은 신아. 신아의 생일 선물로 검정 원피스를 사 온 '나'에게 어머니는 어머니의 아들이자 딸이자 연인으로서 아버지의 불륜 장소에 동행할 것을 요구한다. 어머니의 이 요청은 '나'의 고유성을 지우고 상징적 질서를 왜곡된 방식으로 기입하려는 억압인 까닭에 거부하고 싶지만 집요한 요청이 계속되자 자기가 망가지는 것으로 상징 질서에 복수를 하려는 자학적인 태도로 그것에 응한다. 그런데 어머니와 이 불쾌한 동행을 행하려는 그 순간 신아의 호출이 도착한다. (양)아버지와의 도착적 관계에서 벗어나기 위해 '나'에게 구원을 요청한 것. 같이 양성적 존재성을 강요하지만 신아의 그것은 '나'를 혼란스럽게 하면서도 대단히 매혹적이고 외설적인 실재에의 열망을 촉발하는 유혹이어서 '나'는 신아의 호출에 응하고 싶다. 그러나 그렇게 하질 못한다. 물론 외형적으로는 신아의 구원이 (양)아버지와의 왜곡된 관계를 피하기 위한 절체절명의 구원 요청임을 몰랐기 때문인 것으로 되어 있다. 그렇지만 알았다 하더라도 사정은 크게 달라지지 않았을 터이다. '나'는 상징적 질서의 전방위적 억압으로부터 자유로운 주체는 아니기 때문이다. 즉 비록 아버지와의 불륜 현장을 급습하자는 요구는 끔찍한 것이지만 상징 질서 안의 요청이어서 거의 동시에 '나'에게 도착한 신아의 상징 질서 바깥의 호출에 응할 수가 없었던 것이다. 뒤늦게 신아의 호출에 응하지만 그것은 신아와 (양)아버지가 관계하는 장면을 목격하는 최악의 상황을 불러온다. 그리고 이 뒤늦은 응답은 신아를 죽음으로 이끄는 계기가 되고 만다. 결국 신아는 자신의 생일날 죽는다.

그런데 이 신아의 비극성은 '나'를 상징 질서 바깥으로 나가게 하는 것이 아니라 안으로 돌아오게 만든다. 사실 신아의 죽음은 질서 안에서의 폭력(적 집착)에는 관대하면서도 그 바깥에서의 사랑은 용인하지 못하는 상징 질서의 폭력성에 기인하는 것이지만, '나'는 더 이상 상징 질서의 폭력성에 저항할 열정을 유지하지 못한다. 신아에 의해 촉발된 일시적인 실재에의 열망이 신아의 죽음과 더불어 사라지고 만 까닭이다. 신아가 죽는 그 순간 '나'는 실재에의 열망은 말할 것도 없고 어머니의 호명에 대한 자학적인 저항도 중지하고 만다. 아니, 중지당하고 만다. 상징 질서 바깥에 현혹되어 상징 질서에 저항한다는 것, 그것이 얼마나 큰 비극을 불러오는지를 경험한 까닭이다. 이렇게 실재에의 열망이 처참하게 억압당하는 순간 '나'는 "내 나이 열일곱"에 때늦은 "초조"를 경험한다. 그리고 뒤이어 상징적 질서 안의 '순종하는 신체'가 되기로 한다.

> 어둠은 깊어 그림자가 보이지 않았다. 검정 원피스를 입은 나는 어둠 속에서 더 이상 눈에 띄지 않았다. 이젠 그늘 속에 그림자 속에 있지 않아도 상관없었다. 난 이제 누구 눈에도 띄지 않을 테니까. 난 이제 그저 여자가 된 것이다. 전혀 특별할 것도 새로울 것도 없는 여자가. 그 평범함이 나를 더욱 너그럽게 만들어 주는 것 같았다. 나는 상여 버스 아래에 한참을 앉아 하얀 국화꽃 향기를 맡았다.
> ―「검정 원피스」, 243~244쪽

그녀들이 꿈꾸었던 실재적 사랑은 이렇게 좌초한다. 그런데 단지 그녀들의 '연인들의 공동체'만 깨지는 데서 그치지 않는다. 완전히 산산조각 난다. 신아는 상징 질서에 의해 '내뱉어져' 죽고, '나'는 상징 질서에 의해 '먹어 치워져' '특별할 것도 새로울 것도 없는 여자'로 동화된다.

한마디로 「검정 원피스」는 현대인들 특유의 상징 질서 바깥의 사랑에 대한 열망과 그것의 불가능성을 말하는 동시에 모든 존재들을 '순종하는 신체'로 전락시키고야 마는 현대성에 대한 날 선 비판을 행하는 소설이다.

3 '덮개-불안'과 가짜 행위

모더니티의 준주변부에 사는 모더니티의 추방자들에게 관심이 집중되었던 배지영 소설은 줄곧 그곳에만 머물러 있는 대신에 한 차례 변화를 시도한다. 시선을 모더니티의 중심부 쪽으로 옮겨 간 것. 사실 배지영 소설은 모더니티의 준주변부, 그러니까 중심부와 주변부의 경계 지대에 관심을 두고 있었던 만큼 관심 영역을 옮긴다 해도 그 선택의 폭은 매우 넓은 편이었다고 할 수 있다. 실제 배지영이 우선적으로 행한 것처럼 중심부로 진입할 수도 있고, 준주변부에 머물러 있을 수도 있으며, 더욱더 한갓진 곳으로 향할 수도 있다. 아니면, 아예 지정학적 시선을 접고 다른 주제 영역으로 나아갈 수도 있다. 배지영의 소설은 이 많은 선택지 중 모더니티의 중심부를 무대화하기에 이른다. 아마도 배지영 소설의 보다 궁극적인 관심이 그렇게도 싸늘하고 폭력적인 모더니티가 여전히 자기동일성을 지속할 수 있는 메커니즘에 있기 때문일 것이다. 다시 말하면 배지영 소설의 주 무대가 모더니티의 중심부로 옮겨진 까닭은 배지영 소설의 궁극적인 관심사가 현존재들이 어떤 방식으로 실존하기에 그 지독하고도 폭력적인 모더니티가 큰 탈 없이 지속되는가 하는 쪽에 두어져 있기 때문이라 할 수 있을 터이다. 어쨌거나 배지영 소설의 출발점이 모더니티의 추방자들을 '내뱉고' '먹어 치우'는 방식으로 현존재 모두를 '순종하는 신체'로 전락시켜 가는 현대성에 대한 비판이라면, 이후 배지영 소설은 모더니티의 감옥에 갇힌 존재들의 실존 형식 쪽으로 조금 방향을 선회한다. 그리고 배지영의 소설이 모더니티 중심부의 실존 형식으로 포착한 것은 현대의 중심부를 떠다니는 불안과 공포이다.

「버스—슬로셔터 No. 1」(이하 「버스」)은 아주 이른 새벽에 행해진 '나'의 길지 않은 승차기이다. 세차게 비가 쏟아지는 날 이른 새벽에 '나'는 영어 회화 수업을 듣고 수영을 하러 가기 위해 버스에 오른다. "주로 여성용 호신 용품과 방범 관련 용품을 제작하고 판매하는" 회사에 다니는 '나'는 불황 때문에 좌불안석인 상황이다. "올 말에 비정규직 사원 중 20퍼센트만 정규직으로 전환되고 나머지는 해고당하거나 그대로 비정규직으로 남아야 했다. 일하는 수준이 비슷할 바에야 출근이라도 일찍 해서 점수를 따는 것이 좋을 듯싶었"고 이 불안감에 떠밀려 '나'는 이른 새벽부터 집을 나선 것이다. 이 이른 새벽의 출행은 스스로의 선택에 의한 것처럼 보이지만 사실은 그렇지 않다. 이것은 전적으로 대타자의 욕망을 충족시키는 행동에 불과하다. 모더니티의 추방자가 될지도 모른다는 불안감에 휩싸인 만큼 '나'는 끊임없이 '도대체 나에게 원하는 것이 무엇입니까?'라고 대타자에게 묻고 그것이 암시하는 과잉의 책무들을 모두 짊어지고 살아가는 것이다. 그러니 "새벽, 빗소리에 일찍 눈을 떴다. 게으름을 피우고 몸을 뒤척여도 시간은 흐르지 않았다. 그럴 바엔 차라리 일찍 가는 편이 낫겠다 싶었다."라는 결정을 하는 수밖엔 도리가 없다.

불안감을 이기기 위해 감행한 이른 외출이건만 이 행위가 '나'의 불안감을 없애 주지는 않는다. 예기치 않은 상황을 만나기 때문이다. 너무 이른 외출 탓인가 '내'가 탄 버스에는 '나' 이외엔 아무도 없다. 게다가 버스의 운전사가 범상치 않다. "파란색 정복을 입은 그의 어깨는 피로가 얹힌 듯 앞으로 약간 굽어 있었"고 "며칠째 면도를 하지 않은 듯 얼굴 전체에 짧은 수염이 나 있었는데, 30대 중반에서 40대 후반까지 다 적당할 듯한 얼굴과 분위기를 갖고 있었다." 한데 그의 눈은 뭔가 꺼림칙하다. "선명하게 보이진 않았지만, 문득 그의 흰자위가 매우 탁해 보인다는 생각이 들었"는데 그가 뜻밖에도 말을 건넨다. "어디까지 가세요?" '나'는 선뜻 대답하지 못한다. "버스 운전사가 손님에게 행선지를 묻는 경우는 흔치 않"은데 그 상례를 깼기 때문이다. 일상적으로 반복되는 유형을 넘어서는 상황에 놓이면 불안해지기 마련이므로 '나' 또한 불안해진다. 게다가 이후의 상황은 점점 더 '나'를 불안하게 한다. 비는 계속 쏟아지고 어쩐 일인지 손님도 '나' 외엔 아무도 없으며 버스 운전사의 말은 점점 더 상스러워진다. 그러더니 급기야 정해진 노선을 벗어나 엉뚱한 길로 접어든다. 이 순간 '나'는 얼마 전 버스에서 중년 여성을 성폭행한 운전사를 연상하고는 곧바로 '내'가 탄 버스의 운전사와 동일시하기에 이른다.

나는 다리를 오므렸다. 문득 회사에 수없이 굴러다니던 테스트용 가스 분사기, 화장대 위에 올려놓고 나왔던 전기 충격기, 가방을 바꿔 메느라 두고 나온 목걸이 형태의 호루라기 겸용 분사 용품이 떠올랐다. 하필 나는 아무것도 가지고 나오지 않았다.
버스가 진로를 바꾸는 바람에 도무지 이곳이 어디인지 갈피를 잡을 수 없다는 점도 나의 불안을 증폭시킨 원인이었다. 도시의 낯선 도로 옆으론 불 꺼진 술집과 여관들이 다닥다닥 붙어 있었다. 버스는 자꾸만 한적한 길로 꾸역꾸역 들어가는 것 같았다. 내가 아는 서울과는 멀어지는 듯했다.

—「버스」, 88쪽

 막상 구원을 요청할 곳이 마땅치 않다는 것을 깨닫는 순간, 게다가 휴대폰 배터리가 방전되어 누군가에게 구원을 요청할 수도 없다는 것을 확인하는 순간 불안은 그 정점에 달한다. 그럴수록 버스 운전사의 행동은 더욱 기괴해져만 가고, '나'의 공포는 더해 간다. 어쩔 수 없이 '나'는 이 위기의 상황에서 벗어나기 위해 "한쪽 하이힐을 벗어 단단히 잡"고 있는가 하면, "설령 내가 시체가 되어 발견되더라도 영원히 미제로 남아선 안" 된다는 생각에 "의자 시트 위에다 내 이름과 휴대폰 번호를 적은 후 sos라고 적"기까지 한다. 그러다가 끝내는 자포자기의 상태에 빠져든다. "회사는 불황이었다. 이럴수록 좀 더 충격적이고 엽기적인 사건이 벌어져야 했다. 왜 이렇게 요즘은 태평스러울까. 그 잘나가던 살인 사건도 안 일어나는 것 같았다. 이러다간 홍보팀 자체가 없어질지도 몰랐다. 그래서 나는 매일같이 좀 더 엽기적인 살인 사건은 없을까, 눈이 벌겋게 기사를 검색했다. 그런데 하필 내가 이렇게 되다니."
 하지만 불안한 승차기는 일종의 해프닝으로 끝난다. '매일같이 좀 더 엽기적인 살인 사건'을 기다리던 '내'가 그 엽기적인 살인 사건의 당사자가 된다는 사실에 절망하던 그 순간 갑자기 버스가 멈춘다. 버스가 멈춤과 동시에 이른 새벽의 공포극은 어이없게 마감된다. 버스가 멈추고 앞문이 열리자 사람들이 우르르 올라탄다. 그러면서 그들은 "모두 공격적으로 운전사를 향해" 왜 이리 늦었느냐고 퍼붓는다. 그러자 이제까지 '나'의 왜곡된 상상 속에서 괴물이었던, 혹은 여성을 상습적으로 폭행하는 불량배였던 이 운전사는 "자신감 없는 목소리로 우물거"리거나 "쩔쩔매며" 변명하기에 바쁘다. 운전사의 말에 따르면 이 버스는 세찬 비로 평상시에 건너다니던 '양평교'가 잠긴 데다 앞차마저 고장이 나 이 노선버스를 기다리는 승객을 빨리 태우기 위해 다른 길로 운행했던 것. 그런데 '나'는 이 버스가 정해진 길을 벗어나자 그때부터 벌어진 모든 일들을 회사의 이익을 위해 널리 유포하던 위험 사회적 환상 체계와 동일시했던 것. 결국 이 상상적 동일시는 버스가 회사 앞에 정차하는 순간 끝나게 된다. 그리고 '나'는 버스에서 경험했던 걷잡을 수 없는 불안으로부터 벗어난다. "멀리 보이는 회사 건물을 향해 빠르게 걸었다. 회사 건물 앞 전광판 디지털시계를 바라봤다. 낮게 내려앉은 구름이 조금은 가벼워진 것 같았다. 6시 5분이다. 영어 회화 학원을 끊은 것은 잘한 일 같다."라며 그야말로 일상적인 안정성을 회복하기에 이르는 것이다.

이렇듯 「버스」는 모더니티의 중심부로부터 추방당하지 않으려고 불안에 떠는 '나', 그래서 회사의 이윤을 위해 공포를 과장하고 재생산하는 일도 마다하지 않는 공포 재생산 기계인 '내'가 이른 새벽에 겪는 백일몽과도 같은 공포 체험담이다. 이쯤에서 우리는 이 작품이 우선적으로 말하고자 하는 바가 무엇인지를 읽어 낼 수 있다. 현존재들은 다른 곳이 아닌 도처에 위험이 널려 있는 위험 사회, 혹은 세상 곳곳을 유동하는 공포의 사회에 살고 있으며 이 자가발전하는 '파생적 공포' 때문에 '상상 속에서 위협의 실체를 한껏 부풀리고, 압도되어 꼼짝도 하지 못한'[4] 채 살아가고 있다는 것. 그것이 아니면, 현대 사회가 공포의 사회인 것은 이윤을 위해서라면 공포마저도 상품화하고야 마는 우리 사회의 현실원칙과 모더니티의 자장 밖으로 추방될까 봐 그 악마적 논리마저도 순응하는 현존재들의 타락한 행동이 기묘하게 결합되어 있기 때문이라는 것. 그러니까 이 작품은 현존재들의 존재론적 불안에 대처하기는커녕 그것을 상품화하여 그 불안을 만성화된 공포로 증폭시키는 모더니티와 그것에 압도되어 살아가는 현존재들의 타락한 삶에 대한 날카로운 비판을 담아낸 소설이라 할 수 있다.

이렇게 「버스」는 유동하는 공포에 압도되어 이미 주체성을 상실했거나 아니면 순종하는 신체로 전락하여 그 공포들을 개선하기는커녕 오히려 그 공포를 더욱 가속화시키는 현존재들의 실존 형식에 관한 소설로 볼 수도 있다. 하지만 이것이 전부는 아니다. 중요한 메시지가 하나 더 있다. 사실 이 작품은 다른 방식으로도 읽을 수 있다. 이런 식이다. '나'는 현재 불안한 삶을 살고 있다. 자신의 삶이 어디에서 어디로 가는지도 모르는 채, 그리고 자신이 어디로 가고 싶은지도 알지 못한 채, 만인이 만인과 투쟁하는 세상 속에서 언제든 추방될 수 있다는 두려움에 사로잡혀 있기 때문이다. '나'는 모더니티의 중심부에 의해 뱉어져 쓰레기가 되는 삶이 되지 않기 위

---

[4] 지그문트 바우만, 한규진 옮김, 『유동하는 공포』(산책자, 2009), 14쪽.

해 그야말로 대타자의 욕망을 자기화하고 그것을 행동하기에 망설임이 없다. '나'는 회사의 잉여 이윤을 위해 특히 성폭력이라는 위험과 불안을 수시로 과장하여 유포한다. 그렇게 '나'는 다양한 연유에서 발생하는 위험 사회적 징후를 오로지 육체적이고 성적인 폭력의 위험으로 고착시키고 그것을 재생산한다. 그러므로 '나'는 위험과 불안의 피해자이면서 동시에 그것을 성적·육체적 폭력으로 이데올로기화해 재생산하는 가해자이다. 다시 말해 쉼 없이 이질적인 존재들을 뱉어 내고 먹어 치우는 까닭에 결국은 만인이 만인과 처참하게 투쟁하게 만드는 모더니티의 희생양이자 동시에 그것을 내면화한 괴물이 바로 '나'인 것이다. 이렇게 유동하는 공포를 재생산하기도 하고 또 그것에 압도되어 살아가는 '나'는 만인과 만인이 투쟁하는 상황 때문에 발생하는 불안과 공포를 이겨 나갈 방안을 찾는 데는 관심이 없다. 위험 사회의 근원을 찾아 그곳에서 어떤 마주 보는 공동체를 만들려 하기보다는 오로지 뱉어지지 않기 위해 모더니티의 원리를 더욱더 적극적으로 재생산한다. 그렇게 '나'는 모더니티를 재생산하는 기계이자 괴물이 되어 매일 아침 집을 나선다. 그런데 어느 날 '나'는 이 집요한 반복에서 벗어날 수 있는 계기를 만난다. 오로지 '나에게 원하는 것이 무엇입니까?'라며 대타자의 욕망을 물을 뿐 주체적 욕망이라고는 없는, 합목적성은 있으나 목적은 없는 삶을 지나치게 충실하게 사는 '나'는 그 리듬을 잃지 않기 위해 나선 이른 새벽의 출근길에서 전혀 예기치 않은 백일몽을 만난다. 도대체 나이도 분명치 않으며 실재의 인물인지도 알 수 없는 누군가가 갑작스레 '나'의 이 지루하고 견고한 일상적 리듬에 끼어들며 말을 붙여 온다. 그런데 이 질문의 내용이 만만치 않다. "어디까지 가세요?" 발화자의 의도는 내릴 곳을 묻는 것이겠으나 그 말을 받아들이는 입장에서는 간단치 않은 질문임에 틀림없다. 수신자에게 이 질문은 '이 이른 새벽에 도대체 어디까지 가기 위해서, 그러니까 무엇을 위해서 집을 나선 것인가?' 하는 존재론적인 의미를 담고 있을 수 있는 것이어서 곤혹스럽기 짝이 없는 목소리이기도 한 것이다. '나'는 '우인동'에 간다고 답하지만 '나'는 급격하게 불편하고 불안해지기 시작한다. '나'로 말하자면 '어디까지 가기 위해 이렇게 살고 있는가?'라는 식의 질문을 해 본 적이 없는 그저 목적 없는 합목적성의 삶을 살았던 존재였기 때문이다. 그런데 상징 질서 바깥에 있는 것 같은 존재가 상징 질서 바깥의 목소리로 "어디까지 가냐니까요?"라는 질문을 던져 온 것이다. 그러니 불안할 수밖에.

하지만 '나'는 '나의 삶은 어디에서 어디로 가는가?'라는 질문을 외면한다. 그 질문에 직접 얼굴을 맞댈 경우 '나'는 상징 질서 너머의 실재의 세계에 발을 들여놓아야 하고 그렇게 될 경우 '나'의 불안감은 측량할 수 없을 정도로 증폭될 것이기 때문이다. '나'는 이 존재론적인 질문에 맨몸으로 노출되면서 받아 안게 될 걷잡을 수 없는 불안을 다른 쪽으로 투사한다. '나'는 운전사의 질문에 불안을 느끼지만 그 불안이 내가 전혀 답할 수 없는 생의 본질과 관련된 질문과 갑작스레 외상적으로 조우했기 때문이라는 점을 인정하지 않는다. 대신 그 불안의 기원을 다른 방향으로 이동시킨다. '나'는 운전사를 얼마 전 버스에서 중년 여성을 성폭행한 운전사와 오버랩시킨다. 그리고 상징적 동일시의 메커니즘을 작동시켜 모든 경험을 상징 질서의 틀 안에 고착시키고는 운전사의 모든 행동을 성폭행의 전조로 받아들인다. 이렇게 버스가 정해진 길을 벗어나 있는 동안 운전사의 그 무시무시하면서도 실체를 알 수 없는 행동 때문에 내내 불안하고 불편하지만 그럼에도 '나'는 '무엇을 위해 이 이른 새벽에 길을 나선 것이며 이렇게 사는 것이 진정 행복하며 과연 진정한 삶인가?'에 대해서는 묻지 않는다. 묻는 대신에 묻는다. 다시 말해 모더니티의 중심부에서 떨려 나지 않기 위해 목숨을 걸고 살아도 사라지지 않는 현재의 '나'의 불안이 어디에서 오는 것인지 묻는 대신에 그 근원을 덮어 버리려 한다. 그러니까 '나'는 '나'의 기계성과 괴물성을 덮기 위해 운전사를 괴물로 만든 셈이다. 이런 맥락에서 보자면 운전사에게 '내'가 느낀 공포와 불안은 일종의 '덮개-공포'이다. 도저히 너무 무시무시하고 외설적이어서 자아가 감당할 수 없는 기억을 은폐하기 위해 그 외상적인 기억을 자아가 감당할 수 있을 정도의 '덮개-기억'으로 덮어 두듯이, '나' 또한 '나'의 불안의 기원을 덮어 두기 위해 사회에 만연한 성폭력을 끌어들인다. 다시 말해 아무런 주체적 욕망 없이 살아가는 '나'의 기계적 삶의 무의미성과 비본래성을 대면하지 않기 위해, 또 더 나아가 만인이 만인과 투쟁하는 사회 속에서 살아남기 위해 '나'가 행하는 정신적 동물의 삶의 형식에서 오는 불안과 조우하지 않기 위해, 정체성이 불분명한 데서 오는 불안과 공포에 직면하면 그것을 성급하게 사회 곳곳에 퍼져 있는 육체적이고 물리적인 (성)폭력의 징후로 오인해 버리는 것이다. 그렇게 '나'는 어느 날 문득 모든 것이 생의 리듬과 궤도를 이탈하면서 어렵사리 '도대체 무엇을 위해 이 이른 새벽에 집을 나섰는가?' 하는 존재론적인 질문 앞에 서게 되지만, 그 불안을 이른바 '내'가 회사의 이익을 위해 편집증적으로 유포하는 '성폭력이 일상화된 사회'라는 현재의 '나'와는 무관한 위험 사회적 징후로 대체한다. 모더니티의 추방자로 전락하지 않기 위해 (타락한) 모더니티의 충실한 기계가 된 자신의 실존 형식을 인정할 수가 없어, 그리고 자신의 존재론적인 불안과 만나지 않기 위해 '나'는 '성폭력이 일상화된 사회'라는 불안 요인 속으로 숨어든 형국이다. 존재론적 불안과의 외상적 조우를 회피하기 위해 성폭력과 같이 눈에 보이는, 그러면서도 '내'가 오로지 피해자이기만 한 위기 상황 속으로 도피한 셈이라고나 할까. 이런 점을 감안한다면, 이 작품은 평화로운 일상을 유지하던 '내'가 갑작스레 어떤 위기 상황을 만나 우리 사회가 '유동하는 공포'의 세상이며 '나' 또한 그러한 공포로부터 자유롭지 않다는 점을 확인하는 소설이 전혀 아니다. 오히려 잉여 이윤을 산출하기 위해 항상 과잉의 노동력을 유지하는, 그래서 만인이 만인과 투쟁하게 하는 모더니티의 시스템 속에서 누군가를 쫓아내고 살아남으려고 이미 기계 혹은 괴물로 전락한 '내'가 '과연 너는 누구이며 너의 삶은 어디에서 어디로 가는가?'라는 질문을 받자 그 근원적인 질문을 회피하기 위해 폭력 사회라는 보이는 불안 속으로 도피하는 과정을 그린 소설이다. '내'가 가상의 성폭력의 공포에서 풀려나자마자 또다시 성폭력의 판타지를 스스로 만들어 내며 끝나는바, 이는 이 작품의 문제의식에 비추어 볼 때 아주 자연스러운 것이다.

멀리 보이는 회사 건물을 향해 빠르게 걸었다. (……) 얼마 전 부장은 내가 새벽마다 영어 회화 학원을 다닌다는 사실을 알고 요즘 흔치 않은 젊은이라며 칭찬했다. 일찍 출근하는 것도 좋은 이미지를 만드는 데 한몫을 한 것 같다. 그리고 얼마 전에 낸 기획서에 대해서도 검토해 보겠다고 하지 않았던가. 나는 좀 더 효과적인 홍보를 위해 범죄 재연 드라마와 연계한 홍보 아이디어를 냈다. 그 기획안만 제대로 추진된다면 올 말엔 정규직으로 발령받을지도 몰랐다.

회사 건물 앞에 서 있는 경비에게 인사를 하고, 우산을 자동 포장 비닐에 넣었을 때 전광석화처럼 기억 하나가 스쳤다. 바로 버스에 남겨 놓은 낙서. 그리고 나를 이상한 눈빛으로 쳐다보았던, 다리를 절던 낡은 점퍼의 남자가 그 자리에 앉지 않았던가. 휴대폰 번호를 바꿔야겠다고 생각했다.

―「버스」, 97쪽

이처럼 '나'는 단지 모더니티에서 추방되어 쓰레기 같은 존재가 되어서는 안 된다는 목표 하나로 살아가거니와 이를 위해 모든 인간을, 모든 사물을 오로지 목적이 아니라 수단으로 취급한다. 또 만인이 만인과 투쟁하는 상황에서 도태되지 않기 위해서라면 정신적 동물의 삶도 마다하지 않는다. 이 때문에 '나'는 수시로 까닭 모를, 그러나 아마도 인간적이고 존재론적인 '불안'에 휩싸이지만, 그때마다 그 불안을 눈에 보이는 폭력의 희생자가 될지도 모른다는 '덮개-위험'으로 틀어막는다. 해서, '나'는 이 황량하고 차가운 모더니티 속에서의 무의미하고도 무가치한 삶의 형식을 의미 있는 삶으로 바꾸는 대신에 자기 스스로 만들어 낸 범죄자로부터 자신을 지키기 위해, 그러니까 결국은 기계와 괴물로 전락한 자기 자신을 감추기 위해 조작한 덮개-불안으로부터 자신의 이 무의미하고 무가치한 삶을 지켜 내기 위해 휴대폰 번호를 바꾸는 것으로 텅 빈 인간다움을 유지하기에 이른다.

모더니티 안에서 살아남은 자들이 '덮개-공포'로 존재론적인 불안을 덮어 버리며 무의미하고 무가치한 삶을 운명처럼 연명해 나가는 현존재들의 '존재의 형식'은 「몽타주 — 슬로셔터 No. 2」(이하 「몽타주」)의 주요 관심사이기도 하다. 이 작품 속의 '나'는 호텔의 도어맨이다. '나'는 이곳에 어렵사리 들어와서 가까스로 붙어 있는 인물이다. "헌병대 출신인 작은아버지 후배가 캡틴인데 그가 다리를 놔 줘서 호텔에 취직할 수 있었"던 것인데, "많지 않은 돈이지만 다달이 월급을 받게 되자 숨통이 트"인 것도 잠시, 호텔이 점점 쇠락의 길을 걸으면서 내뱉어질지도 모른다는 불안에 전전긍긍하는 상황에 처하게 된다. "인근에 새로운 호텔이 생길 때마다 호텔의 무궁화도 하나씩 떨어져 갔다. 열 명이나 됐던 도어맨도 다섯 명으로 줄었고 오전과 오후로 두세 명씩 파트를 나눠 입구를 지켰다. 두 명은 더 잘릴 거란 소문이 돌았다." 이렇듯 모더니티의 추방자가 될지도 모른다는 공포를 "캡틴 책상 서랍에 수표를 꽂아 놓은 호텔 브로슈어를 넣는" 것으로 수습해 나가던 중 끔찍한 살인 사건의 참고인이 되는 경험을 하게 된다. 교대 근무로 인한 생체리듬의 혼란과 모더니티의 추방자가 될지도 모른다는 불안감 때문에 불면증에 시달리던 '나'를 더욱 잠 못 들게 소음을 만들어 내던 옆집 남자가 전율한 만한 연쇄살인범으로 밝혀진 것. 이곳으로 이사 와서 석 달 만에 다섯 명, 그리고 모두 합해서 여덟 명의 여자를 죽인 것도 모자라 시체를 절단하고 유기한 데다 귀와 둔부는 따로 모아서 보관한 인물이었던 것. 그러니까 '나'를 잠 못 들게 했던 그 소음은 여자들을 죽이고 절단하고 그 흔적을 지우던 소리였던 것. 어쨌거나 '나'는 옆집에 산다는 이유만으로 경찰과 기자들 앞에서 인터뷰를 한다. 어느 날 옆집에서 물소리가 끊이지 않아 찾아가서 항의하려 했더니 너무 공손해서 오히려 "내가 고약한 이웃이라도 된 느낌이었어요." 등의 특별할 것이 없는 인터뷰였다. 그런데 한 시간 넘게 각각의 질문에 따라 각기 다른 맥락에서 행해진 답변이 편집되면서 '나'의 의도와는 전혀 다른 진술이 되어 버린다. "정말 인상이 나쁜 남자였어요. 여자와 싸우는 소리에 잠을 이룰 수가 없었지요. (흥분하며) 불면증까지 생겼다니까요. 물소리가 너무 나서 따지기도 했는데 아주 불쾌했어요. 아무 데서나 담배를 피워 대는 고약한 이웃이었죠. 끔찍합니다. 앞으로 여기서 어떻게 살아야 할지도 모르겠고." "기가 막히게 편집되어" 기가 막힌 전도가 일어나지만 '나'는 그것을 바로잡지 않는다. 바로잡으려고 해야 바로잡을 수 없는지도 모르겠지만, '나'는 그것을 정정하려는 어떤 시도도 하지 않는다. 그리고 대신 "공범이 있을지도 모른다"는 공포에 휩싸인다. 옆집에 손님으로 찾아왔던 '사내'가 기억난 까닭이다. 게다가 경찰서에는 공범을 자처하는 전화까지 걸려 온다. 이제 '나'는 공범에 의해 살해당할지 모른다는 공포에 휩싸인다. 뿐만 아니라 환영을 보기 시작한다. 여기저기서 '나'를 따라다니는 눈길을 느끼기 시작하고 때로는 환각처럼 '나'를 뒤쫓는 발길을 감지하기도 한다. 경찰서에 출두해 몽타주를 그려 보지만 그 몽타주 속의 인물은 "나와도 조금 닮은 것 같"기도 하다. 그런가 하면 "나를 아래위로 훑어보"는 모든 사람들 같기도 하다. 이때 "문득 나는 중요한 무언가를 잃어버렸다는 느낌을 받"는다. 즉 '나'를 불면증에 빠뜨리고 또 불안과 공포에 떨게 하는 것이 공범 때문이 아니라 모더니티의 중심부에서 내뱉어질지도 모른다는 불안과 그곳에 살아남기 위해 아무런 죄의식도 없이 행하는 비윤리적인 행위 때문이라는 것을 막연히 감지한다. 하지만 '나'는 '나'의 불면증과 불안의 기원으로 거슬러 올라가지 않는다. 「버스」의 '나'처럼 자신의 기계로서의 삶과 정신적 동물의 상태와 직접 대면해야 하기 때문이다. 해서, 「몽타주」의 '나' 역시 공범이라는 '덮개-불안'으로 존재론적인 불안을 덮어 버린다. "문득 나는 중요한 무언가를 잃어버렸다는 느낌을 받았다. 그것이 무엇인지는 기억나지 않았다."

그런데 상황이 뒤바뀐다. 결국, 여러 정황 끝에 공범이 없다는 사실이 밝혀진 까닭이다. 범인이 공범이 없다고 진술했고, 공범을 자처했던 전화도 장난 전화임이 밝혀진다. 하지만 공범 때문에 공포에 떨던 '나'는 공범이 없음이 밝혀지자 당황한다. "공범은 없다. 그런데 왜 불안한 마음이 드는지 몰랐다." 공범이 없는데도 불안한 것이 아니라 공범이 없어서 불안한 것이다. 공범이라는 '덮개-기억'으로 자신의 삶의 무의미함과 불량배적 측면을 가까스로 덮어놓았던 것인데, 공범이 없다는 것이다. 그러니 더욱 불안할 수밖에. 이처럼 집요하게 의식적으로 무의식적으로 존재론적 불안을 기억나지 않게 집중하고 있으니 왜 불안한 마음이 드는지 모를 수밖에.

이 순간 '나'는 두 가지 선택의 기로에 선다. 우선 첫 번째 선택은 이 불안의 기원이 어디에 있는지 '기억나'도록 '덮개-불안'을 걷어 내는 것. 이것은 힘든 일일 터이다. '참을 수 없는 존재의 가벼움'은 물론 '참을 수 없는 존재의 동물성, 혹은 비윤리성' 같은 것을 인정해야 하고, 인정하는 순간 상징적 질서 바깥의 '실재의 윤리'를 찾아내고자 고투해야 할 것이며, 그 때문에 모더니티의 추방자가 될 수도 있기 때문이다. 결국 '덮개-불안'을 걷어 내기 위해서는 대타자의 욕망을 욕망하는 자가 아니라 자신의 욕망을 욕망하는 자가 되어야 한다는 것일 터인데, 이를 위해서는 이제까지 자신의 삶 모두를 부정하는 '상징적 자살'과 같은 용기와 결단이 필요하다. 두 번째 선택은 공범이 없다고 발표되었으나 사실은 있다고 믿는 것. 그러니까 '덮개-공포'를 유지하는 것. 이 선택은 아무런 의미가 없는 것이나 매혹적이다. 아니, 아무런 의미가 없어서 존재론적 불안을 인정하지 않으려고 할 뿐만 아니라 삶의 무의미성 바깥으로 나가려고 하지 않는 '나'에게 더할 나위 없이 매혹적이다. 결국 '나'는 후자의 길을 택한다.

'공범은 없는 것으로 확인됐습니다. 단독 범행인 것이 밝혀졌습니다. 나머지 사체들을 발굴 중입니다.'

그때 복도 저쪽 끝에서 발소리가 들려왔다. 먼 산에서 울리는 메아리처럼 처음엔 아주 아득하게 들렸다. 차츰 소리가 다가왔다. 한쪽 발을 질질 끄는 듯 소리는 불규칙했다. 두근거렸다. (……) 나는 현관문에 붙은 볼록렌즈로 밖을 내다봤다. 아무것도 보이지 않았다. 차가운 문에 귀를 갖다 댔다. 아무 소리도 들리지 않았다. (……)

침대 위로 다시 올라가 몸을 눕혔다. 등을 구부린 후 무릎을 가슴까지 끌어당겼다. 눈을 감았으나 정신은 점점 더 또렷해졌다. 나는 침대 끄트머리로 기어가 창문을 열었다. 밖을 내다보았다. 가로등이 깜박거렸다. 그 아래 서 있는 남자를 발견했다. 나는 커튼 사이로 눈만 내놓고 남자를 내려다봤다. 가로등 아래 남자는 내가 있는 오피스텔 창문을 올려다보는 것 같았다.

─「몽타주」, 136~137쪽

이쯤에서 우리는 「몽타주」가 근대 특유의 유동하는 공포가 현존재들을 얼마나 전방위적으로 압도하는지를 보여 주는 소설이라고 말할 수 있을 듯하다. 그렇지만 이 작품은 동시에 그 근대를 떠도는 공포의 형식들이 사실은 현존재들이 자신의 존재론적 불안이나 삶의 비본래성을 은폐하기 위해 만들어 낸 '덮개-불안'일 뿐이라고도 말하고 있다. 정리하자면 이렇게 된다. 현존재들은 자신의 삶의 무의미성에 따른 불안을 덮기 위해 유동하는 덮개-불안의 감옥을 만들어 낸다. 그리고 그 감옥에 스스로 갇혀서 이 유동하는 공포 때문에 자유로운 삶을 살 수 없다고, 결국 순종하는 신체일 수밖에 없다고 괴로워한다. 존재론적 불안이 덮개-불안을 만들고, 이 덮개-공포가 현존재들을 더욱더 '참을 수 없는 존재의 가벼움'에 빠뜨리고, 그러면 더욱 강화된 덮개-불안이 재생산되고……. 한마디로 이 작품은 현존재 특유의 존재론적 불안과 그 불안의 기원을 인정하지 않으려는 망각에의 의지가 얼마나 현존재 스스로를 유동하는 공포들에 압도된 채 살아가게 하는지를 말하고자 한 소설이라 할 수 있다.

4 지연된 복종과 정신적 동물로 살기

배지영의 소설이 현존재들의 실존 형식으로 유동하는 공포로 인한 불안(혹은 덮개-불안 안에 존재론적 불안을 감추기)만을 주목하는 것은 아니다. 사실, 유동하는 공포로 인한 불안과 그 불안을 육체적 폭력으로 대체하기라는 존재의 형식은 현존재들의 하나의 실존 형식일 수는 있어도 유일한 실존 형식이 될 수는 없다. 육체적 폭력의 위기 담론을 통해 존재론적 불안을 감추는 존재는 어떻게 보면 근대 특유의 생체 정치로부터 그나마 비판적 거리를 유지하는 경우에 해당한다고 볼 수 있다. 여러 가지 정황을 고려해 볼 때, 아무리 가면 속에 얼굴을 감춘다 하더라도 가면과 내면의 격차가 클 경우 그 가면을 계속 쓰고 있기는 힘든 일이다. 만약 존재론적인 불안과 덮개-불안의 차이가 만만치 않을 경우 그 존재론적인 불안을 육체적 폭력의 징후라는 덮개-불안으로 자신의 정신적 동물 상태를 계속 외면하기란 쉬운 일이 아니다. 둘 사이의 현격한 차이에도 불구하고 덮개-불안으로 눌러 놓고자 할 경우, 그 존재는 끊임없이 자기 자신을 직접적인 폭력의 징후 속으로 끌고 다녀야 하는 것은 물론 자신 앞에 닥친 수많은 경험들을 편집증적 일관성을 가지고 폭력의 징후로 오인하고 오독하는 수고를 치러야 한다. 비트겐슈타인의 말처럼 변하지 않기 위해서도 변해야 하는 것이다. 또 슬라보예 지젝의 말처럼 '어떤 일이 발생하지 않게 하기 위해, 아무것도 바꾸지 않기 위해' 하는 행동인 '가짜 행위(false activity)'[5]에 몰두하더라도 그것 역시 '뭔가를 바꾸기 위해 행동'하는 것만큼 끊임없는 세계의 자아화와 자아의 세계화가 요청되는 것이다. 우리 맥락대로 이야기하자면 덮개-불안으로 계속 존재론적 불안을 외면하기 위해서도 상황에 따라 지속적으로 덮개-불안을 바꿔 쓰는 정신적 노동을 감수해야 하는 것이다. 이처럼 진정한 행위에 못지않는 자기의식의 실현 과정이 요구되기 때문에 덮개-불안으로 존재론적 불안을 덮고 사는 것, 가면 속으로 숨는 것, 가짜 행위를 반복하는 것, 혹은 포즈로서의 삶은 지속적으로 유지하기 힘든 삶의 형식이며, 현존재들 중에서 이런 삶의 형식을 유지하고 있는 경우만 해도 사실은 드물다 할 것이다. 때문에 이러한 존재를 지금, 이곳을 사는 사람들의 유일한 존재의 형식을 고착할 경우 그것은 유동하는 공포와 불안에 매우 불균질적으로 살아가는 현대인의 현존 형식을 단순화하는 것에 다름 아닐 터이다. 배지영의 소설 또한 이 점을 잘 알고 있으며, 해서 현존재들의 또 다른 존재의 형식에 관심을 기울인다.

배지영 소설이 주목하는 또 하나의 현존재들의 존재 형식은 바

---

[5] 슬라보예 지젝, 박정수 옮김, 『HOW TO READ 라캉』(웅진지식하우스, 2007), 44쪽.

로 '순종하는 신체-되기'이다. 만인이 만인과 투쟁하는 세상 속에서 살아남기 위해 이미 정신적 동물 상태로 전락한 자신을 인정할 수 없어 자신과 직접적인 연관이 없는 폭력 사회의 불안 속으로 도피하는 존재들을 집중적으로 형상화한 것이 「버스」와 「몽타주」였다면, 「파파라치 — 슬로셔터 No. 3」(이하 「파파라치」)와 「어느 살인자의 편지」는 그와는 또 다른 존재의 형식을 포착한다. 「파파라치」의 '남자'와 「어느 살인자의 편지」에서 살인자를 자처하는 '저'는 이제 더 이상 만인과 만인의 투쟁에서 마치 동물처럼 살아남는 삶에 대해 회의하지도 않고 양심에 꺼리지도 않는다. 만인이 만인과 투쟁하는 세상에서 가까스로 추방을 면한 그들은 그저 자본주의가 만들어 낸 정글의 법칙을 충실히 따르며 살아간다. 더 이상 저항하지도 않고, 또 그 원리에 어쩔 수 없이 따르면서 느꼈던 양심의 가책 같은 것도 없이 기계적으로 순응한다. 이제 그들의 유일한 삶의 원리는 약육강식의 철칙이며, 그것과 충돌하는 어떤 것도 가지고 있지 않다. 그러니 이제 덮개-불안 따위도 없고, 가면을 쓸 필요도 없고, 가짜 행위를 할 필요도 없다. 당연히, 비록 허위의식을 더욱 심화시키는 결과를 낳고 마는 것이지만, 그런 포즈를 유지하기 위한 정신적인 각성이나 긴장 같은 것도 없다. 그들을 움직이는 것은 이제 이성이 아니라 본능이다. 그것도 오로지 생존을 위한 동물적 본능. 「어느 살인자의 편지」의 '저'는 "저란 인간이 의지할 수 있는 것은 오로지 저 자신밖에 없습니다. 그러니 그런 '예감'이 들었다면, 본능대로 행동하는 수밖에 없지 않겠습니까. 제겐 본능이 종교였으며 육감이 세상을 살게 하는 교훈이었으니까요."라고까지 말한다. 이렇게 동물적 본능에 충실한 인간이기는 「파파리치」의 '남자' 역시 마찬가지여서 마치 동물처럼 강한 자에겐 숨죽이고 약한 자에 겐 으르렁댄다. 그들은 어떤 상황이 발생했을 때 어떻게 행동하는 것이 가치 있으며 의미 있는 것인가를 따져 묻지 않는다. 다만 살기 위해 본능적으로 행동한다.

　이런 점에서 「파파라치」의 '남자'와 「어느 살인자의 편지」의 '저' 는 일종의 사디스트이다. 그들은 남을 폭행하는 것에 죄의식을 느 끼기는커녕 오히려 쾌감을 느낀다. 「파파라치」의 '남자'는 인터넷에 올려 돈을 벌 목적으로 동의도 없이 파파라치 파트너인 '땡땡이 블 라우스' 여자와의 정사 장면을 몰래 찍다가 들키자 용서를 구하고 반성하기는커녕 과잉의 폭력을 행사한다.

　　"내 카메라 만지면 죽여 버릴 거야."
　　남자는 여자의 손목을 더 세게 쥐었다. 여자는 남자의 손을 뿌리 치곤 가방 안의 카메라를 꺼냈다. 남자가 여자의 얼굴 중앙을 주먹 으로 내려쳤다. 여자의 코뼈에서 두둑 하는 소리가 났다. 남자의 얼 굴 위로 피가 튀었다. 여자의 코에서 피가 흘렀고 눈이 더 커졌다. 꼭 쥐었던 여자의 주먹이 펴지더니 자신의 코를 부여잡았다. 버둥거 리던 다리에 힘을 잃었다. 남자는 두 주먹으로 여자의 양쪽 뺨을 더 때렸다. (……) "이 카메라 없으면 난 죽어요. 내일 수업 시간에 만 나요. 누나한테 반했다니까요. 알죠?"
　　　　　　　　　　　　　　　―「파파라치」, 154~155쪽

그런가 하면 '남자'는 조금 전 자신과 포장마차에서 말다툼을 벌이던 사내가 여러 남자들에게 맞아 죽을 정도로 폭행을 당하는데도 그 폭행을 말리지 않는다. 대신 "남자는 '진짜' 최신형 캠코더로 그들의 모습을 다양한 각도에서 심혈을 기울려 찍"는 것뿐만 아니라 "'더 때리라'고 말했고 '죽이라'고 외치며 때리는 치를 응원"하기까지 한다. 이런 가학성, 그러니까 타인을 학대하는 것을 통하여 자신의 존재를 증명하고 더불어 쾌감을 느끼는 폭력적 성향은 「어느 살인자의 편지」 편지 속의 '저'도 마찬가지이다. 얼떨결에, 그러나 잠재된 복수심에 촉발되어 큰아버지와 '다마스 사내'를 죽이고 나서 '역겨운 악취가 올라오'는 경험을 한 '저'는 이후 자신의 비루하고도 처참한 처지를 떠올리게 하는 인물을 보면 살의를 느낀다. 만인과 만인이 투쟁하는 세상에서 뱉어진 쓰레기와 같은 존재들을 보면 처음의 살인 현장에서 느꼈던 환취(幻臭)를 경험하거니와, 이 환취는 곧 살인으로 이어진다. 그렇게 '저'는 모더니티에서 추방당하고 폐기당한 존재들을 자학적/가학적으로 거듭 살해한다. 물론 그 행위에 대해 어떤 가책도 느끼지 않는다. 오히려 할 일을 했을 뿐이라고 느낀다. 더 나아가 '저'를 포함해 더 이상 떨어질 곳이 없는 밑바닥으로 내려간 비루한 존재들에 대한 가학적이고도 자학적인 폭력 행위에서 자멸적인 쾌감을 맛보기까지 한다. "제가 죽인 노인을 자신이 죽였다는 연쇄살인범 이현식은 단돈 몇만 원을 뺏기 위해 죽였다고 말했지만, 그는 분명 제가 죽였습니다. 다른 이는 몰라도 노인의 경우만은 양심에 하나도 꺼릴 게 없습니다. 매일 밤, 죽겠네, 죽고 싶네, 하던 노인의 소원을 들어준 것뿐이니까요."

하지만 이들이 처음부터 사디스트였던 것은 아니며, 오로지 사디스트인 것도 아니다. 애초에 이들은 가학을 가하는 자가 아니라 폭력을 당하는 자들이었으며, 또한 현재도 누군가에게는 전혀 고개를 들지 못하는 존재들이다. 「파파라치」의 '남자'도, 「어느 살인자의 편지」의 '저'도 그들의 처음 위치는 대타자와 대타자의 대리인들의 의지와 욕망에 순종하는 존재들일 뿐이다. 그들은 권력 구조와 그 권력을 가진 자의 욕망과 의지에 따라 실천하고 그를 통해 비록 자기기만적이지만 존재감을 획득한다. 따라서 그들은 현실원칙이나 그 현실원칙을 구성하는 자들에게는 순종적이며 자신들의 이 비겁하고 순종적인 행위에 어떠한 문제도 느끼지 못한다. 「파파라치」의 '남자'는 지역 정보 신문사의 영업 사원과 보일러 회사 판매직, 그리고 엑스트라 등을 전전하다 누군가의 불법행위를 고발해서 먹고사는 소위 '파파라치'가 된다. 그렇게 여러 직업을 전전하는 과정에서 과잉 억압과 비인간적인 대우를 숱하게 받지만 '남자'는 그저 순종한다. 오히려 나중에는 사회 구성원들의 모든 행동을 감시하고 통제하는 파놉티콘의 충실한 하수인이 된 것에 대해 존재감을 맛보기도 한다. 「어느 살인자의 편지」의 '저' 또한 상황이 다르지 않다. '저'는 "자장면 먹기 대회에서 1등을 한", 그리고 "아귀처럼 꾸역꾸역" 맹렬하게 모든 것을 먹어 치우는 아비 밑에서 성장한다. 「오란씨」의 아비를 닮아 가정 안에서 절대적인 권력을 행사하고 또 모든 재화를 독점하는 이 원초적인 아비 밑에서 '저'는 그야말로 전형적이고도 혹독한 오이디푸스적 통과의례를 치른다. 아비를 죽이고 싶은 충동에 휩싸이나 거세 공포 때문에 아비의 권위에 복종한다. 이러한 아비의 시선 앞에서 숙인 고개는 어미가 죽은 후에도, 그리고 아비가 죽은 연후에도 들어지지 않는다. 「어느 살인자의 편지」의 '저'는 부모가 죽은 후, 아비가 들어 놓은 보험금을 독점하고자 한 큰아버지에게 또다시 예속된다. 그곳에서 '저'는 큰아버지의 한편으로는 사납고 한편으로는 (큰어머니와의 관계를 의심하는) 의심스러운 시선을 받는다. 원초적 아비는 죽었지만 이제는 교활하고 이중적인 아비의 시선 앞에서 또다시 고개를 숙이며 성장하게 된 것이다. 이처럼 「파파라치」의 '남자'와 「어느 살인자의 편지」의 '저'는 자본주의 특유의 오이디푸스적 억압에 누구보다도 처절한 고통을 겪었고 또 겪고 있는 존재들이다. 당연히 이들은 누구보다도 그 상징 질서에 대해 분노하며, 그것을 죽여 없애고 싶은 충동에 몸을 떨지만, 그 질서의 폭력성과 냉정함을 잘 알기에 결국 거세 공포를 떨쳐내지는 못한다. 그 결과 이들은 어떤 경우에는 고개를 빳빳이 들고 피해자의 고통을 응시하는 사디스트들이지만 다른 경우에는 권력을 행사하는 자와 눈도 못 맞춘 채 모든 학대를 견디는 그런 존재들이기도 하다.

이처럼 「파파라치」와 「어느 살인자의 편지」는 강한 자에게 한없이 왜소하고 약한 자에게는 걷잡을 수 없이 강해지려는 존재들, 그러니까 남에게 당한 학대를 학대로 되갚는 사도마조히즘적인 존재들에 주목한다. 더 구체적으로 말하자면 이 두 소설은 상징 질서 (혹은 상징 질서의 수행자)에 분노하던 존재가 그 상징 질서의 대리인으로 전신하는 과정에 관심을 집중한다. 누구보다도 자본주의적 오이디푸스 정치 경제에 고통 받는 존재들이 무슨 까닭에 그 정치 경제의 대리인이 되어 타인, 그것도 자신보다 낮은 위치의 존재들에게 더욱 배가된 고통을 안기는 존재가 되는가 하는 것. 또는 잉여가치에 대한 편집증적 집착과 안정된 질서 구축이라는 모더니티의 현실원칙에 가장 큰 피해자인 이들이 앞서 살펴본 배지영의 다른 소설처럼 모든 것을 독점하려는 원초적 아비에 저항하지도 않으며, 또 정신적 동물로 살아가는 것에 대한 불안과 부끄러움을 위험사회 속의 불안으로 대체하지도 않으며, 왜 자본주의적 오이디푸스 정치 경제에 오로지 순종하는 기계들로 전락했는가 하는 것. 이것이 「파파라치」와 「어느 살인자의 편지」의 문제의식의 핵심이다.

현대인들이 자본주의적 오이디푸스 정치 경제에 순종하는 신체로 전락하게 된 계기로 이 두 소설이 지목한 것은 푸코적 의미의 비판(의식)의 부재이다. 「파파라치」의 '남자'와 「어느 살인자의 편지」의 '저'는 먼저 잉여가치를 위해 만인이 만인과 투쟁하게 만들고 그 때문에 사회 구성원 모두를 정신적 동물의 상태로 몰아넣는 자본주의적 오이디푸스 정치 경제에 대해, 그리고 그 큰 질서를 대표하고 대리하는 (원초적) 아비들에 대해 분명 분노를 느끼고 죽이고 싶은 강렬한 충동에 휩싸인다. 특히나 권력을 가진 자가 자신들에게 필수 불가결한 억압이 아닌 과잉 억압을 행할 때 이들의 분노는 정점에 이른다. 하지만 이들의 분노는 권력을 가진 자에 대한 푸코적 의미의 비판도 헤겔적 의미의 규정적 부정도 아니다. 이들은 현재의 권력과, 그리고 그들의 대리인인 아비들의 통치를 거부하는 기술에 관심이 없다. 또 그들의 권력 구조에서 필수 불가결한 억압과 과잉된 폭력을 구분하고 그중 필수 불가결한 것은 수용하되 넘치는 것은 부정하는 식의 권력에 대한 규정적 부정을 행하지도 않는다. 이들의 아비에 대한 불만과 분노는, 자신이 견딜 수 있는 범위를 넘어서는 과잉의 폭력에 대한 거부감일 뿐이다. 말하자면 그들은 권력을 가진 자와 자신들 사이에 성립되어 있는 주인과 노예의 관계를 부정하는 것이 아니라 다만 그 관계를 과잉의 폭력에 의해 유지하려 할 때 분노를 느낀다. 그러므로 이들은 아비에 대해 일단 분노하지만 그것도 비판과 부정으로 연계되지 않는다. 과잉의 폭력성 때문에 반발하지만 오이디푸스적 억압 때문이 아니라 과잉 때문에 반발한 것이므로 아비의 자리에 설 경우 이들 역시 폭력을 행사한다. 프로이트의 말을 빌리자면, 이들은 뒤늦게 아비에 대한 반발을 거두고 아비의 행동을 뒤따르는 지연된 복종[6]을 행하는 셈이다. 그런데 문제는 이들은 타인에게 자신이 행하는 억압이나 폭력은 자신이 아비에게 당한 그것과 달리 적절하고 그러므로 필수 불가결한 것이라고 믿는다는 것이다. 가령「어느 살인자의 편지」의 '저'는 오로지 길가에 버려진 고양이에게서 자신의 처지를 발견하고는 "정말 사랑스러웠습니다. 조그마한 잿빛 눈동자가 저를 올려다보았습니다. 그때처럼 가슴 벅찬 충일한 감정을 느낀 적은 없었던 것 같습니다. 결심했습니다. 고양이를 행복하게 해 주겠다고. 고양이의 행복은 저의 사명이라고 말이죠."라고 할 정도로 자기애적인 격정에 빠진다. 그러나 어느 순간 고양이가 이

---

[6] '원초적 아비'에 대한 '지연된 복종'에 대해서는 지그문트 프로이트, 김종엽 옮김, 『토템과 타부』(문예마당, 1995) 참조.

런 '저'의 '진심'을 몰라준다고 생각하자 결국은 아비보다 더한 폭력을 행사하기에 이른다.

> 빗방울이 고양이 머리 위로 떨어졌습니다. 빗방울을 털어 냈습니다. 다짐했습니다. 고양이를 지켜 주겠다고, 말이지요.
> 그런데 고양이는 뭐가 불안한지 몸을 떨고 앞발로 허공을 할퀴며 손아귀에서 벗어나려고 기를 쓰더군요.
> "이봐, 난 너를 지켜 주겠어. 난 아버지와 다르다니까."
> 그렇게 말했던 것 같습니다. 손에 힘이 들어가면 갈수록 고양이의 심장박동은 더 가깝게 느껴졌고 바르르 떠는 울림이 그대로 전해져 왔습니다.
> 진심을 몰라주는 고양이한테 슬슬 화가 났습니다. 고양이는 앞발을 들어 제 손등을 할퀴었습니다. 붉은 핏방울이 긁힌 자국을 따라 방울방울 올라왔습니다. 고양이는 갸르릉거렸습니다. 고양이의 가느다란 목을 엄지와 검지로 잡고 약하게 흔들었습니다.
> "아프잖아. 이러면 내가 아프잖아."
> 손가락에 조금 힘을 주었습니다. 고양이의 네다리가 필사적으로 허공을 갈랐습니다. 왼손으로 고양이의 등을 쥐고 오른손으론 고양이의 뒷덜미 쪽을 잡았습니다. 그러곤 비틀어 버리고 말았습니다. 두투툭 하는 소리가 들렸습니다. 이러면 안 되는데, 하는 후회와 함께 말할 수 없는 쾌감이 몰려왔습니다.
> ―「어느 살인자의 편지」, 180~181쪽

이처럼 '저'는 자신이 아비에게 당한 것보다 더한 폭행을 가하면서 약간의 후회를 하는 것으로 되어 있다. 아니, 아비에게 온갖 폭행을 당하고도 그것을 되돌려 주는 대신 선의를 베풀고 있는 '저'이건만 그 '진심'을 몰라준다는 마음 때문에 '저'가 고양이에게 행하는 폭력은 그야말로 모질기 짝이 없으며, 약간의 회의가 없는 것은 아니나 결국에는 아무런 죄의식도 느끼지 않는다. 심지어 '걷잡을 수 없는 쾌감이 몰려'오는 기이한 경험을 한다. 아마도 아비에 대한 잠재된 분노와 폭력을 그대로 되갚고 싶은 마음을 가까스로 억제하고 선의를 베푸는데도, 그것을 몰라주는 대상에 대한 분노가 합쳐진 까닭이리라. '저'는 이 전율할 만한 첫 경험 직후 "비릿하면서도 구릿구릿하면서도 오래된 먼지와 곰팡이가 쌓인 지하실에서 올라오는 냄새"를 맡게 되거니와, 이 이후에도 이러한 이율배반적인 행동을 반복한다. 거듭되는 타인의 폭행에도 불구하고 누군가에게 선의를 베풀고, 그 선의를 몰라줄 경우 그에 대한 분노로 더 큰 폭행을 행사하고, 그 지독한 냄새를 맡고……. 그러다가 나중에는 일종의 전도가 일어난다. '저'보다 비루한 대상을 보면 환취에 시달리고 결국 이 환취에 이끌려 사람을 죽이게 되는 식이다. 이렇게 '저'는 자기보다 낮은 존재에게 군림하는 것을 통해 존재를 증명하던 아비의 행동에 지연된 순종을 하게 되거니와, 급기야는 모더니티에 의해 쓰레기로 뱉어진 존재들을 처단하는 충동을 이기지 못하는 괴물로 전락한다.

잉여가치의 창출을 위해 모더니티가 만들어 냈으나 결국은 더 큰 잉여가치의 창출과 안정된 질서 구축을 위해 모더니티가 먹어 치우다가 뱉어 낸 존재들에 대한 폭행은, 그러니까 폭력적인 아비들에 대한 지연된 복종은 「파파라치」의 '남자'의 것이기도 하다. '남자' 역시 모든 것을 독점하려는 중심부적 존재들에게 쓸모없는 실존으로 격하되는 순간 "바닷물에 창하고 엑스트라하고 떨어지면 누굴 먼저 건지는지 알아요? 창을 먼저 건져요."라며 좌절하고 분노한다. 하지만 '남자'가 분노하는 것은 인간보다 사물에 더 우선순위를 부여하는 자본주의적 생태 정치에 대한 것이 아니라, 자신이 창하고 엑스트라 중 누굴 먼저 건질지 고민하는 위치에 서 있지 않고 창과 함께 바닷물에 떨어져 있다는 사실이다. 만약 '남자'가 누군가를 선택할 위치에 선다면 분명 분노하지 않을 것이고, 실제로도 '남자'는 그러하다. '남자'는 상징 질서에 분노하지만 그것은 그 상징 질서가 사회 구성원들을 통치하는 기술 그 자체에 대해서가 아니라 상징 질서의 중심부에 있지 못하다는 점에 대해서일 뿐이다. 그러므로 '남자'는 누군가보다 조금이라도 높은 위치에 서 있는 상황이 되면 어김없이 그 타인을 억누르고 경우에 따라서는 거친 폭력도 마다하지 않는다. 다시 말해 '남자'는 주인과 노예의 위계 관계를 부정하지 않기 때문에 자신보다 강한 존재를 만나면 노예의 위치에 서고 만족하지만, 자신보다 하위 계급을 만나면 누구보다도 강력한 주인이 되고자 한다. 마음껏 경멸한다. 그러다 간혹 자신을 주인으로 섬기지 않고, 자신이 설정한 위계질서를 거부하면, 그때는 자신이 당한 것보다 훨씬 더 폭력적인 행동을 서슴지 않는다. 자신은 윗사람에게 과잉의 폭력을 당하곤 하지만, 아랫사람에겐 항상 적절한 폭력, 혹은 조금만 넘치는 억압을 행한다고 믿기 때문이다. 그렇게 「파파라치」의 '남자'는 자신보다 낮은 곳에 있는 존재를 낮추어 본다. "치근대는 찹쌀떡이 역겨워졌다. 가난의 냄새는 가난한 자가 가장 잘 맡는 것처럼 남자는 찹쌀떡 사내에게서 풍겨져 나오는 냄새가 싫었다. 멸시당하는 것에 익숙할수록 자신보다 약한 상대를 누구보다 잘 분별했기에 남자는 사내를 경멸했다." 그리고 자기가 강한 자들에게 하듯이 자신에게 순종할 것을 기대한다. 이 기대가 충족되지 않는 경우 '남자'는 적절한 억압을 행하는 배려심을 보였음에도 불구하고 그것을 이해하지 못하는 자에 대해 걷잡을 수 없는 분노에 휩싸여 자신이 받은 것보다 더한 폭력을 행사한다. 그러나 이 가학적인 행동에 대해 '남자'는 무감각하다. 자신이 당한 폭력의 양에 비하면 단지 별것 아닐 정도의 폭력만을 행사한다고 믿기 때문이다. "남자는 여자를 너무 심하게 때린 것 같아 미안한 기분이 들다가도 뒤통수가 화끈거리는 걸 생각하며 뻔뻔해지기로 마음먹"었으며 아주 손쉽게 자기 합리화를 해 내고 만다. 어쨌거나 '남자'는 자신이 행사한 폭력에 대해 조금 '뻔뻔해지기'만 하면 아무 문제 될 것이 없다고 믿는다. 물론 '남자'는 같은 파파라치 조를 이룬 '여자'를 폭행한 것 외에 여러 가지 행동을 한다. 돈을 벌기 위해서 '남자'는 현실원칙의 총화인 법에 어긋나는 모든 행위를 감시하고 촬영하며 결국 처벌하도록 한다. 말하자면 '남자'는 모든 사회 구성원들의 행위를 감시하고 통제하는 소위 '빅 브라더'의 충실한 하수인인 셈이다. '남자'는 '빅 브라더'의 눈이 닿지 않는 공간을 찾아다니며 법 바깥의, 그리고 법 너머의 행위들을 감시하고 고발한다. 쓰레기를 행정명령에 따라 버리지 않은 존재들을 촬영하고, 손님의 편의를 위해 일회용품을 제공하는 여관 주인들을 감시하며, 역시 비닐봉지 값을 받지 않는 약사들을 고발한다. 심지어 자신의 성행위 장면을 찍어 조회수에 따라 돈을 받는 인터넷 사이트에 올리는 일도 마다하지 않는다. 그리고 종국에는 '남자' 자신도 관련된 여러 사람의 무자비한 폭력 때문에 죽어 간 사내를 찍은 화면을 제공하면 보상금을 제공한다고 하자 그 돈을 받을 생각에 행복해하기도 한다.

"여기서 있었던 싸움 현장을 촬영하신 분은 연락 주세요. 아무런 책임도 묻지 않겠습니다."라고 쓰여 있고 그 아래 "보상금 100만 원"이라고 쓰여 있었다.

땡땡이 블라우스 여자가 말한 보상금이 무엇인지 그제야 알 듯싶었다. (……) 그러다 문득 저 플래카드를 쓴 사람은 누굴까, 하는 의문이 떠올랐다. 사내는 아내가 교도소에 있다고 했고 본인은 부모도 없는 고아 출신이라고 했다. 가족도 없을 텐데 누구일까. 하지만 상관없었다. 남자는 100만 원만 생각하기로 했다. (……) 남자는 그들과 일행도 아닐뿐더러 구타에 참여하지도 않았다. 그러다 그는 촬영된 테이프에 녹음된 자신의 웃음소리를 떠올렸다. '더 때리라'고 말했고 '죽이라'고 외치며 때리는 치를 응원했다. 하지만 소리를 지우고 화면만 나오는 테이프로 복사해서 건네주면 아무 상관없을 터였다. 그렇게 생각하자 남자는 비로소 기분이 좋아졌다.

—「파파라치」, 165~166쪽

이렇게 '남자'는 정신적 동물에 가까운 행동을 하면서도 어떤 가책도 느끼지 않는다. 법을 어기는 행동은 아니지 않은가. 오히려 상징 질서의 총화인 법망이 놓친 틈을 저인망으로 훑듯이 보완해 주고 있지 않은가. 그러니 죄의식이 있을 리 없다. 다만, 타인의 실수를 집요하게 파고들거나 타인의 선의에 의한 행동일 수도 있는 것을 범법 행위로 전도시켜 돈을 버는 만큼 윤리적인 측면에서 문제가 될 법한데, '남자'는 이 윤리적인 문제를 간단하게 해결한다. 모든 것을 다 배제하고 돈만 생각하거나, 다시 말해 인간답게 사는 게 문제가 아니라 생존하는 것이 절대적으로 중요하다고 스스로를 속이거나, 자기보다 위에 있는 자들에게 당하는 것에 비하면 그리 대단한 것이 아니라며 조금 '뻔뻔해지'는 것으로 이 윤리적 곤경을 해소해 버린다. 누구나 다 만인과 만인이 투쟁하는 정글 속에서 살고 있고, 그런 까닭에 누구나 다 강한 자에겐 약하고 약한 자에겐 강하게 살고 있으므로, 타자를 배려하는 것은 이 정글의 사회에선, 그리고 그 밑바닥에 있는 존재들에겐 고려할 가치도 없는 낡은 교리라는 투다. '남자'에게 오로지 중요한 것은 돈만을 생각하고 뻔뻔하게 살면서 생존하는 것뿐이다.

남자는 다시 골목길로 돌아가서 '보상금 100만 원'이 적힌 플래카드를 휴대폰으로 찍어 놓아야겠다고 생각했다. 거기까지 생각이 미치자, 남자는 자신과 함께 휴대폰 카메라로 촬영했던 서너 명의 사람들이 떠올랐다. 어떤 놈이 먼저 선수 쳤을지도 모른다고 생각하니 마음이 다급해졌다. 남자는 가로등이 세워져 있는 집의 시멘트 담장을 향해 오줌 줄기 방향을 틀어 더 힘을 주었다. 뜨거운 바람이 불었다. 어디선가 사이렌 소리가 들렸다. 그는 하늘을 올려다보았다. 구름이 잔뜩 끼어 있는 밤하늘엔 별 하나 보이지 않았다. 구름이 없다 해도 매연이 가득한 서울 하늘에 별이 보일 리 없었다. 다만 그의 머리 위에 노상 방뇨를 감시하는 CCTV 불빛만이 반짝거릴 뿐이었다.

—「파파라치」, 166~167쪽

「파파라치」에 따르면, 지금, 이곳은 저 높은 곳에서 '빅 브라더'의 눈인 CCTV가 쉴 새 없이 '빅 브라더'의 하수인들까지를 포함한 사회 구성원들의 행동 하나하나를 감시하고 통제하며, '빅 브라더'의 눈이 미치지 못하는 곳은 '빅 브라더'에 의해 감시되는 하수인들이 빈틈없이 통제하는 곳이다. 한마디로 '빅 브라더'의 과잉의 경쟁 체제 정책에 의해서, 또 그 과잉의 경쟁 체제로 인한 불안과 동요를 효율적으로 통제하기 위한 감시와 처벌의 시스템에 의해서 인간 모두가 정신적 동물의 상태로 살아가는 곳이 지금, 이곳이라는 것이다.

이쯤에서 우리는 「파파라치」의 '남자'와 「어느 살인자의 편지」의 '저'를 통해 배지영 소설이 주목하고 있는 현존재들의 또 하나의 실존 형식을 구체화할 수 있다. 그것은 모더니티 특유의 생체 정치를 비판하거나 부정하지 않음으로써(혹은 못함으로써) 탄생한 자본주의의 기계로서의 인간이다. 다시 말해 모든 인간을 잉여가치의 시선으로만 보며 오로지 그 잉여가치의 추구라는 단 하나의 목표를 위해서 행동하는 기계적인 삶 혹은 정신적 동물의 삶, 이것이 배지영 소설이 주목하는 현존재들의 실존 형식이다. 물론 「파파라치」의 '남자'나 「어느 살인자의 편지」의 '저'는 과잉의 경쟁을 유도해 잉여가치를 창출하는 모더니티 특유의 운동 원리 때문에 거의 쓰레기로 전락한 존재들, 그러니까 모더니티의 희생양인 것도 사실이다. 하지만 이들은 자신들을 모더니티의 추방자로 전락시키는 모더니티를 비판하지도 부정하지도 않는다. 대신 쓰레기로 전락하지 않기 위해 타락한 모더니티의 현실원칙들을 단 하나의 정언명령으로 삼고 살아간다. 이들은 오직 돈 하나만을 생각하며 생존한다. 혹여 그것만으로 그들 행동의 비인간성이 은폐되지 않을 때는 정글에서 혹은 전쟁터에서 생존하기 위해서는 이 정도면 '미안하기'는 하지만 자신들이 남에게 당하는 것에 비하면 오히려 인간적이라고 스스로를 기만한다. 이런 과정을 통해 이들은 정신적 동물의 왕국인 자본주의사회에서 정신적 동물로 한 치의 망설임도 없이 살아간다. 그러니까 이들은 자본주의의 희생양이자 자본주의가 만들어 낸 괴물인 셈이다.

그렇다면 이들을 통해 배지영의 소설이 말하고자 하는 바도 분명해지는 셈이다. '자본주의적 정언명령에 무조건 분노하는 대신 그 통치 기술을 슬기롭게 비판하고 규정적으로 거부하라! 그러지 않으면 우리 모두는 자본주의의 희생양으로 전락하는 것도 모자라서 그의 충실한 하수인, 그러니까 잉여가치에 목매는 동물이 되리라.' 하는 것.

5 묵시록적 세계와 백치의 윤리

배지영의 첫 번째 소설집 『오란씨』에는 앞서 우리가 살펴본 경향과 비교해 볼 때 다소 이채로운 소설이 한 편 있다. 바로 「새의 노래」이다. 「새의 노래」는 세 가지 점에서 『오란씨』에 수록된 소설들과 구분된다.

우선, 모더니티의 바깥의 공간을 배경으로 한다는 점. 「새의 노래」는 모더니티 저 바깥에 위치한 외딴섬으로부터 시작된다. 물론 그렇다고 이 작품이 이제까지 배지영 소설이 주목하던 모더니티와 무관한 목가적이고도 소박한 삶을 그려 내고 있는 것은 아니다. 외딴섬을 배경으로 하고 있지만 이 작품에서 그려 내는 모더니티의 파괴적인 힘의 묘사는 오히려 더 전면적이다. 모더니티의 중심부로부터 멀리 떨어진 외딴섬을 배경으로 하되, 이 이질적이고도 자족적인 통일성을 유지하던 공간이 모더니티의 세례를 받는 바로 그 순간을 집중적으로 묘사한다. 잘 알려져 있듯 모더니티는 그 어느 곳도 고유성과 향토성을 유지하도록 내버려 두는 법이 없는 터, 외딴섬에도 모더니티의 파도가 밀려온다. 한적하던 섬에 드디어 '고준위 융폐기물 처리 공장'이 세워지고 뒤이어 유원지와 호텔 건립의 청사진이 제시되는 등 모더니티의 높은 파고가 휩쓸고 지나가는 것이다. 「새의 노래」는 이 과정을 집중적으로 묘사한다. 그러니까 자족적인 통일성을 지니던 섬 전체가 모더니티와 접촉하고 모더니티의 준주변부로 편입되면서 나타나는 변화상을 말이다. 그리고 그를 통해 모더니티가 어떻게 인간의 정신을, 그리고 더 나아가 영혼까지를 잠식해 가는가를 충분히 설득력 있게 재현한다. 따라서 「새의 노래」는 오히려 더 모더니티란 무엇인가에 대한 전면적인 질문을 던진 소설이라고도 할 수 있을 것이다. 바로 이 점이 『오란씨』의 다른 소설들과 다르면서도 같은 점이다.

「새의 노래」에서 주목할 만한 또 하나의 이질성은 초점 인물들이다. 사건을 주도하는 인물이 따로 설정되어 있는 소설이 아니어서 주인공이라 할 만한 인물은 없지만 단연 두 인물에 초점이 맞추어져 있다. 바로 '백치 여인'과 '거지 노인'이다. 모두 모더니티 바깥의 인물들로 모더니티가 먹어 치울 수 없는 인물들, 그래서 뱉어 낼 수밖에 없는 인물들이라고나 할까. 어떤 면에서는 신화적인 인물이기도 하다. 이들은 자의식이나 정신이 없고 대신 육체와 영혼만이 존재하는 인물들이다. 비존재들이라고나 할까. 예컨대 '백치 여인'은 "30대 초반쯤 되었는데, 원래 섬 주민이 아니었다. 지난여름 태풍이 지나간 아침, 갯벌에 쓰러져 있는 걸 이상이 살려 놓았다. 여인은 말을 못 했고 검지손가락을 허공에 빙빙 돌리며 신음 같기도 하고 비명 같기도 한 야릇한 소리를 우물거"리는 여성이다. 타인들과 서로 말을 공유하지 않는 인물이며 때문에 당연히 지구 전역과 사회 구성원 모두를 식민지화하는 모더니티로부터 자유로운 존재이다. 이렇게 모더니티 안으로 포섭되지 않기는 소위 '거지 노인' 역시 마찬가지이다. '거지 노인'은 "그의 조부의 조부부터 줄곧 섬에 살았던 토박이였다. 그는 장가도 가지 않고 숲의 외곽에 살면서 밭농사를 지었다. 유일한 피붙이였던 노모가 죽던 해, 그는 고추밭이 소금물에 잠기더니 그 후로 3년 연달아 농사를 망쳤다. 말수가 부쩍 줄어든 그는 두문불출하기 시작했다. 물도 마시지 않고 변소도 가지 않고 일주일 동안 잠만 자더니, 그는 자리에서 일어났다. 서른도 안 된 그는 이미 노인의 모습이 되어 있었다. (……) 노인은 유적지를 보려고 섬에 찾아오는 관광객을 상대로 구걸하면서 자연스럽게 마을의 유일한 거지가 되었다. 관광객이 뜸해진 10여 년 전부터는 섬 위편 암벽에 앉아 낚시를 하거나 쓰레기통을 뒤지며 근근이 구복을 채웠다."「새의 노래」의 표현을 빌리자면 이들에게는 공통점이 있다. "그 둘은 섬의 개발에는 관심이 없었다. 융폐기물 처리 공장 유치 여부를 묻는 투표에도 참여하지 않았으며(혹은 못했으며) 환경 단체들이 몰려와 반대 시위를 할 때도 무관심했다." 그러므로 이 작품의 초점 인물들인 둘의 공통점은 상징 질서에 대한 '무관심성'이다. 대타자의 욕망이나 시선에 무관심하고, 근대 특유의 감시와 통제의 시선으로부터도 무관심하며, 또한 만인이 만인과 벌이는 투쟁에서 살아남아야 한다는 의지도 없다. 그냥 상징 질서와 무관한 자리에 살아갈 뿐이다. 원초적 아비들이 폭행을 가해도 무관심하고, 그러니 폭행에 분노하거나 뒤늦게 그 폭행을 재연하지도 않는다. 말하자면 이들은 백치와 같은 존재들이며, 때문에 모든 것을 교환가치로 환원하는 타락한 세상을 어떤 여과 장치도 없이 되비치는 순결하고 소박한 거울 형상이기에 충분하다. 결국 「새의 노래」는 모더니티의 안에서 이중으로 구속되어 자신의 영혼을 팔아넘긴 자본주의 기계들의 저항과 자기 합리화, 그리고 자기 소멸의 과정을 표현하던 배지영의 다른 소설과는 다르게 상징 질서와 동화될 수 없는 무소유의 영혼을 통해 우리가 살고 있는 모더니티의 위기적 징후를 재현해 낸다. 종합하자면, 「새의 노래」는 모더니티 바깥의 외딴섬이 갑작스레 모더니티의 물결에 휩쓸리면서 나타나는 변화상을 상징 질서와 동화될 수 없는 무소유의 영혼을 통해서, 혹은 이들과 비교하면서 제시하고자 하는 소설이다.

「새의 노래」가 이전의 배지영 소설과 구분되는 또 하나의 요소는 이 소설이 알레고리적이며 또한 신화적이라는 것이다. 이 작품은 현실적인 것과 신화적인 것, 의식적인 것과 무의식적인 것, 현실원칙과 쾌락원칙이 기묘하고도 자의적으로 병존하는 것이 특징적이다. 한편으로는 고준위 융폐기물 처리 공장, 관광지 개발, 호텔, 도박장, 유물, 도지사, 도지사의 비리, 정치인, 여당 총재, 야당 유력 인사, 주민 투표, 조류협회 회장, 정치적인 판단, 환경 단체, 환경 단체 여성 간사의 분신, 다이옥신, 유전자 변형 등 현재의 상징 질서를 표상하는 개념이나 인물들이 반복적으로 등장하지만, 다른 한편으로는 검은 새, 검은 새가 낳은 알에서 부화한 소년, 참견하는 귀, 소년이 빚은, 여섯 단계로 사람의 감정을 승화시키는 술, 그 술로 인해 벌어지는 디오니소스적 축제, 바다의 분노 등 신화적이면서도 무의식적이고 외설적인 기표들이 떠다닌다. 「새의 노래」는 이 현실적인 표상들과 신화적인 기표들이 서로 갈등하고 충돌하고 파국에 도달하는 과정으로 구성되어 있거니와, 이는 『오란씨』의 다른 소설과 구별되는 세 번째 요인이자 가장 결정적인 요소라고 할 수 있다.

「새의 노래」의 스토리 라인은 다음과 같다. 유원지 개발 공사가 섬을 누더기로 만들어 가고 마침내 고준위 융폐기물 처리 공장이 완공된 다음 날 이 섬에 커다란 '검은 새'가 날아든다. 인류 역사 이전에 멸종했다는 시조새만큼 큰 이 검은 새의 출현이 가져온 파장은 엄청나다. 이 새롭고도 낯선, 그래서 기묘한 존재를 먼저 발견한 것은 '백치 여인'과 '거지 노인'이고 이들은 그저 '검은 새'를 묵묵히 환대할 뿐이지만, 뒤늦게 이 기교한 존재를 포착한 현존재들의 반응은 실로 뜨겁다. 현존재들은 저 먼 시원으로부터 귀환한 이 낯설고 기이한 존재, 그러니까 상징 질서의 타자를 현재의 상징 질서를 지켜 내기 위해 자신의 질서 안에서 맥락화하고자 그야말로 혼신의 힘을 다한다. 이 이질적인 존재를 현재의 '종과 목'이라는 분류 체계 안에 안착시키고자 하기도 하고, '자연의 복수'라는 생태론적 관점에서 전유하기도 한다. 하지만 이 타자를 맥락화하는 가장 강력한 대응은 이 기묘한 존재를 상품화하는 것. 해서 새는 순식간에 섬의 절대적인 관광 자원으로 홍보되기에 이른다. 그러나 새의 출현 이후로 생겨난, 그러나 새의 출현 때문이 아니라 자연의 파괴 때문에 발생한 재앙들을 새에게 덮어씌우면서 새에 대한 관심은 급격하게 사라진다. 이때쯤 새가 낳은 알에서 '소년'이 부화한다. 하지만 섬사람들은 소년이 알에서 태어난 것을 인정하지 않는다. 그날 밤 섬사람들은 일제히 소년이 알에서 태어난 것을 부정하는 순간 원래의 귀를 잃고 죽었다가 "정작 듣고 싶은 것은 들을 수 없"게 만드는 "참견하는 귀"를 가지고 다시 태어나는 꿈을 꾼다. 이후 섬사람들은 "오직 '참견하는 귀'가 속삭이는 말이나, '참견하는 귀'가 듣도록 허용하는 말만 들어야" 하는 처지에 놓인다. 소년에 관해 섬사람들이 부정한 것은 이것만이 아니다. 섬사람들은 이후 알에서 부화한 소년이 빚어내고 '거지 노인'이 판 술을 마시고 상징 질서 바깥의 기이한 경험을 한다. 소년의 술은 현존재들을 현재의 보편성 외부로 이끄는 마성적인 힘을 가진 까닭이다. "한 잔의 술을 마시면 슬픔이 몰려왔다. 두 잔을 마시면 깊은 상처가 떠올랐다. 세 잔을 마시면 난데없는 환희가 온몸 가득 먹먹하게 들어찼다. 네 잔을 마시면 웃음이 튀어나왔다. 다섯 잔을 마시면 우쭐해졌다. 여섯 잔을 마시면 마치 하늘을 비행하는 듯한 아찔하면서도 신비로운 감정에 휩싸였다." 이 술의 마성적인 힘에 이끌려 섬사람들은 백치 여인을 안으면서 "충일하고 도저한 행복감을 느"끼며 "유례없는 행복과 쾌락에 빠져 지"낸다. 물론 "그들이 백치 여인을 안을 때, 그녀의 기분이 기쁜지 슬픈지 알 수 없었고 아무도 알고 싶어 하지 않"은 상태로 말이다. 그러나 이 유례없는 디오니소스적 카니발은 새의 출현으로 중지되었던 섬 개발이 다시 속도를 붙이면서 파국을 맞는다. 섬에 유원지 대신에 도박장을 건설하기 위한 개발이 본격화되면서 소년과 거지 노인이 머물렀던 섬의 중앙부가 훼손되고 파괴된다. 그곳에선 "유물로 보이는 접시와 항아리가 수북이 나"오지만 공사는 강행된다. 소년과 소년의 술이 주던 쾌락은 역시 잊혀진다. "공사 현장에서 일하느라 바빠진 섬사람들은 더 이상 소년이 빚은 술을 찾지 않"게 된다. 도시에서 먹는 공산품 술 탓이다. "소년이 빚은 술은 슬픔을 느끼게 했지만, 도시의 술은 첫 잔부터 기쁨을 느끼게 했다." 더 나아가 "도시의 술은 굳이 백치 여인을 찾고자 하는 마음도 생기게 하지 않았다." 이렇게 개발에 따른 잉여가치에 대한 욕망은 섬사람들에게서 소년과 거지 노인과 백치 여인이 만들어 내던 비루한 것들의 카니발을 쓸모없는 실존으로 폐기 처분하기에 이른다. 급기야 거지 노인마저 죽음에 이른다. 거지 노인은 죽어 저절로 가루가 되어 사라지는데 이렇게 노인이 사라지자 이제 소년의 존재 역시 저 멀리 망각의 늪으로 버려진다. "그들은 소년이 있었다는 것을, 소년이 노인과 함께 살았다는 것을 잊고 있었다. 노인이 사라지자, 소년이란 존재감도 그들의 기억 속에서 완전히 삭제되었다." 바로 이 날, 그러니까 거지 노인이 "가루가 되어 사라진 날", 섬사람들이 알에서 부화한 소년의 존재를, 그리고 그의 존재감을 부정한 날, 백치 여인이 환경 단체 청년 간사를 포함 모든 섬 사내들의 아이를 낳기 위해 지독한 산통을 겪는 날, 거센 폭풍우가 일더니 섬과 고준위 융폐기물 처리 공장과 섬사람들, 그리고 환경 단체 청년 간사와 도지사와 정치인과 유력 인사들 모두를 삼켜 버린다. 이때 날개가 돋은 소년이 나타나 산통을 겪고 있는 백치 여인을 안고 섬을 떠나며, 잉여가치에 목매달던 모든 사람들은 죽음의 순간에서야 그때 돌아난 '참견하는 귀'를 통해 소년의 노래를 듣는다.

    참견하는 귀의 노래를 들으며 섬 주민들은 잠시 공포를 잊었다. 노인에게서 산 술을 마셨을 때보다 더 큰 충만함을, 백치 여인의 품에 안겼을 때보다 더 벅찬 기쁨을 느꼈다. 도지사와 정치인들과 유력 인사들은 차츰 멀어져 가는 눈으로 하얗고 커다란 새와 임신한 백치 여인을 좇으며 이유를 알 수 없는 눈물을 흘렸다. 새가 하늘 높이, 머나먼 대기 끝 구름 뒤로 완전히 사라질 때까지 그들은 참견하는 귀의 노래를 들으며 바라보았다. 집채만 한, 아니 새의 날개만

한 바닷물이 그들을 삼켰다. 새는 떠났고 섬은 거대한 폭풍우에 휩싸였다.

—「새의 노래」, 276쪽

이쯤에서「새의 노래」가 말하고자 하는 바를 충분히 짐작해 볼 수 있다. 한마디로 이 소설은 잉여가치만을 추구하는 모더니티에 대한 묵시록인 셈이다. 동시에 그 위기 속에서 자라나는 구원의 힘을 찾고자 하는 소설이기도 하다. 잉여가치에만 집착하는 모더니티에 의해 쓸모없는 실존으로 격하된, 혹은 폐기 처분된 무소유의 삶과 디오니소스적 잉여 쾌락의 세계를 귀환시켜야 한다는 것. 그래야만 파국을 향해 터벅터벅 걸어가는, 아니 질주하는 모더니티를 멈출 수 있다는 것.

6 『오란씨』의 가능성과 갈 길

이상으로 배지영의 첫 번째 소설집『오란씨』의 특이성과 가능성을 글의 성격에 맞지 않게 다소 장황하게 살펴본 셈이다. 아마도 예사롭지 않은 『오란씨』의 문제성 때문일 것이다. 분명『오란씨』는 만만치 않은 소설집이다. 쓰레기로 뱉어진 모더니티의 추방자들을 통해, 그리고 가까스로 모더니티의 중심부에 매달려 있는 존재들의 불안과 괴물성을 통해,『오란씨』는 모더니티 전반이 얼마나 큰 위기에 처해 있는가를 충격적으로 보여 주는 한편, 파국을 향해 치닫는 모더니티를 위기에서 구원할 수 있는 힘을 설득력 있게 제시하기도 한다. 한마디로 『오란씨』에는 신예답지 않은 성찰의 깊이와 신예만이 가질 수 있는 이야기의 혁신성이 아주 매혹적으로 뒤섞여 있다.

하지만 『오란씨』는 첫 소설집인 만큼 배지영 소설의 도달점이 아니라 출발점이 되어야 한다. 이 말은 배지영의 소설이 거듭거듭 깊어지고 여러 차례의 도약이 필요하다는 뜻이다. 이런 도약을 준비하는 과정에서 배지영 소설이 고려했으면 하는 것이 있다. 그것은 『오란씨』의 도달점처럼 마지막에 위치하고 있는 「새의 노래」와 관련된 것이기도 하다. 「새의 노래」에 이르러 배지영의 소설은 모더니티에 의해 운영되는 세상을 묵시록적인 관점에서 보고 있는 듯하다. 이대로 가다가는 인류의 미래가 재앙에 이르리라는 것, 그러므로 재앙에 도달하지 않도록 무소유의 윤리 혹은 백치의 윤리를 되찾아야 한다는 것. 물론 이러한 문제의식을 문제 삼자는 것이 아니다. 바우만의 말처럼 우리가 다가오는 세기를 재앙의 시대로, 우리의 논의 맥락에 따르자면 파국의 시대로 예상하고 예언하는 것은 "자신들의 예언이 틀리는 미래를 바라기 때문이다. 그리고 그 방법밖에는 다가오는 재앙을 멈추게 할 수 없기 때문에, 자신들의 예언이 엉터리로 끝나도록 만들지 못하기 때문이다."[7] 배지영의 소설 역시 마찬가지일 것이다. 배지영의 소설이 묵시록적 세계상을 그려내는 것은 모더니티의 파국을 막기 위해서이고 동시에 그러기 위해서는 지금의 상징 질서 너머의 또 다른 실재의 윤리의 확립이 절실

---

7) 바우만, 『유동하는 공포』, 286쪽.

하다는 것을 말하기 위해서일 것이다. 하지만 모더니티의 파국을 막고, 그 파국을 막기 위해 윤리를 찾기 위해서는, 이제까지 윤리의 역사 모두를 부정해서는 안 된다는 점이다. 특정의 윤리를 준별하여 부정해야 하고, 우리의 욕망을 통제했던 통치 기술 중 특정의 것을 비판하면서 우리가 폐기 처분한 것 중 어떤 것을 귀환시켜야 한다. 「새의 노래」처럼 소유의 도덕 전체에 대해 무조건적으로 분노하며 무소유의 윤리 혹은 백치의 윤리로 돌아가자고 하는 것은 위험하다. 그럴 경우 이 시대에 무소유의 상태로 사는 것은 불가능하므로 결국에는 조금 뻔뻔한 마음으로 지연된 복종으로 끝날 가능성이 농후하다. 이런 점을 감안한다면 배지영의 소설에, 또는 우리에게 필요한 관점은 모더니티의 세례를 비껴간 존재들에게서가 아니라 아마도 '열려 있(다고 가장하)는 사회'와 '그 적들'의 마음속에서 열린 사회의 가능성이나 윤리적 내용을 찾아내는 것일지도 모른다. 그래야만 현재로서는 '열려 있다고 가장하는 사회'에 훨씬 많이 동화된 '그 적들'이 '열려 있(다고 가장하)는 사회'의 진정하고도 진지한 '그 적들'이 될 수 있지 않겠는가.

  이제 우리가 할 일은 앞으로 배지영의 소설이 이 문제에 어떤 모색을 하며 또 한 차례의 도약을 보여 줄지 기다려 보는 것이다. 하지만 『오란씨』의 가능성으로 볼 때, 충분히 기대에 값하는 설레는 기다림이 될 것이다.

배지영

1975년 서울에서 태어났다. 명지대학교 문예창작학과를 졸업하고, 2006년 《동아일보》 신춘문예에 중편소설 「오란씨」가 당선되어 등단하였다.

1판 1쇄 찍음 2010년 2월 5일
1판 1쇄 펴냄 2010년 2월 10일

지은이 배지영
발행인 박근섭·박상준
편집인 장은수
펴낸곳 (주)민음사

출판등록 1966. 5. 19. 제16-490호
주소   서울시 강남구 신사동 506번지 강남출판문화센터 5층 (135-887)
대표전화 515-2000 | 팩시밀리 515-2007
홈페이지 www.minumsa.com

©배지영, 2010. Printed in Seoul, Korea

ISBN 978-89-374-8298-4 (03810)